法城を護る人々　上

松岡　譲

法蔵館文庫

本書は、法藏館刊行『法城を護る人々』上・中・下（一九八一〜八二年刊）の文庫版である。文庫化に当たり、著作権者の了解を得て次の諸点を改めた。

・法藏館版は第一書房版（上＝一九二三年、中＝一九二五年、下＝一九二六年刊）を底本とし、仮名遣いや句読点等を改めている。これらの改変を踏襲し、明らかな誤植は訂正した。

・本書には、一部差別的表現が見られるが、当時の一般の社会的背景に鑑み、かつ作品としての表現のオリジナリティーを尊重し、原書のままとした。

・読者の便宜を考え、一部の漢字にルビを追加した。

・仏教用語に加えたルビのうち、浄土真宗に特有の読みがある語句には、著者が真宗大谷派寺院の出身であることに鑑みて当派で用いる読みを主に採用した。ただし、漢字表記は一部を除き、原則として原書のままとした。

目次

上巻　生活篇
解説　『法城を護る人々』復刊に寄せて　野尻はるひ
中巻　信仰篇
解説　真宗教団論──『法城を護る人々』の提起するもの　真継伸彦
解説　「法城を護る人」とは誰だったのか　大澤絢子
下巻　批判篇
解説　父・松岡譲のこと　半藤末利子

法城を護る人々　上巻

生活篇

序品

「そんならお前はどうあっても坊主になって、俺のあとを継ぐ気はないというんだな。」

父は本堂の勤行《ごんぎょう》から下向《げこう》して来て、水色の晨朝《じんじょう》袈裟を荒々しく衣桁《いこう》に脱ぎかけながら、子に向かってとげとげした詰問的な言葉を浴びせかけた。父の目には怒りの炎がきらきら燃え立って、子を執念深く突き刺すほどに睨《にら》めつけていた。その態度の中には、もはや親として子を叱るというような、いわばきつい言葉の裏に暖かい愛情を縫いつけておくと言った風な、生やさしい分子は微塵《みじん》もなかった。徹頭徹尾、髄の中まで嚙みつぶしたいほどの憎しみで埋まっていると言ったせっぱつまった様子であった。

子は子で父の全身的な攻撃を、まるで石のように構えて受け渡していた。彼の顔からも嫌悪以外の一切の感情は消えていた。そうして爆発間際の煮えくりかえりそうな憤りが、氷のような冷酷さを帯びて、じいんと体中に行き渡っていた。その落ち着き払ったとも見える度胸には、やけ気味の捨て鉢気分が加わっていた。

「そうです。僕はいやです。今日はきっぱり断言します。あの浪花節《なにわぶし》そっくりのお経の節廻しは、ちょんがれ然とした説教、死人《しびと》の番人、心にもない偶像の崇拝、乞食同様の生活法、すべていやです。下には檀中にぺこぺこ頭を下げ、上には本山に押さえつけられて、本心でもないことを言って廻らなければならない。そんな生活をして一生終わる気は毛頭ありません。第一この自分のものだかどうだか得体の知れない大きな家に入って、あのぶかぶかの金ぴかの法衣《ほうえ》を羽織って、人のせっせと働いてるのをよそに見て、御経の切り売りや、安心《あんじん》の卸《おろし》売りをして、その揚句は自分を売ったり、仏を売ったりする良心の痲痺した芸当は、僕にはどうあっても出来ません。そんなことは皆恥ずかしいことと思います。僕は断然坊主にはならないということをここで宣言します。」

「よろしい。そのませた口振りを忘れるな。お前が今日まで成長してきたのは、みんなお前がたった今悪口を言ったその寺のためだ。つまりみんな仏祖の賜《たまもの》なのだ。それを有難いとも勿体《もったい》ないとも思わず、勝手な悪口雑言《あっこうぞうごん》をする。今となっては容赦はならん。お前はお前で今の大言壮語を忘れず、自分の口は自分の手で糊《のり》するがいい。お前のような不信心者に、仏米を食《は》ませることは、親として仏祖に申訳がない。唯今限り断然俺は親子の縁を切る。あとはどうなりと勝手にするがいい。そうして今の口幅ったい言葉を実地にやり遂げて、この父に見せてくれ。それまでは決して会うまい。」

父の声は震えを帯びていた。けれども子の頭には、この場の光景がただあっけらかんとかえって白々しいように映ったばかりであった。そうして父の激しい言葉が、ただ意味を忘れた声としてのみ響いてくるのであった。彼は無言のまま蒼白の面を無表情に擡《もた》げたまま瞬き一つしなかった。父はいまいましそうに彼を尻目にかけて立ち上がったが、興奮でよろよろとよろめいていた。そうして押入れの用簞笥《ようだんす》の中から紙入れを取り出すと、その中から三四枚の十円紙幣をぬいて、彼の前に改めて押し出した。

「勘当《かんどう》したと言っても、もともと親子の仲だ。ここを出てもすぐにお前も自給というわけにも行くまいから、それまでの費用にこれを持って行きなさい。これはお前の親としての餞別《せんべつ》だ。その積りで納めなさい。」

父の言葉は丁寧であった。その代りにはまるで感情がなかった。強《し》いて込み上げて来る激怒を抑えて、強いて感情の伴わない理性の上だけでの行為について説明をしているようであった。彼は一瞬間並べられた紙幣の意味が分からなかった。ただぽかんとして父の顔と手と紙幣とを次々に眺めていた。と、父の冷たい武装したよそよそしさが、また元の憤激に戻りかけた。

「さあ、その餞別をもってさっさと立たんか。口では大きなことを言っても、いざとなれば尻込みをしているのか、意気地《いくじ》なし奴《め》。出来ないなら出来ないと、ここで手をついて男らしく謝罪《あや》まれ。さあ、どっちなりと早く決心しろ。」

この言葉を聞くと、彼ははっとわれにかえった。そうして無謀かどうか反省する暇《いとま》もなく、無言のまま父の前にべたりと丁寧にお辞儀をするとともに、すっと立ち上がった。そうして大股に父の居間を去ろうとした。が、足が宙を歩くようで、畳の上を歩いているかどうかまるで分からないくらい頼りがなかった。と背後で父が、

「この餞別をどう始末するんだ。」

と怒鳴った。彼は振りかえりもせず、

「そんなものいりません。」

と答えたのであるが、声が咽喉《のど》に引っからまって、思うように出なかった。が、何やら急がねばならない人のように、彼は大急ぎで部屋の敷居を跨《また》ごうとした。その途端わぁっという泣声もろとも、ある重さを感じて、たじたじとなった。母が縁側から飛びかかって来て、彼の胸に顔を埋めて吊り下がったのである。母はとぎれとぎれに泣きじゃくりながら、

「何をあんたは短気を出して……お父上に楯《たて》つくなんてことがあろうことか……あんたが家を出たら、あんたの命はもとよりのこと、わたしたちも何が楽しみで生きて行けましょう……さあさあそんな一時の上気から、お互みんなの幸福を台なしにしていいものですか……この場はわたしも謝罪《あや》まるから、あんたもお父上に謝罪まっておくれ。そうしてともかくそんな無茶なことはしないでおくれ。後生《ごしょう》だから……わたしの、母の一生のお頼みだから……。」

「僕はどうなったって構うもんですか。」

彼は母を押しのけて走り去ろうとした。が母はしっかと抱きついて離れない。仕方なく彼は母に縋《すが》りつかれたまま、そこに突っ立った。鬢付《びんつけ》油の香がぷんと鼻にきた。彼はぽかんとして母の丸髷《まるまげ》を見下ろしていた。鹿子《かのこ》絞りの紫っぽい水色のてがらの少し垢染《あかじ》んだのが妙に気になった。が、この場合どう自分を処置していいのか、まるで分別がつかなかった。そのうちにも母は涙ながらにくどくどと彼を説いた。終《しま》いにはいきり立っていた彼もとうとう渋々母にくどき落とされた。そのあいだ幾度も彼は父の挑戦的な言葉を待った。しかし父は俯《うつむ》いたまま身動きもせず、片言隻語《へんげんせきご》も洩らさない。じいっと何ものにか祈っている様子であった。

彼がようやく鎮まったのを見ると、母は父の前に散らばっている紙幣を取り片付けた。そうして父の前に子の手を引いて行って、ともども手をつきながら、重々子が悪かったから、こんどに限って自分に免じて赦《ゆる》して頂きたいと、まず自分から謝罪しておいて、彼にも謝罪をすすめた。彼は黙って丁寧に頭を下げた。父も黙って頷《うなず》いたきり、何とも言わなかった。その日一日父は床についていた。彼も碌々《ろくろく》食物が咽喉へ通らなかった。母は父と子とのあいだを幾度も往復した。

三日の後に彼は父の意に従って、この地方の本山《ほんざん》の別院《べついん》に得度《とくど》の学術試験を受けに行くことになった。彼はとうとういくらか折れて出たのである。これもひとえに母のためにして上げることだ。彼はそう呟《つぶや》いて、一人で慰めたり諦《あきら》めようとしたりした。

その頃彼の寺の属している本山は、数百万円の借財で苦しんでいた。その返済の手段として、累代《るいだい》の什宝《じゅうほう》を入札に附したり、土地を売却したりして金を造っていたが、この得度試験も、冥加金《みょうがきん》当て込みの一種の勧財手段であった。そのほか末寺《まつじ》に檀信徒の戸数によって租税と同じような三円五円という比較的多額の金が割り当てられていた。そうしてその額を完納した場合には、論功行賞の意味で堂班《どうはん》を昇進させる段取りであった。その昇進を目あてに末寺の住職連はいわゆる「お頼み金」の「お取り持ち」に奔走するのであった。しかも一方檀信徒も役場の賦課には不平を洩らしても、本山の金となると身分不相応に喜んで張り込んだ。そうして御門跡《ごもんぜき》のため、御本山のため、御寺のためという標語が、何よりも彼らを興奮させていた。本山も末寺もそこをつけ込んで何かと言っては門徒を利用するに腐心していた。そのほか金の上げ高によっては、二百代様《にひゃくだいさま》とか三百代様とか、または五百代様などという、いわゆる「仏様」の絵像を、門跡の署名を裏に入れて下附《かふ》していた。それがまたいよいよ京都の本山から「お下り」になるという時には、檀中の喜びようと、それにつれての騒ぎとは並大抵のものではなかった。そうして募財の運動員として、いわゆる「御使僧《ごしそう》」と呼ばれる布教師あるいは役員が、やたらに末寺を巡廻していた。そうして手をかえ品をかえて、末寺や信徒から金を捲き上げる工夫を講じていた。何でも勧募して得た金の幾分かは、上は教務所の所長から、下は下廻りのいわゆる御使僧達に至るまで、その成績の如何《いかん》によって、歩合制度の請負事業になっているということであった。それかあらぬか勧財員の運動はほとんど必死の努力であった。得度試験はこういう、一にも金、二にも金という宗門財政のもっとも逼迫《ひっぱく》した時に行なわれた銭取り策であった。いったい本山の当局にとっては、法義引立ての安心《あんじん》がどうのと口先でこそ時には言うこともあるが、いったいにそれも勧財の口実で、徹頭徹尾どこにまた如何《いか》にして募財の財源を見出そうか、それのみがいつも、もっとも重要な根本問題であるらしかった。

そんなわけであるから、今度の得度試験には、客釣りの人気取り策として三つの特点が誰にも呑み込めるように上げられてあった。第一京都の本廟《ほんびょう》までわざわざ上る必要のないこと、従ってその旅費万端の節約ができること、第二は冥加金の割引があること、しかも次の常例の得度式からは冥加金の値上げが断行されること、それから最後に試験課目の至ってやさしいこと、この三カ条が、未得度の子弟をもった末寺の住職にとってはまたとない餌となった。であるから、寺院の子弟はわれもわれもと風をのぞんで別院に雲集すると言った有様であった。

この話を聞かされて父から受験を慫慂《しょうよう》された時に、彼は非常な侮辱を感じて、立ちどころに頑強に拒絶した。第一彼は初めから坊主になる気は毛頭なかった。よし僧となっても、それは行の清い心の美しい人のわけであるから、何を苦しんで形式一点張りの得度なんぞをしてもらう必要があろう。こういう頭が前からあったのである。そこへ金が安いの、課目がやさしいのということは、いよいよ以って彼をいやがらせて、それを侮辱と感じさせるばかりであった。けれども父は執拗に慫慂して、彼の自由を許さなかった。その結果はとうとうある晨朝《じんじょう》の勤行の座で、内陣の両側に本尊を前にはさんで対峙して、父と子とは戦端を切って火花を散らしあったのである。

彼は渋々父から『教行信証《きょうぎょうしんしょう》』の序文の訓読を教わった。それが全体の試験課目だということがあった。彼は故意に漢音と呉音を取り違えたり、読み癖を無視したりして、父を幾度も怒らせた。しかし二日目には空《そら》で一字違わず全文を暗誦することができた。あまりに易しいので、彼は当局に誑《たぶら》かされて、うまうま出しぬかれるのではあるまいかという懸念があったくらいであった。が、案外早く上がったので、父は大喜びで簡単な註訳をさえ教えてくれた。彼はいっこう有難くもなく、ただ機械的に鵜呑《うのみ》にしていた。

試験の前日に父に連れられて、汽車で別院のある町へ向かった。彼は車中でなるべく坊主臭い父と同伴でないような振りをして、人目を憚《はばか》っていた。この地方で「御坊様《ごぼうさま》」と呼ばれている別院の小山のような屋根が、町家の屋根の波の上に屹然《きつぜん》として聳《そび》えているのを見ると、車中では急に念仏の声が合唱した。乗客の大半はそこの駅で汽車を捨てた。手に手に念珠をかけた田舎の爺さん婆さん連中が、風呂敷包を片襷《かただすき》に結びつけて、草鞋《わらじば》穿きで幾百となくプラットフォームに降りた。長い間とじ込められていた雪から開放されると、農繁期の訪れてくる前に、まず崇敬のために別院に参詣するのが、この地方の習慣であった。ことに明日からの三日間は、得度試験の監督として、門跡代理の御連枝《れんし》が下向になったというので、混雑は日常に倍していた。彼は初めて着た藍《あい》の香の高い仕立卸しの角袖《かくそで》の中に手を突っ込んで、何だか羞《はずか》しいような嬉しいような、それでいてどこか不安な気持で、群集の中をすりぬけた。

別院近くの宿屋は賑かであった。奥座敷一帯には、絃声《げんせい》しきりに湧くといったような生めかしいところがあった。それとまじって団体客らしいのが、前二階ではしゃぎ廻っていた。父は晩餐《ばんさん》の席上すこぶる上機嫌で、給仕に出た年増女に酌をさせながら酒を飲んだ。二人のあいだに父の知人の噂がそれからそれへとひろげられた。そうして彼の知らない名前が続々と出て来た。女は父がここの教校にいた頃からの馴染《なじみ》らしかった。

女はそばかすだらけの地肌に、うどん粉を振りかけたように白粉《おしろい》をつけて、古ぼけた丸髷を結っていた。どう見ても鬘《かつら》としか思われない。年はかれこれ四十にも近かろうが、首まで真白に塗っているので、黒ずんだ半襟がうすぎたなく、白い粉をふいていた。そうして両方の頬骨《ほおぼね》のところだけが擦《す》りむけたのか、赤身どころが出たように赤らんでいた。それが色々な小娘らしい、しなを作って父に応対するさまは、どう見ても化物であった。女の話は一々舌たるい重い言葉でつながっていた。

「これあんたさんの弟さんですな。よく似てらっしゃるで。」

女は彼を指して父に尋ねた。

「冗談言っちゃ困る。おれの伜《せがれ》だ。どうだ立派な息子だろう。」

「本当ですかいな。よく似てらっしゃるが、この方あんたさんよか背が高いでないかいの。それでもあんたさんが親御ですかい。」

「そうとも。」

「おいくつ。」

「十八だ。」

「ほうほう、そんならあんたさん、よっぽど早くから綺麗な奥さんに可愛がられたんやなあ。おらちっとも知らなかった。あんたさん罪な方や。」

「いやはや。勿体なくも貴女《あなた》さまのお耳にも入れず妻《めと》を嫁りました段重々不届千万、なにとぞ平に御容赦くだしおかれたい。」

「あれまあ、宮城さん。あんたはんやっぱり若くいなさるねえ。」

女は手をオットセイのように振って笑い崩れた。父も大きな胴間声《どらごえ》を張り上げて笑った。女が座を立った時に、彼は苦々しそうに父に言った。

「今の女は変ちくりんな奴ですね。」

「うむ、あれか。ご大層の品物だよ。おれたちがここの教校へ来ている血気盛りの時分、やっとあれも女になりかけた頃でな、初めは薬鑵頭《やかんあたま》に始終手拭を被っていたものだったが、いつの間にやらあの丸髷の鬘《かつら》がのっかっていたのさ。あの古ぼけた丸髷はありゃ鬘だよ。

今度出て来たらよく見てごらん。ところが酒を飲んだりすると皆がからかってね、いやがる奴を無理矢理に鬘をひんぬがして、その代りに法衣を着せるんだ。そしてその鬘をじゃん拳に敗けた奴に冠《かむ》せてね、踊らせたり、二人を新郎新婦だってんで、きゃっきゃと追い廻したものさ。ところがいつの間にやら、彼奴《きゃっ》のお腹《なか》がせり出したという騒ぎだ。調べて見ると、関係した奴が一人や二人じゃないんだ。あれなら大丈夫だってんで、みんなちょっとつまんだんだな。鬼も十八というから、化物にだって年頃はあったんだろうよ。来迎寺なんぞも今じゃあんな青ぶくれで乙にすましているが、あれでやっぱりあの時にゃ、つまんだ仲間なんだからな。もっとも女の方じゃ千客万来という札を掛けたんでもなかろうが、誰彼という見境なしに引っぱった連中に片端から振舞ったんだな。ハハ……」

父は酔の廻った赧《あか》ら顔をばあっと撫でて、煙草の脂《やに》で黒く染まった歯をむき出して哄笑した。彼は何だか自分の顔が急にほてるのを感じた。

食事の後で、父に案内されて、町の盛り場らしい明るい通りを歩いた。講釈師が辻で岩見重太郎を弁じ立てていた。曲馬小屋では内でどんちゃんどんちゃん囃《はや》し立てていると、木戸では男が金切声を振りしぼっていたが、真正面の幕外では白い椀を面にかぶったような小娘が二人、馬の尻の上で何か食べていた。そのほか見世物小屋がいくつも掛かっていた。父が彼のご機嫌をとるかのように、何か見ようかと誘ったけれども、彼は頭を振ってさっさと歩いた。

帰り路には裏門から別院の境内に入った。正面に廻ると、ちょうど本堂の大戸を閉めかけているところであった。白衣《びゃくえ》の僧がうんすらうんすら戸を押していた。入口の正面に大きな吊燈籠が、とろとろと眠ったような燈を瞬かしていた。夜目ではっきりとは見えないが、建物全体が妙に殺風景でただ広いわりに、ゆとりがなくて窮屈であった。大きな重たげな屋根が、闇を圧しているせいかと思ったが、そうばかりでもないらしかった。試みに父に尋ねてみると、再建《さいこん》の時、建て前の終わったばっかりに大風に吹き倒されて、何本かの柱に傷がついたので、皆それに合わせて一二尺ずつ爾余《じょ》の柱もつめたからだということであった。

「それに気がつくとはこりゃえらい。」

父は説明のあとへ讃辞を附け加えた。彼にはそれがわざとらしい世辞に響いた。大きな蓮華の手洗鉢のほとりで、十二分に咲き尽くした梅が、ほろほろ散りかけていた。それを見上げながら彼はなるほど梅の香がしたのも道理であると思った。そうして何とはなしに暗香浮動《あんこうふどう》という句を思い浮かべた。

兵営のような別院の境内を出ると、南側に美しい燈が軒並に一二町がほど続いていた。門口には白粉《おしろい》をつけたなまめかしい女が、利休の歯をちゃらつかせながら、男を呼んでいた。往来に背を向けて、若い男と女とが幾組も立ち話をしていた。彼は直覚的にここを通るのが羞かしかった。往来の真中を小さくなって、脇目も振らずに歩いた。が、それでいてそこのあらゆる色彩や情景が、目の底に焼きつくほどにもはっきりと映った。前方からよろよろやって来た遊び人らしい男に突き当たろうとした。彼はうろたえて脇へよけた。するとある女が、父の顔をだまって見上げたまま通り過ごしておいてから、彼の耳元へ口をよせて（彼の気持では確かに耳元であった）、

「若旦那、若旦那、きっとあとでいらっしゃいましな。」

と囁《ささや》いた。彼は魔女の言葉を聞いたように身震いをした。そうして言うに言われぬ快い羞しさは、彼の心に聞いてはならない言葉を聞いたという甘い悔恨と魅力に充ちた苛責《かしやく》とを呼び起こした。不思議な神秘の国がすぐと間近に来た。こういう予覚はとりもなおさず、美しい夢のような未知の恐怖であった。彼にも悩ましい青年の暁が訪れかけてきていたのである。

宿屋の座敷に入った時、父はにこにこしながら、

「お前を呼んでいたのう、ハハ……。」

と面白そうに笑った。そうしてあかず子の角袖姿を眺めた。今さらのように子の成人を詠歎《えいたん》するという風であった。床に入ってから父は、

「今のところを知ってるか。」

と子に尋ねた。

「あすこはね、別院参詣の僧俗を当て込んでいる色街で、昼は別院、夜はあすこという

仕組になってるんだ。ところで宿坊同様、永年のあいだに何家は第何組とちゃんと教区教区の縄張りがあるんだから妙じゃないか。どうして別院に落ちる賽銭《さいせん》より、あすこに撒《ま》かれる賽銭のほうが多いという話だから豪気なものだ。」

別院の殺風景に比較すれば、たしかに華やかな町並に暖かみがある。なるほど賽銭の話は本当であろうと、彼は一も二もなく父の言葉にうなずいた。

「ところが」と父はさらに語をついだ。「あの土地一帯が別院の地所なんで、表向きはうるさいうるさいと言いながら、陰じゃうんと地代をせしめているんだ。さしずめ賽銭の二重取りさな。ちょうど鶏を飼っておくと、面倒な代りには玉子を生むでな。別院でもちゃんと算盤《そろばん》を取っていらあね……。」

その晩彼は先刻の女の呼び声に悩まされて、容易に眠ることができなかった。「若旦那、きっとあとでいらっしゃいましな。」この蠱惑《こわく》に充ちた怖ろしい言葉が、追っても追っても不思議な鮮かさで脳裡に蘇ってくるのであった。

別院の庫裡《くり》のほうには、「志納場」とか、「教務所」とかいう大きな字の札が幾揃いもかかっていた。そうして入口が幾つもならんでいた。中頃の一つの入口を入って、薄暗い室《へや》を二つ三つ過ぎて行くと、「受験者詰所《つめしょ》」と貼紙のしてあるがらんとした薄汚い黒ずんだ畳を敷いた一室に出た。受験者らしい若い人が四五人、それに頭を青く剃った住職然とした人が二人、四角の木の火鉢を囲んで、しょんぼり不安そうに待っていた。受験者の中には彼より年上らしいのもいた。が大部分は皆年下で、生気のないいやに生《なま》っ白《ちろ》い、うらなりの瓢箪然《ひょうたんぜん》たる顔を揃えて、そのくせきな臭そうな顔つきで、新来者を検査するように眺めていた。父は軽く一礼するとともに、袂から煙草の袋を取り出しながら、

「これはしまった。一番にと思って来たのに大分遅いな。」

と彼を顧みて元気に言った。すると一人の住職が、

「一番がよろしいんですか。」

と尋ねた。父と彼とが一緒に頷いた。

「そうですか、私等の前にもまだ十人以上も来ていられるのですが、皆いい、の一番が怖いというんで、御堂へ行っていられるのです。誰もなり手がないので持てあましているんですから、一番をお譲りしましょうか。」

こう一人の住職が言ったので、父はいいこと幸いに早速第一番の番号札を貰いうけた。それから風呂敷包みを解いて、略衣《りゃくえ》を着て待っていろと注意した。彼はぞんざいに略衣を引っかけた。そうしておいて、一度試みに『教行信証』の序文を暗誦してみた。淀みなくすらすらとできる。彼はすっかり落ちついてしまっていた。が、あたりを見廻すと、うらなり連中は、皆青い顔でぶるぶる震えているようであった。彼はこんな連中と一緒に坊主になって堪《たま》るものかと思った。余儀なく今日は同じ試験をうけはする。しかし今に見てい

ろ。誰が貴様たちと同じ輪の中に入っているものか。彼はこんな気持で彼らを見下していた。そこへ呼び出しが来た。彼はみんなの瞳に送られながら、力任せに床板を踏みならして、何でも来いと言った調子で一人で奥へ導かれた。

　廊下を何度も曲がって、狭い庭に面した座敷の前へ来ると、案内が「お静かに」と言って膝を折った。彼も少し前かがみになって中へ入った。と、右手にいた茶褐の輪袈裟《わげさ》の男が、彼の座席を指した。彼は指定された小さい経机の前に坐った。そうして始めて室内を見廻した。左の上座に丸く金色の牡丹と八藤《やつふじ》とを散らした薄い栗色の五条袈裟《ごじょうげさ》をかけた老人が、ちょうど忠臣蔵の大序に出て来る高師直《こうのもろなお》のように、皺くちゃだらけの顔で頑張っていた。むつかしそうな爺さんだ。大方これが一宗の講師とか嗣講《しこう》とかいう碩学《せきがく》なのだろう。彼はそんなことを思いながら、じいっと老人の横顔を睨めつけて、塩辛そうな命令を待った。が、老人は瞑目したまま長い白い眉毛を猫の髭か何かのように思い出してぴくりぴくりと動かして、小声で念仏を口誦《くちずさ》んでいた。

　しばらく無言の時がつづいた。と、老人の後ろの明り障子の外で、軽い足音が湧いて、すぐさま腰から下の三つの影が衣擦《きぬず》れの音をさらつかせて現われた。すると今まで目を瞑《つむ》っていた老人が、いきなり皮のたるんだ目を垂れさがるようにむき出して、はったと彼を睨みつけて、一言鋭く「平伏《へいふく》！」と叫んで、中啓《ちゅうけい》（扇の一種）で畳をとっと叩いた。いまいましいと思いながら、彼は経机の上に額を当てて、しばらく畏《かしこ》まっていた。するうちにやがて老人が動いた気勢なので、彼もまた元の姿勢にかえった。見ると正面の上段の間《ま》には、痩せすぎな、心持ち下脹《しもぶく》れの面長な貴公子然たる人が、色白の顔に華奢《きやしや》な金縁眼鏡をやさしそうにきらつかせながら、黒い略衣に赤地錦の輪袈裟をかけて、端然と坐っていた。脇側《きようそく》の上に軽く置かれた左の手の指から、不思議に美しい光がさしていた。これがいわゆる御連枝だな。そう思って見ていると、やや離れているが御連枝の両側に、羽織袴の俗体の者が二人畏まっているのに気がついた。従者とか小姓《こしよう》とかいう類だな、と彼は推断した。

いよいよ一座の顔ぶれが揃った。そのとき老人はぱっと中啓を膝の前に投げ出しておいて、やや連枝のほうへ体をよじらせて、両手を中啓の上について平伏した。そうして御門跡御名代の御面前において、いよいよ得度試験を執行する者を言上に及んだ。連枝は軽く頷いただけであった。すると右下手に控えていた別院の輪番《りんばん》らしい人が、光明寺宗侶宮城円泰と、彼の名を読み上げた。彼がひとごとのようにぽかんとすましていると、老人は中啓で軽く畳を叩いて、「一礼一礼」と小声ではあるが鋭く促した。彼はまた辞儀をした。これで紹介がすんだのである。

そのとき老人は皺嗄《しわが》れた声で厳《おごそ》かに彼に命じた。

「御聖教《おしようぎよう》を繙《ひもと》いて、御本書の序をお読みなさい。」

経机の上には和本が二冊あった。おおかた赤い表紙がそれとは知っていたが、彼は故意に黒ずんだ表紙の方をあけて見た。それは蓮如上人の仮名書きの御文章であった。彼はそのまま表紙を伏せていきなり赤い表紙の本を取り上げて開いた。と老人は御聖教は尊いものじゃ、粗略に扱うことは相成らん、丁寧に押し頂いて、それから繙《ひもと》きなさいと小言を言った。ちぇっとは思ったが今に驚かしてやるからという肚《はら》があるので、彼は言われるままに元通りとじておいて、それから頭のてっぺんに触るほど馬鹿丁寧に押し頂いた。そうして本の影でぺろりと舌を出した。開くや否《いな》や彼は文字を見ないで、一気呵成《いっきかせい》に息をもつかず早口に読み下した。老人がせき込んで「待った待った」と中啓で畳を叩いても、知らぬ顔の半兵衛をきめ込んで、とっとと読みおわって、また初めのとおり押し頂いて本をとじた。そうしてちらと連枝の方を窺うと、白い顔が微かに綻《ほころ》びていたようであった。「いかんいかん、そんな御聖教の読み方というものがあるか。もう一度せかずにゆっくりと読みなさい。」

　老人をいくらか手こずらしたらしいので、彼はすっかり寛《くつろ》いだ気持になった。そうして今度は前と反対に、嚙んでふくめるように、ゆっくらゆっくら読みはじめた。すると老人は一言一句嚙みしめるように一々頷いていたが……「故ニ知ンヌ円融至徳ノ嘉号ハ転ジテレ悪ヲ為スノレ徳ヲ正智……」と読んで来た時、老人はぽんと中啓で畳をたたいた。

「もう一度知るの上の字を読みなさい。」

　彼ははっと気がついた。「故」を「かるがゆえに」と読まねばならないと主張する父に反対して、「ゆえに」で結構だと強情を張っては、幾度も父を怒らしたことを想い出した。

そうしてわざと、もう一度「ゆえに」と読んでみた。と老僧はもう一度と命じた。彼はまた声高に「ゆえに」と読んだ。

「「ゆえに」と教わったか。」

老僧は真向《まっこう》から浴びせかけた。

「いいえ、教わることは「かるがゆえに」と教わりました。」

彼は落着きはらって答えた。

「ではなぜそのように読まんのじゃ。」

「わざわざむつかしく特殊な読み方をする必要がないと思いましたから。」

「先徳がやって来られたことだ。みだりに変えることは相成らん。普通は「ゆえに」でよろしい。けれどもここでは必ず「かるがゆえに」と読む。以後そう読みなさい。」

老人は目玉をむき出して彼を睨みつけた。そうしてこう厳命した。最初から茶化してからかい気味にあしらっていた彼も、老僧の生真面目な叱責に会うと、ぐっと癪《しゃく》に障《さわ》った。そうして敗けず嫌いの根の強情が顔を出して、びりびり口惜《くや》しくなってきた。ひとこと言って見なければ腹が癒えない。

「それだけの説明では納得できません。いったい普通の読み方がなぜいけないのです。」

「今日は試問の日であって、講釈の日ではない。そちの学力を試みる日で、そちに教える日ではない。また他日教えることもあろう。」

「いいえ、決して今後教わることはないでしょう。それはそれとして、今の素読が得度試験でございますか。これで坊主の資格ができるのでしょうか。」

「さよう、これが学力試験だ。あとは御本山の祖師堂において、忝《かたじ》けなくも御門跡台下《だいか》から御剃刀《おかみそり》をうけて、度牒《どちょう》を頂けばそれで立派な僧侶じゃ。」

こう言って老僧はなぜか連枝のほうへ向かって一礼をした。

「これしきの試験にわざわざ遠いところからご出張になったり、われわれとてもここに来るのははなはだ馬鹿らしい。いっそのことこんな形式一片の試験なんぞは全廃して、金だけで資格を与えたらいかがでしょう。」

「そちは何と申す。すべて一派のことは台下の畏《かしこ》い御思召《おぼしめし》によるもので、遠く凡慮《ぼんりょ》の及ぶところではない。そちごとき青道心《あおどうしん》はただ仰せを畏んでいればいいのじゃ。向後《こうご》口幅ったいことは一切口にしては相成らんぞっ。」

老僧は威勢高になって彼を叱りつけた。が、彼はこの機を外さずもっと老僧を怒らして、試験に不合格になろう、そうして父の鼻を明かしてやろう、こう思いついたので、老僧の胸を射貫《いらぬ》くように視ながらきっぱりと言い放った。

「僕はたとえ坊主になるにしても、こんな子供だましのような試験で及第するのは屈辱と信じます。本山ともあろうものがなぜ素直に金が欲しいなら欲しいと言わないんでしょう。特別の御思召もへったくれもあるもんか。僕はここへ恥かきに来ました。」

「なななんだ。言わしておけば無礼の雑言。台下御名代の御面前をもはばからず、下がれ下がれ。」

老僧は芝居もどきに胸のあたりでむやみと中啓を振って、彼を部屋外へ押しやろうとした。見かねた輪番が彼をすかして外へ連れ出そうとした。彼は連枝に一礼して立ち上がった。そうして出しなに障子の外から振りかえってみると、皺くちゃの老碩学は赤黒くかんかんに怒って、盛んに荒い鼻息をついていた。何だか小さい蠅取り蜘蛛がいきり立っている格好そのままであった。

詰所へ戻ると、心配そうな青い顔が、さきほどの三倍がほどに増して彼の帰りを待っていた。彼は略衣を穢らわしそうにかなぐり捨てた。第一に父が、

「どうした、大分手間どったじゃないか。」

と尋ねた。彼は今までの興奮をなるべく外へ現わしたくないとは思っても、どうしても抑えることはできなかった。

「ええ、ちょっと口論をして来ました。こんな阿呆らしくやさしい試験って、あるもんですか。あまり人を小馬鹿にしているから、梅干老僧に喰ってかかってやりました。」

父は、ほうほうとわが子の手柄を自慢するように喜んだ。すると住職の一人が下唇を突き出して、

「何か口頭の試問がありやしませんでしたか。」

と尋ねた。彼はそっけなく、「あった」と答えた。すると一座が急にどよめき出した。明らかにある恐怖が人々の胸に行き渡ったらしかった。中には急に持って来た本の頁を繰るものもあった。彼は自分がこの連中の中では小さい英雄であることを感じないわけにはいかなかった。彼は父を促して、これらのうじうじびくびくしているうらなり連中を尻目にかけて、説教所から本堂の方へ見物に行った。

本堂は立て放しで、まだ内部の荘厳ができていなかった。がさつな落着きのない、いわば大きな倉庫のようだった。四壁の楣間《びかん》（欄間）には、再建《さいこん》の寄附金札や永代経札《えいたいきょうふだ》が、ところせまきまでに打ちつけてあった。金額が五百円千円となると、別誂《べつあつらえ》の塗札《ぬりふだ》で、その上に金字で金額と名前とが書かれてあるのがもっとも人目に立ちやすい丸柱や何かに釘附にされていた。父は中央だけ巻障子を開いた内陣の正面に出て、結界の外から丁寧に礼拝していた。あたりには穴のあいた賽銭が散らばっていた。硝子《ガラス》玉の念珠が円柱の釘に二三聯《れん》かかっていた。信者の遺留物に違いない。

「面白いところを見せてやろう。」こう言って、父は彼を本堂裏の廊下のもう一つ奥へ導いた。そこは俗に詰所《つめしょ》と呼ぶ、この別院の管轄区内の安溜りであった。ちょうど下宿屋のようにむさくるしい部屋がずらりと列《なら》んで、組々で部屋割が違っているとのことであった。どの室《へや》にもきまってみすぼらしい白木の衣桁《いこう》が衝立《ついたて》のように入口の近くに突っ立てられて、それに銭型の蠟燭の滴りのこびりついた法衣が、形ばかりの袈裟をのせてかかっていた。

衣桁から見え隠れに、薄汚い白衣姿の人が湯沸しの上に腰を二つに折って、幾十年来待ちつづけたような人待ち顔で、たばこを喫っているのだった。彼には全く不思議な生活であった。

「ここは地方から坊さんが出て来た時、しごく安値に泊まられる仕組みになってるんだ。」

父の説明を聞いた時、彼にはある疑問が萌《きざ》していた。

「あの人達も用に出て来て泊まってるんでしょうか。」

「あれか。いやあれは詰所のノミだよ。自分の寺のない宿なし坊主が、仕方なしにここへ転がり込んで、別院の華を立てたり、お勤めをしたり、時には招かれて町の年忌もつとめに行く。そうやって幾十年でもここを住家にしているのさ。寄生虫だよ。」

「ずいぶん沢山いるじゃありませんか。」

「ああ、多い時には二三十人もいたがね、そう多くちゃやはり共喰いになるから、今じゃ大分少ないようだ。あれでみんなそれぞれ町家に得意先があるんだ。」

そう言いながら父は一つの部屋を覗いて、ある白衣の老僧と「やあやあ」と声を掛け合った。老僧は白毛まじりのひげを顔中ところかまわず生やしていた。幾十年来ここに起臥《きが》して、詰所の主《ぬし》と言われている老僧だそうである。彼には老僧が、しんからの人間とはどうしても思えなかった。見たところ枯淡ではあるが、どこかむさくるしい。何だかいたずらな四足獣が過《あやま》って若い坊さんに化けたまま、それきりいつの間にか年を取った、という風に見えて仕方がなかった。人間の情緒や理性が、少しも顔に現われていないのであった。彼はこうした不思議な世界の不思議な生活を驚きの目を見張って視《み》はしたが、どうしても消化しきることができなかった。そうしてただ父の洩らした寄生虫という言葉が、妙にいつまでも頭に残った。ひょっとしたら別院のやくざ坊主ばかりが寄生虫でなく、坊主全体、寺全体、もちろん別院や本山もその中に洩れず、すべて社会のやくざな寄生虫ではなかろうか。こう思うと彼はさきほどの連枝も碩学も輪番も父もうらなり連中も、みんな一緒くたにシラミのようにうじょうじょこせこせしているような気がした。そうして自分も危うくシラミになるところだったと思うと、妙に可笑《おか》しさが込み上げて来た。彼は藍の香の高い久留米《くるめ》絣《がすり》の袖を顔にあてて、声をおさえていつまでもひそかに笑った。

帰宅してから彼は毎日落第の通知を待った。しかし、軽い失望のうちにそのことを忘れてしまっても、とうとう落第の知らせはついに来なかった。

それは彼の十八の春もまだ浅い頃のことであった。

前篇

一

ごみごみした三等車は、昨夜からの人いきれで、朝になってもまだ濛々《もうもう》と烟《けむ》っていた。ちょうど冬のあいだだけ、雪の降らない地方へ出稼ぎに出て小金を懐にした連中が、雪消えとともに勢込《いきおいこ》んで、元の古巣へ雪崩《なだ》れ込む季節なので、車室《くるま》の中の賑いは、全く喧騒を極めていた。車室のなかほどには大工らしい屈強の男が七八人、元気でひょうきんな掛声もろとも、余念なく唐八拳《とうはちけん》を戦わしている。そこから二つ三つ座席を隔てたところでは、これも同じく逞《たくま》しげな職人風体の男が四五人、盛んに冷酒を呷《あ》おって、てんでに素焼の茶碗を献酬しては、いろいろな俗謡をうなっていた。こちらに陣取っているのはおおかた女工であろう。二十五・六のすれっからしを筆頭に、十八・九どまりの娘どもが十人ばかり、剝げっちょろの白粉《おしろい》をなおそうともせず、人も無げに絶えず物を食べたり、猥雑《わいざつ》な話をして、きゃっきゃっと笑いこけたり、鼻唄まじりに誰彼の区別なく色目を使ったり、時にはこっちから進んで、男どもをからかったりしていた。その又応酬で車内は煮えくりかえるほどの騒ぎを幾度も幾度も繰りかえした。

寝不足の宮城は、眩暈《めまい》のしそうな頭を、後ろの板壁にもたせかけて、ぼんやりこのみだらな光景を眺めていた。考えてみれば昨夜東京の停車場でこの汽車に乗り合わした時から、こういう騒ぎが爆発しそうな形勢は十分にあったのである。そうした漠然とした予覚が、時のたつにつれてこれは悪い車室に乗り合わしたな、というはっきりした感じに変わりかけた頃には、しかしもう遅かった。見動きのできないくらいの人が、車の中にぎっしりつまっているのに、まだプラットフォームの人波を泳ぐように乗り切って、人ごみからはみ出した人々が、無理無体に車内へ割り込もうとしていた。すると先に乗り込んだ職人連中が、扉《ドア》の把手《ハンドル》をしっかり内から引いておいて、わざと窓から首を出して、新来者を威嚇《いかく》するように立ちはだかった。ここかしこに小競合《こぜりあい》が始まった。するうちに列車が揺らぎ出すと、車内では誰彼の区別なく、思わず万歳の鬨《とき》の声を爆発させた。それがプラットフォームの見送人に伝染すると、今度は見送人から次の車に伝播してゆくうちに、汽車は万歳声《せい》裡《り》に、まるで出征軍か何かのように、停車場を離れたのである。

今の万歳に景気づいた車中は、それ切り熱を下げないで、はしゃぎどおしにはしゃいだ。最初黙ってすましていたものまでが、この場の空気にかぶれて、追々まけずにはやしたてるようになってからは、とうとう車中残らずと言ってもいいくらい、無礼講の懇親会みたようなものになってしまった。それでも真夜中の三四時間はさすがに遊びくたびれたとみえてひっそりしたが、その僅かな休息の時間が過ぎると、もう夜明け前から、また昨夜の続きが始まったのである。

車内が騒がしくなればなるほど、宮城は眉の根をよせて、下唇を心持嚙んで、意固地と見えるくらいにこつともせず黙りこくっていた。考えてみるとこの乱ちき騒ぎの中で、昨夜からまだ一度も唇を綻《ほころ》ばせないようであった。いくら人が面白可笑《おもしろおか》しく笑い興じていても、彼にはすべての光景がただ苦々しく腹立たしくまでに迷惑であった。彼は制帽の鍔《つば》をぐっと目深《まぶか》に冠《か》ぶって、陰鬱の顔をいっそう暗くして、独り身を守るといった具合に固くなっていた。というのも、彼にとっては不思議に身じろぎ一つできないくらい、あたりが騒げば騒ぐほど、車内の空気が何となく窮屈でならなかったのである。

彼はこうした窮屈な姿で、いつまでも目の前ではしゃいでいる人達のことに、ぎこちなくこだわっていた。純朴な農村へ、都会のいちばん悪い風習ばかりを輸入してゆくこれらの人達が帰ると、永いあいだ培《つちか》われてきたその土地の淳風良俗が、一朝にして都会の見掛けのうえでは人好きのする破壊の力を存分に貯えた悪疾のために、片端から崩壊してゆくのが、ありありと彼には見えるようだった。それでいてこれらの新帰朝者気取りの人たちは、とても心から村人と容れない異端者で、要するにすべての土地を、つまり生れ故郷さ

え も、旅の空として渡る一種の渡り鳥でおわるのである。冬になれば都会に集まり、春が来ればまた田舎をさしてかえる。そうして田舎におれば都会を想い都会に移れば田舎を慕って、けっきょくどっちみち住家のない、都会と田舎の両方を仮の住家に放浪していることらの両棲動物は、都会に出れば田舎者と蔑《さげす》まれ、田舎にかえれば旅稼ぎと疎《うと》んじられて、ただふらふらと幾度の春を迎え冬を送っているうちに、とどのつまりは、だいいち農村自体が知らずしらずの感化をうけて、うちから昔の美しい姿をいつの間にやら見失ってゆく。こうしたいまわしい悲しむべき破壊力をもった小悪魔の団体をのせて、汽車はただ送ることのみに責任と興味だけを感ずるかのように、そうして何のために何を乗せて送るかについて、てんで目をつぶって、ひたばしりに小悪魔の目的地へ走っていた。従って都会の罪悪のもつ不思議な頽廃《たいはい》的な惑わしの力、そう言ったものが車内に瀰漫《びまん》して、この場の猥雑《わいざつ》な空気を醸し出して、異様な匂いを発散しているようであった。そう思って見ると、何だか目に見えない蜘蛛の糸のようなものが一面に張りつめられていて、蝙蝠《こうもり》のような灰色の翅《つばさ》が部屋いっぱいに広げられているようにも思われるのであった。

最初自分自身の問題を考えながら汽車に乗り込んだ彼は、いつしか自分の問題を離れて、他人の問題ばかり考えていたというより、他人のことを考えるように周囲から余儀なくされていたのである。が、それに気づいた時、現在のいやな自分のことを一時でも離れていることを、彼はつまり有難いことに思った。家へ帰ることをあれほどいやがりながら、こうやって春休みになってみると、理由はともかくとして、またべんべんと家へ帰る。何故《なぜ》だろう。何故帰らなければならないのだろう。こういうなるべく考えたくないが、しかも一方では考えずにはいられない問題を、寄宿舎を出る時から、汽車に乗っても、いろいろな方面から根掘り葉掘り考えていたのであるが、そのうちに自分の思索の糸が段々もつれ出して、いつの間にやらうるさいと気にしていた同乗の出稼ぎ帰りの旅客の身の上ばかり考えているようになっていた。が、考えが今しも都会と田舎との上に及ぶと、彼はひやりとした。そうして思わずわれにかえった。これは出稼ぎ人ばかりの身の上ではない。自分自身が田舎者でありながら、都会の虫に頭を蚕食《さんしょく》されて、田舎の土地や風習と容れそうにもない。それから自分の父祖が唯一の城とたのんできた家にたいする伝統的の気持も、あらかた失いかけている。そうして両親にたいする愛敬の念さえ、昔ながらの純粋な気持とはいうことができない。彼らに学校の制帽をかぶせて自分が職人の腹掛けをかけて、全然境遇を置きかえて見るまでもなく彼らと自分のあいだにどれだけの相違があろう、どちらも両棲動物に違いないのである。彼は自分もまた一種の立派な都会病患者であることを思わずにはいられなかった。

車窓にはしきりと柔らかな陽炎《かげろう》に包まれた大きな山のいくつかの襞《ひだ》が、とろんと淀んだ薄紫をたたえて、遠く近くゆるやかにまたせわしくさまざまに走った。そうして襞の走るにつれてその頂《いただき》をすべる大きな弧線がするすると傾いたと思うと、それが落ち切らない間に、また新らしい瑞々《みずみず》したぼおっと烟《けむ》らんとしている線が、ちょうど銀色にぼかされた兎の背のように、ふんわりと現われて来る。と、近い山の大きな背と背のあいだに遠い連山が水晶のような真白な波頭をくっきりと擡《もた》げているのである。車窓から見える天地は、山から麓、麓の村から平野へかけて、一面に甘ったるい水蒸気がとろんとして淀んでいるのを、夢見がちな春の日が、ものうさそうに遠くから暖かい息を吹き入れてふくらましているる。今日は汽車の煙さえ、まるで白い飴細工かそれとも兎の毛を丸めたマッフルか何かのように、のんびり溢れたぬるまっこそうな水田の面に、ゆるやかな白い影を浮かして飛びもやらずに、児童の描いた汽車の煙そのままに、後から後からと幾つも輪をなしてつながっていた。山の麓の村々にところどころ白く忘れられたものは、おおかた梅が満開なのであろう。

海岸を離れてから、いくつも山懐《やまふとこ》ろを突き破って進んで来ると、いよいよ彼の故郷の停車場が近づいた。別れを惜しむといった気持の働くものと見えて、どこかやけくその騒々しさが、際立って車中を占領してきたが、宮城は反対にいよいよ重苦しい気分に支配されていた。早く停車場に着けばいい、そうして一時も早くこの乱雑なせせこましい息のつまりそうな場所から逃れたい。こう思いながら彼がしぶとくこの場の光景を眺《なが》めていると、旅客のすべてが躍《おど》り出すまでにはしゃいでいる中に、ちょうど彼とは反対の側に、いつの間にやら一人ぽっちの小男が、鳥打帽を目深に落とし込んで、人目を憚るといった風に、敏捷《びんしょう》そうな瞳を絶えずまぶしげに動かして黙っているのが目についた。年格好は三十そこそこ。風采《ふうさい》はむしろうす汚い方であるが、どことなく上品な華奢《きゃしゃ》な俤《おもかげ》が残っている癖に、妙に冷たい暗いよそよそしい人好きのしない表情が、いかにも狡猾《こうかつ》そうにぬけ目なく、あたりに見て見ぬ振りで気を配っている様子であった。これは明らかに出稼ぎ連中とは種類の違った人間であった。昨夜からあの位置にいたかどうか、彼の記憶にはまるでないが、今、目についてよくよく視たところでは、どこか見覚えのある顔のようでもあった。かと言って、もちろんいつどこで会ったという記憶はない。が、ともすると寺に関係のあるものではないか。そう思って彼はひとりでに赭《あか》くなった。外の誰かが自分をそういう目で見てはいまいかと思ったからである。

そう考えて見なおすと、見れば視るほど、自分の知った顔の中の誰かに似ている。誰だろう。そう思いながらなおもつくづく視ていると、先方ではとっくに彼に気づいて、いちおうの吟味がすんだ後と見えて、小男は比較的平気で、ときどき何食わぬ面持《おももち》で、ちらとすばしこい一瞥《いちべつ》を投げたきり、またもとどおり妙にはにかんだような、いじけたような愛敬のない姿勢にかえって、つんとすましている癖に絶えず彼の注視を怠らない様子である。彼はこの落着きのない、どこかに暗い陰の附き纏《まと》っていそうな不思議な小男から、妙に後《あと》口《くち》の悪い不気味な印象をうけた。彼はこの印象を基にしててっきり坊主に因縁のある人間に相違ないと断定してしまった。彼はよく人ごみの中で、俗人の身なりで納まっている坊主を物色して、大体それと言い当てる妙な癖があった。そうしてその推断は滅多に外れなかった。

大きな河の鉄橋の赤い支柱が、筬《おさ》のようにゆき過ぎると、彼の村を抱いている大きな山懐ろが遥か一体の青黒い霞を隔てて心もちせり上がった平野の果てに眺められた。そうしてマッチ箱のような小さい停車場は、すぐ窓近く現われてきた。ここまで来ると女工の群が大部分腰を引っ立てた。大工連中が網棚から荷物をおろし始めた。見る見る乗客の三分の一くらいが騒々しく立ち上がった。彼はこの不行儀の出稼人が、大部分土地の人らしいのを見ると、妙に当惑した。そうして自分でも同じくこの停車場へ降りるのが、何となく恥ずかしくて後ろめたい気持さえした。

小さい荷物を提げて改札口を出ようとすると、そこへ突っ立っているたくさんの顔の中から、思いがけなく二つの顔が、彼に会釈をした。血色のいいにこにこ笑っているのは、大槻という彼の友人である。青褪《あおざ》めてきょとんとした、若いのか年寄なのかさっぱり見当のつかない、不快な間のぬけた顔の所有主は寺内の住持の法幢《ほうどう》であった。法幢は若い時から耳が聞こえない癖に、妙に片意地の男であった。宮城から見るとひと廻りも年上の男ではあるが、小さい時から呼び癖で彼はいつも法幢法幢と呼び捨てにしていた。この法幢と人前で話をするのはじっさい困り物であった。法幢はただぽかんとして動く彼の口元ばかり見つめていて、勘で自分の作った問に向かって臨機応変の返事をするのだから、こちらはいつもとんちんかんの挨拶で我慢しなければならなかった。どうせ普通の声で喋ったところで結果は同じなのだから、彼はいつも反対に法幢が何を言ってもただうなずくことにしていた。それを法幢はひとかどのことを言って聞かせたつもりで、自分では早呑込みの独り合点で得々としていた。その法幢が人もあろうにこの場所へ出迎えに出ていたので、彼は恥ずかしさを通り越してむしろ人前で頬を打たれるような侮辱を感じたが、それでも一方に大槻がいるのでやや救われた気がした。そうして人に揉まれながら改札口を出て、互に待ち構えていたように、両方から歩みよって、ようようと声をかけ合いながら手を握り合った。

「よく帰って来たね。君の顔を見るまでは半信半疑でいたよ。」

大槻はきりっと澄んだ白い、心もち角張った顔に手をやって、鉄ぶち眼鏡をなおしながら、まぶしそうに友の顔をつくづく眺めて、目を瞬いた。

「君もよく迎えに来てくれたね。僕は君が京都にいるものと思っていた。思いがけなかったよ。どうして今日かえるってことを知ったんだい。」

「京都からは四五日前にかえって来たよ。じつは今日、君んところの御遠忌《ごえんき》参拝と出掛けたところがね、君がたぶんこの汽車で来ると聞いたので、時を移さずやって来てみたのさ。」

彼は大槻の元気のいい若々しい返事を聞いているうちに、やっと汽車の中の混乱した気持から救われたように思った。そうして、ただわけもなくすうっと別の世界へ生まれ変わって、初めて自由に呼吸ができるような気がした。

「もう家じゃお祭騒ぎをおっ始めていたかね。」

「ああ、だいぶん気勢はあったよ。今日の日中あたりはてっきりどえらい繁盛だぜ。日《ひ》和《より》はよし、野良仕事にはまだ一時間もあり、かたがた御遠忌としてはこのへんでの先口だからな。それに今年は春から米の値が滅法いいと来ているそうだし、こう三拍子も四拍子も揃っていて、当たらないってことはないよ。今に見ていたまえ、きっと大成功だから。」

「どんな人が来ていたかい。たくさんいたかね。」

「法中《ほっちゅう》かい。別に新顔もいなかったようだ。何でも七八人が二組に別れて、碁盤《ごばん》のまわりにたかっていたよ。」

「また朝っぱらから笊碁《ざるご》かな。時に君は法幢と一緒に来たのか。」

「いや、僕の来た時からそこに立ってるんだ。」

「忙しかろうに、いったい何をしているのだろう。」

「何でもお使僧を待ってるとか言っていた。」

「お使僧？　お使僧が来るもんなのかね、御遠忌に。」

「そうらしいな。」

「じゃ君も知らんのか。」

「ああ、まるで知らないさ。」

彼は大槻と声を揃えて笑った。その笑い声が聞こえたためか、法幢はきょとんとした目のところへ、同じく笑ったような表情を心もち浮かべながら、彼の前へやって来て、何やら瘤《こぶ》のような喉仏《のどぼとけ》のあたりをぐつぐつ言わせて、三度ばかり馬鹿丁寧なお辞儀をした。そうして吃《ども》りながら、

「このあいだから、御院主様が、御当院様のお帰りをお待ちかねでございます。あの奥様もたいへん……。へえ、お変りもございませんで何より結構でございます。」

そう言って一度頭を下げた。彼はこの栄養不良の福助みたいな法幢のご追従《ついしょう》たっぷりの様子を見たら、また不愉快になったので、いつものとおりいい加減に頭をちょっとうなずかせておいて大槻と歩き出そうとすると、彼らの前を風のようにすりぬけた者があった。はっと思った時には男は後ろ姿を見せて俯《うつむ》いたまま小走りにとっとと歩いてゆくのであった。確かに汽車の中で見たあの小男に違いない。彼は何ということなしにその後姿を見送ってそう思いあたった時に、法幢が小さい声で「あっ」と叫んだ。そうしてしばらく小男の行方《ゆくえ》を目で追っていたが、急に彼の耳元へ口をもって来ると、また犬のようにごろつく喉仏をならしてから、

「今行ったあの小さい男をごらんになりましたか。あれはその来迎寺の大含《だいがん》さんでございます。はあ。」と小声で囁《ささや》いて、びっくりしたように口をあけたまま、男が町角を曲が

るまで影のようなその後ろ姿を指していた。彼はまた軽くうなずいて歩き出した。すると一大事の発見に夢中になった法幢は、二三歩彼について来て、

「大含さんが監獄からかえって来さっしたのでございます。たいへんなことになりました。はあ。」

そう言ってもう一度お辞儀をして、またもとの改札口のところへかえった。来迎寺というのは彼の遠い親戚であって、今の住職は父の小さい時からの友人で、始終親しく彼の寺に出入りしている。ここから二三里隔ったところにあるかなりの大寺であった。大含というのはその寺の三男で小さい時から手癖の悪い持て余しもののことであった。彼は汽車の中の推測があまりうまく的中したので、小男の顔をまざまざと想い浮かべて何だか気味が悪くなった。が、わざと法幢の恐怖に満ちた顔を軽蔑しげに尻目にかけて、大槻を促して往還の真中へ出た。

ものの十歩も行ったと思う頃、また法幢が追い縋《すが》って来た。

「わたしあすこで、御院主様のお命令どおり御使僧様を待っておりますからお供ができません。へえ。」

そうしてそっぽを向きぎみに、二つ三つ丁寧に頭を下げると、今度は鼻をぐすぐす鳴らしながら引きかえした。彼はやっと安心して大槻と肩を並べて歩きだした。

二

大槻と彼とは道々いろんな話をしながら、川の岸をだんだん溯《さかのぼ》った。道が狭くなったり広くなったりするのを、そのたびごとに二人は後先きに一列になったり、肩をならべたりした。ところどころ土手の枯芝を焼いてるものがあった。ふくれ上がった水田の畔《あぜ》に芹《せり》や蕗《ふき》の薹《とう》を摘んでるものがあった。行く手を見渡すと、両岸の並樹が二三丁先から互に抱き合って、何となく眠たそうに煙りかけている。その並樹の見とおせるかぎり、道も練絹《ねりぎぬ》の糸を引いたように山の麓めざして細々とだんだら登りに続いてゆく。道の尽きるあたりに、彼の寺の森が、一段と青黒く指すことができた。そうしてちょうど寺の真上にあたって、後ろの山の背から、遠い山の頂が銀の烏帽子《えぼし》を擡《もた》げていた。この辺まで来ると、ここら一体の黒い土の乾く匂いであろう、生ぬるいぼんやりした香が彼の鼻をくすぐった。いかにも田舎々々した、不思議にのんびりした匂いだなと彼は思った。

しばらくのあいだ無言で、彼は久し振りに見る故郷の風色を懐しんでいたが、また思い出したように大槻に話しかけた。

「僕いよいよ改名することにしたよ。」

「改名？　何故《なぜ》さ。そんなことができるんか。」

「できそうなんだ。で、君にもそれで頼みたいことがあるんだがね。」

「何を。」

「これから僕に手紙をくれる時、忘れずにいつも宮城泰と、泰の字一字に書いて寄こしてくれないか。円泰なんぞという坊主臭い名はかなわんからな。」

「そりゃ易しい御用だが、そんなことで目鼻がつくのかい。」

「ああ、僕はこれまでいつも泰の一字で物を書いているから。これからは人さえ一字名で呼んでくれれば、つまりそれが通り名になるわけだから、たぶん裁判所で許すだろうって話だ。」

「裁判所まで持ち出すのか。」

「ああ、手数は手数だが戸籍面をなおしてもらうのだからな。僕も大っぴらに坊主名が廃したいんだ。だから少しくらいの手数は覚悟している。このためにどれくらい肩身の狭い思いをしているか分からんからな。一時も早く自由の身になりたいと思う。」

「君はじっさい神経質だな。名前なんざぁどうだっていいじゃないか。」

彼は後ろにいる大槻の顔が、彼を嘲けるかのように、また憐むかのように心もち歪んだのを感じた。と同時に自分の眉がぴくっと動くのを感じた。

「どうだってよかあないよ、当事者から見れば。君は局外者だからな、だからそんな呑気なことが言ってられるんだ。僕は坊主じゃない。そうして坊主と見られることを極端に恥じるんだ。何故と言えば、坊主の資格のない僕が坊主と見られるのは、自分の内外ともに賢善精進《けんぜんしょうじん》の気のないことから、まず第一に恥じる。それは坊主本来の意義から恥じるのだが、翻えって別の立場からいうと、現在のような坊主社会の一員だと思われるのは、どのみち非常に迷惑だ。苦痛だ。そうして自分というものの沽券《こけん》に係わるような気さえする。僕はそんなことからいつも署名するごとに穴へでも這入りたいくらいなのだ。で、僕はまずそういう誤解をうけ易い名前から離れたい。ともかく現在の僕には、坊主というものと僕とを結びつけそうな意識は、いっさい重荷なんだからね。」

「どうも君はあまりナーヴァスだよ。僕には君が思いつめているほどには響いてこないがね。」

「僕はまたあの『破戒』の主人公が、ある意識に苦しむと同じように、始終坊主の子であるという意識に苦しめられ通しなんだ。考えて見たまえ。今の世に坊主ほど恥ずかしがらねばならない生活をやっている種族がどこにあろう。」

「なるほど。しかし君のような人間はほかのものに生まれたら、やっぱり坊主に生まれる方がましだったたと思う種類の人間だろうよ。」

歯に衣《きぬ》を着せないで、すぱすぱ自分の感情を浮かぶがままに投げつける大槻のことだから、別段皮肉とも何とも感じないで、宮城はそのあとの言葉を待ったが、それっきり大槻は何とも言わなかった。二人は無言のまま二三十歩あるいた。しかし宮城の頭はこの題目から少しも離れなかった。大槻は彼がすっかり沈黙してしまったので、いくらか不安になったと見えて、いましがたの会話の緒口《いとぐち》を拾い上げた。

「だがね、宮城。考えてみればそういう僕がすでに君以上なんだよ。いったい人間は誰しも多少に係わらず、現状に不服なんだろうじゃないか。現に僕などは水呑百姓の子と生まれて、少し学問がして見たいというので、あすこの和尚さんにつき、ここの番僧に住み込んだ果てが、どうやら今じゃ宗門の大学の学生となってる。そうして君が坊主名はいやだと嫌うのに、必要上とはいえ僕はわざわざ得度までうけて、釈の某《なにがし》という法名を名乗っている。君から見たら物好きにもほどがある、よせばいいにと思うだろうが、僕は僕でこれでもそれ相応の理想もあれば、抱負もあるのだ。あるにはあるが、考えて見れば百姓がいやさの気紛《きまぐ》れで、親譲りの仕事に不満だという点においては、けっきょく同じことさね。」

「しかし君は百姓の子だということを恥じちゃいまい。」

彼はこれだけ言うと、また口をつぐんでしまった。咽喉がかさかさにつまって、話そうとしても不思議にうまく声が出ないからであった。彼はつづいて、君の鏡に写った僕はもう本当の僕じゃない。僕のこのせっぱ詰まった言いようのない恥ずかしさは、言って見たところで君には分かるまい。僕の改名の問題は、君と違って趣味の上のことではない。必要な当面の問題なのだ。そう言うつもりであったのであるが、彼は黙った代りに幾度も道ばたへ空唾《からつば》を吐いた。

「なるほど。しかしそれはそれとして、じっさい僕はそれほどに君が坊主を嫌うわけが分からんね。早い話がそれほど寺がいやなのに、こうやって家へ帰って来るなんていうことは、考えようによってはずいぶん妙なものだ。そうじゃないか、宮城。」

「君から言われるまでもなく、昨夜汽車に乗る前からそれを考えては苦にやんでいたのだ。僕にはじっさい何とか解決しなければならない問題があり余るほど身辺に転がっている。それはよく自分にも分かっている。が考えてみればみるほど解決の方法が怖い。解決の暁が恐ろしい。あまり恐ろしいので、現在の僕はなるべくそれを見まいとしているのだ。かと言って全然見ずにはいられないから、そこでいちばん差障りのない手近のものから、少しずつでも変えてゆきたいというのが、改名の筋道なのさ。大槻、僕はなんと言われても改名するよ。君は笑うかも知れないが――。」

「いや笑えない。僕も賛成だっ。」

大槻は思いつめたように腹の底から大きな声を出した。顔は見ないけれどもその声を聞いたばかりで、宮城は友の同情の籠もった短い言葉を、卒直に受け容れることができた。そうして僅かに「有難う」とひとこと言ったばかりで、もうあとを続けることができなかった。彼の胸に迫って込み上げてきたものがあった。大槻の胸もまた同じであった。大槻は友の悩みに打たれた。宮城は友の同情に打たれた。二人の友は胸がつまって何も言うことができなかった。そのまま黙ったままで二人は歩きつづけた。

人気《ひとけ》の無かった土堤《どて》の通りも、追々村に近づくに従って、あそこの橋からもここの岐《わか》れ路《みち》からも、ぽつぽつ人影が湧いて出て、杉の大木のあいだから、ちらちら本堂に張った幔《まん》幕《まく》が見えるあたりまで来ると、いかにも田舎の物日《ものび》らしく、それ相応の人数が、皆同じ方面に集まって進むのであった。杖をついた婆さんの側をすりぬけると、念仏の声が聞こえた。後ろへ手を廻した爺さんの近くへ来ると、同じく念仏の声が聞こえた。

杉の生垣に沿うて、山門の正面に出ると、急に眼界が変わった。常ならば大きな松の古木に左右を護られた山門を、十五六段ばかりの石段のてっぺんに仰ぎながら、塵《ちり》けのない甃石《いしだたみ》の上を二三十歩進んで、そこでちょっと右手の寺内を顧みて石段を登るのであるが、今日は寺内の前から、段々の上まで、人でいっぱいである。そうして人ごみの頭の上には物売りの赤い長柄がちらほら見える。鳩が円い目をして傘の上にとまっていた。いろいろな音色の玩具《おもちゃ》の笛が鳴る。喇叭《らっぱ》が鳴る。鬼燈《ほおずき》が鳴る。そこへ物騒なカンシャク玉が爆発する。カンシャク玉が爆発するごとに、白い鳩黒い鳩が驚いて羽ばたきをして、かさこそと赤い傘の上で立ち騒いだ。彼は大槻を顧みて微笑んだ。

ようやく山門まで人を泳ぎわけて登って、そこで改めてまた本堂前の群衆を見出した時、彼はまったく驚いてしまった。ここではすべての光景が門前に輪をかけていた。まったくこれまで見たことのない人だかりであった。宮城は自分の寺に来たことも忘れて、呆然と

してこの数えきれぬ群集を眺めていた。そのとき彼の後ろで、同じくこの光景にやや呆気《あっけ》にとられた大槻が、

「どうだ、えらい景気じゃないか。大当りだね。」

と呟いた。彼はただ友の顔を振りかえって笑ってうなずいた。そして玄関へ向かって足を踏み出した。と、ちょうどそのとき、思いがけなく横合から出て来たチョン髷《まげ》の老人があった。が、いきなりぺちゃりとチョン髷を投げ出して彼に一礼をすると、

「おお御当院様じゃごわせんか。これはこれはお珍らしい。ただ今その東京からのお帰りで。へえ。とんだところでご挨拶を申し上げてすみませんが、今日ははやどうも何とも彼ともたいへんなご参詣で、爺め少し気がぽおうっといたしましたわい。へえ。どうぞまあ、御当院様、真平《まっぴら》ごめんなんしてくださいましょう。爺め、嬉し涙がこぼれてなりませんわい。」

こう一息でまくし立てると、老人はしきりとチョン髷頭をこくこく下げた。彼は顔が一時にかっと火照《ほて》るのを感じた。そうして一時もその場にいたたまれないで、急いで人の波の中をこぎわけて、あとさき見ずに玄関の中へ逃げ込んでしまった。

三

ほっと息をついて、人の足駄《あしだ》の尻に履物を脱ぎ捨てようと、ひょいと式台に目をやると、その間にはまた三歩ほどの間隔があって、三和土《たたき》の中はまるで一面の足駄で埋まっている。履物が紛れてもと思ったので、大玄関に廻ってみると、ここには丸に三つ巴の定紋を染めぬいた紫の幕を引いただけあって、さすがに三和土の上はきりりと片づいていた。大きな沓脱石《くぬぎいし》には、どれもこれも同じような鹿皮の緒をすげた莫蓙《ござ》附下駄が五六足行儀よく揃えてあった。沓脱の両袖にはおのおの草鞋が二三足ずつならべてあって、その中にたった一足の赤革の短靴が、ひとり異端者然と異彩を放っていた。こうやって見ていると、平常見なれている靴が、いかにもぶざまで、何者の履物かと思わせるような不自然さがあるのに、見なれない表附の下駄のほうが、かえって遥かに自然で落着きがいい。沓脱の隣りに置かれた黒塗りの盥《たらい》をのぞき込むと、八分目ほどの奇麗な水の中に、青いわた毛のような水藻が静かに動くともなく動いていた。高麗べりの薄べりを敷いた式台を上がると、突当りの障子をあけて、受付のつもりか爺やが真黒な鬼の面のような顔を出した。そうして彼であることを確かめると、急に全身を縁側の板の間に運び出すと見るまに、ぶざまな膝小僧をのぞかせて慇懃《いんぎん》にお帰りなさいと挨拶をした。

奥へ行くには爺やのあけた障子を入って、小茶の間と料理の間を、居間へつづく縁側に添うてゆくのが通路であるが、そのどちらにも今日は勝手手伝の見知り越しの人がたくさん働いていそうなので、彼は敷居の入口に佇んだ。杉戸一重のすぐ隣りの茶の間には、父と母が庫裡《くり》に顔出しをする参詣の人々に応対しているであろう。それにもちょっと挨拶をしなければならない。が茶の間の人のたくさんのところへ顔出しするのは、なんとなく気が引けた。彼がどっちつかずの決心で躊躇《ため》らっていると、大槻は、

「僕は座敷の法中衆《ほっちゅう》のところへ行ってるよ。」

と言いざま、すぐに戸をあけて茶の間の前の縁側へ姿をかくした。彼はなんということなしにいまいましく軽い腹立たしい気持になった。茶の間ではたくさんの客と見えて、人の声ががやがやしている中に、父の癇高い怒ったような声が、襖を隔ててただ声として聞きとれた。茶の間ではないらしい。と、後ろの方で「ほお、どいたどいた」と景気よく掛け声をしながら、二三人でどすどす重い物を運んで来たものがあった。彼は通りをあけながら見ると、何斗入りかの湯気の立った大きな飯櫃《めしびつ》を御堂の方へ運んでゆくのであった。つづいてまた「どいたどいた」という掛け声もろとも、今度は二人して大きな鍋を吊ってゆくのであった。やり過ごして後ろから見ると、真黒な鍋の尻に、たくさんの狐の嫁取灯がちらちら瞬いていた。御斎《おとき》に間がないと見える。

彼は、ともかく、一応ちらっとでもいいから、親たちに顔を見せておこう、そうしたあ

とで二階へ逃げ込むのが順序だ、そう思いながら、小茶の間へ廻った。案の定、ここは皿や碗で足踏みさえできないくらいであった。ようやく膳のあいだに細い道を作って、襖の手前に帽子と荷物をおいて、茶の間に入った。二十四畳敷の茶の間に近いところに、小さい炉を切って、上段に父の座蒲団、その横が母の座と、かぎの手に座席がきまって、客を下手に、また横手に見るようになっているのである。母は白茶けた小紋の紋付をきて、小さい丸髷をちょこなんと後ろざまに結って坐っていた。横から見ると心もち面窶《おもやつ》れがして、顴骨《ほおぼね》が飛び出したようである。彼は母のすぐ横下手に両手をついて、

「ただ今帰りました。」

と丁寧に礼をした。すると母は心から嬉しそうに、

「おうおう、お帰りだったか。よう帰って来ておくれだった。皆で待っていました。」

そう言いながら、彼の方へ向きなおると、こんどは正面の顔はいい血色で輝いていた。おおかた人の応対で上気していたところへ、わが子の帰宅がまた悦《よろこ》びの油をさしたのであろう。すると二十幾つかの目が一斉に彼の上に集注された。彼は一瞬間まぶしさに自分の目のやり場に困って、へどもどしたが、すぐと気を取りなおして、「ああ、御当院様でござんすか。」「御当院様でござんすのう。」「しばらくお見受けしない間に、これはまた立派な男にならしゃったのう。」「御院主様よか背がお高いようだのし。」など、いろいろ口々に感歎の言葉やら、素樸な驚きやらを浴びせかける人々に向かって、簡単な挨拶をした。

母は誇らしげにつくづくとわが子を眺めて微笑んでいた。
目のやり場に窮した彼は、昔ながらの部屋を改めて見廻した。座敷と茶の間のあいだを区切った襖の上の欄間《らんま》には、「厳護《ごんご》法城《ほうじよう》、開闡《かいせん》法門」と隷書で書かれた八字の額があった。梧竹居士《ごちくこじ》の額でありながら、煤《すす》のためよほどの時代物めいて燻《くす》ぼっていた。それと向かい合わせて、杉の柾板《まさいた》を飴色に塗った額に、漆で石川丈山《じようざん》の六勿銘《ろっこつめい》が書かれてあった。そのすぐ下には古びた同じ千段巻作りの長刀《なぎなた》と槍とが、黒光りのする手斧《ちような》がけの長押《なげし》にならんでかかっていた。子供の頃こっそり手梯子《てばしご》をかけて、その鞘《さや》を払ってみた時、まるで赤錆びだらけの鈍刀《どんとう》であったのにいたく失望したことがあったが、今頃は瘡《かさ》のような錆がいっぱいぼろぼろにたまっていることだろう。そう思ううちにも、彼はちょうど背後にもう一面額のあったことを感じていた。振りかえってことさらに字の面を見るまでもなくまるで眼前にかかっているように、ありありと空《そら》で文言を読むことができるのである。

掟

一　僧侶たるものは居常《きよじよう》身を慎しみ酒飲遊楽等の所行有之《これある》まじき事
一　門徒よりの信施は仏祖よりの賜なれば粗略のことなく厚く学業に志して深く他方信心の弘通《ぐずう》に心掛くべき事

という風な個条書きの命令的の文言が、本山の三家老の署名で、れいれいしく御家《おいえ》流で書いてある。この額を思うと、彼はいつも胸がむかむかとした。そうして何を小癪《こしやく》なという反抗心が、空疎な権力に向かって働くのであった。それは年とともにだんだん募ってきたが、同時にそこには若い母の思い出が結びつけられていた。子供の頃よくこの炉の傍にうずくまりながら、噛んでふくめるような額の説明を母から聞かせてもらったことが幾度もあった。お酒を呑んではいけない。あまり遊んではいけない。そうして真面目に学問してえらい人にならなければならない。お念仏を申さなければいけない。そう書いてあるのだと、母は説明してくれた。彼は幼い瞳を輝かしながらも、お酒をのむこと以外は、皆自分にできそうにないので、ひどく気が引けたものだが、一方ではよく座敷に坊さんのお客が来ていては、酒を飲んだり、一日中碁ばかり打っているので不思議に思ったことがあった。その時にはきまって母は、そういう口の下から、お酒を炉で暖めては、お燗を代えに立つのであった。こういう回想を喚び起こしながら、その懐かしい欅《けやき》ぶちの炉を一瞥《いちべつ》すると、母のしなびかけた皮のたるんだ指が目についた。急いで目を母の背後の床の間に移すと、淡彩の菅笠《すげがさ》に一本のしな杖らしい棒をあしらった俳画の上に、「勿体《もったい》なや祖師は紙衣《かみこ》の九十年」と書かれた真新しい、ついぞ見たことのない一軸がかけてあった。床板の上にはお布施とお燈明の包みとが、山と積んであった。

そのとき母がまた口を切った。

「よう来ておくれだった。昨夜何時に上野をお立ちだった。」

「七時。」

彼がぶっきら棒に答えると、母はしなびかけた指をちょっと折ってみたり伸ばしてみたりしていたが、ちょっと振りかえって時計を見上げると、

「では十五時間も汽車の中であったたね。さぞお疲れだろう。少しは眠られましたか。」

「いいえ。」

「おやおや、それはそれは。」

母はちょっと目を伏せたが、今度は座敷に向かって、

「旦那様、旦那様、あのただ今当院が戻ってまいりました。」

「なに、円泰が。」

襖越しに父の癇高い声が響いた。とともにどさっと父は起《た》ち上がった模様であった。が、すぐとあいだの襖が細目にあいて、父の赭《あか》ら顔が半分覗いた。彼はそれと同時にまたぺたりと手をついて、「唯今《ただいま》」とお辞儀した。父は軽く頷いて、目でこっちへ来いと合図をした。彼は茶の間の信徒に会釈して、言われるままに座敷の敷居を跨《また》いだ。

座敷の中に入ると、何やら重苦しい異様の香が、いきれ臭い煙草のかおりに混じって、ぷんと鼻をついた。ところで部屋は法中衆でいっぱいと思いきや、上段の間にも次の間にも、乱雑に座蒲団が散らばって、茶碗が茶托の中で傾いていたり伏さったりして、不精たらしく取り散らかされてあった。そうしてついぞ見たこともない濃紺の背広姿の男がたった一人、金縁眼鏡の上つらから心もち彼を検査するような格好で、火鉢の上に手をかざし

て父と対座していたが、煙草の灰を落とそうとして指を動かすと光ったものが宮城の目にうつった。彼が一礼すると、先方でも軽く礼をかえした。父は簡単に、

「別院からおいでになった御使僧様だ。これは伜《せがれ》です。今東京から帰って来ました。」

と引き合わした。御使僧と言われた男は、色白のまだようやく三十そこそこの年配で、癇癪もちらしくせかせか巻煙草を吹かしていた。部屋へ入った時、ぷんと香ったのは、この男の角刈頭を光らかしている香油らしかった。一時もじっとしていられないものと見えて、始終片方の手で煙草を一吹かし吹かすと灰を落としては、もう一方の手でしきりと胸の金鎖をいじっていた。そうして狡猾《こうかつ》そうな小さな目を絶えず眼鏡の下で動かしていた。

父はいつもの子にたいする時とくに好んでか、または無意識に用いるいかつい声で彼に尋ねた。彼はこの音調を聞くだけで、親子の差別があまりに他人行儀に截然《せつぜん》と区別されるのを感じないわけにはいかなかった。そうして今日はことさらその調子中に、ある憤りに似た鋭いものが含まれているのを感じた。

「停車場あたりで法幢を見かけなかったか。」

「いました。停車場の改札口で、御使僧様を待ってるんだと言っていました。」

「なに、あの阿呆鳥はまだべんべんと待ってるんか。畜生め、なんというまぬけだ、とっくの昔に御使僧様はここへ来ていられるのに、まるで用の足りない奴《やっこ》さんだ。常の日なら夕方までも待たしておいてやるんだが、こういう取込みの日には気を利かして、見当た

らなければ見当たらないで、だいたい汽車の時間割と相談して見切りをつけて来ればいいに、気転のきかない奴凧《やっこだこ》って仕様のないもんだ。放したら放しばなしだからな。」

こう彼を叱るかのように言ってしまうと、こんどは御使僧に向かって、

「あなたもおっつけお帰りになるでしょうから、行きがけに、停車場の改札口でぽかんとしている寺内の先生に、急いで帰るように言ってくださいませんか。それから先刻からのお話は、いかに教務所長の御命令でも輪番の仰せでも、今日となっては参会の法中にたいしても門徒にたいしても、この催しを中止するわけにはまいりません。処罰はあとでいくらでもうけます。その代り御遠忌は勤め上げます。なにとぞそう仰ってください。この景況をごらんになったらよせるものか、止せぬものか、そのへんはあなたも十分お察しができようと思いますから、そこのところをよく所長にお話してみてください。私も御遠忌がすんだら厳談にまいります。」

御使僧は頭にちょっと手をやって、搔く真似ごとをしたが、

「いや来て見れば十分事情もお察しいたします。がなにぶん所長が言うものですから、何とか私の顔も立てて頂かないと、両方からの板挾みで、私の立場がありません。」

「あなたがいつまでもそうしぶとく仰るんなら、私も断然あなたからお帰りを願わなければなりません。このさいお望みどおり、あなたの立場を立ててあげたら、私の立場がなくなるのは分かり切ってるではありませんか。私はきっぱりお断りします。あなたの顔が

つぶれようと、膨《ふく》れようと、そんなことは私の知ったことじゃありません。だいいち今度のような圧迫的の命令なんぞは、明らかに所長の越権沙汰に違いない。それをべんべんと委細承知つかまつって末寺へ押しかけて来るなんて、あなたがたも少しおべんちゃらが過ぎますよ。」

何の事件か宮城には分からないが、父が一言ずつにだんだん興奮してゆくさまはよそ目にもよく分かった。父は刻々に迫ってくる感情を強いて押し鎮めるかのように、まだ先きのある言葉をひとまずここで切って、じいっと相手の顔を見据えていた。当局の威光を笠に着ていた御使僧も、父がなんの青二才の癖にと、威勢高に叱りつけるような態度でおっかぶさると、末寺といってもこの地方での有力者の気を損じては一大事と見たものか、彼の手前を気にしながらも、内心非常にひるんだらしく、急に下手《したて》に出て、父のご機嫌を取る様子であった。

「そう仰られると、全く一言もないのでございますが、しかしこれにはいろいろ仔細もあることで、まんざら所長はじめ当局ばかりの意志というのではなく、かえってじつはご近所で異議が出たので、それでじつはその……。」

「異議を申し立てたのは組内《そない》の誰です。」

「こちらの十組《そ》のほうの方ですが、お名前はどうもその何ですから……。」

「ようござんす。分かりました。とにかく帰ってください。」

父の顔色はますます険悪になってきた。今にも大荒れになりそうな景色で、御使僧の一々の言葉が、ぴりぴりと父の赭ら顔の神経をいらだたせているので、彼はひやひやしていた。すっかり度胆《どぎも》をぬかれて火鉢の中ばかり見つめている御使僧は、そんな雲行きを知る由もなく、ただくどくどといい加減煮え切らない、弁明とも追従ともつかない文句を徒《いたず》らに繰りかえしているばかりであった。父はもう堪りかねたと見えて、御使僧の角刈頭をてっぺんから睨みつけて、

「わしは今日忙しい体なので、これで失礼いたします。円泰一緒についておいで。」

そうきっぱり宣告すると、後をも見ずに座敷の障子をあけて、そのまま縁側に出てしまった。彼もここへ取り残されては堪らないと思ったので、父の呼ぶのをいいしおに急いで立ち上がった。先刻から事件の正体を知らないから、従って議論の是非も皆目《かいもく》分からないが、とにかく御使僧の態度に唾でも引っかけてやりたいくらいの反感を覚えていた矢先なので、父の断乎たる処置がはなはだ気に入った。そうして永いあいだ見なかった父の男らしさに久し振りで廻《めぐ》り合って、なんとなく一種の快い畏敬の念が萌《きざ》しかけた。彼も父とぐるになって、あっ気に取られている御使僧に向かって「ざまみたことか」と言ってやりたい気がしないでもなかったが、一方では今のことがすべてひどくつまらないことであるような予覚があった。そうしてこんなことに目くじらを立てることが、いっさい大人げないことであって、係わり合うことそれ自身が、すでによくよく潔《いさぎよ》くないことのようにも思わ

れた。彼は御使僧に一瞥を投げたのみで、まるで無関心の態度を作って父の後に従ったが、薄べりを敷いた座敷の縁側を二三間《けん》行って、土縁の突当りに葉蘭《はらん》の茂った蹲《つくばい》がある。それを右に見ながら曲《かぎ》の手に左上を見上げると、二階座敷へ上る梯子段になるのであるが、そこまで勢込んで父のいかつい肩を見ながら、彼はなんということなしにひょいと御使僧のことを考えた。今頃は座敷の真中で赤い舌を吐いて、親も親だが、子も子だと思っているだろう。そう考えて彼はひとりでに苦笑した。

二階座敷は去年の薄暗い汚らしいのとは違って、まるで面目を一新していた。床の間や違い棚が新しく造られて、それに木の香もゆかしい明るい縁側が三方にめぐらされて、すこぶる見晴らしがよかった。今日はこの十畳の座敷を二つぶっこぬいて、貼りまぜ屛風を引き廻《めぐ》らしてあった。その中で、てんでに剃り立ての青坊主をつき合わせて、寝そべったまま肱《ひじ》をついて、菓子をつまんだり煙草をくゆらしたりで、思い思いに閑談に耽《ふけ》っている小団体もあれば、碁盤に向かって肩を怒らせながら血眼《ちまなこ》になっている一群もあった。隅っこにもう一団、比較的若い三四人の連中が、小さい火鉢の周囲に輪を作って、肩身の狭い様子でひそひそ話をしていた。その中に腕組みをした大槻の顔が、たった一つ活気に充ちて輝いていた。

親子打揃って入って来たので、寝そべっていた連中も急いでいずまいを正した。皆の目がまた束になって彼に集まった。彼はあちこちとまんべんなくお辞儀をした。見知り越しの顔がたくさんあった。挨拶のすむのを見すまして、父は憤激の納まり切らない様子で、声を震わせながら悲痛の面持《おももち》で口を切った。

「ただ今教務所から御使僧がまいりまして、まだ本山はじめ別院の御遠忌が勤《つとま》らぬうちに、末寺の分際として、第一着手に祖師の御遠忌を修めるのは、いささかもって不穏のきらいがないでもない。このさい当分見合わせたらよろしかろう、という当局の非公式の達しをもたらしてまいりました。が、ご承知のとおり、今日となりましては、万端の準備もことごとく整ってもおりまするし、御法中の皆様方からも、こうやって快くご参拝のうえ勤行《ごんぎょう》をして頂いております。そのうえ檀家はじめ近郷近在の門徒同行《どうぎょう》の参詣も陸続あって、どうかこの最初の御遠忌を魔事なく勤め上げたいというのは、われ人ともに念願しているところでございます。これがひと月なり半月なり前のお達しとならば、謹んでお受けもいたしましょう。が、今となってはすべての事情がゆるしません。で、断然とお断りして引き上げて来た次第でございます。ところで私一個と致しましては、今次の御本山の御遠忌のお取持ちをはじめと致しまして、公私ともに一個の末寺としての義務はこれまで十分果たしているものと心得てもおり、また今後とも常に果たす覚悟でおります。自分の義務を怠らない以上、祖師聖人にたいする自分らだけのお敬いのしるしとして、ひそかに六百五十年前の古《いにしえ》を偲《しの》んで、祖徳を讃歎するのに無駄な遠慮はいらぬものと信じています。よし教務所から罰されようと私は毛頭《もうとう》内心恥じるところがないのだから、何らやましいところはございません。私は平気でこのまま御遠忌をつづけようと思っております。しかし皆様はまたそれぞれご意見もございましょうから、かりそめにも私一個の満足のためにかかわりあいとなられて、多少なりともご迷惑をうけられたとあっては、却ってはなはだ心苦しい次第でございますから、なにとぞこのさいご遠慮なくお引き取りを願いたい。」

父はこう言って満座を見渡した。一座はしいんと静まりかえって、しばらくのあいだ隻《せき》語《ご》を洩らすものもなかった。ただ父の言葉が含んだ一種の悲壮な重々しい余韻が、そこらあたりに揺曳《ようえい》して今までとは打って変わった空気を醸し出した。父は固唾《かたず》を呑んでこの場の成行きを注視していたが、誰ひとりうんともすんとも音を出すものがない。その間に圧《お》しつぶされたような沈黙の時が移るにつれて、父の憤懣《ふんまん》が少しずつ一座の法中の方へいびつに歪んできて、父の気をいらだたせる模様であったが、とうとう堪え切れぬらしく父は重ねて口を切った。

「事態がこうなったからには、私は意地でも所信を貫徹する考えです。が、どのみちとやかく皆様におしつけがましいことをお願いする気は毛頭ありません。どうぞ本心をあけっ広げて、男らしく自由行動を取って頂きたい。今御使僧の口から直接聞くところによりますと、いったい今度のお達しというものも、教務所長一個の意見というではなく、誰か黒幕があってさせた技だということをほのめかしていました。私はそれを俄《にわ》かに信じようとも思いませんが、これまでのいろんな仲間同志の中傷沙汰や嫉妬の事実から推測して、まんざら根も葉もない使僧のチャラッポコとも思われません。しかし今日ここにおいでくだすった方々は、皆私にご好意があればこそお越しになったのであるから、こんなことをも一切合切《いっさいがっさい》お耳に入れて、後難のないようにあらかじめお願いいたす次第でございます。私におきましては今日おいでくだすっただけで、すでに十分有難く感謝致しておることでございますから、誠に失礼ではございますが、この上はなにとぞご自由にお振舞いください。」

　父が毅然とした態度で、もういちど一座を見渡した時に、一座はおのおのそれとなく顔を見合わせて内々お互の様子を窺っていたが、やがてでっぷり肥えた心もち青ぶくれの来迎寺の住職が、おどおどした調子で半ば吃り吃り口を出した。宮城はそれを眺めながら、ようやくなるほどと汽車の中で会った大舎の顔を肯定した。太ったと痩せたとの差こそあれ、たしかに同じ系統の顔だちであった。

「こちらの御院主様がこう仰るからと言って、私らにしたところがおいそれとこのまま帰れないこって。ねえ、皆さんどうでござんしょう。」

「そりゃそうですとも。」

　こうしたり顔に会話を引き受けて出たのは、隣寺の住職であった。厚い下唇の飛び出した、目のまん丸い、白毛まじりの無精髯《ぶしょうひげ》をいっぱい生やした、見るからに狡猾そうで、それでいてどことなく臆病な小心者らしい男であった。白衣の前半に白縮緬《ちりめん》の兵児帯《へこおび》を結んで、略衣《りやくえ》をどてらのように羽織っていた。久しく見ない間にひどく老い込んだものだなと宮城は考えた。住職はくるくるした目をいっそうくるめかして、座中を眺め廻してから説教口調で弁じ立てた。

「こちらで御本山のお取持ちはなりき相応に十分なさると言ってられるのに、なんのまた教務所ともあろうものが、御遠忌差止めのなんかんと騒ぐのは、はなはだ大人げないことだと拙《せつ》は思うじゃて。先方でもこれからお頼み金を上げてもらわにゃならない弱い破目にあるのじゃから、なんで手荒なことができるもんか。いざとなれば組内《そない》三十カ寺が結束して立ったら、それこそ所長の首も危ないもんじゃ。そう先が見えてるんじゃによって、ここらで一つ当局者への見せしめに、うんときばって、華々しく御当寺の後援をやらかそうじゃありませんか。お互に今後のこともありますによってな。皆さんいかがでしょう。拙の愚見はまずこの見当ですて。」

「いや至極結構ですな。どなたにも異議はありますまい。」末席にいた気の早い専徳寺が、若い元気にまかせて、歯ばかり白い真黒な舞楽面のように刻まれた顔を突ん出した。先刻から何か一言喋りたくてむずむずしていたのである。

「来迎寺さんと言い、称名寺さんと言い、組内での御大寺の長老株がそう仰るんだから、誰にも文句のあろう筈はありますまい。だいいち別院の仕打が気に食わないが、別院も別院だがそれでなくてさえ笠にかかりたがる教務所の連中を、後ろから焚《た》きつけたやくざ者があるなんて、聞いただけで小癪《こしゃく》に障る。調べ上げて皆で袋叩きにしようじゃありませんか。そういう卑劣漢がおればこそ、組内が始終ごたごたもめるんでさあ。いったい何奴でけつかるだろう。」

専徳寺が力みかえると、称名寺はいかにも遠謀深慮のあるところを見せるといった長者風で、ゆったりわざとらしいまでに落着きはらって、煙管《きせる》をもった手で「まあまあ」とはやる専徳寺をなだめておいて、

「そういう人が果たしてあるとすれば、はなはだ怪《け》しからんことだが、まあまあ荒立てはかえって面白くない結果にもなろうじゃて、このさいのことだから。ここへきては誰に傷をつけても、悪い蔭口をした中傷者も教務所の抗議もすべて見てない振りをしようじゃないか。それでおそらくことは穏便に都合よく運ぶに違いないじゃ。そのへんのことはどうか拙者に免じて、この老僧に一任したということにしてくだすっちゃいかがでしょう。私も及ばずながらこういうご盛大な一世一代の御遠忌にさいして、何がな隣寺として、平常のご厚誼に報いたいと思う肚《はら》もあるんじゃて。どうです皆さん。」

「賛成々々。」「異議なし。」「なにぶんよろしく。」なんぞという声が、口々に叫ばれた。称名寺は得意そうに、上目使いで一座を見廻して、にやにやしていた。先刻から黙ってこの場の光景を眺めていた大槻は腕を拱《こまね》いたまま、頬のあたりに白い影のような微笑を浮かべていた。彼には大槻の沈黙が、いちばん雄弁のような気がして仕方がなかった。

父の説明でやっと明るみへ出た事件の真相がいよいよ発展しそうな段取りになってきた時、急に方向が変わってどうやら話はそのまま有耶無耶《うやむや》のうちにけりがついた模様である。これは面白くなったと楽しみにしていた宮城はもどかしかった。もう少しなんとか進転しそうなものだ。ともかく真直ぐに事件のゆきつくところまで行かねばなるまい。そう思って独りで期待していたのに、妥協苟合《こうごう》を常として、すっかり鋭い心の麻痺している彼らには、もうすべての結着がついたものらしかった。そうしてやや片鱗を現わしかけたおのおのの本性も、いつの間にやらぼおっと一色にぼかされて何が何やら分からない灰色の靄《もや》のように変わってしまった。靄に変わればそれで荒模様はいつも晴れ渡るのであった。

父の顔にも弛緩《しかん》が見えた。意気込みの鼻を曲げられて間がぬけたのか、それとも仲間かぶれがしてある満足を得たのか、彼には分からなかったが、煮え切らない全体の態度をもどかしがるいらだちは遂に見ることができなかった。彼は物足りない、淋しい、ただ単に味気無いという言葉では現わしえない、不思議な心の空虚を感じた。そうしてさきほどの下の座敷の場面とは打って変わって、父にたいして妙に冷たい、目下の者ならばちょっとお尻でも抓《つ》ねりあげてやりたいと言ったような腹立たしさを覚えた。そのとき父はひとまず安心したといった口調で、丁寧な謝辞を述べた顔にはむしろやや感激の調子さえ現われていた。

「ただ今皆さんのご同情で、この一大事が無事に勤まりそうになりました。これもひとえに皆さんのご同情によるところで感謝のほかはございません。なにとぞこのうえともにご援助あらんことを、今日ただ今改めてお願い申し上げる次第でございます。」

父が叩頭《こうとう》するとともに皆が一緒に頭を下げた。彼は一瞬はっと顔を赧《あか》らめたが、次の瞬間にはその恥ずかしさも消えてしまって、ただ狐につままれたような気がしてぽかんとしたばかりであった。そうして全体何が何やらさっぱり分からなくなった。独りぽつねんと置き去りにされて、まるで顔も言葉も感情も違った異人種か何かのようにきょとんとしていると、これも彼とほとんど同じ思いの大槻が、彼に向かってにいっと笑いかけた。それを見ると、彼もようやく救われた気がした。明るい自分らだけの世界がまだある。そういう感じの閃《ひら》めきが、彼の胸にこの場の僧侶連を超越した高踏的な生々とした光りをそそぎかけた。

「こう話がめでたくきまったからには、一時も早く御日中《にっちゅう》を厳修しようじゃありませんか。参詣人も待ち遠うがっているだろう。さあ皆さん、装束をつけることにしましょう。それにしてもまだ喚鐘《かんしょう》が鳴らないようですな。」

称名寺の住職は立ち上がりしなに、利巧そうな耳をちょいと動かした。

「そうだ、まだ聞きませんね。寺内の法幢君いったい何してるんだろう。また何かとんまちがっているんじゃないかな。それともお布施の包みがたんまり舞い込んで逆上《のぼ》せ上がっているのかしら。どれ俺が行って叩いて来よう。」

気の早い専徳寺は言うより早くいきなり梯子段を駆け下りた。栗鼠《りす》みたいなその姿が消えると、ようやく真面目に顔を立てなおした人が三四人あった。救われたという気持が、それとなく皆の色に現われていた。そうしてやがてひと安心したところで、装束をつけるためにのろのろとだるそうに立ち上がった。

四

本堂のほうで性急な喚鐘がひしゃげたような響《ひびき》を立てて鳴った。法中は行李《こうり》を開いて装束に余念がなかった。たいがい白の紋羽二重《もんはぶたえ》か何かの白衣の上に、紫の袴を公卿然《くぎよう》とだぶつかせて、その上に萌黄、白、草色、朽葉色《くちばいろ》、山吹色その他とりどりの素絹を、三角の後頭部の隠れそうな立襟をつけて羽織っておいて、主として六藤の金の紋やそのほかいろいろ紋白を散らした五条袈裟をかけるのである。持物を見れば、右手には中啓、左手には長い水晶の焼香念珠をざくざくとつまぐってるものが多かった。が、中には、格式の低い寺と見えて、すぼらしい浅黄色やカーキー色の法衣に、映えない色の袈裟をかけて小さくなっているのや、ちぐはぐの寄せ集めで肩身の狭い思いをしているものもあった。

そこへ専徳寺が血相かえて駆け込んで来た。

「法幢公が見えないんで、御隣寺の寺内から手伝ってもらってすっかり御燈明も上げて来たが、だいいち楽人が一人も来ていないし、それから楽人が持って来るはずの稚児《ちご》の宝冠やら水干《すいかん》やらがきていない。たいへんだ、たいへんだ。これじゃ行列も何も滅茶苦茶だ。会奉行《えぶぎょう》さん、どうしましょう。」

専徳寺がせき込んでまくしたてるのを、今日の会奉行ときまった称名寺は上目使いでじろりと見て、

「それはまた何としたことじゃ。ううむ、これはきっと蔭で邪魔している者があっての仕事に違いないじゃて。が、こうさし迫っては仕方がない。臨機応変の処置を取るよりほかない。よろしい、専徳寺さん、どうかおら寺内をつれて、今日は楽人のほうへ廻ってもらいましょう。寺内のやつ太鼓くらいはどうやらやるからね。そうして君は芸人だから、鎮守祭の神楽《かぐら》のつもりで、一つ笛を受け持ってもらいましょう。手下にゃ村の若い衆を使ってさ。」

彼はそのとき側に来た大槻と連れ立って、二階を下りた。そうして本堂の景況をのぞいてから、なるべく人目をさけて御堂の裏戸へ入った。なんだか楽屋裏から舞台を覗くような気がした。

裏戸には村芝居の楽屋然と、墓地のほうへ掘立小屋の附け足しができていた。十枚ばかりの莫蓙《ござ》を敷きつめて、五六脚の椅子がおいてあった。二人はそこに腰をかけた。白粉《おしろい》をだんだらにつけた六つ七つの女の子が五六人、赤い着物を着たのが嬉しいのか、介添の姉

や母親をおいてきぼりにしては裏廊下を駆けぬけていた。中には宮城の妹の五つになるのが、同じ扮装で大得意で駆け廻っていた。大方これが稚児なのであろう。介添の中には彼の顔を見て、お辞儀をするものもあった。今のぞいたところによると、御堂の中は鮓《すし》をしたような混雑で、賑やかさ騒々しさはここにいてもよく手に取るようだが、この掛け出しの中の静かなことは、またなんという静けさであろう。二人は床の下をちょろちょろ流れる水の音を聞いた。そうして青苔の香を嗅いだ。そうして砂を撒《ま》いたような羽虫《はむし》の群が、柔らかい日の中で大きなたんぽぽのような輪を造っては渦巻きながら、解《ほど》けては崩れてまた輪を造るのを見た。

「どうだ馬鹿々々しくはないか。」

「うむ、僕はわざわざこの馬鹿々々しさを見に来たのだ。」

大槻はすましてこう答えた。

「それにしてもなんのかんのと、聞けば聞くほど苦々《にがにが》しいことばかりだね。」

「今に始まったことじゃないよ。苦々しいの馬鹿らしいのってことはとうの昔に通り越しているんだ。」

「僕は情けない気がしてならない。君のようにそう超然として皮肉の面構えじゃおられん。」

彼はしんみりと言って目を伏せた。大槻は、

「君はまだ求めているね、現在の寺から。精神的な何物かを求めようとしたって、君そりゃだめだよ。いったい興行師というものは、お客の求めによって動くものだ。現在の寺にはそれ以外何もないさ。そういう目で見ると、この興行はたしかに大当りだ。大入り袋を出してもいいくらいだ。だから僕は君のお父さんのために祝辞を呈するよ。」

「大槻、そういう屈辱的な言辞を弄《ろう》することはよしてくれ。僕自身父をさほどに尊敬していない癖に、君からそう言われると妙に辱しめられた気がする。いったい君はそうするとその調子でさっきの親父の憤りをも解釈しようというのだね。親父の態度はそうとしか君には写らなかったのか。」

「まあそうだ。大局から見ると、そういう結論がいちばん確実なようじゃあるまいか。あれ君は怒るかも知れんが。しかし、君のお父さんはあれで坊主仲間じゃ硬骨なんだよ。あれまでに言い切れる人はじっさい外にいないんだ。その点はたしかにえらいが、しかしやはり一寺の住職だからな。君だってあのとき僕と一緒に笑ったじゃないか。あの笑いはよし漠然とはしていても、こういった思想の方向にたいする同感の意味じゃなかったのかい。」

「大槻、君はメフィストだ。あまりに本当のことを言い過ぎる。僕は堪らない。先刻父にたいしてある不満を抱きは抱いたが、そのときそれは子の親にたいする直観的な一時の迷いの雲だと自分を慰めて、やがては晴れるだろうと独りでに気安めを言っていたものだ。ところが今の君の言葉を聞いてみると、たしかに客観的な誰が目にも正当の評価なのだった。僕の最後のたった一つの安心だと自認していた避難場が崩されてしまった。僕の笑いと君の笑いとが共通だったということは、なんという恐ろしいことだ。僕はどうしたらいいだろう。」

「どうするもこうするもない。親子の仲だ。愛するんだ。ただ愛するんだ。愛よりほかには何もない。何もいらない。」

大槻の顔もいつしか熱していた。大槻は激してこう叫んだ。

「愛しえられれば文句はない。しかしこの冷たい氷のような心に入っては、少しばかりの愛なんぞ立ちどころに凍《こご》えてしまおう。僕には何にも煩わされない無限大の愛がないんだ。愛が不足なればこそせめて親を尊敬したかったのだ。その最終の望みさえ今は絶えてしまった。愛もなく敬いもない目で親を見なければならないとすれば、ああ今の僕には考えただけが堪らない。」

睫毛《まつげ》に涙が引っかかった。彼はしばらくのあいだその涙が睫毛から落ちて鼻のわきを伝うのを、じっと目でというよりむしろ心で眺めていた。

「なんという呪いだ。」

彼は独り語のようにまた続けた。

「世間の親子は見るからに皆幸福そうだ。なぜ僕に限って、親を愛したい敬いたいと思ってる癖にそれができないのだろう。僕の根性が腐ってきたのか、それともこの目と頭とが、見てはならぬ埃溜の中をほじくり廻すのか。僕は眼がみえなかったら、少なくとも今より家庭的には幸福なのじゃなかろうか。なまじいに人並の目があり頭があるので、こうも孤独に悩まされどおしで、自分で自分の身を食うような自責の念にさいなまされているのじゃなかろうか。いったいどうしたらいいんだろう。」

「孤独は人の本然の姿だ。そうしてその苦しみは、知識に目覚めたものに課せられた一様の運命だ。定業《じょうごう》だ。」

「運命? あまりに重い、あまりに暗い運命だ。こういう残酷な運命を背負いながら人生を生きてゆかねばならないというのは、なんという情けないことだろう。僕は人生を呪う。」

「運命が重くて暗ければこそ、それを開拓してゆくためだけでも、人生は生きて行く張合があるのだ。生きる価値があるかないか、そんなことはアミーバか何か下等動物の問題だ。人間に取っちゃ問題じゃない。」

大槻はそういうなり、いきなり彼の手を取ってしっかと握った。そうして友の顔を深い同情の籠もった目でつくづくと見守った。

「いいか宮城、決して短気をしちゃいけないよ。それしきのことは、人間悲劇のまだほんの序の口だからな。いったい人間は生まれてきたということが、第一のそうして最大の受難なんだ。生きるためにはまずその前提を肯定しろ。そうすると人生は大小さまざまな受難の連続ということになるんだ。ところで受難があればこそ、真の栄光もあるんじゃないか。いいか、宮城、人生の謎は一生をあげて身をもって解くことだ。そのほかに人生の味も内容もないだろうよ。そうしてその謎にたいする人々の態度次第で、人の価値がおのおのきまるものだと僕は考えている。だから僕は死ぬまで失望ということを忘れて働こうと覚悟しているんだ。」

大槻の暖かい緊張した手の温《ぬく》みを掌に感じながら、宮城は友の手を握りかえそうともせず、しばらくのあいだ黙然としてうなだれていた。

急にがやがやと廊下が騒がしくなってきたと思ううち、やがて装束をつけた坊さん連中が繰り込んで来た。天冠も水干もない稚児は、なにやら産着《うぶぎ》ようの得体の知れない赤いものを羽織って、口紅や黛《まゆずみ》をつけた白粉だらけの顔を得意そうに押し歪めて、葬式の時に用いた造花の金銀の蓮華を一茎ずつ後生大事に抱いていた。どう見ても安物の道化人形という異様な風態《ふうてい》であった。会奉行の称名寺は眼鏡を鼻の先にかけておいて、上眼づかいで合図の鉦《かね》のことをはじめとしてどれとなくいろいろな注意を与えていた。

そのうちに降門《ごうもん》に上がった称名寺は、小さい鏧撥《きんばち》を取るとともに、合図の鉦を叩いた。と、内陣の右手脇のほうに当たって、急に篳篥《しょうひちりき》に似た破調の音が、ビイービイーと鳴り出した。と、それにからみついて、癇高い笛の音がピイロロピイロロとまるでお神楽のように鳴った。そこへドンドンと重い太鼓の音が響き渡った。中々やるねと言った風に会心の薄笑いを浮かべて、称名寺は法中を見下ろした。そうして時分はよしと鉦を打つと、大きな黒塗りの木沓《きぐつ》をガタンガタンと引きずった坊さんのあいだに、宿場女郎の禿《かむろ》（幼女）みたいな稚児が一人ずつ挟まって、行列を造って内陣に繰り出すのである。騒々しい雅楽は、いよいよ馬力をかけて、ピイピイドンドン吹き鳴らし打ちならした。

「楽屋にばかりいてもつまらない。少し見物席から舞台を見ようよ。」大槻が促すので彼も立ち上がった。そうして二人連れ立って裏戸の廊下を左に曲がって、余間《よま》の廊下を、本堂の縁側に出ようとしたのである。余間の廊下には、内陣からも参詣人からも見えないように、紫の幔幕《まんまく》を垂れた中に、村の若い衆が五人ほどいた。てんでに鳥毛や紅殻《べんがら》で飾った玩具《おもちゃ》の笛や、椿の葉で工夫した草笛を口にあてて、大真面目で頰を脹《ふく》らましていた。真中に置いてある笊《ざる》の中には、まだそうした玩具がひと山入れてあった。幔幕の地をすかして見ると、すぐ前がわには隣寺の寺内がしかつめらしく朱と群青《ぐんじょう》とで大きな丸龍を描いた雅楽の太鼓を打っていた。それとならんで笛を口にあてがっているのは、たしかに専徳寺の影絵である。二人は込み上げてくるおかしさをおさえて幕を潜った。

　御堂の扉という扉は外されて、風呂敷包をくくりつけた大きな円柱が、あちこちに赤い地肌を見せて突っ立っていた。臨時に掛けたした桟敷も合わせて、十間四方もあろうかと思うところに、身動きもできないくらいぎっしり善男善女《ぜんなんぜんにょ》がつめかけて、念珠をつまぐっては口々に念仏を唱えているのである。中にはこうした盛儀に酔うて、早や感涙にむせんでいる老婆もあった。二人は余儀なくそこに蹲《うずくま》ってしまわなければならなかった。

「内陣はなかなか色彩が濃厚だね。」

やがて大槻は彼を顧みて囁いた。金ぴかの上首柱《じょうしゅばしら》を眼界から外《は》ずして、斜めに祖師前《そしぜん》を眺め込むと、赤地の錦に金銀五彩の糸で刺繍した大きな鳳凰《ほうおう》が、三角の打敷《うちしき》の中で大様に舞っている。艶々しく磨かれた五具足、瓔珞《ようらく》を垂れた輪燈《りんとう》、紅白の盛り物をした須弥盛《しゅみも》り。そうした荘厳具《しょうごんぐ》や御供物が、ところ狭きまでに須弥壇上に配置されて、常でさえ暗い祖師の聖龕《せいがん》を前側から蔽《おお》うているので、大きな絵蠟や輪燈の薄明りでは、祖師の黒ずんだ絵像が、どこにあるかさえ分からない。そこから左手にひときわ前へ飛び出して、本尊の金碧《きんぺき》まばゆいばかりの楼殿がある。そこも荘厳の道具と御供物とで、本尊の姿はまるで横合からは拝まれない。ただ小さい来迎の御手一つが、ほのかに見受けられたばかりであった。前机の上には大きな獅子頭の香炉がしきりと金ぴかの口や鼻から香煙を吐いていた。花立の松がみどりの枝を鳶《とび》の翼のように差しのべていた。紅地の打敷には、散蓮華《ちりれんげ》と雲形とが金糸にふちどられて僅かに見られたが、横合から青磁色の水引が枝牡丹の薄模様を散らしているのがほんのり洩れていた。

降門のうちで鉦が鳴った。すると楽器の音がはたとやんで、今まで降門から本尊の前机の先方をぐるぐる廻っていた衆僧が、内陣の自席の前に立ち止まった。そうして稚児が皆引きあげてしまった。するとそのとき彼の傍でほっと溜息をついて、

「まるで極楽浄土のようだのし。」

と感歎の言葉を洩らしたものがあった。彼が声の主を振りかえって見ると、六十くらいの白髪の老婆が、腰の上においた念珠入れから、賽銭をつまみ出しながら相手の同じくらいな年配の同行《どうぎょう》に話しかけているのであった。相手の同行も同じくいかにも感に堪えぬ面持で、くしゃくしゃになった目をしばたたいては、頼りなさそうに肩にのっかっている首をいくつもつづけざまに頷かせた。そうして言うには、

「あれをまあ見さっしゃい。おらが御院主様の御法衣の立派なこと。このへんじゃあの上に坐らっしゃる人はないそうだんがのし。」

極楽浄土の内陣のほうでは登高座《とうこうざ》が始まった。栃葉色の長い裳を引いた来迎寺が、高座の上に登って、持蓮華をもっては立ったり坐ったりして本尊のほうへ向かって幾度も礼をした。そのたびごとに高座の下の両側に集まっている水干着の子供が二人、裳裾《もすそ》の襞《ひだ》をなおしていた。おのおの手に美しい金色の数衣筥香炉箱《すえばこごうろばこ》を捧げているのである。来迎寺はかがんだたびに梵磬《ぼんけい》の響を冴えさせながら、やおら震え声で『式歎徳文《しきたんどくもん》』を読みあげた。念仏の声がまたひとしきり本堂の中に溢れた。

「僕は頭がいたんできたから、この日中《にっちゅう》の間だけちょっと横になってくるよ。」

そう言って彼は一人席を外した。御堂を庫裡へ下りようとすると、また余間の左側の幔幕の中でお神楽めいた子供だましの雅楽が始まった。

五

法幢がただ今帰りましたと父の前に手をついたのは、日中の御斎《おとき》も終わって、これからそろそろ逮夜《たいや》の仕度《したく》に取りかかろうかという時であった。父はそのとき僅かばかりの小康をえて、座敷で法中と談笑していたが、法幢の間のぬけた顔を見るより早く、父はいきなりかっとのぼせ上がって、

「きさま今頃まで何をしていたんだ。」

と奴鳴《どなり》りつけた。法幢はうろたえもせず、

「へえ、そのお言付けどおり、お使僧様を待っておりました。」

と言って、大きな喉仏をごくりと呑んだ。

「待ってましたもないもんだ。手前御使僧からお迎えをもらっただろう。」

「へえ、その早く帰れと仰ってでございました。」

「その言伝《ことづて》がなかったら、手前晩まで待ってる気か。だいいち一二度見たから顔を覚えているとぬかしやがって、いったいこのざまぁどうしたてんだ、間ぬけめ。」

「へえ、その御使僧様ともあろうものが、その洋服を着て来さっしゃるなんぞというのはいったいその……」

「屁理窟《へりくつ》をぬかすな。こっちの忙しいくらいのことはちゃんと前から分かってるだろうに、待てばいいといってもほどがある。何をまたべんべん待ってるんだ。困った阿呆だな。」

法幢はそこでしかつめらしく丁寧にお辞儀をするとともに、厚い紫色の唇を甜《な》めずりながら、太い肩を動かして呑み込み顔に父を見上げた。

「へえ、私もじつは困ったもんだと思っていました。」

この奇妙な会話を聞いていた法中は、そのとき一斉に笑い崩れた。と法幢は得意そうににこりと笑って、また丁寧にお辞儀をして立ち上がった。父は追及して怒る勇気もなく、むさくるしい法幢の後姿を苦笑しながらだまって見送った。

晨朝《じんじょう》、日中、逮夜と、日に三時の盛んな勤行が繰りかえされて、今日は椽儀《えんぎ》、明日は庭儀と、さまざまに趣向をかえてはお練りが行なわれた。参列の僧侶が、入れ代り、少なくとも十人くらいずつは始終寝泊りしていた。遠いところから同行が参詣に来る。親戚や出入りの者が集まって来る。日を重ねるに従って、父も母も家向きのことには目を配っている暇がなかった。父はしきりと自作の祖徳讃歎のパンフレットを、来る信者ごとに配っていた。夕方大槻が混雑の中だからひとまず帰る、いずれまた結願《けちがん》の日には泊りがけで来ると、言って帰ってからは、じっさい宮城は誰とて話相手もなく、まるで他人の家に居候《いそうろう》をしているようで、毎日怏々《おうおう》とした味気ない日を送っていた。たまさか若い法中などが彼の姿を見つけて、いろいろと東京のこと学校のことなどを訊ねるものもあったが、彼は極端にこうした人たちと話をすることをきらった。

それでも御遠忌のほうは、大槻の予言どおり、日和のいいのに農閑期なので、参詣の信徒が毎日雲集して来た。初日にごたついた楽人も、次の日からは勢揃いをして、素袍《すほう》（ひたたれ）のようなものを着た本職がつめかけた。初日に来なかったのは確かに誰かが水をさしたものらしかった。法中の参列も意外に盛んだった。が、盛んになるに従って、内陣の席次争いがしきりと蔭で行なわれた。登高座の競争もあった。会奉行非難の声も起こった。酒の上の小さい喧嘩もあった。賭け碁の上の小ぜり合いもあった。しかしそれらのことは坊さんが五人も寄ればいつでも起こることなので、さして大事というではなかった。まずまず御遠忌はとんとん拍子にうまく運んだ。そうして結願の日には庭の彼岸桜にちらほら花が訪れかけていた。

大槻はちょうど日中の始まる前に来た。今日は結願だというので、法中の装束は法服《ほうぶく》七条の第一公式であった。目もさめるような金襴の七条の上に美しい修多羅《しゅたら》の房を波うたせて、檜扇《ひおうぎ》と焼香数珠をつまぐって、二十余人の法中が大福草履を穿いてて**ん**でに外へ出た。今日は居村一の金持長者で、寺の檀頭をつとめて、本山の商量員をつとめている島木老人の家から、光明寺の本堂までお練りがあるのである。沿道は定刻前から人の垣を築いていた。

楼門のところに立って、大槻と宮城とは行列の来るのを待っていた。と、やがて楽の音が瀏亮《りゅうりょう》と響いて、人のどよむ中を笙篳篥《しょうひちりき》の楽人を先に立てて、一隊の色衣《しきえ》盛装の僧侶が赤い長柄の行列を造って、しずしずと進んで来るのである。両側に堵列《とれつ》している見物の中から念仏の声に混じって、ああ可愛いい、まあ綺麗だという頓狂な癇高い声が叫ばれた。近づいたのを見ると、長柄と長柄とのあいだに、桃色の水干《すいかん》をきて、金色の天冠をゆらゆらと輝かしているいたいけな稚児が、介添に手を引かれながら挟まっているのであった。子供を稚児に出すのは、在家の親たちのこのうえなしの名誉であった。行列のしんがりに島木老人が、布衣差貫《さしぬき》の装束に玩具のような冠を頂いて、中啓を握った手で無闇と顔中を撫でまわしながら、にこにこ笑ってついて来た。

行列が御堂に入ると、今度は赤い房のついた金色の蓮盤に、赤白紫黄とりどりの紙の蓮華を盛ったものを捧げて、衆僧が堂内を行道《ぎょうどう》して歩いて散蓮華をする。それを幾百の信徒が入り乱れてわれ先にと、泣くやら喚《わめ》くやらで拾うのであった。散蓮華がおわって、登高座がおわって、その間雅楽や稚児を散々に引き廻すと、後では説教があってお斎《とき》があって、それでさしものお祭騒ぎで賑わった御遠忌も御満座《ごまんざ》ということになった。参詣の善男善女《ぜんなんぜんにょ》は名残惜しそうな念仏がてらに御堂を出た。物売の一文見世もいつの間にか店を閉じて引き上げた。

「とうとう時代がかった興行も大入満員のうちにらくになったね。」

参詣人の散り尽くしたがらんとした本堂の円柱に身を凭《もた》せて大槻は元気に彼を顧みた。七日七夜のあいだ徒《いたず》らに僧俗がごったかえしに集まった揚句《あげく》の果てが、冗費の上に冗費を重ねて、思い切った時代離れのご大層な、それでいてけっきょく子供だましを出ない、形骸ばかりの儀式が、さも尤《もっと》もらしく行なわねばならぬもののように行なわれた後は、久遠山光明寺は、また以前の気ぬけのしたような伽藍に立ちかえってしまっていた。そうしてその間に見せつけられたものは、坊主の馬鹿々々しく人を食った興行者根性と、信徒のこれも底の知れない馬鹿々々しい見物人気質とであった。時代祭を単に時代祭として観ていられればまだしもであったであろうが、父がその勧進元であることは、どうしても彼を離れた気持で見させることができなかった。ただに父や母をそうした目で見るのみではなく、彼にとっては他人にたいする場合には、どこか父と共同の責任を負わねばならないようで気が引けもした。ことに今となっては、親しい大槻の言葉にさえ、彼をちくちく刺すものがあることを薄々感ぜずにはいられなかった。けれどもそう感じるほど、彼は肩身の狭い思いをかくすかのように、まるで余所《よそ》ごとを談じて憤慨する口調で友に話しかけた。

「あれで祖徳を讃歎したことになるのかね。苦々しいことだ。親鸞はさぞ地下で泣いてることだろう。」

「いや、おおかた笑ってるだろうよ。」

大槻はすましてぶっきら棒に応じた。

「何故《なぜ》さ。親鸞は宗教上の革命思想に燃えていた人じゃないか。戯論《けろん》仏教儀式仏教、こうしたものから離れて自己の最後の真生命を救わんがために、ああした教えを祖述し開顕した人じゃないか。それがこういう情けない自分の末弟どもの有様を見たら、さぞかしまた悲歎述懐和讃《ひたんじゆつかいわさん》の五つや十は増したかも知れんぜ。」

「しかし自分の法弟だと自称する先生たちが、この世知辛い世の中で、そのためにうまい生活の道を見つけてゆくんだから、まんざらでもなかろうじゃないか。だいいち泣くの怒るのという代物じゃないさ。逆に滑稽噴飯和讃《こつけいふんぱんわさん》ができたかも知れない。」

大槻はこう言って大きな声で笑った。その声が高い合天井にがんと響いて、物凄い余韻が御堂いっぱいに広がった。二人は期せずして極彩の花鳥を描いた天井を仰いで、しばらくだまって耳をすませた。ほかに人っ子一人いない堂内の静けさは、先刻まで見ていた混雑のせいかまた格別であった。じいっと耳をすませていると、あの人だかりの騒音がまだ微かに屋根裏の隅々に残って、響のないいわば雪の降る音のようなものが、塵埃《じんあい》の中にみしみしと積んでいるようでもあった。大槻は語をついだが、今度は急に声を落として、

「だけれども君、これが寺の大切な臨時収入というわけなんだ。大分これで不足がちの常収入に補いがつくものらしい。つまり寺の年末賞与さ。」

「君はそこまで見ているのか。」

宮城はひやりとしてこう叫んだ。

「そうだ、それでなくて誰がこんな手数のかかることをするものか。それがあるからこそ僕はあまり直線的に当事者を責める気がしないんだ。人間は生きてる以上食わなければならんからな。食うためには、他人に危害を加えない方法なら、まあ文句を言えないじゃないか。こんな祭りだってある点では人に満足さえも与えているんだからな。そうじゃないか。」

「そうかも知れん。」宮城は渋々答えた。「けれども僕はこういう不正な手段で得た糧を食《は》まねばならんのかと思うとじっさい堪らない。」

すると大槻は直ぐさま、響きの声に応じるように問いかえした。

「法律に触れない範囲内で、職業の正不正とはそもそも何を指すんだ。」

「世の正しい需要に応じて、本来の意義を滅却しないものが正。その反対は不正。」

「君の解釈は大方正しかろう。正しかろうが、今の場合は田舎の爺さん婆さんの切実な需要と寺院経済の必要から生まれたんだから、くだけて考えてみれば、寺本来の意義と言っても、まあそんなところが落ちだろうじゃないか。」

「そいつぁ詭弁《きべん》だ。君は皮肉と詭弁で、人を瞞着《まんちやく》する癖がある。」

「瞞着は驚いたな、何もこっちから瞞着しようとするんじゃない。先方が好んで引っかかってくるのが悪いんだ。」

「そら、それが詭弁というものだよ。」

二人は思わず声を揃えて笑った。笑ったものの宮城は大槻ほど何の屈託もなさそうに笑うことができなかった。どこか心の一角にしんから笑えない、ややともすれば自分を脅かす冷たいしこりが残っていた。二人はそのまま庫裡《くり》に下がって来た。

庫裡では座敷二間と茶の間を打《ぶ》っこぬいて、大宴会の真最中であった。法中檀頭《だんとう》世話方なんぞ、およそ六七十人の僧俗が、盃の献酬に忙しかった。二人も呼びとめられて定めの末席に列《つら》なった。上座のほうには彼の知らない坊さんの顔がちらほらあった。彼は大槻に耳打をして名前を尋ねた。

髯《ひげ》もじゃの傲慢ちきな顔をした男にはどこか見覚えがあったが、大槻に聞いてはじめて中学の同窓で二三級上の万善寺であることが分かった。万善寺は組内唯一の宗門の大学出であるということを、いつも鼻にかけているのだそうである。髭鬚《ひげ》だらけのせいか、年の割合にかなりに老《ふ》けて見える。額の両側が深く禿げ上がっている容貌魁偉《かいい》の悪党面《づら》は、以前から名を聞いていた下の町の放光寺と知った。そのほか見識り越しの顔では、来迎寺、称名寺、専徳寺なんぞの法中連の中に、得々たる島木老人はじめとして檀頭世話方がずらりと居並んで、盃と箸を動かす合間々々に勝手な熱を上げてわいわい談笑していた。座敷の縁側の障子には、小判型の波紋がいくつも明々と揺らいでいた。泉水の照りかえしであろう。

父はその間をいちいち客の盃をうけて歩いた。そうしてお蔭で無事に一生の大役がすんだ。感謝のほかはない。幸いに命冥加があって、皆さんのご尽力と仏祖の加護で宗祖大師の御遠忌を勧めさせて頂いたが、五十年一度の御遠忌であってみれば、もう二度とふたたび会うことがない。なんとも有難いことだ。こんなことを繰り返し繰り返して宴席を廻っていた。

ひとわたり酒の廻った頃、精進料理の膳が引かれて、腥《なまぐさ》料理が出た。これからが「俎《まないた》直し」というのである。彼は大槻からこんな土地の慣習などを教わっているうちに、だんだん酒が廻ったとみえて、無礼講が始まった。それをしおに待っていましたとばかりに、先刻までいかめしい法服七条の住職連中が、坊主頭に捩《ね》じ鉢巻で踊り出すのもあれば、都々逸《どどいつ》を呻《うな》るのも出てくる。どこから出したか古三味線を弾くのがある。と、絃につれて義太夫が出たりさのさ節に変わったりする。そのうちに赤い女の小袖を引っかけて、頬冠りをした仮装の女が二人現われて仁和加が始まった。さんざん人を笑わせて手拭をとると、専徳寺の真黒な顔と、万善寺のひげ面とが現われた。すると「専徳寺、十八番《おはこ》を出せ、おはこを出せ」という声が、あちらにもこちらにも起こった。万善寺は心得たとばかりに、いやがる専徳寺の帯を解いて素裸にしてしまった。越中褌一つになった専徳寺はしばらく座敷の真中に蹲《しゃが》んだまま、困った表情を、口を凸《とが》らして手を異様に頭の上で動かして、蛸《たこ》の真似で表わしていたが、やがて立ち上がると鼠色によごれた褌の片端をちょいと結んで、それをだらりと股の間にぶら下げておいて、古三味線に権兵衛が種蒔くを命じると、頓狂な絃につれて滑稽な身振りで裸踊を始めた。一座が腹の皮をよじらせて笑い崩れると、専徳寺はだんだん図に乗っていろいろな裸踊を踊った。すると万善寺も素面《しらふ》で浮かれ出して、褌の垂れた結び目を引っ張り引っ張り専徳寺を小突き廻すと、そのたびごとに専徳寺は面白おかしく飛び上がりしなに、また滑稽な卑猥《ひわい》な身振りをしては一座を背負って踊りぬいた。

図に乗った専徳寺は、ひと息ついては踊り、踊ってはまた燗の冷えた酒をあおって、鼻汁の垂れてくるのも忘れて、裸踊に狂い興じていた。時のたつにつれて酔ってその場に倒れる者や、反吐《へど》をはくものや、座を外ずしてこそこそかえるものが続出した。そうしていつしか春の日も暮れて、百目蠟燭を立てた燭台が、幾本も狼藉きわまった宴席を照らし出した。しかし専徳寺と万善寺とは、まだまだ活動をつづけていた。

そこへ初夜の鉦《かね》がなって、寺内の法幢が説教の案内に来た。しかし誰も彼も酔いつぶれていて説教どころの話ではなかった。すると専徳寺は、よし来たどっこい、誰もいなけりゃ俺がやってやろうと言いざま、ぞんざいに素裸の上に白衣を羽織って、裏反えしの法衣をそのまま投げかけると、嚔《くしゃみ》をつづけざまに三つばかりして、えい畜生と鼻をくしゃくしゃもみながら、千鳥足で御堂の段々を登って行った。

「専徳寺様、高座から転がり落ちなさらなけりゃいいが。」

法幢はにたにた笑いながら面白そうに独り語を言って、専徳寺の跡を追って、廊下の暗闇の中に消えた。

早くから宴席を外ずして、ときどき様子を見に来ていた大槻と宮城とは、専徳寺の猪勇《ちよゆう》に思わず顔を見合わせた。

父も母も気がゆれたものか、自分の正体を見失いそうに疲労していた。ことに母は眼のふちを青黒く落ち込ませていたが、それでも無事に御遠忌を勤め上げたということを心から喜んでいた。そうして絶えず念仏を口誦《くちず》さんで、重い足を引きずって家中を歩いていた。母の喜びようはまた格別であった。

六

昨夜までは毎夜一種の緊張があったが、急に今晩からは間伸びのした夜となった。客も台所のものも家のものも、皆がっくりしたもののごとく横になった。しかし宮城は大槻と二階の小間に枕をならべて臥ったが、妙に興奮していて容易に寝つくことができなかった。下の水田や泉水のあたりで、何やら得体の知れない間伸びのした、ぐつぐついう音が耳についで仕方がなかった。耳をすませばすますほど、大地のつぶやきが泡となってぐつつぐっつと醱酵《はっこう》するようでもあり、何かしら大きな黒い虫が、鳴けなくなる前に苦しんでいるようでもあった。ともかく不気味な涙さえ泣きつくした後の嗄《しわが》れた声で、地の中へでもともども呼び込まれそうな音である。燈火を消した部屋の中には仄《ほの》かな明るみがあった。おおかた外は朧《おぼろ》なのであろう。遠くで梟《ふくろう》が啼いている。陰気なそうして朗かな声である。おおかた鎮守の森で、朧の月に吠えているのであろうと彼は思った。

「あの音は何だろうね。いやに情けなさそうに不気味じゃないか。」

彼が尋ねると、同じく聞き耳をそばだてていたらしい大槻は、

「そう何だろう。僕もさっきから考えているんだが、ひょっとしたら蛙じゃあるまいか。昨日今日の暖気で、長い地の中の眠りからさめて、ああやって欠伸《あくび》をしているのかも知れないよ。」

「そう言えば蛙らしくもあるな。去年の発音をすっかり忘れたんだね。それにしてもなんという不気味な音を出すんだろう。僕はこれまでこんな妙な醜い音を聞いたことはなかった。」

「音だけでなく、年とともに人間はだんだん醜いことを、見たり聞いたり知ったりしてくるんだろう。去年まではあっても気がつかなかったことが、今年ははっきり分かるなどいうことはままあることだよ。」

「そうかも知れない」彼は感慨深そうに目をしばたたいた。そうして思い出したように深い溜息をついた。「美しい浄い感じは、若い時の専有だという気もする。そう考えると淋しい。いつかまだ中学の一年生の時だったと思うが、秋の半ばに山登りの遠足があって、

真暗に暮れてから帰って来ると、母が待って待って待ちぬいていたものと見えて、たいそう喜んで迎えてくれてね、すぐお湯に入って疲れを流せと言ってくれた。僕はすぐと母の言葉に従って湯殿に降りると、足の裏にあたる敷石の感じが冷たかったことを今でも憶えているが、湯につかっていると、母が少しぬるくなっているだろう、ひとくべ焚いてあげようと言ってね、火吹竹で釜の上を吹いてくれるんだ。僕は母にたいしてすまないような気で頤《あご》までお湯につかっているとね。敷石の隅っこのあたりで、しきりと蟋蟀《こおろぎ》が啼くんだ。じいっとそれに聴き入っていると、母の親切が身に沁みたのか、親ひとり子ひとりが秋の庭に黙って虫を聴いてるのが淋しかったのか、僕は堪らなくなって、なんだか分からない、肚《はら》の底から込み上げてくるその感情を、「お母さま秋になりましたね」という言葉で、しんみり母に言ったのさ。そうしたら二つの眼から涙がとめどなく出たんだ。母は返事をしなかった。おおかた母もそのとき泣いていたんだろう。あの時の浄い虫の音――今でも僕は虫の音が浄らかであったんだと思っているが――あんな音は、もう二度とふたたび聞かれまいね。そう思うと全く暗い気持にされてしまう。」

　宮城は古い追懐を話しているうちに、いつしかしらずしらず身がしいんと引きしまって、純な浄い涙が沁みそうになった。大槻はだまって聞いていたが、聴きおわると、

「君は詩人だね。どうだ宮城。だいぶん遅いから話はまた明日にして寝ようじゃないか。梟が啼いてるから、明日はまたお天気だぜ。」

と言いながら眠《ね》むそうな欠伸をしたが、やがてほどなく健やかな鼾《いびき》を規則正しく刻んで深い眠りに陥った。が、彼は自分のこと、父母のこと、家や寺のことなど、そんなこんなのいろいろなことを考えて、涙を流してみたり、憤りに唇を噛んでみたり、恥ずかしさに顔を赧《あか》らめたりした。そうして容易に寝つくことができなかった。彼は輾転《てんてん》と寝返りを打っている間に、どういう意味でか自分でも判然としないが、とにかく父母が現在の自分には怖いのであるということを発見した。そうして同時に、父母が彼の身辺に近づくと、彼は一種の穢《けが》らわしさを覚えて、嫌悪の情さえ起こすということをも発見した。その結果日ごろ父母から遠ざかろう遠ざかろうとしているのに気がついた。しかしそれだけにまた決して遠ざかり切れないことにも気がついた。彼は家をあいだに対陣している自分対父母の問題を考えて、眼の前が急に真暗になるのを感じた。

蛙の呟きと梟の啼き声とは、いつまでもいつまでもやまなかった。おおかた朧夜《おぼろよ》を鳴き明かすことであろう。

七

朝目を覚ますと、昨夜一晩で頭が揉みくちゃにされたかのように、顳顬《こめかみ》のところに太い筋が立って、後頭部と呼応してずきずき痛んだ。それでも思い切って起き上がってみると案外それほどでもなさそうなので、庭下駄を突っかけて泉水の滝口に下りた。そうして冷たい水で頭から顔からすっかり洗うと、昨夜から頭の中に疼《うず》いていた不浄な熱がさっぱりと流されて、まるで別人に変わった思いがあった。泉水の中に突き出た滝口の踏み石の上に立っていると、彼と向かいあっている蘚苔《こけ》のいっぱい生えた石の上に垂れ下がって、滝の沫《しぶき》にしっとりぬれている椿の蕾《つぼみ》が、もうしんこ細工のようにぽっちり赤くなっていた。小波《さざなみ》を池の面にちぢらせながら泳いできた大きな緋鯉の群が、彼の影が落ちているのを見ると、列を乱してぱっと散らばりしなに、彼の長い影をぎざぎざに砕いて行った。その漣《れん》漪《い》（さざなみ）の中から鱗の反射であろう、金色の光がちらと輝いた。汀《みぎわ》に四つ肢をのばした金ぶち眼鏡の殿様蛙がぽかんとして空を見ていた。蘚苔のまばらに生えた土の中には散った梅の花びらが、たくさん泥まみれにへばりついていた。蜂が羽音高くしきりと泉水の上を呻って行ったり来たりした。うす寒い朝のそよ風がひんやり横顔をなぶるのもはなはだ爽快であった。彼の姿を見て同じく庭に下りて来た大槻は、いい気持だ気持だを繰りかえして、しきりと体操のように四肢を動かして飛石の上、赤土の上と大きな庭下駄をがたつかせて、大股に元気に歩いていた。

朝飯がおわると、夜前の客は皆帰り仕度をはじめた。たいがい平べったい柳行李のお揃いで、それを定紋のついた大風呂敷に包むのである。あちこちで素絹、五条、七条、法服、中啓、念珠と数え上げて、鬱金《うこん》の風呂敷にくるんでいると、誰か私の念珠を知らないか、と言い出したものがある。すると、おや私も中啓がない、修多羅が見えない、五条袈裟がない、襟巻が消失したという風に、あっちでもこっちでも、きまって一つ二つずつ無くなった品が出て来た。誰かしら間違ったのではあるまいかと、互に調べてみるが、そう言った様子もない。では誰か悪戯《いたずら》のつもりで隠匿《いんとく》でもしたのかしらと言ってもみるが、まんざらそうでもなさそうである。家中のものが集まって、あちこち引っくりかえして探してみた。が、何も見当らない。元気者の専徳寺などは、このあいだ檀中から寄進してもらったばっかりな五条袈裟を取られて青くなっていた。

そのうちに父が法幢を呼べと命じた。御堂で片付けものをしていた法幢は、さっそく唇を甜《な》めずり甜めずり現われて、きょとんとした顔で、御用でございますかと父の前に畏《かしこ》まった。父は声高に、

「お客様方の荷物の中で、無くなった品がたくさんあるが、手前知っていないか。」

と訊問的に言葉をおっかぶせた。法幢は鈍い顔にも心外だといった表情を浮かべて、心もちを尖らせながら答えた。

「へえ、ちっともそんげなことは存じません。」

「知らないと。でも昨日の日中後にたびたびここへ手前来たじゃないか。何か心当りでもないのか。」

「へえ、まんざら無いことでもございません。」

法幢の糞落ち着きの薄笑いが、父をいらだたせた。

「なんだ。無いこともない。じゃなんだ。」

「へえ、あのその昨日来迎寺さまのお迎いが来た時に、大含《だいがん》さんが一緒にござらして、ここへ上がって荷物を持って行かれました。そのとき何か無くならなけりゃいいがと思ってました。」

「なに、大含が来た。あの赤着物の大含がか。何故《なぜ》きさま黙っている。」

「へえ、お尋ねにならないことを、こちらからへちゃくちゃ喋って、御院主様からお小言を頂くとつまらないから、ただ困ったことにならんばいいがと独りで思って、黙っておりましてございます。」

「馬鹿っ。何故俺に断りなしに大含を上げたんだ。」

「へえ、私にも断りなしに上がらしたので、私もつまらない引止めなどをして、あとで叱られるとおっかないから、梯子段の下で降りてござらっしゃるのを待っていました。そうしたらしばらくすると、来迎寺様の定紋のついた行李を一つもって来らしたから、まあよかったと安心しました。」

「大含の来たのは、そりゃ確かだな。来迎寺は知っていたか。」

「へえ、ちょうど酒宴の時だったんで、どなたにも申し上げずにおきました。」

「馬鹿っ。いいからあっちへ行っておれ。」

「へえ」と法幢は畏まって答えて、鼻をくんくん鳴らしながら席を立った。父は改めて法中一同に向かって、

「今お聞きのような次第で、全く監督不行届で申訳がありませんが、こそ泥の様子から推して、どうも大含のやり口に違いない。さっそく私のほうから来迎寺へかけあいますから、どうか私に任せて頂きたい。大含にしましても、いずれもこそ泥とは言い条、積もり積もって前科五六犯になってることですから、またこんなことで赤い着物を着せると、こんどは監獄の中で死ぬようにならんとも限りません。それも不愍《ふびん》の至りですから、どうかしばらく穏便にお願いしたいもので、皆様のご慈悲にお縋《すが》りいたします。」

そう父が頼む口の下から、専徳寺が第一に口を出した。

「ご趣意はよく分かりましたが、なにしろ大切な商売道具を取られちゃ、差支えが明日が日にもないものでもありませんから、どうか御院主様のご尽力で、至急なにぶんの処置をお願いしたいものでございます。」

座にいるものがみんなこれに賛成した。中には蔭でぶうぶう頰をふくらましたり、悲しそうに俯《うつむ》いたまま顔も上げえないものもあった。父はさっそく承引して、

「畏まりました。さっそく来迎寺へ使を立てます。紛失の品は私のもので間に合う限りは、どうかしばらくのあいだ使って我慢して頂きたい。」

と承知すると、専徳寺は現金に、

「こちらの御院主様のものは、ずっと私のより品が上等だから、いつまでも出て来ないと却《かえ》って有難い。」

などと真面目な冗談を言っていた。父は母を呼んでいろいろな法衣類をもたせてきた。皆はそれをめいめいにわけて行李を作った。

客が最後の一幕を演じてことごとく引き上げてしまうと、大槻は宮城に向かって、

「どうだ、永いあいだの大ごみを掃き取ったような気がしやしないかい。」

と快活に言った。が、彼は大槻の調子に乗って元気になることができなかった。

「いいや小塵芥《ごみ》だよ。大きな塵芥《ごみ》はまだまだ目に余るほどあって、ちっとも減りやしない。むしろだんだん積もる一方だ。」

彼が浮かぬ面持で答えると、大槻は、

「じゃまた昨夜僕が寝てから、自分の手でわざわざ積もらしたんだね。」

おどけた口振りで聞きかえしたが、さすがに憂わしげに友の顔をつくづく眺めた。

「まあそうだ。」彼は沈痛の口調で始めた。「このごろの僕には、一日ましに問題が問題を生んで、それがみんな二つの軸に向かって走っているんだ。一つの軸は「親」他の軸は「家」だ。この二つのいわば車輪が、僕というものを無理矢理に乗せて、狂気のように、地獄をさして駆けてるんだ。僕は永劫この地獄ゆきの車から下りることができなそうだ。今の僕には爽やかな自由であるとか、従って心ゆくばかりの愉悦であるとか、そんな光明

はいっさい消えてしまった。なんだか断末魔の日が近いのじゃないかという気がしてならない。」

「僕から見ると、君はあんまり自分の影に驚き過ぎてると思うね。」

「あるいはそうかも知れん。が自分の見得る一切のものはみんな、自分の姿の投影したものなんだからな。どうも僕自身の姿がそうである以上、一切のものがそういう影で暗くされるのは已《や》むをえないことじゃないか。」

「しかし影がうつるからには、光がどこかになくちゃならない。僕が思うには、君はことさら光に背いて自分の影に執着してるんだ。どうだ、思い切って後ろ向きになっちゃ。後ろ向きに。そうしたら君の前には光明だけがあるんだよ。」

「僕はそんな風に問題を簡単に考えていない。かりに光明があるとすれば、それは僕の後方にあるのではなくて、本当の光明は、やはり影の映っているもののもう一歩彼方にあるんだと思っている。」

「それでもいい。そんならなおのこと、君はこのさい絶望したり自暴自棄を起こしたりしてはいかんよ。なあ、宮城、光は遠くにある、と同時にまた存外近くにもあるに違いないことを僕は保証する。自重してくれ。自重さえしていてくれれば、すべての難問は必ず「時」が解決してくれる。」

「その「時」を待つことが僕のような弱い人間にはすでに大きな重荷だ。待ち切れるだろうか。僕にその「時」が恵まれることがあるだろうか。」

「正しいものには必ず正しい「時」が恵まれる。僕はそう信じて疑わない。君は恵まれている。そんなにも悩んでいることがすでに恵まれていることなのだ。」

大槻は腕を拱《こまね》いて、深い同情のこもった言葉で、一方では彼を励ますように、一方ではそのいたいたしい心を抱くように言った。そうして悩みにうなだれている友を心から労《いた》わるようにじいっと見詰めた。鉄縁の眼鏡の下では、強い意志をそのまま表わした、きかぬ気の眼が、言葉以上な深い情愛のために、柔和に友の上に気を配りながら輝いていた。宮城は宮城で、友の前に全身を投げ出した気で、今にも泣き出しそうになっていたが、僅かに涙をおさえて、ようよう細い声でそれに答えた。

「そうかしら。僕はただ苦しい。何を頼りに生きてゆこうかと、それから先に迷っている。僕も君のような強い自信が欲しい。」

大槻は黙々として頷きながら聞いていたが、いつしか目頭《めがしら》にふっと露を光らせていた。宮城の目にもまた涙が浮かんだ。

午餐《ごさん》の前になって、大槻は母と彼とが引きとめるのもきかず、老母とお昼までにかえる約束で来たからと言い張って、とうとう帰った。帰りぎわに、このあいだから大槻の居村の西方寺に滞在している有名な吉田という説教者を、明日一緒に訪ねてみないかと誘った。この界隈《かいわい》きっての有名な説教者という言葉が、不思議な魅力をもって彼の心を捉えた。宮城の頭にはすぐとこの尊敬すべき教界の長老の風格が浮かんだ。つづいてよく話にたけているると聞いているように、いろいろな精神上の座談を聴いたり、あわよくば内心の苦悶《くもん》をありのままに訴えて、解決のヒントを与えてもらおう。今は一本の藁でさえ欲しい矢先である。宮城はこの勧誘をきくとすぐと乗気になった。そうして何かしら大きな恩恵を予期しだした。ところへもってきて傍にいた母が、吉田賢海さんがおいでになっていられますか。それはそれは大した説教者で、あれほどの有難い方はまずこの界隈にはない。押出しの立派な、説教のうまい、行ないの正しい、どこと言って非の打ちどころのない、当今まれな大説教者である。ぜひ伺ってお話を承って来るがいいと、口をきわめて褒めちぎった上でしきりとすすめるので、彼はいよいよ矢も楯も堪らなくなって、すぐさま承知の旨を答えて、村外れまで友を送って出た。大槻は母に別れを告げながら、なぜともなく冷やかな微笑を浮かべていた。

八

大槻を送って帰って来て、二階の梯子段へ足をかけると、何やらかさこそ言っている直ぐ下の父の居間の中から、

「円泰か、ちょっと来て手伝ってくれ。」

という父の声が、彼を呼び止めた。障子を開けると、部屋の中はほとんど一面のお布施紙であった。

「この紙をのす手伝をしてくれ。」

父は彼の顔を見上げて、もう一度こう頼んだ。そうして渋紙を貼った竹行李の中からお布施包みを取り出しては、真鍮《しんちゅう》の火箸で糊のついた端を丁寧に紙に疵《きず》のつかないようにはがして、中味の銀貨銅貨を、小わけをしたそれぞれの山へ積み重ねていた。前には小高い貨幣の山が幾つもできていた。父ははなはだ上機嫌であった。母も小さい丸髷をいそいそと動かしては、がさがさ紙をのばしていた。これもまた西洋紙と日本紙、大穴のあいたのとあかないのという風に小わけをしていた。そうしてわが子の入って来たのに気を兼ねたように、誰にともなく、

「近頃手が荒れてるもんで、こらこんなに恐ろしい音が出ます。」

と弁解がましく独り語を言いながら、紙の表面を撫で廻した。なるほどがさがさ紙皺の鳴るほかに、ざらざらきめの荒そうな微かな響があった。彼はちょっと眉を暗くした。母の言葉と仕草にいやな色気があると感じたのである。考えて見ると帰宅してから一週間目にようやく親子三人水入らずに集まったわけであるが、彼ははなはだ気づまりだった。そうして却って客がたくさんいてがやがや取り紛れていた時のほうが、遥かに気が置けないで楽であった。が、こう一つ場所に切り離されて、特別にいやが応でも互に面と向かい合

わなければならなくなると、彼は何ものにか締めつけられて痛いくらいに心がうずいた。そうして目と顔と手のやり場に困った。宮城は全く親しい眼差《まなざし》で父母を見ることができなくなっていたことを、痛切に感じないわけにはいかなかった。彼は無言のまま俯向《うつむ》いて、器械的に紙を重ねていた。そのとき懐かしそうに微笑んでわが子のほうを眺めた母は、絶えず手障り悪く紙をざらざら言わせながら、

「わたしがこなたへ初めて上がった頃には、お布施紙と言えばまだみんな木紙か糊入れ奉書で、障子の切り張りをしようと、渋紙を張ろうと、ちょっとのお遣い物に二度の勤めをさせようと、紙に不自由はなかったものですが、近頃のこの西洋紙というものは本当に仕方のないものでございますね。まあまあ鼻水をかむくらいが関の山で、なんの役にも立ちません。悪いものが流行《はや》り出しました。つまるところ言ってみれば、近頃はこれだけ寺のお取り持ちが悪くなったのでございましょう。」

父の鼻息を窺うように母がこう改めて切り出すと、父は大きく頷いて、

「まあそうだ。昔は御遠忌を一度勤め上げると、三年がところの食い扶持《ぶち》があったものだそうだが、なかなか今日じゃそういうわけにゃいかん。だいいちこうやってお布施をむいていても分かることだが、米が升に五銭だの六銭だのと言った昔に十銭包んだものが、今でもやはり同じ十銭だ。金は同じ十銭でもその価値は半分にも足らんがな。寺の暮し向きが一年ましに不足がちになるのは尤もさ。つまりだんだん仏法が衰えるんだろうが、考

えれば情けないことだな。」

そう言って父が念仏を唱えると、母も同じく口の中で唱名を繰りかえした。

「しかし、旦那様。」

母は紙をのす手を休めて、父を見上げた。父も火箸とお布施包を握ったまま、母の顔を見かえした。

「家らあたりは檀那衆が皆いい人たちだから、外に較べると、あまり不足は言われませんでの。庫裡の普請《ふしん》も当分手を入れないでいいくらいにはできたし、二階もああやってお客のできるまでになおしてもらったし、借金のかたも附けてもらったし、当院の学資も助けてもらってはいるし、考えてみれば喜ばなければなりませんでの。そのうえ家だけでなく御堂のご修理から、御本山のお頼み金まで、なかなか檀那衆も骨が折れるこってございましょう。」

「そりゃそれに違いないが、俺の言うのは家の檀中が不足だというのじゃない。世間一般に寺のお取持ちがおろそかになったということさ。がんらい寺は昔から無禄の長者と言ってな、寺のお守りさえしてゆけば、人が相当の礼を尽くして面倒を見てくれるものなのだ。それが寺に生まれたものの福分とされたものさ。だから寺に生まれるのは前世の功徳によるものだと皆から尊ばれたすこぶる名誉なものだったのだ。どうだ円泰、お前も覚えておくがいい。御遠忌一つ勤めると、今もおきよが言ったように、さっぱりと寺の建てかえをやってもらった上に、このようにお布施やお米が残るのだ。つまり坊主丸儲けって奴だ。俺もだいぶ年を取ってきたから、このうえの大法要と言っても聖徳太子の千三百年の御忌、祖師の開宗七百年の記念法要、それからこの御堂を建立した先祖の二百年、父親の五十回忌と、皆勤め上げて見たところでまあざっとこれくらいなものだ。お前の代にはたぶん蓮如様の御遠忌か何かがあるだろうから、こんどはお前の新しい頭で勤め上げてみるのも面白かろう。」

父はすこぶる上機嫌で、目を細くしてこんなことを言った。彼は黙って俯向いたまま、自分の鼻の先ばかり見つめていた。父のこうした自慢話が、彼にはじつに堪らなかった。どこに得意がっていい要素があるのだろう。坊主同志のあいだならいざ知らず、子の前で臆面もなくこんなことをさもえらそうに話す父の心事、彼はそれをどう解していいかに苦しんだ。そうして自分で気のつかないうちに父は環境の感化力で心から腐っているのじゃなかろうか。そういう考えがひらめくとともに彼の心はいっそう暗くなった。彼は情けなくもあった。悲しくもあった、恥ずかしくもあった。腹さえ立った、何の因果でこういう浅墓《あさはか》な親と肉親の関係がつながっているのだろう。あまりに醜い。あまりに卑しい。父の自慢はあたかも一本の手厳しい鞭のように、彼を苛《さいな》んで措かなかった。彼は心の中でこの親を真実の親としなければならんのか。この父を真実の父としなければならないのか。そう繰りかえしながら、どうしたらいいのかまるで分からなくなってしまった。彼が呆然と

していろいろな感情のあいだに戸迷いしながら紙をのす手を休めていると、父はさらに語をついで、

「これもみんな仏祖の賜《たまもの》だ。有難いことさ。」

そう言いおわると、またひとしきり念仏を唱えながら、紙包みのあいだに真鍮火箸を差し込んで、お布施をむくとともに、中の銀貨をちょっとすかして見て、かちりと音をさせて小山の上に投げ出した。

そのとき彼はようやく気を取りなおした。そうして屈辱をうけた時に感ずるような得体の知れない憤激に顔を歪めながら、彼は全身の血が一時に凍る思いで、父の満足そうな赧ら顔をきっと睨めつけた。そうして、

「お父さん。」

と呼びかけてみたが、声が咽喉に引っからまって、かすれた上ずった声になって出た。父と母とが電《いなずま》のようにひょいと顔を上げるや否《いな》や一緒に彼を見返した。彼のただならぬ表情は、すぐさま親達の顔の神経を引きつらせた。父の細い目が自然と三角に尖ってくると、おっかぶせるようないかつい声が、

「何だ。」

と答えた。彼ははやる感情を上から押し鎮めて、強いて落ちつきはらった。わざとらしいまでに冷やかな態度を取り繕《つくろ》った。

「お父さんは先刻寺に生まれたものの福分ってことを仰《おつしや》いましたが、本当にご自分でも心からそう思っていらっしゃいますか。」

「思っておればこそ言ったのだ。それがどうした。」

父の態度は早くも挑戦的な、子をひと打ちに打ち据えるような険しいさまを現わし始めた。父は直覚的に身構えをしたようであった。

「お父さんはそれを恥ずかしいとは思わんのですか。」

「それとは何だ。寺に生まれて、育ってきたことか。むろん恥ずかしいどころか、却って有難いと思ってるくらいだ。そうだろう。自分にさして働きもないのに、今日こうやって安穏に暮らさしてもらっている。それが有難くなくってどうするものか。」

「僕の言うのはその乞食根性のことです。」

「なに、乞食根性だ。お前たちの泥棒根性よりはましだろう。なるほど俺は金をもらい、米をもらい、家をもらい、土地をもらって今日に及んでいる。もらってばかりいるのだから、たしかに乞食だろうさ。しかし布施には財施と法施とあって、こっちから法施を与える代りに、謝恩の意味で先方から財施がくる。それをうけるのになんの遠慮がいろう。これは浄乞食というものだ。こうした関係に立てば施すものにも感謝、施されるものにも感謝があるばかりだ。こういう浄い美しい関係はまたとあるものでない。ぜんたいこの世の中で生きるために他を害しない生活は乞食を措いてほかにはない。だから仏の教示したもうた唯一の生活法なのだ。じつに合理的で美しく浄いではないか。ところで今日の世の中を見ると、世間には泥棒か乞食か、この二つの階級しかないようだ。俺は泥棒よりも乞食を選ぶ。」

「なるほど浄乞食そのものには美しい人の学ぶべきものがあるでしょう。布施の生活もまた格別に浄いでしょう。あるいは仰るとおりそういう生活のみが本当の生活だと言いうるかも知れません。しかしゆすりにも等しい乞食や、押しかけ乞食や、その他いわれなくして乞食の名をまねしている似而非《えせ》乞食がなんでそんな名誉に価しましょう。お父さんの仰るのはそりゃ本来の字義の解釈で、現実目前の事実ではありません。現状はどうです。義理にもそんなえらそうなことは言えないと思います。いったい生活方法の本然の姿というものは、その人自身の心から自然に涌き出るべきものだのに、まず生活の方法が残されていて、それからそろそろ似ても似つかぬ心が這《は》い出してくるのは反対というものです。だからその方法の本然の美しい姿と心とは勢い崩れざるをえません。お父さんは今ご自分の自由意志で乞食の道をお選びになったと仰いました。しかし僕から見ると余儀なくその位置をあてがわれたので、勢いやむをえず易きについて、一人前の乞食になりすまされたのだと思います。」

と言いおわるか終わらぬに、父は一声鋭く、「何をっ」と言いざま真鍮火箸を高く振り上げて、彼を睨みつけた。母が驚いて中へ割って入ろうとした時、父の猛り狂ったさまを見るや、急に全身に不思議なくつろぎができて、彼はさらに糞落着きにおちつくと、父の怒りに震えている手元を冷やかに見上げた。

「お父さん、僕の言葉は子として過ぎたかも知れません。が、いつまでも問題をいい加減に胡麻化して、一時を糊塗してゆくのはお互に不為です。今日はもっと根本的に自分たちの生活を考えてみようではありませんか。なるほど仰るとおり世間は泥棒と乞食の寄合世帯かも知れません。しかし乞食がもらう食物は誰からもらうのです。お父さんがいやだと軽蔑されるその泥棒からではないのですか。これは贓品《ぞうひん》を手に入れるのだから、今日のわれわれの目から見れば、同罪とまではゆかなくともやはり同じく罪は罪です。これを道徳的に見れば生活の糧を取るためのいっさいの責任と危険とをさけて、悪名はいっさい先方に、利得はことごとくこちらに取るというのは、たしかに卑怯な奸《かん》手段だと僕は思います。こう考えれば乞食というものが本来の意義においておこなわれていてさえ、卑屈きわまったものなのに、現在の寺におこなわれている乞食の方法は、泥棒の精神と方法とを備えた表面だけの乞食ではないでしょうか。もしお父さんの語彙に従うとすれば、僕は乞食の精神によった泥棒になりたいと思います。が、それはともかくとして、昔は盗人《ぬすっと》たけだけしいと言ったものですが、今じゃ乞食たけだけしいと言われたって、仕方がなくはないですか。」

「何をっ、小生意気なっ。」父は火箸を畳の上にたたきつけた。火箸は勢い余ってもんどり打って障子の腰板にぶつかった。「他人の生活を批判する前にきさまの態度はそりゃ何だ、だいいちきさま何で食って、何で学校へ行ってると思う。その大きな口を利くように成長したのも誰のお蔭だっ。乞食の子の癖に何をぬかす。いったいお前ら若い者たちは有難いということを知らない。勿体《もったい》ないということを知らない。その二つが分からないうちは、寺の生活を是非する資格はないものと思え。」

「おお、その言葉をきくと身を刻まれる思いがします。不正な糧によって育てられた身はしんから罪で腐っているのではなかろうか。ああ僕には返す言葉もありません。自分の手でパンを得たことのない僕ですもの。むしろひと思いに死んでしまいたいくらいです。」

「しかしお前は現に生きている。そうしてじっさい成長してきた。その事実は動かせない。」

「ああ事実が、事実が正当な理論よりも強いということはなんという悲惨なことだ。真理が事実の先に立てないものか。」

「残念ながら現在において事実が真理の所産であることは、とうてい動かせない鉄案だ。」

「しかしどうあっても、これまでの寺の生活は恥ずべき生活です。」

「仏米によって生くることは仏の恩寵で、凡夫のわれわれの思量の外だ。俺はただそれを有難いと思い、勿体ないと喜ぶだけだ。」

「正直に言えば、今日々々が、僕には有難いことも勿体ないことも分かってはおりませんが、顧みて他を言えば、しかし有難いと喜び、勿体ないと喜ぶ人々の生活は、こんなことでいいんでしょうか。少なくとも僕の目に映じた寺の生活は、決して生活らしい生活ではありません。僕は心からそれを憎みます。」

父の赧《あか》ら顔がだんだん蒼白に変わってきた。それとともにかんかんに熱していた父の上に、徐々に冷たいくつろぎが現われてきた。

「お前は口ではいっぱしのことを言う。しかし俺の生活が矛盾している以上に、お前の生活はもっともっと矛盾している。生活はお前のようにただ口先ばかりで云々《うんぬん》すべきものじゃない。生活は生活してはじめて味が出てくるものなのだ。いったいお前のように言って、矛盾のない生活というものが現在にあるか。どうだ。俺は無いと思う。ある意味で生活ということはそのまま矛盾ということだ。ただその生活の矛盾を、俺は自分より数等高い御仏にたよって、そこではじめて調和を見出してるんだ。そうした上でもういちど人間界に臨むと、さきほどの矛盾が矛盾ではなくなっている。ここの呼吸はまだお前らには分かるまい。」

そう言うなり、父はつと立ち上がって縁側へ出ると、大きな草履をぱたつかせながら、座敷から本堂のほうへ行った様子であった。後に残された彼は、口惜しさに下唇をかんだ。黙ってうなだれていた母が気づかわしげに彼をなだめた。

「あんなきついことを言って、お父さまを恐らせてはいけませんよ。お互の損だからね。もう後生だから、決してあんな喧嘩を売るようなことをしておくれては困ります。」

こう言って母は彼をなだめていたが、急にそこで声を落として、

「それにしても今の話はあれはあんたの本心かえ。……よし本心にしても、いいかえ、これから不服があったらこっそりわたしに仰《おつしや》い。今日のところはわたしからお父さんをなだめて上げるから、もう決して決してあんなことを……」

母の言葉は途中で切れた。おおかた涙に遮られたのであろう。それでも彼は見向きもせずに、そのまま素っ気なく二階へ上がってしまった。そうして小間の机に上半身を投げかけて熱い涙をとめ度なく流した。彼は考えた。――

いったい寺院の生活が現代において正当に許され得るものとしたならば、まず信仰生活があってこそ、はじめて寺院における経済生活を営む基礎も理由も見出されるであろう。しかるにまず得体の知れない住職というもの、従ってその家族というものの尨大《ぼうだい》なる一団の生活があって、おそらく生活のために、寺の機関が運用されるのを見ると、これは正しく出発点において過《あや》まっている。寺はそのはじめにおいては法を聞き、法を説き、そうしてそのための敬いをする信仰生活の自然の発露として営まれたものであって、すなわち信仰が主で生活は従であったであろうのに、今ではただ単に住職家族の生活の手段に使われていて、生活が主で、信仰は従、あるいは従以下に無視さえされている傾きがある。たま

たま伝道が行なわれても、それは形式一片の口先きだけの語り物であって、後生の一大事であるとか、信心歓喜であるとか言ってみたところで、語る当人に熱のないごとく、聴く同行にも賽銭を投げ、念珠をかけ、そうしてその場限りの念仏を唱えていれば、どんなことを百万遍聞こうと、同じ空な心で聞き流しておいてそれでいいのである。説教者が一人でも多く聴聞者の集まるのを喜ぶのは、寄席の芸人が客を呼んで喜ぶのと少しも変わらない。法要はおそらく敬いのために盛大に行なわれたものであろうが、第一の結果はいつも第二第三の原因を呼んで、けっきょくは法要もまた寺院内に住むものの生活のために営まれている。法要を一つでも多く営むことは、一口でも多く利得を増す所以だからである。しかも檀信徒もまた法要のお祭式に盛大なことをもっとも喜ぶ。それはまた信徒の家にあっても同じことである。この理で進んでゆくと、檀徒に営まれる法事供養はいうまでもなく、時には最大の不幸たる葬式に至るまで、仏事にかんする一切の催しを待たねばならない破目になってくるのは、要するに現在の寺院生活が根本的に不自然な致命的の誤謬《ごびゅう》を蔵しているためではあるまいか。してみると僧侶の生活そのものに堕落を余儀なくさせる原因がどこかに伏在している、とも考えられるであろう。

自分は垢だらけの手では布施を受けられないと主張する。しかるに父は財施をうけて法施を与え返すという。しかし果たして父の胸に法施が湛えられているのであろうか。人は法施とのみ思い込んで、保証のない引替券を握らせられてるのではなかろうか。なるほど純真な意味における布施による乞食の生活は、美しい花が恵まれた日を悦《よろこ》び、降りそそぐ雨にうるおうようなものであって、確かに美しくもあろう。しかし今の世にかかる生活がありうるであろうか。たまたま受けるものの手が浄くとも、与うるものの財貨は一種の贓品ではあるまいか。従ってその財貨は布施として喜捨されるよりも、もっと適当な方法において元へ返されて然るべきものではないだろうか。

なるほど貧者の一燈という言葉があるがごとく、財施は富者にのみ限られてはいないかも知れない。かく貧者によって捧げられた心からの布施は真に尊いものに違いない。しかしその場合にはうけるものの手があくまでも浄いことが必要である。いったい現代のような経済組織のもとにおいては、法施は財施と交換さるべきものではなくして、ふたつながら与えられてこそ初めて法に光りが増してもこよう。われにパンを与えよ、しからば汝《なんじ》に法を与えん、というがごときはあまりに虫がいい。パンと神と二つながらわれ汝に与えんでなくてはならない。昔のように生活を念としないことをもって、真に名誉ある生活の要諦であるかのごとく考えた時代は遠く去った。生きる者に生活の苦労のあることははなはだ自然な、そうして大きな高い義務であり責任である。従って、その人にのみ生活の権利が与えらるべきは論をまつまでもない。

今にして思えば布施による生活は危険な生活である。布施が生活を充足させない場合には、生活者は外に糧を奪取する方法を講じなければならない。これがあり余った場合には、これを己の財貨として積み易い。これは布施生活の本義にもとる。仮りにこの掠奪《りゃくだつ》と貪欲《とんよく》との二つの悪魔の入る余地がないとしても、ただ「感謝」の美名に隠れて、糧をうるための危険と得た手段方法についての責任とを、いっさい与うるものに負わしめて、己は利得のみを得て、美しき浄き食物であると言う。これはことに卑怯な恥ずかしいことではあるまいか。いちばん大きな危険はこの無恥の生活に陥り易いことである。さらに危険には二重の危険がある。すなわち受けるものにかかる危険がある上に、与うるものが己の財貨についての原罪をさとらず、得々として何らの自己省察もなく喜捨の虚名に眩惑《げんわく》されて、徒《いたず》らにかかる無恥の分子を養いはぐくむ。これは正しく二重の危険ではないか。布施による生活に欠陥のあるのは明らかな事実である。

しかるに父のいう「信仰」というものは、これらの矛盾や欠陥や誤謬をすべて帳消しにして、しかも感謝の喜びのみを残していってくれるような、そんな有難い神秘的な力をもったものであろうか。自分には一つの遁辞《とんじ》としかうつらない。なるほど遁辞と言い切ることはできない。しかし遁辞でないという証明も全くできない。

いったい僧侶は職業であるかないか。父の言に従えば、これは聖職であって、僧業というべきものではない。職業以上に神聖な尊いものだという。しかしこれは軍人のみが純良の臣民だという以上に、もっと不合理なことではあるまいか。だいいち職業以上に神聖な尊い職業の必要がどこにあろう。僧侶が己の職を職業でないというのは、全く夢の中の己《うぬ》惚《ぼ》れであって、それ自身矛盾している。今しばらく第三者の地位に立って、僧侶を眺めるならば、誰しも乞食と僧侶のあいだに、どれだけの差違を認めよう。一方は小屋や橋の下を居住とするのに、一方は大きな伽藍の中に姿をかくす。一方は襤褸《ぼろ》を纏うて行乞いする間に、一方は金襴の衣にくるまってお布施を集める。誰が目にも外形こそやや異なれ、内実は職業以下の職業でこそあれ、職業以上の職業では決してない。彼らが世俗の職業という言葉をもって、彼らのいわゆる「聖職」を汚されるのを怖れているのは、はなはだ心外の至りである。むしろ片腹痛いことではないか。

けれども、一歩翻って今日の自分を思うと、これはまたあまりに腑甲斐《ふがい》がない。仮りに自分が現在の寺にたいして抱いている思想が全然正しいとしても、自分の生活をもって裏打ちしない思想は要するに鉛の兵隊さんだ。戦う力もないみてくれだけの玩具《おもちゃ》じゃないか。父が自分を非難したあの言葉は正しい。自分はいかに生活が正しいかを研鑿《けんさく》しているのみで、生活自身の味を知らない。そうしてあの最後の謎のような言葉が異様の響をもっていつまでも耳の底に残っている。——仏の中に調和を見出してくると、さきほどの矛盾が矛盾ではなくなる——。

彼は幾度かこの無言の言葉を心の中に聞いた。が、どうしても分かったという気がしなかった。けれどもその言葉の中から不思議な香気が、放たれて彼に迫ってくるようでもあった。そうして同時に父の生活にも、なんだか馬鹿にし切れない尊いものがあるということを認めずにはいられなかった。

彼は物思いに疲れて漸《ようや》くわれにかえった。そうして障子を開けてみると、日はもう枝ばかりの並樹の梢を渡って、西の山へ傾きかけていた。考えてみると彼は中食もせずに、この小間で暗い思いに閉じ籠められていたのである。太陽は平安に一日の行程をおわって、西山の麓までつづく広い広い水田に、美しい赧《あか》みがかった光りをとかして流していた。太陽の射出す赤い征矢《そや》が、青空の中に溶け込もうとしているあわいに、微かな黒点が南から北へしずしずと流れてゆく。彼は目をすぼめて黒点を視た。しかし鳥らしいものの姿は見られなかった。ただ黒い点が流れているのであった。雲のない静かな夕焼けが始まった。

彼は呆然と窓に倚《よ》って、この広い自然の荘厳を眺めていた。彼の頭にはいつしか父も消え寺も消え、暗い思想も消え、はては自分さえも消えていた。そうしてただ黒い点だけが、金色の光りの海を下に見て、北へ北へと流れているのであった。

女中が夕食の案内に来たので、渋々家のものの食堂にあててある小茶の間へ下りてゆくと、幸い父の姿が見えない。姿が見えないのみかいつものとおり蒲鉾形《かまぼこがた》にならべられたお膳の中央に、見なれた父の黒塗りの膳がない。彼はやや、安心してあたりを見廻すと、次の料理の間の片隅で母が七輪の火を煽《あお》ぎながら料理に忙しかった。またお客なのかしら。こう思っていると、座敷のほうから大きな父の笑い声が洩れてきた。いよいよ来客である。

今晩はお蔭で助かったなと彼は思った。

宮城がいつもの父の座に置かれた膳に坐わるとさっそく母はいそいそと前掛で手をふきながらやって来て、彼にいろいろな客に出すはずのご馳走をつけてくれた。そうして自分でも膳について、「今日は久し振りで一緒に御飯を頂こう。もうまた直きに東京へお帰りだろうから。」

そう言って彼の顔をちらと窺うと、すぐさま後ろの七輪の上にかかった鍋を振りかえった。そうして、

「まだ煮えるには大丈夫間があるようだの。」

と独り言を言った。それから石油洋燈《ランプ》のしんをかき上げて、

「ほお、やっと明るくなった。これでよく顔も見える。」

と、どことなく処女の喜ぶような調子で言って、初めてしげしげと彼の顔を仰いで華やかに笑った。彼と母とのあいだには、容易に一致しそうにない気分の高低があったが、それでも母のいそいそとしたさまは、かなり彼の重い辛気《しんき》臭《くさ》い心を和らげた。

母は箸を動かしながらこんなことを話した。座敷のお客は島木老人と来迎寺の御院主である。来迎寺の御院主は、弟の大含が盗んで行った品の半分ほどをもって来たのである。あとの半分は行方を探索中だが、一両日中にはあらかた出るであろう。大含はここから盗み出すと、すぐ町の古着屋へ行って半分を入質《にゅうしち》したのだそうだ。最初にその質の半分が出

ってきたのだという。だから大切な金目のものはたいてい今日きたから安心だ。で大含をこっちに置いては何かにつけて危うくて仕方がない。だから相当の親方を見つけたらすぐさま旅へ出すと、来迎寺は言っていたそうである。兄の恐縮の仕方はなかったと、母は物語った。

島木老人の話はさらに耳寄りのことであった。せんだって御遠忌差し止めに来た若い洋服の御使僧が、ここで油を搾られての帰りさ、業腹紛《ごうはらまぎ》れに島木老人の宅へ立ち寄って、「教務所の命令をきかないような末寺の檀家になってることはできないから、檀那寺の縁を切ると嚇《おど》かしてくれろ。」と、再三再四頼んで行った。老人は御遠忌に参詣しようとしていた矢先なので、癪《しゃく》には障るし、気はもめるしするけれども、かと言って詳しい話を知らないで、仮にも御使僧を粗略にしてもと思って、いい加減にあしらって帰らせた。御遠忌中に言い出しても面白くないと考えたので、今日まで言わずに待っていた。ずいぶん怪《け》しからない御使僧だ、と憤慨していられたと母は物語った。

「それでお父さんは明日教務所へ談判に行くと言ってられましたよ。もし寺と檀中とのあいだに不和が起きたら、それを仲裁して丸く納めるくらいのこともしてくれなければならない教務所の御使僧が、つまらぬことで悪い知恵をつけて、万一不和でもあったらどうする気かって、非常に腹を立てていられましたよ。ずいぶん近頃では人格のいかがわしい御使僧がおりますからね。」

母はこう話を結んだ。母の熱心な物語も、彼にはさして興味がなかった。ただ一個の無《ぶ》頼《らい》の徒たる大含の運命が不思議と気にかかった。そうしてあの汽車中で見た物怖《ものお》じをする栗鼠のような小男の姿がまざまざと浮かんできた。彼はこの三界に住むところもなさそうな不幸な盗癖のある小男に、却って案外人一倍の人間らしさが見られるのではあるまいか。そういう気がするとともになんとなくいっそう心が引かされてならなかった。

七輪のほうへ立っても、母はただ子と話していることが嬉しいものらしく、何かと次々に話題を見出しては話しつづけた。父は夜の更けるまで座敷を出なかった。島木老人は帰って、来迎寺は泊った模様であった。彼はこの日も救われたという気がした。そうして家の中が夜になって初めて広々としたような感じであった。彼は明日の宗教家訪問が意外の慰めを与えてくれそうな気がして待遠しくてならなかった。会ったらどんなことを聞こう。その宗教家の青年時代のことも聞いてみよう。自分の悩みも打ちあけてみよう。寺院の本当の意義や信仰の帰趨《きすう》、さては入信の方法なども聞いてみよう。こんなプログラムをひとりでに造り上げて、善知識《ぜんじしき》に救ってもらえるといった漠然とした期待を味わって喜んでいた。

九

翌朝の鐘が幅広の呻《うな》りを伝えて響き渡った時に、彼は薄目をあけてみたが、あたりはまだ仄《ほの》暗かった。それからまたうとうと一寝入りしているうちに喚鐘《かんしょう》が鳴った。その音で彼ははっきり目を醒まして、階下の動静を窺った。するうちに父の重い性急な足音が両三度下の居間を入ったり出たりしたと思うと、最後に本堂の方で鉦《かね》が鳴った。いよいよ勤行《ごんぎょう》が始まったものらしい。それを確かめてから彼は安心して床を離れた。そうして素早く顔を洗って膳に向かった。台所のほうで泊まった客のお菜拵《こし》らえをしていたらしい母は、物珍らしそうに彼の顔に微笑を送って、やさしくお早うと挨拶をした。そうして心配げに、

「ずいぶん珍らしいことですね。こんなに早く起きるなんて。昨夜よく寝られなかったの。」

と尋ねた。彼はほとんど無表情に、

「いいえ。今日は早くから大槻君のところへ行く約束をしたもんで……」

と後を濁して答えた。父を憚っていることがなんとなく母にたいしてすまない気がしたのである。母はそんなこととは知ろう筈もなく、

「ああそうそう、今日は吉川さんをお訪ねするのだったね。けれどそんなに早く行くっ

て約束なの。今日は朝飯過ぎにはお父さんも教務所へおいでになるというから、急に淋しくなることだね。だから早く帰って来ておくれ、ときに御堂へお参りして来ましたか。」

と母は最後の一句を特別に子供に物を言うように訊《き》きただした。彼ははっとした。が、気の咎《とが》めるのをままよと言った軽い捨鉢気分で、無言のままちょっと頷いてみせた。母はずいぶん早いお参りだねと言いながら、それでもにこにこして味噌汁をつけてくれた。彼は今日もなんだかいやな日に違いない。些細のこととは言え、朝ぱらから母を偽《いつ》わったりなどしてと思った。がんらいこの家では仏米を頂くのであるからという意味で、子供の時から朝飯の前には、きっと本堂へ参拝して、それから箸をとるという習慣になっていたのであるが、宮城は中学卒業前後からは、母に安心させるため本堂をのぞいても、てんで本尊の前や祖師前へ額《ぬか》づくことなどはせず、唐狭間《からさま》の彫刻を見て歩いたり、合天井の絵を仰いだり、ときには内陣へ入って本尊の肌に手を触れてみたりして、ちょうどいい加減の時刻を過ごしてから、庫裡《くり》に下がって来て、何食わぬ顔で食膳につく慣わしになっていた。

本堂のほうで幾度も鉦が鳴るので、彼は父が下向して来やしないかとひやひやした。が、幸い食事をおわって門を出るまで、下向した様子もなかった。彼はほっとした。そうして初めてのんびり深い息を呼吸したが、門前の石段を下りながら、ふと自分の狐鼠々々《こそこそ》泥棒のような姿を想い浮かべて、自分の家を出るというのに、こんなにも罪を犯したか何かのように肩身の狭い思いで逃げ出すのかなと考えたら、いやな重苦しい圧《お》しつけられそうな気持がした。それでも杉の生垣のあたりに新芽の出かかったせいか、針葉樹独特の樹脂の香が漂っているのが、いかにも新鮮な爽快な気分を促して、今日の訪問に祝福を与えているように思われた。彼は先方の時間都合を考えて、ゆっくりゆっくりわざわざ遠廻りの道を選んで、大槻の村をさして田圃《たんぼ》道を歩いた。ただしいくらゆっくり歩いてもものの一時間とは掛かりそうにもなかった。しかし彼は次々に物事を考え考えゆったりゆったりとぶらつくようにして行った。道々蕗《ふき》の薹《とう》が黄色な水蓮のように開いたりつぼんだりしているのをたくさん見かけた。一様に黒いまだ乾ききらない道の真中に、何ごとも知らない愛くるしい草の芽が、粉のような土を穂先になすりつけたまま、小さい角《つの》を擡《もた》げているのも、浅い春にそぐう情趣であった。彼はこの道を辿りながら、いつも通る時のように、両側の稲田の中に喧《かまびす》しく蛙が鳴いているか、袖に触れる稲の穂をかさこそと押しわけて行くと、数え切れぬほどの蝗《いなご》が短い半円を、垂れ下がった稲と稲とのあいだに描いて道の上を飛びちがっていないと、なんだか物足りないようでもあったが、なんの目障りもないこの寂《さ》びた中に、どっかしら重々しい希望を湛《たた》えている情景も、また格別であると考えた。道は両側にふくよかな水を湛えた水田を見ながら、心もちずつ降って行った。

大槻の家についた時には、ちょうど親子二人の水入らずで朝飯の最中であった。彼はこの情景をちらと覗いて、その睦《むつま》じそうなさまが妙に羨《うらや》ましかった。表から声をかけておいて、玄関脇の芽を吹きかけた山吹の古株を跨《また》いで、軒伝《のきづた》いに横手の縁側へ廻って腰をおろした。縁の前には茱萸《ぐみ》の木らしいまだ新芽の出ない幹の黒い灌木でめぐらされた、二三十坪の庭とも畑ともつかない荒れたままの土地があった。そうしてそこには純白の羽につつまれた、緋の鶏冠《とさか》と同じ色の頰を垂れさがらした小形な愛くるしい鶏が、同じように可愛らしい妻を三つ四つ従えて、くくと啼いては頰を引きずりながら、しきりに餌を啄《ついば》んでいた。茱萸の頭を越えて、ちょうど日の当たりかけたその縁から見渡すと、大きなどっしりした山を背景に、宮城の村が心もち青く煙って見られた。その中でもひときわ黒く彩られているのは彼の寺の森であるらしい。彼は遠くからそれと自分の寺を指すことができるということに一種の誇りを感じた。が、それに気がつくと、矛盾した自分の浅間しさに愛想がつきた。そこへ大槻が出て来た。そうして、

「やあ今日は明るい顔をしているね。」

と元気な声をかけて、しげしげとなつかしそうに眺めた。二人は大槻の母が汲んでくれる渋茶を啜《すす》って、しばらくいろいろな話をした。そうして頃を見計らって、ほど近い西方寺の山門をくぐった。

平野の村の真中にある寺にはこれという趣がなかった。これにくらべると自分の寺などはと、またしても小さい誇りを感じて宮城はひやりとした。本堂の段々の下には汚い下駄が二足と杖が一本あった。そこから入口を見上げるとここに不釣合なくらい大きな真鍮《しんちゅう》ぶちの菱形の吊燈籠がさがっていた。この吊燈籠を眺めながら、階段を上り切ると、一足先

に縁に立った大槻は、彼を振りかえって、「同行《どうぎょう》が来ているよ」と言ったなり、いきなり正面の大戸をあけて御堂の中に入った。寺に生まれていても、本堂の入口からほとんど正式に入ったことのない宮城には、この大きな口を入るのが、頗《すこぶ》る身に添わないようで変であった。堂に入ると安線香の匂いやら、晨朝の説教に集まった参詣の人いきれが残っているやらで、妙に重苦しくいわゆる「仏臭」かった。寺の内部はどこでも同じだなと宮城は思った。そうしてそこらあたりに目を配って、内の様子を努めて早く一目のうちに見尽くそうとした。大槻はそんなことにはまるで頓着なく、がらんとした御堂の畳をずかずかと斜めに切って、右上手《かみて》の大きな松の古木を描いた襖に手をかけざま、無造作に、

「入ってもよござんすか。」

と尋ねた。中から太い胴間《どら》声《ごえ》が、「さあさあどうぞ」と答えた。大槻は彼に目配せして、先に立ってつかつかと入った。彼は妙にはにかんで一瞬間そこに気遅れのしたさまで立ち竦《すく》んでいたが、すぐとその後についておぞおぞと襖をしめた。

御堂座敷の上段の間に、床の間柱を背負って、車髯を生やした赧ら顔の、額のぐっと禿げ上がった、眉間に半月形の疵痕《きずあと》か皺のある眉と言い、目と言い、鼻と言い、口と言い、すべての造作が、普通人の二倍もありそうな大男が、分《ぶ》厚《あつ》な緋の紋羽《は》二重《ぶたえ》か何かの座蒲団の上にどっかと坐って、これも同じく太い丸太棒のような毛だらけの腕を二本前の脇側《きょうそく》にがっしと支え棒にして、鬼の面よろしくと言った豪傑風な首を支えていた。そうして敷居

を隔てて畏《かしこ》まった二人の同行に、憶劫《おっくう》そうに口をもぐつかせていたが、大槻と彼とが中へ入って来たのを見ると、その人並はずれて大きな目をぐわっと見開いて、

「まあこっちへ入りたまえ。」

と、ひげだらけの顎《あご》を手と手のあいだからしゃくった。大槻がさっさと同行の側をすりぬけて脇側間近の御殿火鉢の近くに進んだので、彼も友達を見ならった。近づいて見れば見るほど、説教者の顔は、彼が昨日から朧ろに脳裏に描いていた顔ではなかった。それはむしろ宗教家の顔ではなくて、水滸伝中の人物のそれであったが、おかしいことにはそこの床の間に、経巻をいっぱいつめ込んだ竹の笈《おい》を背負った、爪の長い片手には一巻の巻物、片手には念珠を握った素草鞋《すわらじ》の偉丈夫、おそらくは玄奘《げんじょう》三蔵の渡天を描いたらしい魁偉《かいい》の、にゅうと現われたような図が、ひどくこの豪傑に似ていた。彼は実物と絵像とを見くらべてひとりでに北叟笑《ほくそえ》んだ。

和尚はやおら頬杖をはずして、蛇の頭くらいありそうな大きな銀煙管《きせる》の雁首に煙草をつめると、千段巻きになった火吹竹みたいな、吸口を頬張ってすぱりすぱりと煙を吐いた。どこかでこんな煙管を見たことがあるなと宮城は考えたが、ようやくのことで思いあたった。それは芝居の「関の扉《せきのと》」に現われるのであった。彼はなんということなしに独りでにおかしくなった。やがて雁首の中で、じゅうと音がすると、和尚は大煙管を振り上げて勢よく火鉢のふちを擲《なぐ》りつけた。それから和尚は大槻に見覚えのあるものと見えて、

「今日はお友だちと一緒かな。当世流行の信仰座談でもやらかすつもりか。」

とぼけた顔つきで話しかけながら、宮城のほうをじろりと見た。

「まあそうです。今日は先生のお話を承りたいというんで、友達をつれて来ました。」

「ああそうか、君もこの男と同じく宗門の大学かね。」

今度は彼に会話が向けられた。

「いいえ、僕は高等学校です。」

「ははぁん、すると高等の教師だね。」

「いいえ、高等学校と言って昔の大学の予備門のことです。」

「そうか、そんなものがあるのか。そこで何をやってるんだ。」

「この秋には帝大に行きますから、そうしたら哲学をやろうと思っています。」

「ほうほう、哲学というとつまり西洋の理学じゃな。あの井上円了公がやっていた奴か。糞のたしにもならん屁理屈さな、あれは。同じやるくらいなら、修身斉家《しゅうしんせいか》治《ち》国平天下《こくへいてんか》の学問をやらかすか、八万四千の法門を開闡《かいせん》する仏教の宗乗余乗をやるがいい。ことに当流の絶対他力の御教は、恐れ多くも宗祖大師が、（和尚はここで右手の障子内に向かって一礼をした。）われら罪悪深重《ざいあくじんじゅう》の凡夫《ぼんぶ》を憐れみましまして開顕あそばされた真実の教行信証じゃ。これがつまり八家九宗中の唯一真言のご宗旨だと信知しなければならない。そこでだ、経に聞其名号信心歓喜《もんごみょうごうしんじんかんぎ》乃至《ないし》一念《いちねん》と説かれてあるじゃ。まず「聞《もん》」ということがいちばん大切じゃ。たとえ広大無辺の尽十方無碍光如来《じんじつぽうむげこうにょらい》の御名があっても、善知識によって聞かなければ、浅ましい凡夫には分かろう道理がない。それがすなわち「聞」じゃ。今日はお若いのによく来ました。質問があったら何でもするがいい。」

和尚はここで舌鼓を打って言葉を切った。そうして横着そうな念仏を唱えた。それを聞いているとナンメンダナンメンダと響いたり、あるいはナモアメダと響いたり、時にはナメダナメダと聞こえたりした。話し振りと言い、調子と言い、第一に容貌からしてが昨日から想像していたものとは似ても似つかぬほど違うので、彼は一方では不満でありながら、一方では却って気がゆったりとして、聞くというより見るという気に変わって来ていた。ふと気がつくと彼の後ろの方で、しきりと念仏の声が聞こえる。振りかえってみると、次の間の敷居のところへ額をすりつけそうにした七十くらいの白髪頭と、五十位の切下げ髪とが、まともに禿げ上がったてっぺんに四角な紙を張りつけたのを見せて落っこちそうにころがっていた。有難屋の同行が感涙にむせんでいるものらしい。いつ現われたかまだやっと二十歳《はたち》過ぎたばかりくらいの、どことなく人を食った面構《つらがま》えの小坊主が茶をすすめて歩いた。小坊主も和尚と同じく白衣を着ていた。

そのとき彼は大入道に尋ねた。

「いったい信ずるとか頼るとかお任せするとかよく言いますが、何を信じ何に頼るのです。」

「ふむ。その質問はなはだ尤もじゃ。信ずる主体――そうだ。ここで予め一言して置かにゃならんが、がんらい普通の言い方からすれば、信ずる主体というのは信ずるこのわれわれじゃ。それからわれわれから信じられるものは、信の客体じゃ。そうじゃのう。ところが不思議なことには、わしは信じられるものが信の主体で、信じるものがその客体。と、こういう風に発明しているじゃ。どうじゃ、面白いじゃろう。こんな名論は古今東西どこにもないじゃ。ところでその主体はつまり如来さまじゃ。あるいは如来の本願と言ってもいい。または名号《みょうごう》と言ってもいい。」

「ではその如来と申すのはどんなものでございましょう。」

「如来か。」

和尚は大煙管でとんと火鉢を叩いて、さて舌を甜《な》めずって言うには、

「その質問はなはだ尤もじゃ。もともと如来というは一如法海《いちにょほうかい》から現われて来たということで、如来と申し奉るのじゃ。その言葉は経典の中にしばしば現われてくるが、文に解釈を施して末世のわれわれにもよく会得のできるように説明されたのが、わが曇鸞大師《どんらんだいし》じゃ。」

「曇鸞大師の往生論註《おうじょうろんちゅう》の中に――ええと、いったいその往生論註というのは、婆藪槃頭《ばすはんず》菩薩《ぼさつ》すなわち天親菩薩《てんじんぼさつ》また世親菩薩《せしんぼさつ》とも申す御方であって、この菩薩が三経によって浄土論また往生論ともいう、この論をお作りになった。そうして他力ということを顕わし下す

ったのじゃ。この浄土論に註釈を加えて、われわれにも分かり易くしてくださったのが、前に述べた曇鸞大師の往生論註じゃて。もしこの註がなかろうものなら、どうしてどうして末世のわれわれにはとても天親菩薩の浄土論が分かろう筈がない。だからこの曇鸞大師を菩薩と申し上げるのじゃ。菩薩というは菩提薩埵《ぼだいさった》の略、すなわち梵音でボードヒサットワということじゃ。それもわし一分の言い草じゃない。じつにわが開山聖人《かいさんしょうにん》が申されたことに従っているのじゃ。」

「この論註のなかにその如来のことが詳しく書いてあるじゃ。論註の下巻二丁表の願偈《がんげ》大意《たいい》を明かす中に、如来とは「如ク二法相ノ一解シ、如ク二法相ノ一説キ如ク二諸仏安穏道ノ一来ル、此仏モ亦如クレ是ノ来テ、更ニ不レ去ラ二後《ご》有《う》ノ中ニ一 故《かるがゆえに》 名ヅク二如来ト一」とある。つまり真如一実《しんにょいちじつ》から現われて、しかも汚れに染まぬことじゃ。そうして法身般若解脱《ほっしんはんにゃげだつ》の徳を具えているということじゃ。」

「ところでじゃ、如来にはもと三身というがある。法身報身応身《ほっしんほうじんおうしん》これを三身という。まず応身からいうと、応身とは随類応同ということで、大聖釈尊がこの世に御出現なさる、これ皆応身にほかならぬじゃ。次に法身とは、色《かたち》も相もましまさぬ真如の理体そのものをいうので、聖道自力《しょうどうじりき》の諸宗は、皆この理仏に成ろうとするのじゃ。」

「ところで報身というはじゃ、これは因願酬報《いんがんしゅうほう》の仏ということで、つまり事仏《じぶつ》じゃ。すなわち本願に報いて現われ賜うた仏のわけで、何を隠そうわが真宗の阿弥陀如来はこの報身如来であらせられる。いいかな。ちょっと素人考えをすると報身は法身より一段低いようじゃ。どうじゃ、そういう気があるだろう。ところが、なかなかそうではない。そう考えるところが凡慮《ぼんりょ》の悲しさというところで、じっさいはその低いところが高いので、これでなくてはわれわれ衆生《しゅじょう》は助からぬのじゃと知らねばならん。」

「ところで、もともと仏の身に法性法身《ほっしょうほうじん》と方便法身《ほうべんほうじん》とあって、この法性法身のその理体のまま方便方身の事仏が顕われて来るので、このような消息は西洋の理学なんぞではとんと分からん。この方便法身がすなわち十方《じっぽう》衆生のために如来が方便して、五劫の思惟《しゆい》、兆載の永劫《ようごう》の御修行くださって、阿弥陀仏とならせられたのが、わが真宗の如来じゃ。だから「論」の中にも「法性法身によって方便法身を出す」とある。これがまたそのまま真如の理体に合致するので、「論」にまた「方便法身によって法性法身を顕わす」と菩薩は仰ったわけじゃ。」

「そこでだ、再々「方便」ということを言ったが、俗にいう虚偽《うそ》も方便などという方便とは全然異なるから、その点を一言附け加えておこう。もと方便とは「註」の中に釈して、「正直を方と言い己を外にするを便という」と曇鸞菩薩は古今の名判を下されたが、これがわが親鸞聖人の方便の意味と頂かねばならん。」

「他力というもまずこの辺の消息を伝えるところのものじゃて。どうじゃ婆さんたち今の尊いお話が分かったか、どうじゃ。」

和尚は抑揚をつけて滔々《とうとう》と得意げに弁じ立てると、質問している宮城や大槻はそっちのけにして、ずっと座敷の次の間に畏まっている婆さんの同行に向かって呼びかけておいて、煙管でとんと畳を叩いた。先刻から死んだように平伏していた年寄の同行のうちで、少し若い切下髪の婆さんのほうが、そのとき恐る恐る顔を上げた。

「善知識様、最前からいろいろとお有難いお話を承らして頂きましたが、ただお有難いとは存じますが、どれほど馬鹿な業《ごう》の深い女であるのか、とんとお話が分かりません。一《いち》文不知《もんふち》の輩《ともがら》とは言い、なんという浅ましいことでございましょう。」

「何も分からない。はははは。そうもあろう。困った同行衆じゃ。分からないのは仕方がないとして、分からないままで信心は頂けると思うか。どうじゃ。」

和尚は皮肉な嘲弄《ちょうろう》するような笑いを太い眉と目とに湛《たた》えて、造作の大きい鼻を上に向けてそらうそぶいた。同行はほとんど地の中に這い込みそうな顫《ふる》え声で、

「善知識様。何が何やらさっぱり分かりませんが、ただこのような浅ましい罪の深い、煩悩にまどわされているわれわれ凡夫の身そのままで、広大なあなたの御慈悲のお力でお助けにあずかって、お浄土へ参らせて頂けると思って、そればかりを頼りにしていますが、違うでございましょうか。」

「なに、そのままで、ただでお助けとは、わが御当流については許しませぬぞっ。」

和尚は同行をきっと睨《にら》みつけた。同行はなおも絶え入りそうな声で、

「御開山様の御教は悪人正機《あくにんしょうき》の他力の御本願と承っておりますが、ではただの他力では

ないのでござんしょうか。」

「そうじゃ。」和尚は大きく頷いた。「他力本願の御誓じゃ。まことに悪人正機じゃ。けれども月は四天下を照らせども、盲者はその光りをおがむこと能わず。雨はあまねく大地をうるおせども、頑石はその潤いに浴せずと菩薩は申されてある。なんぼ他力じゃというて、信心の眼がなくちゃ駄目にきまってる。例えばだ、汽車に乗るということからしてが、なるほど載せてくれるのは汽車にゃ違いないが、切符がなくちゃ乗客にゃなれん。それと同じこっちゃ。だから御開山様は信心為本《しんじんいほん》と仰ったのじゃぞ、安心《あんじん》の切符がなくちゃこの関は通せん。」

同行は感に堪《た》えぬ面持で、平伏しながら頷いていたが、やや安心したものと見えて、少し顔を上げた。

「今のお話でよおうく合点が参りましてございます。それで蓮如さまが御当流は信心が肝要だと仰ったことでござりまするか。他力の御本願《ごほんがん》を信じさえすれば、お浄土参りをさせて頂けるのでござりまするか。やれやれ有難や。往生の一大事をしかと聴聞させて頂いて、誠になんとお礼の申し上げようもございません。」

和尚は大きく頭を振って、

「いやいや、婆さん待て。そう早呑込みじゃいかん。信心が肝要だと言えば、はや信じさえすればいいと思いよる。始末にいかん。称える行を忘れて助かると思うか。こりゃ婆さんたち。よく聴きなされ。信行具足してこそ初めて往生を遂げられるのじゃないか。阿弥陀如来の本願には三信十念とお誓いなされて、信じて称うるものを助けるとある。称えないでなんとする気か。また善導大師《ぜんどうだいし》は阿弥陀如来の御本願を書き改めて、「もし我が名を称えんものは必ず救うぞ」となされた。であるのにただ信じさえすればいいなんて、そんな大まかな迂闊《うかつ》なきき方では、せっかくつかまえたつもりの信心が指のすき間から逃げるじゃや。」

またぽんと突き離された同行は、一生懸命に話の筋道を辿って溺れないように何物かに縋《すが》ろうとした。老婆の顔には死物狂いの真剣さが現われてきた。

「では我名を称えんものは必ず助けるとの如来さまの御本願ならば、一心に称えなければならんのでござりまするか。」

和尚は糞落着きに落ち着きはらって、うまく自分の投げた針についてきた、せかせかした同行の問をふふんと鼻の先であしらいながら、冷やかに脅《おど》しつけるように怒鳴りつけた。

「ただ称えたとても駄目じゃ。『御文《おふみ》』の中にも「ただ称名すれば極楽へ参るべきように思えり。それは大きにおぼつかなきことなり」という蓮如様の仰せがある。称えすればいいというのはそりゃ西山流《せいざんりゅう》じゃ、異安心《いあんじん》じゃ。」

同行は今は泣き声で、改めて和尚の前に頭を下げた。

「善知識様一生のお願いでござります。それではどうなればいいのでござりましょうか。

どっちへつけばいいのでござんしょう。」

「どっちもこっちもない。ただ信じて称えればいいのじゃ。それが本願じゃ。」

「それが御本願だ御本願だとは兼ねがね承ってはおりますが、どうも称えられませんので困難しております。」

「そりゃご信心がお留守だからじゃ。信心さえあれば、自《おのずか》らご称名は口に出てくるものじゃ。」

「全くはや言語道断の女人でございますが、このいたずらものをお救《たす》けくださることには、ちっとも疑いはありませんが、どうも今日今日に追われてまして、ついお念仏がおろそかになりがちでござります。これでお浄土参りができるでござりましょうか。」

「虫のいいことを言わっしゃる。御開山様はなんと仰った。「弥陀《みだ》大悲《だいひ》の誓願を、ふかく信ぜん人はみな、ねてもさめてもへだてなく、南無阿弥陀仏を称うべし」と御和讃《ごわさん》の中にあるじゃないか。『御文』五帖のいちばん初めに、「ねてもさめてもいのちのあらん限りは、称名念仏すべきものなり、あなかしこあなかしこ」とあるではないか。横着者《おうちゃくもの》がどうして助かる。そんな筈があって堪まるものか。」

「さてさて、なんとした罪業の深い女人でござりましょう。どうもそこのところが薄紙一枚隔てたようで分かりかねます。いよいよお先まっ暗になりますが、どうか善知識様、ここのところを一つ後生でございますから、合点の行くようにおきかせを頂きたいものでございます。」

　同行はとうとうさめざめと泣き出してしまった。和尚は小気味よさそうに、敷居の上にがたりとくずおれた額をすりつけすりつけ泣きじゃくっている同行の姿を冷やかに眺めていたが、やがて五月蠅《うるさ》そうに舌打ちをすると、

「婆さんたち、あっちへ行きなされ。ご日中のお説教をとくと聴聞して、それから家へかえってよく胸に手をおいて思案した後で、もういちど出なおして来るがいい。今日はいくら言っても駄目じゃ。さあさあ、さっさと本堂へ行きなされ。」

と、つっけんどんに追っぱらいを食わせた。と、小坊主が和尚の命を帯して、半病人のような同行を無理無体に押して襖の外へ追い出した。同行は二人とも地獄ゆきの身がこの人のために極楽ゆきに変わると見ているものらしく、恐ろしく畏まって畳に頭を押しつけて幾度も拝んで、それからすごすごと退出した。同行が去ってしまうと和尚は火鉢の傍から手紙を一束取り出して、二人に見せびらかした。

「こうやって始終方々の同行から手紙で安心《あんじん》の問合せがくるが、五月蠅くて始末におえない。小坊主に代筆をさせて返事を出すが、中にはそれを仏壇や、神棚へ飾っておく馬鹿者もあるそうだ。どうも田舎者ときちゃ全く度し難いからな。」

　和尚はこんなことからいろいろな経歴やら学問やらの自慢話を立てつづけにした。宮城はもう何も尋ねようともしなかった。大槻はときどき半畳を入れて、大入道をおじおじさ

せておいては、いい気持そうににやにやしていた。

先刻から御堂の方で拍子木が鳴ってお経が始まった。安い線香が匂ってくる。大方の寺参りがあるのであろう。和尚の話はなかなか尽きそうがない。そのうちに拍子木もやんで、今度は日中の勤行が始まった模様である。小坊主が隙を造っていった障子から見ると、すぐと縁に近い竹林に柔らかい日が一面に当たって、それへ拍子木の響がぼくぼくぼくぼくと響いていた。小坊主はいつの間にやらまた姿を隠していた。おいおい本堂が騒がしくなってきた。参詣の同行が集まったものらしい。

お経がやんだと思うと、すぐと金切声を振り立てて演説のようなものを始めたものがある。大方さきの小坊主が前座を語っているものであろう。二人はようやく折をみて和尚のもとを辞した。二人が立ちかけると、和尚は大槻に、「京都へかえったら学長の北野に吉田がよろしく言ったと伝えてくれたまえ」と虚勢を張ったような伝言を頼んだ。

御堂へ出て見ると、なるほど小坊主が高座に登って身振り手真似で、堂内いっぱいの人に向かって説教の真最中であった。彼は何気なく和尚のいる御堂座敷を振りかえった。と、余間の後ろの明り障子の中に、大入道の頭が淡い影法師を写していた。影絵の目のあたりに当たって、思いなしか指の先くらいな黒いものが光っていたように思った。彼は先に行く大槻を小突いてその影絵を注意した。大槻が振りかえると、影絵はさあっと薄れてそのまま消えてしまった。

「どうだ、びっくりしただろう。」

境内の敷石を肩をならべて歩みながら、大槻は薄笑いを浮かべて口を切った。それからつづけて言うには、

「君は僕の広告と、君のお母さんの保証とで、大いにあの蛸和尚を期待してきたんじゃないか。」

「うむ、そうだ。あわよくば自分の悩みと言ったものを聞いてもらおうと思っていた。」

「ところがどうだった。たいへんな学問をしちゃったじゃないか。驚いただろう。僕なんざあ慣れているからびくともするものじゃないが、君はなにしろ初めてだろうからな。おおかたこんなところが落ちだろうとは最初から考えていたよ。」

「なんだか誤まって現代に生まれ落ちた太古の怪物と対話してきたようで、何が何やらさっぱり消化しきれない。あいかわらず君は悪戯《いたずら》をしやがるな。」

「ときには動物園の余興も面白かろうと思って、君を招待したわけさ。あれでもこの界隈じゃ鳴らしている大説教者で、毎年一度ずつ日をきめて廻って来るそうだが、お迎えだと言って、同行が三里も先まで旗を押し立って迎えに行くそうだよ。たいへんな人気なものだってことだ。ああなると説教者もいい商売さ。ざっと千両役者という格だからな。うちの母なんざぁ第一に随喜しているよ。君のお母さんもだいぶん吉田病が膏盲《こうもう》に入っていると僕は診断するがね。」

「どこが有難いんだろうな。まるでいいところが僕には分からん。」

「君や僕にはとうてい分からんのさ。その分からんところに大きな力があるんだろうさ。僕や君が囃《はや》し立てるようなものは、田舎の同行にゃ向きゃしないんだ。」

「でもあんなむずかしいことを言って……」

「あれが手だよ。君と僕とを新しいと見たんで、ああいう風に衒学的《ペダンティック》に講義をして、まず度肝《どぎも》をぬいておいて、それで足りなくてああいう風に同行をいじめて僕達に見せたんだよ。つまり同行と僕らの両方へ示威《じい》運動をやったつもりなのさ。ああいう連中は人の気を見ることがそりゃ早いものだからね。そこらの骨《こつ》があの蛸和尚の身上でもてる所以《ゆえん》なんだろうじゃないか。僕なんざぁ学校で始終あの講者的の行き方は見ているからね、ただやってるなと思うだけだが、考えてみると妙なもんだな。」

「うむ、そう言えばたしかにそうだ。よく考えてみると僕なんぞも漢文や仏語《ぶつご》でなく、ドイツ語や英語であのて、つは散々やられているね。何もあの和尚にゃ限るまい。軽便に学者らしく見せるには、あの手が第一だろうからな。しかし僕は今日何を二時間も聞かされたんか、まるで分からない。やはり煙に巻かれたのかしら。」

「聞こうと思うから、君は分からないの何のという。が、僕は初めっから見るつもりで来たから、十分わかるね。ああいうのは見るに限る。そうするとすぐ分かる。聞こうと思うと化《ば》かされる。このあいだの夜、初めてちらと会った時にはあれほどの腥《なまぐさ》坊主とは思わず、田舎廻りにしちゃこいつちょっと話せると思ったが、やっぱりうまうま一杯食わされていたんだ。今日明るい日の光りで見るとお化けの正体が分かったね。どうだいあの障子から覗いたざまは。きっと参詣の景気を見たんだよ。随行の小僧にさんざん自分を奉らしておいて、後で威張って自分がつん出ようというのさ。」

「そんなものなのかなあ。」

「ああそうとも。それどころでなく、きっと僕たちの考えつかないようなことが彼奴らにはうんとあるに違いないよ。なにしろ舌一枚でうまく世渡りをして行こうというんだから、尋常一様の図々しさじゃ駄目さ。」

大槻の家についたけれども、家の中は空《から》であった。大槻は母の下駄のないのを確かめると、ちぇっと舌打ちをして、

「やはりあの腥《なまぐさ》坊主に瞞着《まんちやく》されて、母もお寺参りらしい。貧乏人の臍くりを掠《かす》め取って、仕様のない坊主さな。」

大槻はこんな冗談まじりの独り語を言っていたが、急に改まって尋ねた。

「君はいつ東京へかえる？」

「家にいると面白くないことばかり考えるから、僕はできるだけ早く上京しようと思っている。はっきりした時間は言えないけれど……。君はいつ京都へかえる。」

彼が問い返すと、大槻は、

「僕は明日の夜行のつもりだ。かえるとちょうど嵐山の花盛りだろう。たぶんこれで夏まで会えないね、お互に勉強しよう。また夏君に会うのが今から楽しみだぜ。碌な奴がいないんだから、心を割って話す友達もありゃしない。京都の学校じゃ全く。」

と元気に吐き出すように言った。

「在家に生まれた君が古い宗教都市で宗学を勉強する。寺に生まれた僕が新しいがさつな帝都で、西洋哲学の研究をしようとしている。君が宗教学校へ入るために、得度《とくど》までうけて法名をもらったというのに、僕は生まれ落ちた時つけられた抹香臭い名を改めようとしている。ほんらい西へ行くべきものが東へ行って、東へ行きそうな人間が却って西へ行っている。君の家に僕が生まれ、僕の寺に君が生まれたら、少なくとも僕の寺は幸いだったのだがな。どうも運命の手が悪戯《いたずら》をして僕と君とを入れ違えたような気がする。」

「君はよほど寺が嫌いだね。尤も君と僕との位置を入れ替えたところで、君のような性格の男は、充たされるということのない男なんだろうから、不平の雲が全く晴れるってことはなさそうだ。」

「あるいはそうかも知れん。が君のその評価には僕はいつも不平だ。僕の現在にはただ邪魔な寺しかないんだからね。ほかのことは問題じゃないよ。」

「どうもだだっ子には弱るね。いま少しのんびりと気が持てないかな、ともかくも早く上京することだ。寺にいなけりゃ、また気分も違おうから。」

「それはそうだ。しかし近頃の僕は、ただ寺に生まれただけでなく、僕の衣食住学問その他、身辺万般のことが、みな寺を基として給されていると感じ始めたら、いても立ってもいられなくなったのだ。そうして不安な焦燥といった気持に脅かされ通しなんだ。こういう重い辛気臭い気分を背負って、東京の華やかなブリリアントな仲間の中に入るのは、考えただけでやり切れない。が君のいうとおり遠ざかってさえいれば、家にいるようなさしせまった危険はないね。」

「それよりほかに途《みち》はなかろう。そうしたうえで時期を待ってみることだ。僕は心から君の自重を祈るよ。」

「有難う。じゃまた夏会おう。それまではお互にしっかりやろうよ。」

彼は大槻と堅く手を握って別れた。そうしてひとり田圃道をとぼとぼと麓の村をさして帰って来た。道みち宮城の頭を占領しているものは、しっかりと自分の身を凭《もた》せかける頑丈な壁が欲しい。自分を心から抱いてくれる大きな安全な胸が欲しい。ああ、自分はなんというみすぼらしい孤独な姿の所有者であろう。こういう思いで胸はいっぱいになっていた。ことに大槻と別れて来た今は、なおことさらその感が深かった。が、親しい友の大槻によっても、どうしても充たされない深い底無し穴のような悩みのあることは、彼をほとんど絶望的に孤独のほうへ追いやる傾きがあった。

十

「いやぁ、今日ほどいい気持のことはなかった。」

夕方父は上機嫌で帰って来た。そうしてお湯に入る時間や夕食の膳につく時間も惜しそうに、母と彼とを前に置いて元気に喋りつづけた。

「なにしろ教務所じゃ、俺を平常から危険人物にしておくのだが、その当の人物が怒鳴り込んだのだから、大いに怖《お》じけを振っていたよ。何が何でもあまり人を馬鹿にしている。時もあろうに御遠忌《ごえんき》当日になって、布教師を寄越して差し止めを命じるなんて、あんまり大人気ない。常識で考えたってできることかどうかくらいは分かりそうなもんだ。わしは大ぴらに教務所の命令に叛《そむ》いたんだから、今日は何分の処罰をうけに来た。さあ僧籍を剝奪するなり住職を免ずるなり、なんでも勝手にやってくれろ。こういう前科者をそのままに処罰もせずに放っておいたなら、だいいち教務所の顔がつぶれて今後威令が行なわれなくなる。さあどうなりと勝手にしてくださいってね、所長に厳談したんだ。相手が福原君だから、こっちも肚《はら》を見すかしているのさ。すると福原君が、「君にそう言われると。じつは申訳がないんだが、教務所も板挟みの態になってああいう使者を立てたんだ。今となってみると、こっちにも十分手落ちがあったんだから、そのへんのこちらの苦しい立場もお察しを願って、あれはあれだけに黙殺しておいてくれないか。こっちでも忘れたことにしておくから」と言うからね。そりゃいかんと言ったのさ。そんな虫のいいことがあるものか。板挟みになったかどうかこっちの知ったことじゃない。やるべきことと信じてその時はやったことであろうのに、今となってご都合主義であれはあれ切りなんて言われちゃ、だいいちこっちの顔が立たない。御遠忌と言えば、まず住職一世一代の大事件だ。その盛儀に茶々を入れるのみか、あの青二才の御使僧奴《おしそうめ》が帰りがけの駄賃に、教務所の命令を聞かないような寺は離檀しろと、檀頭《だんとう》を嚇《おど》して行ったそうだ。これも御使僧の言葉だから、教務所長の命令と認める。こういうわれのない圧迫を、末寺《まつじ》にたいして上下から行なわれる上は、わしらごとき凡骨にはとうてい住職は勤まらない。だから今日限り住職を免じてもらいたい。従って第十組の組長《そちょう》もやめるから、直ちに選挙の手続を取って頂きたい。こうやったのさ。」

「ずいぶんえらいことを仰《おつしや》いましたね。そうしたら福原さんどうなさいました。」

母は話につり込まれて、父の上気した顔を仰ぎながら膝を乗り出した。

「すると福原君がいうには、「いやお説ご尤もだ。しかし先刻もいうとおりこれは私の本意ではない。私はむしろ君に厚意をもっているのだが、いわば脅唆者《きようさ》のようなものがあって、仕方なくやったことだから、私に免じてこの場限りのことにして、大目に見て頂きたい。あまり荒立ててくれるなと、君の組内《そない》で内輪われがするし、また教務所対末寺のあいだに軋轢があるように見られてもはなはだ穏かでない。だいいち世間体もよろしくないのみならず布教師が君のとこの檀頭にそんな離間策《りかんさく》を施したとすれば、これははなはだ以って怪《け》しからない。さっそくここを追い出してしまうから、それくらいのところで我慢してくれたまえ。君のような有力な組合を率いている有力な者が、そういう無理難題で当局を苦しめるもんじゃないよ」とこう言うんだ。そこで俺は、うむ分かった、君は俺の顔なんざ潰《つぶ》れようとむくれようとどうでもいいんだろう。それは俺だけのことだから、君のいうとおり我慢しておこう。が、第一、教務所長ともあろうものが、根拠もない人の中傷説なんぞに耳を貸して、他人に迷惑をかけるなんて定見《ていけん》のないことでお役がつとまるか。第二に所長の命令にもないことを喋り散らして歩く出鱈目《でたらめ》な部下を任用して、末寺に迷惑をかけたことも、上官として監督不行届の非難は免かれまい。この二点で、君の公人としての信用にひびが入ったから、俺に謝罪の証文を入れるか、それとも本山へ進退伺いを出すか、いずれかの処置をとったがよかろうってな、最後の突撃をやったんだ。」

「ホウホウ。福原さん、さぞお困りでしたでしょう。」

「うむ、奴困っていたよ。そこはさすがに老練な福原君だ。自分のあの禿げ頭をぽんと叩くとね、「いやどうも宮城君はあいかわらず元気で鋭いな。君のような硬骨がいるんで、第十組がこの管内で重きをなしているんだ。いやどうも恐れ入りました。君がそう言ってくれるから、君にだけ打ちあけるが、じつは私のここにいる命はもう長くないんだよ。と、いうのはこの六月に御門跡様が管内へ御下向《ごげこう》になるから、それの東道役《とうどうやく》がすんだら、ほかの教務所へ変わる内命があるんだ。こちらの募財の段取りはおよそできて、予定額納入の見込みは十分ついたからね。だからここしばらくの間なんだから、知合甲斐に大目に見てくれろ」とこう言うんだ。どうだ、うまいもんじゃないか。それでもたってというわけにいかんじゃないか。」

「全くでございますこと。福原さんは海山千年ですものね。」

「ところがそれからがお前方に聞かせたい俺の手柄なんだ。そこで福原君の手の下に線を引いて数字を書いた紙切れがあるので、それは何だと問うて見たところが、御門跡様ご下向の日取り宿割りだというのだ。見せてもらうと六月二十日に、下町へお宿りになる前に放光寺へお立寄りになる予定になっている。そこでこれは全然決定したのかと尋ねたら、いや決定は二三日中だという筈だ。そこでじゃ、この放光寺を光明寺に書きなおして、御門跡様を是が非でもお連れ申してくれろ。そうしたら俺も檀中にも法中《ほっちゅう》にも顔が立つし、君も俺にたいして義理を果たした勘定になる。それで手打ちにしようじゃないか。そういうとね、福原君はまた板挟みだと悲鳴を上げたから、ああ分かったと俺は膝を打ったのさ。と、福原君はまた禿頭を叩いて、ああ失策《しくじ》ったと笑ったよ。どうだ禅家の問答のようじゃないか。御遠忌の邪魔から今度の御法主殿を迎える運動まで、いっさい放光寺の仕業だよ。それでともかく、家の寺号と書き改めて来たのさ。六月の二十日には御門跡がここへおいでになるんだぞっ。」

「それは本当でございますか。本当でございますか。まあ――。」

と言ったきり母はあまりの嬉しさに失神したかのように、しばらく言葉も出ないで、ただ父の前に手をついて頭ばかり下げていた。

「本当だとも、本当だとも。現にこの手が書いて来たんだもの。お前が喜ぶだろうと思ってな、俺は鬼の首でも取ったように、ほくほくして帰って来たんだ。明日は檀頭はじめ世話方に話してみんな喜ばしてやるぞ。」

父も有頂天になっていた。母はぽかんとして、消化しきれない面持で、

「なんだか夢のようですこと。御門跡様がこの不便な片田舎のむさくるしい家においでくださるなんて。ただよそ様のお話を聞いているような遠い気持が致します。あの本当でございましょうか。」

「本当にもなにも。ああそうそう、余り嬉しいんで忘れていた。そらそらここに証拠があるよ。」

父はそそくさと紐を首に引っかけた紙入れを懐から出して、その中から二つ折りの端書《はがき》をぬき出した。大きな教務所の判の捺《お》してある蒟蒻《こんにやく》板刷で、六月二十日午前十時より午後三時まで御門跡様御親教《ごしんきよう》のお宿を申付ける旨が認《したた》めてあった。母は涙を流して、幾度も幾度もその端書を押し頂いた。そのいたいけな様子を嬉しそうに眺めていた父も、いつしか

涙をいっぱい溜めていた。が、顔は希望で輝いていた。母は感きわまってもう声さえ出なかった。ただ啞のように端書を押し頂いては、坐りなおして改めて父の前に幾つも頭を下げた。

父が喜び母が喜んでいるその喜びは、彼にも分かっていた。が、喜んでいるその原因が、いかにもつまらない下らないことなので、またしても馬鹿げた空騒ぎが演じられることだろうと、宮城は内心苦々しく感じていた。それでも法主が自分の寺へ来るということは、この家が世間的に認められたようで、どこか肩身の広い思いがあった。それからこの家の中で親しく法主を見るという好奇心も働いた。そのとき父はわが子に向かって、

「どうだ、円泰。御法主殿がお成りになるんだが、このうえない寺門の名誉じゃないか。お前も六月二十日頃にはたいがい暑中休暇のようだから、間に合うようにやって来たがい い。おら方の御門跡様もお前と同じように、有名な文学好きでいらっしゃるからな。」

と、自分の手腕の自慢やら、寺の誇りやら、法主の自慢やら、はては子供にたいする自《うぬ》惚《ぼ》れやらを一緒くたにぶちまけた。こうした父の人の好《よ》さは、さすがにとげとげした彼にも心から憎めなかった。しかしその人の好さの影にこっそり隠れていて、人も見過し自分でも知らずにいる「卑屈」と「不正」とに想い当たると、かくも父を麻痺させたのもみんな「寺」のためだ。そう考えると父の中に棲まっている小悪魔が憎らしくもあり恨めしくもあった。けれどもこの場合父の全幸福を、たった一言で破壊する勇気はどうしてもなか

った。そのとき宮城はあるいはこうした滅多にない事件の中に、案外の拾い物を見出すかも知れないという好奇心も手伝って、ともかくどのみち帰って来て見るにしくはないと考えた。そうして暑中休暇には試験がすんだらすぐさま間に合うようにかえって来る旨を父に伝えた。父は目を細めて喜んだ。そのさまを見て彼はいいことをしたようにも思い、また内心父をたぶらかしているようで、悪い罪なことをしたとも思った。

翌日になると父母の幸福はますます輝いて見えた。彼は切り出そうと思っていた改名のことを、どうしても父に語る勇気がなかった。見すみす父の幸福を台なしにする恐れがあるったからである。でこっそり母にだけ内意を自然らしくて打ち明けて、父の機嫌のいい機会を見つけて、だんだんその話を匂わせてくれることを頼んだ。母が意外の面持をするので、彼は本当に得度をうけた時にそれを法名《ほうみょう》としてもらうから、それまでは俗名《ぞくみょう》のままでいたいと、こんな尤もらしい理屈をいろいろとならべて母を説いた。

その晩の夜行で宮城は上京した。また汚れた三等の片隅に腰をおろして、とうぜん父とのあいだに起こるべきことが起こらずにすんだ。少なくともしばらく中途半端で過ぎ去った。問題はこれからのっぴきならない深いところで衝突の浮目を見るかも分からないが、それまではともかく一時の小康を得た。安心のようでもあり、その安心がかえって大きな争いを孕んだ不安のようでもあった。彼は一刻ごとに自由の天地に運ばれてゆく快感にいそいそしていたが、身の前途のことを考えると暗然たらざるをえなかった。早晩大きな波瀾が捲《ま》き起らずにはいない。そう思うと中途で切り上げてきた自分の意気地なさが情けなかった。もっと大きな力がなければいけない。もっと堅い決心がなければいけない。物事に徹底のないことは一つの罪悪だ。もっと徹底しなければいけない。彼は幾度も幾度も自分を鞭うった。しかし鞭うつ自分にも、鞭うたれる自分にも、どこかせっぱつまった気魄《きはく》がぬけて、応揚なのんびりと離れた、鞭うつことを楽しんでいるような態度があった。

十一

寄宿舎の自修室の前に、およそ十人くらいずつの同室者の名札がかけてある。その中に自分の坊主名前を曝《さ》らして置くことが、無精に彼を恥ずかしがらせた。宮城円泰。なんというい やな臭味をもった姓名であろう。全く自分独りが卑しい種族の人間であるかのようで、肩身の狭い思いがしてならなかった。とりわけ門衛のところに全寄宿生の名札が幾百枚となく掛けてあった。外出する時には自分の手で表の墨で書いた名前を裏返しにしておくと、こんど朱書きの名前が現われる仕組みになっている外出札があったが、彼は門の出入りのたびごとに自分の名札を返すのに、一種の責め苦を感じていた。それも最初の間こそ知った顔に見られるのがいやであるというくらいの程度であったが、だんだん仕舞には昂じてきて、自分の名前を見せつけられるということに、恐ろしい侮辱をさえ感じるようになった。彼はよく顔をそむけて名札をかえした。

この名札掛けの中に坊主名前を見出すことは、初めは心丈夫でもあり嬉しくもあった。ここにも自分と同じような賤民の子がいる。こう思うことは一つの慰めであった。そうして見ず知らずのその人にある親しみをさえ感じていた。が、今ではそれさえ慰めのたしにはならなかった。かえって同じ種類の人間がいるということが、それ自身苦痛でもあり、恥辱でもあり、時には憤りをさえ感じさせるほどであった。ここにも彼と同じく圧《お》しつぶされた呪われた運命がある。こう考えることは彼の同情を惹き起こさずに、かえって反感をそそった。どういうわけか彼はこれらの人々にある敵対の念を感じていた。自然心の中は孤独であって、自分でもひねくれていると思うほど人間嫌いになった。しかも自分では己を守るためには、孤独こそ最良の方法だとも思うようになっていた。

彼はよく日記を書いた。偽わらずにというより、むしろ偽わる機会が少なく、自分と語ることのできるものは、日記に越したものはないからであった。悩み、苦しみ、恥ずかしさ、こういったいわば自分の暗黒面を人から保護しながら発《あば》くことは、いつもある快感を与えた。ときには自分でも卑怯な自己欺瞞の手段だと思わないこともなかったが、懺悔の快味は彼の暗い傷ついた心を酔わさずにはおかなかった。そこには不思議な誘惑があった。魅力があった。

×月×日

――僕はなぜ僧侶の子だということを恥じるのか。こう自分に問うて見る時、いつも二つの答が即座に次々に浮かぶ。恥じても仕様がないじゃないか。そこへ生まれたということは一つの運命なんだから。これが第一の答だ。仕様がないと言っても恥ずかしいのだから、これもまた仕方がないじゃないか。これが第二の答だ。僕の生活はいつもこの二つの線に沿うて走る。運命だと目をつぶって諦めようとする。そうして諦めるために、いろいろな理屈を考え出す。これが第一線だ。しかし理屈も諦めもけっきょく本能的の恥ずかしさの前には、何の役にも立たない。そこで現状に安住しようとする気持と、それを突破して新しい生活を切り開いてゆこうとする反逆的の気持とがある。ときには二線平行して進む。が、時には入り乱れて相剋《そうこく》する。恥ずかしいか、恥ずかしくないか。これはすでに問題ではないのだ。とにかく恥ずかしいのだ。これは既定の現在の事実だ。ただその恥ずかしさをいかに処分するか。そこから僕の問題は出発する。

なぜ恥ずかしいか。その理由をいうならば、みずから二つに分かつことができよう。まずパンの問題である。次には霊の問題である。奪うに等しい奸《かん》手段をもって、人にパンを与えさせておいて、それによって生活することは恥じねばならない。第一に奪うということがいけない。第二に不純な布施に向かって、不潔な手を差し出すことがいけない。第三に額に汗せずしてパンを握ることがいけない。つまり生活の権利だけを主張しておいて、生活に附随する義務の背負い方が足りない。かくのごとき生活方法は卑怯な陋劣《ろうれつ》な恥ずべきものでなくして何であろう。のみならず彼が豊かに生活することは人の不幸を預件《よけん》としなければならない。かくのごとき生活は僧職ほんらいの意義に照らして許さるべきものではない。現代の僧業はかくして絶対に恥ずべきものという結論に導かれる。

ただし信仰は人の生活に価値転換をさせる力がありそうだ。敢えてそうだと逡巡《しゅんじゅん》する。僕自身にまたその真諦《しんたい》が開かれてないからである。この範囲にたいしては、僕は敬意をはらってただ口を噤《つぐ》もう。しかし現代の僧侶は、ほかに賢善精進《けんぜんしょうじん》の粧《よそおい》をこらして、自信教人信《じしんきょうにんしん》の聖職にありと称しながら、果たして道心堅固《どうしんけんご》の僧らしい僧が幾人いることだろう。かくのごとくして心にもない、体験の裏打ちのしてない信仰談を振り廻して、仏を売り、人を売り、また己を売って、日暮らしをする教信者の生活、これが恥でないとしたら、世上にまたと恥はあるまい。これが道義の上で罪でないとしたら、このほかにまた罪があろうか。もし地獄があるとすれば、いちばん初めに地獄に堕するものは、地獄を説くものでなければならない。極楽を人に誣《し》いるものでなくてはならない。現代の僧侶は、その多数が今日あるがごとくんば、どのみち今の方向においては生活する権利のないものである。

まず寺があって、然る後に人がある。これがそもそも根本の誤りである。まず生きた教えがあって、然る後にその道場が開かれる。これが基本の原則でなければならない。しかるに祖師の意にそむいて、その不肖の子孫たる本山の歴代の中には、時の政治家と結んで、政略的に寺を建てたものがあった。伽藍のみ徒《いたず》らに輪奐《りんかん》の美をきわめた時には、内なる荘《しょう》厳《ごん》の影は薄らぐ。現代の真宗寺院はその建設の当初において、すでにすでに不純なものがあった。人が家に代わられた時には、まず第一に宗教の光りが薄らぐ。さらに草庵が伽藍に代わった時には、いつも宗教的生命が死ぬ。なるほど宗教の真髄は万古《ばんこ》不易《ふえき》かも知れない。宗教的生命は永生であるかも知れない。しかしそれは常に人に宿る。亡び易い人の肉体に巣くう熱自体というものが畢竟《ひっきょう》ひとつの概念であって、熱は常に物体に宿っていると同じことである。教えの消長はつまり人の消長である。

　現状は、寺が最初からあって、その中に入るべき人が無視されている。その結果は寺と人と、当分世人に無用を感じさせるばかりである。教役者《きょうえきしゃ》は二重に苦しむ。寺をかぶっているがゆえに苦しみ、自ら資格乏しき教役者たるがために苦しまねばならない。そうして残された問題は、自分および家族の肉体的生活の問題ばかりである。霊を省る暇がない。罪に泣く余裕がない。したがって救いの手はいつまでもこない。

　現在の寺院を成立させるに、三つの要素がある。伽藍、住職、檀徒であるが、まず伽藍の立場に立てば、建物のあるためには、住職も檀徒も犠牲にされねばならない。住職から見れば、伽藍檀徒ともに自分の生活の踏み台である。檀徒の目からは伽藍住職ともにわがものである。己の権力下にある。活殺自在である相容れない三つがよってたかって、一つの団体を造って、その結果はというと、いいもののできよう筈がない。とりわけ住職のごときはおおむねギリシア神話のプロクラスティスの寝台のごとく、伽藍と檀徒のために長いところは剪《き》り取られねばならない。何故であるか。寺院そのものの根本に大きな欠陥誤《ご》謬《びゅう》があるからである。僕はこう答える。

いったい在家と変わった一種特別な寺というものがいけない。俗人と飛び離れた僧というものがいけない。宗教の法悦《ほうえつ》が特殊な寺というものの中に住む、特殊な僧というものにのみ許されたものならば、その宗教は取りもなおさず死んだ宗教である。すべての家が直ちに法の霊場であり、すべての人が宗教人であることが宗教の極致ではあるまいか。寺といい、僧というものが、かくのごとき究竟《くきょう》目的のための媒介でありながら、じつは中間に介在して目的を阻《はば》んでいるのが、悲しいかなその現状である。僧となるとは心の問題であって、外形の問題ではない。外観だけの僧と寺との必要は全くないものと僕は結論する

――

×月×日

――大槻が手紙をくれた、泰と宛名をしてきた。手紙そのものも嬉しいが、なによりもこの新しい名が嬉しい。大槻に感謝する。新しき名に感謝する。新しき名に祝福あれ。名の所有主に幸いあれ。

×月×日

——梧桐《あおぎり》が紅玉《ルビー》のような芽を見せてから、ずいぶん幾日もたつ。しかしあの勢のいい葉を巻きとかそうともしない。僕はあの芽が長いあいだかかって、少しずつ赤くふくらんだ後、ぱっと紅茸《べにだけ》のような小さい柔かい葉をさしかける、あの謙遜《けんそん》な奥ゆかしい、しかも嬉しそうなはにかんださまがたまらなく好きなのだ。毎日学校の図書館から寄宿舎へかえる夕暮時など、僕は唯一の友達のように梧桐を見上げる。そうして深い蘊蓄《うんちく》をたたみ込んで、前途にたいする限りなき希望に輝いているのを見ると、ぼくはよく人知れず涙をながす。悲しい涙ではない。嬉しい涙でもない。ただ浄《きよ》い、言葉で言われないものを涙が物語るのである。いったい草や木の芽ほど、僕に新鮮な若々しい感情を与えるものはない。春になって花が咲かなくとも、僕はさして淋しいとは思うまい。しかし樹の芽が萌えなかったら、僕は寂寥《せきりょう》に堪えられなくなって、気が狂うかも知れない。

×月×日

——頭の調子が悪い。また五月病だ。若葉の節が来たのだもの毎年きまってこの節になると自分の頭脳にたいする自信がなくなり元気がなくなる。今年はまた去年に倍してやってきた。近頃の味気なさったら無い。こう沈鬱になった時、人は自分の手で死にかねないと思う。僕はよく自殺ということを考える。生きて長い重荷に圧しつぶされるより、いっそひと思いに死んだほうがさっぱりしていいような気さえする。五月はいつも自殺を思う月だ。僕はこの月に死ぬような気がする。ただし人を愛することもなく人に愛せられることもなく、死ぬことは堪らなく淋しい。——

×月×日

——役場から改名の手続をしてやるから証拠となる参考品を送れと言ってくる。さっそく大槻からの手紙や、古い雑誌を送ってやる。改名のめでたく正式に成らんことを祈る。——

×月×日

——またしても自分の身の上を考える。家のことを考える。そうして暗然として己を鞭うつ。

僕はいったい父母を愛しているのだろうか。愛しているとは思う。しかし自分の仕方に従って愛しているので、父母の欲する先方の仕方によっていないことは確実である。これを愛ということができるであろうか。自分の描いた父母を愛することは、父母にとって迷惑であるかも知れない。おそらく父母の描いた子が父母から愛される時と同じであろう。僕はかくのごとき愛が純真の愛でないとも考える。もしこのような愛というものが相互間にあったにしても、それは一つの概念でしかなくして、生きた働く愛ではないかも知れない。そう考えると僕は父母を愛していないようでもある。父と子の問題の破綻は、いつもここに伏在しているのかも知れない。これが致し方のない人生の常態だとすれば、人生はあまりに情熱に乏しい。抱き合う楽しみに欠けている。僕は淋しい。絶望だという気がする。

僕は父を愛したいのだ。しかし愛したい父は父ではないらしい。僕は父から愛されたいのだ。しかし愛されたいと希《こいねが》う子は、すでに父の愛したい子ではあるまい。——

×月×日

——思わぬ人から手紙がきた。見なれぬ手蹟《しゆせき》だから怪しみながら封を切ると大含の手紙だ。東京に来は来たが、自分の前科を知ったほどのものは誰も請人《うけにん》になってくれ手がない。だから職がありながら、その職につくわけにはいかない。職につかずにおれば、もうさっぱりやめたつもりではいるが、必要からなら例の手癖が出ないものでもない。出たらそれ切りである。前科数犯の身の上だから、監獄の飯を一生食わねばならぬ破目に陥るかも知れない。自分の怖れているのはそれだ。改悛はしたつもりで堅く身を守ってはいる。しかしもう遅い。誰も相手にしてくれるものはない、どうかこのさいだから自分を助けると思って、決してご迷惑はかけないから請人にだけなってください。こういったことが書いてある。僕は文面の中に表われた異常な正直な響に打たれた。

ところが皮肉なことには母の手紙が同時に配達されたのだ。その中には最近例の大含が上京した。なんでも月島の知ったところへ身を寄せるということだが、まさかお身にまで無心も言うまい。が念のためご注意だけはしておく、もしなんと言って行こうと決して決して相手になってはいけない。それがためにお身の身の上に万一のことがあっては大変だから。ざっとこんなことが書いてあった。

僕はこの皮肉な偶然を頗《すこぶ》る意味深いものに思った。そうして母たちのこの態度が、いつも大含に盗癖を強《し》うるのではなかろうかと考えた。しかし翻《ひるが》って考えてみると、母の言うのもしごく尤《もっと》もである。が、大含の立場も同情に値する。僕はどうしていいか迷わざるを得ない。

ふと僕は考えた。大含の盗癖は何に起由《きゆ》するだろうかと。そうしてやはり寺からではあるまいか、という結論に達した。寺においては後継者の当院なるものはいつも比較的優遇される。が、二男三男となるとほとんど顧みられない。一定の職が与えられるでもなく、相当の教育が課せられるでもなく、一定の資産が給されるでもない。まるで裸一貫で、世間へ投げ捨てられるのが常になっている。大含のごときは、たまたま不幸にも投げ捨てられたまま起き上がる力のなかったものに違いない。

不幸な大含のためにわずかの助力をするか、母の忠言に従うか。迷いなきを得ない。

——

×月×日

——家から学資が届いた。僕は自分を責めずにはいられない。いくら僕が寺の不合理を指摘糾弾してみたところが、自分の衣食住万端が、それによって支給されているあいだは、事実こそ雄弁であって、理論は常に敗北だ。僕はいつも学資を受け取っては、心を暗くする。この金の中にたくさんの罪悪非法が含まれている。こう思う。思って身慄《みぶる》いをするが、一方では身慄いをしたって始まらないじゃないか。口では怖れると称して、しかもその口の下から臆面もなく手を差し出している。このざまはなんだ、と嘲《あざ》けるものがある。僕はどうしたらいいのか。己を偽わることなしには食われない。学べない。なんという悲劇だ、これを逆にしたら、食うためには手段を選ばないということになりそうだ。そうしたら僕自身と大含とのあいだに、どれだけの径庭《けいてい》があろう。食わねばならないという大きな事実を前にして、そのためには自己を偽わらねばならぬという道徳的自責の念を抱いてゆくことは、なんたる苦痛だ。あまりに大きな負担だ。僕は自責のない飯の食い方がしたい。せめて一度でものんびりと食事がしたい。——

十二

五月末のよく晴れ渡った日曜日の朝のことであった。同室の者は早くから隅田川へボート遊びに出かけてしまった。が、彼は気が進まなかったので誘われても同行しなかった。独りがらんとした部屋の中に取り残されて、窓際によっていると、芝生やクローバが青々とはびこってるでこぼこの地面の上で、雀がいくつも本当に日曜日らしく戯れている。それを飽かず眺めていると、遠くで銀板を叩くような調子の高いピィンヤレピィンヤレという音が、間をおいては響いて来た。上野の森から大学の構内にかけて、大きな円周を描きながら、のしたままの翼を羽搏《はばた》きもせず、一羽の鳶《とび》がちょうど空中に見えない渦を巻いている水の表面を游《あそ》ぶように、平になって流れていた。深い浅黄色の空の中には五月の光りが溢れていた。少し離れた目の前の生垣には紅白の躑躅《つつじ》がちらほら咲いて、美しい五月の日も今日あたり絶頂に登り切ったぞと言いたげに、人を誘惑している風情《ふぜい》であった。そうした光景を眺めているといつしか不思議に心がそそられて、人と人との交渉は嫌いでも自然の美しい姿が非常になつかしくなってきて、思わずぶらりどこかへ独りで散歩に行きたくなった。こんなやや時めいた明るい気持で窓際を離れた時に、廊下の端から重い鎧草履を引きずる音が湧いて、はげっちょろな妙にしゃちこばった小倉《こくら》の青服を着込んだ小使が、洋銀縁の老眼鏡の上のほうから彼を覗いて、来客がある旨を通じてきた。来客とは？　自分を今日あたり訪ねて来るのはいったい誰だろう。たしかに自分かしらん。こんな自問自答を繰りかえしながら、腑に落ちない疑問をそのまま、何気なく小使の後について下駄箱ばかりの玄関へ出て来てみると、ついぞ見なれない汚ならしい洗い晒《ざら》しのかすりの着物をきた小男が、下駄箱のほうへ向かって心もち項垂《うなだ》れたまま、彼のほうへは後ろ姿を見せているのが目に映った。

彼は一瞬間ためらってそのまま階段の上に突っ立っていたが、思いなおして二三級の階段をたたきの上に下りると、慇懃《いんぎん》と怪訝《けげん》のまじった丁寧な口調で、

「あなたでしたか、僕に御用のあるのは。」

と尋ねた。先刻から彼の出現を知っていたらしい小男は、その声で弾かれたように彼のほうへ向きなおって頭を下げた。その向きなおったきわめて短い瞬間に、小男は鋭い一瞥《いちべつ》でもって彼を頭から足まで確かめたばかりでなく、同時に彼以外にあたりに人のいないことをも見て取った様子であった。が、当の宮城には訪問客の誰であるかがまるで分からなかった。彼は小男が顔を上げるのを待って、

「失礼ですが、どなたでしたか。」

と重ねて尋ねると、小男はもじもじして彼を見上げたが、低い早口で、

「とつぜんこのあいだお手紙を差し上げました横井です。横井大含です。」

と答えると、それきりまた俯《うつむ》いてしまった。彼はどきっとした。なるほど言われてみれば確かに大含に違いない。一瞬間、宮城はこれは困ったと思うと、すぐもうぽおっと上気したようになって、どうあしらっていいか身の振り方に迷った。そうしてまるでうまい分《ふん》別《べつ》らしい分別も湧かないのであったが、次の瞬間に辛《かろ》うじて気を取りなおすと、まずともかくこっちへいらっしゃいと大含を促して、寄宿舎裏手の常でも人気の少ない草原に連れて行った。幸い日曜日のこととてほとんど一人の寄宿生の影さえ見えなかった。ここは込み入った話をする時は、誰にもさまたげられないで誠に格好の場所であった。そこでまず要件を聞いているうちに、なんとかいい分別も出ようと思いついたのである。

クローバの上に二人は並んで足を投げ出した。屋根と屋根のあいだから、黒ずんだ森の中に谷中《やなか》の塔が見渡された。ほかほか背中を日に温められていると、宮城の頭にはまるで飛び離れてふと苺《いちご》が熟する頃だという連想が浮かんできた。彼は頭を振ってそんな呑気《のんき》な考えを払いのけようとした。そのとき、人のいないのを見すますと大含は口を切った。

「先日とつぜん手紙を差し上げまして失礼いたしました。じつは今日あのお返事を頂きに上がったようなわけでございます。じっさいどの顔さげてこんなご無理をお願いできる筋ではないのでございますが、全く八方塞《ふさが》りの身の上で、どうにもならなくなって、ご無理と知りつつお助けを仰ぎに上がったような次第でございます。」

こう言ってしまうと大含は黙って口を結んだまま、足元のクローバの花をじっと見るともなく眺めて、彼の答を待っている様子であった。彼は余儀なく不得要領の返事を強いられた。

「確かにお手紙は拝見いたしました。しかしご承知のとおり、僕は親がかりの貧乏書生です。人から保証人になってもらってここにいる、いわばまだ一本立ちのできない人間なんですから、人さまの保証なんぞとは以《もっ》ての外です。そのうえあなたとはまるで交際がないので、保証のできるほど親密ではありません。」

すると大含はうなだれたまま幾度か頷いて言うには、

「お尤《もっと》もです。お尤もです。誰が正気で私の保証なんぞを引き請けてくれ手がありましょう。あなたの仰《おっしゃ》るのは無理がありません。私もよく分かってはおります。決してご無理とは思いませんが、私も絶体絶命なのです。私とて根からの悪人ではありません。畳の上でまっとうに死にたいとだけはいつも思っています。ところが今度罪を犯したら、生涯浮かぶ瀬がないにきまってます。それが恐ろしさにお縋《すが》りするのでございます。私もいい年をしている癖になんと言ってできる仕事もありません。が、今度という今度こそは本心に立ち返って、自分の額の汗で乏しいなりに細い暮しを立ててゆきたいと思っているのです。金をもたないことですからこの身一つが資本ですが、なにぶん請人のいらないところは、また私には危険きわまるところなのは分かり切っていますし、私の行きたいと思うところは、請人がなくては入れないのです。しかしいかな物好きでも私の素性を知って保証をしようという変わった人はありません。で、このうえは私の本心をすっかり打ちあけて、あなたにお縋りするよりほかはないと、じつはのるかそるかの運試めしにこちらへ押しかけて上がったのでございます。」

「あなたのご境遇には心から同情いたします。」

早口の大含は淀みなしに喋りつづけた。それをだまって聞いていた宮城は、初めて聞く予想と違った大含の雄弁に驚いて、ようやくこれだけの短い言葉をお義理のように挟んだ。そうしておいていまさらのようにかつて見たことのあるこのみすぼらしい小男の横顔を眺めた。大含は栄養不良らしい黄味を帯びた冴えない顔をうつむけたまま強《こ》わばらしていた。顔全体が淡青くぼおっとしているのはあるいは前面の草が映っているのかも知れない。薄いせせこましい表情をもった鼻と顔に比例してはひどく飛び出た顴骨《ほおぼね》のさきとには、五月の光が横なぐりに明るいタッチを一筆ずつおいていたが、それ以外大含の顔には暗い重いあるものを思わせる表情があるばかりで、彼が始終寄宿舎で見なれている華やかな若々しい希望そのもののごとき人たちとは、まるで趣を異にしていた。けれどもその自ら陰惨たる表情の中にも、話すにつれてだんだん誠に充ちた感情の高潮されるらしいのが宮城にも分かった。彼は当初に懐《いだ》いていた心の警戒を解いて、この不思議な訪問客の不思議な言葉に耳を傾けた。大含はまた滑《なめ》らかな弁舌で語り出した。

「私もきちんとした商売さえ教えられておれば、この歳になってこんな恥さらしをしないでもすんだのです。が、それは悔んでももう遅い。しかし私がこういう札付男になり下がって、在所へ帰って参りますと、そりゃ兄貴の身になってみればつらくもあり、いやでもありましょうが、もとはといえば親身の弟なんですから、もう少しどうとか取り扱ってくれたらよさそうなものだのに、他人よりもまだ悪い、いわば犬猫以下のもてなし方をするので、そんならばという奮発心と自暴心《やけ》とがつい悪い手癖を重ねて働かせます。自分でもこれは悪いと思いもし、また慎しみもしているのですが、懐が無一物で人からは冷遇されると、ついこんな苦しい思いをして、こんなせせこましい狭い世間を渡ろうよりはという気になって、ままよと言った捨鉢気分がむらむらと湧いて、ついつい誘惑に勝てなくなって、見境なしにかっさらいをやるのです。正直に申しますと、掻《か》っ淩《さら》ってそれを金にかえるまでの息もつけないくらい引きしまった、すべての感覚が総身に生々としてきて、適度に酒に酔ったようなぼおっと夢を見ているようなあの尊い気持の瞬間こそ、本当に自分にとって生き甲斐のある時間で、またとないなんという楽しみでありましょう。善良な学生のあなたにこんな悪いことをお話してはすみませんが、私はただ食わねばならぬというだけで、盗みをしているのではありません。変な言葉ですが、いわば生甲斐のある生活がしたいので、アルコール中毒の人が酒をのむと生きかえったように元気になると同じく、私も盗みをする前後の瞬間に初めて生気づいてくるのでございます。いかに無分別な私でも、その一時の快感が幾年の冷たい獄屋の生活と交換されるものなことも知ってはおります。がそういう算盤《そろばん》の上の勘定ではなく、じっさい渇《かつ》えた人が水を求めるように、私は自分が生きたという自覚を得るために盗みをしてきたのです。しかし私も年を取ってまいりました。今度という今度こそはふっつりそういうむら気を捨てて、牛馬のように自分の肉体を責めて、それをせめてもの前半生の懺悔のしるしにしたい。こう思って、あなたならば私の真心を聞いてくださると白羽の矢を立てて、じつはご迷惑とは知りつつ上がったわけでございます。どうか私の肉体でなく魂を助けると思って、三十五年来はじめて起こした勇猛心の消え去らないように監督をして頂きたい。これが私の一生のお願いでございます。」

大含はこう結んで頭を下げた。そうして鼻に小さい縦皺をよせて、上唇をひっつるようにまげると、出張った顴骨《ほおぼね》の上に涙がとろっと現われた。現われたと思うとそのままそこで美しい日を宿して真珠のような露になってしばらくためらって光っていた。宮城はその美しい涙を眺めているうちに、自然と自分の頭が下がるのを覚えた。もう彼の横手に項垂《うなだ》れている小男は、盗癖のある人に相手にされない社会の屑の大含ではなかった。人間の偽らない誠の声を高い響で語る聖者に近い神の代弁者であった。そうして素直な深い人間味の持主であった。その偽らない告白には、彼を酔わせずにはおかないものがあった。宮城は粛然と襟を正しうして、大含の前に跪《ひざまず》きたくさえなった。なんという気高い純粋な声であろう。なんという感激に充ちた言葉であろう。人としてこれだけの声が易々と語られるものなのだろうか。ああいう己を欺かれ易い逆境に育ってきながら、こんな美しい珠玉のような心を直下に人に示すことのできるのは、なんという天の賜物であろう。ここへくるとその人から身の保証を頼まれている彼は、自分に与えられたこの尊い使命をむしろ感謝せずにはいられなかった。宮城は全く謙虚であった。全部大含のものになり切っていた。そうして心から自分に値しないということをさとりながら、

「僕でよかったらお望みどおり致しましょう。あなたのせっぱつまった深い心のうちから洩れるそのお話を聞くからは、もう何をもあなたから望みませんが、まだ僕は親がかりです。なにとぞこのうえはただ僕の父母のために、お互の身の破滅を招くようなことは一切しないとだけ誓って頂きたい。」

と言うと、大含は震える手を差し出して、

「ようござんす。私も男です。悪に強い代りには善にも強いつもりです。私は今日初めてあなたから人間らしい待遇をうけました。いや初めて自分も人間であるということをあなたから悟らせてもらいました。こんな嬉しいことはまたとありません。なんと感謝しても感謝し尽くせません。私は今日初めて生まれたも同然です。親も私を元々認めてくれませんでした。兄も社会も私を人として取り扱ってくれませんでした。だのにあなたは……。ああ、あなたは全く私の本当の恩人です。このご恩に報ゆるためだけにも、私は明日と言わず今日から骨身を惜しまず働きます。そうして決して決してあなたの信任を裏切るよう

なことは致しません。これだけご恩をうけておりながら、悲しいかな私の手には何もありません、私はただ真身に働くと言うだけしか、あなたにお礼ができません。そんな消極的なみすぼらしいお礼というものがまたとあるものでしょうか。」

「有難う。」

彼は大含の手を堅く握りかえして、僅かにこれだけいうことができた。そうしてしばらく声を呑んでいた後で、ようやく、

「僕の一筆があなたの運命を少しでも光明のほうへ向けることができれば、僕は光栄です。名誉です。お互に大いにやりましょう、その代りこの次には僕があなたにお願いに出るかも知れませんよ。」

彼はその時また自分の職業のことを考えた。自分にくらべると大含のほうが遥かに徹底している。少なくとも生活の真の味を知っている。自分は意気地なしだ。そう思うとともに何の束縛もない生一本《きいっぽん》の飽くまでも自由で真剣な大含が羨ましかった。見渡すと谷中の塔の上に、いつしか一片の白い雲が動くともなくかかって、浅黄色に澄んだ空合に、不思議な柔らか味を添えていた。彼はふとクローバの葉を摘んで眺めると、それが四つ葉であった。なんだか今日の運命が祝福されているように思われた。

それからいろいろな雑談をしているうちに、彼はますます大含に親しみを感じた。最後に懐にしてきた紙切れに、保証の署名捺印をして、金がなくて読みたいけれど読めないと

いう真宗聖典の読み古しを与えて別かれた時に、彼は不思議にいい友人を得たように思った。しかしあとであまり軽はずみに感激しやしなかったかということを顧みて、少し恥ずかしいようでもあったが、近頃の自分でもまだまだ人の真実には感激する力があると思うと、それだけでも十分愉快でないことはなかった。いったん門まで大含を送ってまたもとの芝生の上にかえって来てみると、草が敷かれて二カ所窪んでいた。彼は大含の残していった温か味を感じるかのようにその窪んだ草の上にごろんと仰向《あおむ》けになった。そうして帽子の庇《ひさし》でまぶしい陽光を避けながら、いつまでも近来になかった今日の快事を反復するように繰りかえし繰りかえし味わった。

次の日も次の日も、大含のことが気にかかった。それきり大含はなんとも言ってこない。そのうちに懸念も追々薄らいで、いつしか大含のことも忘れがちに過ごした。

六月の学年の試験がきた。それも一週間ばかりでわけなく片がついた。皆が謝恩会だの、送別会だのとはしゃいでいるのを後にして、彼は倉皇《そうこう》として帰国の途についた。帰れば面白くないにきまっている。が、それだけ帰らずにはいられない。彼はこうした矛盾した、しかし逼迫《ひっぱく》した気持を抱いて、自分の生まれた久遠山光明寺の山門を潜らなければならないのであった。

それは門跡下向のあるという六月二十日のちょうど前日のことであった。

十三

停車場から帰る道みち、四五人ずつの村人が一団をなして、砂利を運んでは道普請《みちぶしん》をしていた。半町くらいずつで行き会うそれらの人々は全く夥《おびただ》しい人員であった。彼はいや応なしに狭い道の真ん中でそれらの人々がいやに改まって笠をぬいだり、頰冠《ほおかぶり》を外したり、鉢巻を解いたりして馬鹿丁寧に挨拶するのにいちいち応じなければならなかった。村人の中にはただ道普請をしている人たちばかりではなかった。馬糞を拾って田の中へ捨てているものもあれば、道中の草をぬいて大埃を掃いてならしているものもあった。家に近づくと、境内の道路に面した石垣の側には、一様に菅笠姿で広い背中を見せた人たちが、脇目もふらず懸命に草をぬいていた。そこをようやくこそこそと通りぬけてほっとすると、今度は山門とその袖垣とには、なおなおたくさんの人々が蟻のようにむらがって、柱といわず腰板と言わず丁寧に洗って拭いていた。境内には箒や鎌をもった掃除の人があちらにもこちらにも散らばっていた。そうして丹念に草一本塵一本でも洩らすまいとしているかのような熱心さで、受持々々を励み合っていた。門にも本堂にも大玄関にも、物々しい幕が張られてあるのがまず目についた。そうして開け放たれた御堂の中では、たくさんの人たちが駆け足まじりで入り乱れて行き違っていた。

庫裡《くり》の内玄関を入ると、廊下に高麗縁の茣蓙《ござ》を敷きつめて、畳屋がしきりと首をひねっていた。台所のほうでは、いつも物事があると勇ましく床を踏みならす田舎者の重い足音が、今日はことのほか重々しくどたどた響いていた。料理の間で尻端折《しりはしょ》りで盲目縞《めくらじま》の腰巻を見せて手拭をかぶったおかみさん連にまじって働いていた母は、彼の姿を認めると嬉しそうに目尻に皺を寄せて笑った。そうして確かに何やら口を動かしたようであったがあたりが騒々しいので言葉はまるで聞きとれなかった。そこへ一里ばかり離れた停車場附近から来ている料理屋の、歯を真黒に染めて、金歯だけ一本光らしている赧《あか》ら顔の女将《おかみ》が、何やら献立のことで母の袖を引いたので、母はまたそのほうの差図に気を取られてしまった。茶の間へ入ると、踏み台をした男が額《がく》を外していた。「六勿銘《ろっこつめい》」の板額も「掟」の額も杉戸に立てかけてあって、ちょうど今「厳護法城《げんごほうじょう》」の額を外しかけているところであった。そこからからり開け放たれた座敷をとおして庭を見渡すと、泉水の上に蔽《おお》いかぶさった老松の葉蔭から、遠く築山《つきやま》の中腹に当たって、見なれぬ白いものが光っていた。おやっと思って視るとそれは小さい懸瀑《けんばく》であった。短い瀑のなかほどちょうど右手から出張った石のために遮られて、瀑は自然と二段に分かれて落ちるのであるが、その石の根から築山の麓にかけて、さては一帯にほどよくさびた庭のあちこちに、紅白の躑躅が時遅れの花をまばらに見せていた。門跡の御座所はここだろうが、誰かいはしまいかと恐る恐る座敷に入って上段の間を覗いてみると、意外にも誰の姿も見えず、掃き清められた広い寂然とした部屋の、やや床の間よりの真中に、一坪ばかりの青みがかかった雲鶴《うんかく》模様の絨氈《じゆうたん》が敷かれてあって、一脚の緋の紋緞子《どんす》を張って猫足の椅子が、その上に納まりかえっていた。押入れの襖の前には無地の金屛《きんびよう》が立てならべてあった。違い棚にも床の間にも、ほとんどなんの装飾もなかった。ただ大きな古銅の耳付の花瓶に苔松が墨絵のような枝を張っているのと、卵色の玉《ぎよく》の香炉とがあるばかりであった。こいつはなかなか気が利いてるなと彼は思った。

そこから廊下づたいに父の居間の前をとおったが、やはり父の姿は見えなかった。ただ薄よごれた法衣が、衣桁《いこう》からだらりと下がって、また家へ帰って来たなという感を深くさせたばかりであった。二階に登ると、今までの茶の間や座敷に人けがなかったのが、ここにすっかり集まっていた。父がうろうろして行ったり来たりしていた。張りまぜの屛風を引き廻《めぐら》すもの、額をおろすもの、花を生けるもの、光沢布巾《こうたくふきん》をかけるもの、次の間の畳を拭いているもの、便所の手洗鉢を洗っているものなど、およそ十人ほどの大の男が、忙しそうに手足を動かしていた。彼の姿を見ると皆一斉にお辞儀をしたが、なかに頬冠りのまま頭を下げたものもあった。生花の鋏を鳴らしていたのは、白い髯を垂らした六十がらみの塚本という、このあたり唯一の故実に通じた調法な茶人であった。

父は細い眼をいっそう細めて彼の側へ寄って来たが、

「おうお、いいところへ帰って来てくれた。ちょうどうまく間に合ってよかった。ところでさっそくだが、ちょっと話があるからこっちへ来てくれ。」

そう言うなり、せかせかと先に立って小間の中に隠れた。小間の半床《はんどこ》には父の自慢の剽《ひょう》逸《いつ》な良寛の尺牘《せきとく》（手紙）がかけてあった。

「じつはな、ちょっと頼みたいことがあるんだ。というのはほかでもないが、明日御法《ごほっ》主殿《すどの》のお迎えに上の西楽寺まで、光明寺の住職または住職代理一人、それから檀徒総代が二人、とこの三人が家から行かなければならんのだが、俺の代理は専徳寺に頼んであるし、総代では島木の老が行くと言ってるが、もう一人行き手がない。そこでお前が帰って来たら頼もうという一般の話だったが、どうだ行ってくれないか。もちろん檀徒総代だから、お前の嫌な法衣でなく、羽織袴だ。それから行きかえりとも車だ。行っても何もすることはいらない。拝謁《はいえつ》があるだろうから、そのときは頭を下げておればいい。それ切りのお役目だ。至って簡単だがそこがつまり顔役だから、あまり見っともない山出しじゃまた困る。というんで皆がお前を推薦してるわけなんだ。どうだ行って見る気はないか。お前が行かないとまた競争がおっ始《ぱじ》まるんだから。」

「皆が行ってくれというなら、それくらいの御用なら勤まりそうですから参ることにしましょう。ところで服装なんぞは調ってあるんですか。」

「ああ、そりゃ心配することあないよ。じゃ是非そうしてくれ。それで俺も一荷《ひとに》肩から、卸《お》ろしたよ。」

父は上機嫌であった。それから顔中をにこにこさせながら、父は小間を見廻して、

「この部屋も中々いいてな。明日はここへ随行長の北野博士をお通しするんだ。お前の勉強部屋も出世したものだよ。ああいう世界の大学者で、一派の講師と言えばこのうえない碩学《せきがく》だが、その方がここへ来られるのだ。お前もあやかって大いに出世してくれなくちゃな。いやぁ全く名誉のことだよ。それ、その床の間に巻いてある掛軸は、歴代の講師が次々に書いてくれた寄せ書き風の真筆だが、明日は北野博士に一筆お願いしようと思っている。一派から言えば正しく天下一品の宝物だからな、北野さんもさぞびっくりされることだろうよ。」

父がこんな自慢をしているうちに、梯子段が急に騒々しくなった。廊下に出てみると三本脚の大きな円卓を、四五人の男が運んで来るのであった。それを見ながら、父はまた満足そうに物語るのであった。

「御法主殿は少しお足がお悪いんで、お坐りになるということがない。それで今度は大奮発であいうものを一式買い込んだ。ゆくゆくは新しい学問をうけたお前なんぞも、やはり椅子卓のほうがいいなどというかも知れんと思ってな。このさいだというんで、清水《きよみず》の舞台を飛び越えたよ。ちょっとまあ見たがいい。あの上段の間が御法主殿の御座所、次の間が御従者の間、下の俺の居間が輪番《りんばん》の間、茶の間が法中《ほっちゅう》の溜《たま》りという風に部屋割をつけたが、常は広いようでも、こういう一世一代という大騒ぎの折には手狭で困るわい。半年も前に御法主殿がおいでになることが分かっておれば、檀中が奮発して新しい御殿くらいは造るんだが、なにしろこう時間がなくっちゃ、どうにもならん。まあ有り合せのもので、お敬いだけのことしかできないのが残念だよ。……」

「御院主《ごいんじゅ》様、御院主様。」

父を呼ぶしゃがれ声がある。父がそそくさと小間を駆け出して行った後からついて行ってみると、生花の前にきちんと薄い膝を折った塚本老人が、しきりと顎髯《あごひげ》を鳥の尾のように動かして、水盤の中に投げ込また紙細工のような白い菖蒲《しょうぶ》を眺めていた。

「どうでござんしょう。御院主様。こんなことで。」

「いやあ、結構々々。しごく上出来ですな。座敷の松と言い、この菖蒲と言い、今日は御門跡様にお見せするというんで、一世一代の秘術を出しましたね。」

「いやどうも、お褒《ほ》め言葉は恐縮ですが、まあどうやら見られるようでございますな。」

と老人は鼻をうごめかした。父が褒めたので老人はようやく堪能したらしく立ち上がりかけたが、そのとき何を思い当たったものか、ぽんと膝を叩いて、

「ときに御院主様、御門跡様は発句がお好きなように伺っていますが、おおかたこの張りまぜはお気に召しますよ。それで床《とこ》ですが、これも御座所となればなおさら恐れ多いから、掛物は巻いたまま床《とこ》の間《ま》の隅におきましょう。ごらんなりたければご家従にお命じになりましょう。ごらんになるとこれがまた堪らなく面白い三幅対《さんぷくつい》ですから、そこで一句という風になるかも知れません。とするど料紙箱、硯《すずり》箱が欲しくなりますが、何かこう梨子《なし》

か何かの蒔絵《まきえ》のものでもありませんかな。興がお乗りになれば短冊色紙くらいはお書きになって、置いておいでにならないものでもありませんて。」

「そりゃ大きにそうだ。俺も気がつかずにいたが、どこかにありませんかな。すっかり買い調えていたつもりで、こういうところはぬかっていますからね。」

「そう、そんなら俺ら方の庄家さんに借りにやりましょう。昔お殿様から拝領の秘蔵の料紙箱硯箱がありますから、それでお書き残しになったら、こちらが色紙、私は短冊拝領と今から約束しておきましょう。」

「いや、そりゃ結構ですな。」

父も老人も満足と興奮とで有頂天になっていた。室《へや》の中央に円卓をおいて、それに四隅へ金の房のついた美しい色彩のテーブルクロスをかけて、また猫足の椅子を正面に据えると、それで御座所ができあがった。縁側の張り出しには、父の自慢の盆栽が塚本老人の指図で幾鉢も並べられた。そこから見渡すと大きな無花果樹《いちじく》の葉越しに、西山の麓までつづく一帯の水田が、淡い緑を一面に流して、まるで大きな青畳をしきつめたようであった。

父や母をはじめとして、皆のものの希望に満ちた不安のうちにその日も暮れた。万端の準備が残り置きなく整ったのは、夜もよほど更けてからのことであった。翌朝未明に起きることになっていた宮城は、昨夜の汽車の疲れもあるので早くから寝についたが、都会の雑音に満ちた静けさと違って、自分独り地の底へでも置き忘れられたような静寂が、かえって妙に神経をいらだたせるのに、際限もなく大きな蛙の合唱団が、間歇《かんけつ》的に喧しい歌を歌い出しては、はたと静まりかえって、しばらくの沈黙の後でまた合唱をはじめる。それがいかにも意味ありげな、薄気味の悪い凶兆を暗示するかのようで、耳について仕方がなかった。眠られぬままに起き上がって、雨戸の硝子《ガラス》をすかして見ると、空一面にはびこった切れ切れの薄汚い雲のあいだを、今にも消え入りそうな弱い光の月がしきりとかけずり廻っていた。様子を窺っていると、月が顔を出すとそれを合図に蛙がわあっと歌い出して、隠れるとはたと口を噤《つぐ》むようであった。月はあっても頗《すこぶ》る怪しい空模様であった。

ひと寝入りしたと思う頃、ざあっと廂《ひさし》を打つ雨の音に目を覚まされた。が、一雨過ぎ去った後は、また森閑《しんかん》として老樹の葉末を落ちる大粒の雨滴《あましずく》らしい音が、間をおいてはときたま響くのみであった。階下で誰か起きて雨戸を開けた。もう起きる頃か知らん。彼はそう思いながら寝返りを打つと、

「まあいい按配《あんばい》に止んだようでございますね。」

と、母の言葉が手に取るように聞こえた。父が何やら返事をしたらしいが、それ切りまたあたりは以前の寂寞《せきばく》にかえった。父も母も明日のことが気がかりなのと、小学生が遠足の前晩に感じるような興奮のためとで、よく寝つかれないものらしかった。

晨朝《じんじょう》の鐘を合図に家中のものが一斉に跳ね起きた。彼は迎えに来た車に乗って、島木老を誘い合わせて三里隔った上の町の西楽寺へ向かった。空は淡い灰色の靄《もや》に閉じ籠められ

ているのでしかと分からないが、なんとなく重苦しい、降りみ降らずの空模様であった。車夫が幌をかけましょうかと、尋ねると、老人は誇らし気に彼を顧みて、

「幌はよしましょうね。」

と言った。老人は今日の晴がましい役目を、人に誇りたくてむずむずしている様子であった。行くほどに、生温《なまぬる》い湿気を含んだ風が際限もなく水田の上を渡ってきては、柔らかに彼の顔や襟を擽《くすぐ》った。田と田のあいだに点綴《てんてい》している村里を、一本の広い国道が貫いて、上の町まで二人を導くのであるが、途《みち》みち遥々集まる今日の参詣の信者らしい人たちが、ちらほら車と反対の方向さして集まるのが目に立った。

西楽寺の境内にはもう車が十幾台勢揃いをして、おのおの名前を書いた小旗を押し立てていた。折ふし本堂には説教があるらしく、履物で向拝《ごはい》は埋まっていた。庫裡の内玄関から取次を乞うて入ってゆくと、専徳寺が茶の間の炉辺で大胡座《あぐら》をかいて、煙草を吹かしていた。

「いよお、お早く大ご苦労、さっきから待っていましたよ。これで勢揃いができたんだから、さっそくお目通りを願おう。もう二三度まだかまだかって催促を食ったとこなんだ。」

専徳寺が住職代理と総代二名の名札を集めて輪番に取り次ぐと、輪番から家従にお取りなしを願うのだという。しばらく待っていると、こちらへという案内があって、奥の座敷

へ導かれた。輪番が示す座に専徳寺を中に三人並んで坐ると、間もなく家従が出て来て襖の左右に平伏した。輪番が小さい声で平伏と指図をするから、扇子を前において頭を下げていると、襖が両方にするすると開いた。と誰やら三人の背後のほうでか、これも平伏しているのかいやに含み声で、恭しく光明寺住職代理某、檀徒総代某々三人のものが、御門跡様お迎えとして参った。それについて台下《だいか》特別の御思召をもってお目通り仰せつけられて光栄至極であると披露に及んだ。島木老人が低い頭をまたさらに平蜘蛛のように畳にへばりつけた。と、奥の上段の間で、軽い咳の声がするとともに、遠路誠にご苦労であった、本日は追ってそちたちの寺にも参ることであるから、なにぶんにもよろしくたのむ、といったような、朗らかな音を響かせた鷹揚《おうよう》な挨拶があると、またするすると襖が先どおり閉じてしまった。彼は敷居の彼方に、卓子《テーブル》の脚と白足袋を見ただけであった。茶の間へ退出すると、島木老人が、

「どうです。有難いお言葉で、涙がこぼれるじゃありませんか。こうやってお迎えに来たばっかりに、特別の思召でお目通りを許されて、そのうえこんなお言葉を頂くなんて、身に余る光栄ですなあ。私あんまり有難くって、畳のほかは何も見ませんでしたが、なんだか上段の間のほうではぱあっと後光がさして、朗らかなお声が、こうっと、天上からでも降るように聞こえたじゃありませんか。御門跡様といえば生き仏様でござんすからのう。」

じっさい島木老人は両眼にいっぱい涙をためて、琥珀《こはく》色の念珠を皺だらけの指のさきにかけながら、奥のほうを拝んでいるのであった。彼はそれよりも本堂といい、庫裡といい、別して今の御座所の模様などが、遥かに自家に比して下等なので、まあよかったというような、妙な落ち着きを得たが、それとともに彼は自分の小さい自惚《うぬぼ》れを嗤《わら》わぬわけにはいかなかった。

どやどや坊さんや羽織袴の連中がたくさん茶の間に入って来て、われ先にと座敷のほうへよじり出た。彼は片隅に座を占めていた。と、座敷の中央部に一脚の古ぼけた椅子が据えられて、輪番やら家従やらが出て来て平伏した。一同がそれにならって平伏するうちに、彼のところからはよく見えないが、丈《たけ》のすらりとした、面の快い鼻の高い門跡が、すっと出て来て椅子にかけると、やがてすらすらと抑揚をつけた暗記ものらしいかなりの長さの諭示を朗読的に話すのであった。門跡の目はずうっと宙を見ていて、決して前の群集を見てはいなかった。そうしてその着眼の仕方と同様に、言葉にも抑揚はあっても感情はぬきで、いっさい頗《すこぶ》る形式一点張りの感じのするものであった。そのなかには、今からおよそ七百年前、祖師聖人御流罪によってこの土地で御化導《けどう》遊ばされて以来、この地は誠に当流に取っては因縁浅からざる土地柄である。このたび祖師聖人の六百五十回の御遠忌《ごえんき》を厳修するについては、門末《もんまつ》一同力を合わせて、この会い難き盛儀をめでたく修めて、宗祖にたいする感恩報謝の誠を致さねばならない。それにつけても、わが宗旨は真俗《しんぞく》二諦《にたい》の教えであって、王法《おうぼう》をもって本とせられてあるから、仏恩《ぶっとん》の有難さを思うにつけ、君恩の鴻《こう》大《だい》なることも深く喜ばねばならぬ。門末一同この期にあっていよいよ金剛堅固の信心を獲《ぎゃく》得《とく》されて、浄土往生の素懐を遂げられるよう、希望に堪えない次第である。だいたいこんな趣旨が含まれていた。門跡が一句言い終わると念仏が挟まり、また一句切れると唱名の声がそれに応えた。が、それだけ言いおわると、また念仏の声に送られて、さっさと諸人平伏の裡《うち》に姿をかくしてしまった。と、そこへ直綴《じきとつ》に五条袈裟をかけた、胡麻塩の顋髯のある立派な坊さんが、愛敬たっぷりににこにこしながら椅子の前へ来て親しそうに一座を見渡して坐ると、さて皆さんと冒頭して、流暢《りゅうちょう》に巧みに話を始めた。北野さんだ北野さんだという囁きが聞こえる。老博士はゆっくりと落ち着きはらって、幅があって重みがあって、それでいてつやとうるおいのある寂《さ》びた声で、今の門跡の諭示を敷衍《ふえん》した。門跡の諭示なるものがすでに分かり切ったことであるから、北野博士の敷衍はむしろ大きな蛇足であった。しかし、やはり有難そうな念仏の声がここかしこに起こっていた。が、門跡も老博士も、何か婉曲な言いまわしをしているのみで、彼らの本当の目的には触れていないのではあるまいかという気が宮城にはした。門跡迎接に当たって、彼はまずここで最初の失望を感じた。

いよいよ御発足という頃には、門の両側から街道から、黒山のような人だかりであった。そのなかを二十余台の腕車《わんしゃ》（人力車）が、長い列を造って走るのである。前から三四番目にいる法主は黒の山高帽をあげては両側の善男善女《ぜんなんぜんにょ》に軽く会釈をしていた。彼はなんだかきまりが悪かった。幸い靄を滲透してなまめかしい薄日がさしかけてきた。そうしてなまぬるい湿っぽい初夏の空気が、悩ましいまでに彼を擽《くすぐ》って、気分の上だけでもまるで一行から別物にしてしまっていた。彼はすぐ前の車に乗っている島木老人が、法主なみに山高帽をとって、いちいち見物人にお辞儀をしているのがおかしくて堪らなかった。それが町を離れて、人里の疎《まば》らな大きな平野に出るにしたがって、自分のみならず後ろにせまっている黒い山や、側に光っている大きな河や、はては若々しい装いをした田の畔の並樹や森などまでが、擽ったい粘っこい陽光に全身を顫《ふる》わせながら、このちっぽけな道化役者を笑っているようで、ますます失笑を禁じえなかった。

彼の寺に近づくに従って道が悪くなって来た。前日砂利を敷いたり、土を入れたりしたのが、夜前の雨ですっかり流されたものらしかった。すると光明寺の定紋を置いた法被《はっぴ》を着た足袋跣《たびはだし》の人達が、車がその個所に来るのを待って、一斉に後を押した。彼は車を下りて後に従った。見ると法主の車には、前後左右に七八人の男が道の中に一ぱいにはだかって群がっていた。北野さんの車にも四五人の男がくっついていた。

さしもに広い久遠山光明寺も、本堂と言わず、庫裡《くり》と言わず、境内と言わず、まるで海嘯《かいしょう》のように押し寄せた人の波に埋まっていた。境内をめぐる亭々たる無数の老杉古松も、差しのべた重たげな枝を、陽炎とあがる人いきれに、わなわなと震わしているかに見えた。赤いゴムの風船玉がいくつも枝に引っかかって、つんつん腹立ち紛《まぎ》れにあせり気味に揺らいでいた。その松よりも杉よりもひときわ高い本堂の甍《いらか》は、初夏の日を幅広にさっと射返しながら、ちょうど大きな瀑布のようにかかっていた。屋根の後ろの両側には、黄金色の若葉を漲《みなぎ》らした公孫樹《いちょう》が一本ずつ同じ頭をシンメトリカルに並べて聳《そび》えていた。そうしてその梢をゆるやかに斜めに切って、若草の山が雄渾《ゆうこん》な弧線を天空に弾ねあげていた。山門の屋根、経蔵の屋根、本堂の屋根、屋根という屋根を巡回した、白い鳩が輪を描いて飛び廻っていた。沿道には茣蓙《ござ》を敷いて土下座をしているものがたくさんあった。中には念珠をつまぐって、道端に香を焚いているものさえあった。そこを大きな荷物を積んだ馬が、鐸《すず》をならしながら無造作に湯気立った糞を垂れてゆくのであった。

物見に出ていた男が、次々に注進に駆け込んで来る。本堂や境内のどよめきがそのたびごとに盛んになった。とうとう法主の一行が、狂信者に車脇を護られながら、ほとんど輿《こし》のように石段をかつぎ上げられて、山門から白い砂を敷いて竹矢来をめぐらした別こしらえの道を玄関に入った。念仏の声が鯨波《げいは》のようにあがった。宮城が家に入った頃には門跡一行はとうに二階に上がった後であった。茶の間は法中や、世話方でただうじゃうじゃしていた。彼は妙にわびしい頼りのない気持でぽつねんとして群集の中に取り残されていた。するると、そこへ母がきょときょとして現われて来たが、彼の姿を見つけるなり、

「おお当院、そこでしたか。ただいま御門跡様が、特別の御思召で私たち家族のものにだけまずもってお目通りくださるそうだから、お前も来ておくれ。一家がこんな面目を施すことはまたとないからね。」

母の顔つきは今にも泣き出しそうであった。彼は目通りと聞いてうんざりした。

「僕今日は檀徒総代の資格なんだからよしにしましょう。」

母は子の返答に失望の色を浮かべたが、つまらなそうに、辛うじて「そうかい」と答えるなり、また急いで奥に姿をかくした。茶の間に集まって御通りを待っていた群集は、誰やらが帰敬式《ききようしき》と御親教《しんきよう》とが先だと伝えたので、どやどやと立ち上がって、本堂に雪崩《なだれ》込んだ。彼も一緒に堂内に入った。開け放されているとは言い条、むせかえるほどの人いきれで、汗臭い生暖さがむんと顔に当たって、おのずと汗が滲んでくる。見渡すと本堂の一角には大きな紙の札が幾枚も幾枚も貼られてあった。それにはいちいち墨黒々と「帰敬式御礼上納場」「相続講掛ケ金上納場」「御手元金上納場」「御遠忌上納場」などという文字が明らかに読まれた。なんだか税務署にでも行った光景であった。

ところがいっそう彼を驚かしたものは、余間《よま》から外陣《げじん》から本堂の内陣《ないじん》よりの半分をしめて、麻縄でしきりをつけられた特別席に、四五百名の男女が行儀よく列を造っていることであった。男はたいてい毛髪をつんでいた。女は皆洗い髪を長く後ろに垂らしていた。それが粛然と尊いものを待つかのようにうなだれたまま、ただ口々に一心に念仏を唱えているのであった。その後ろには普通の参詣人が堂を蔽《おお》うかのように群がっていた。

そのとき彼の後ろ手に近い出仕口に当たって、しいっしいっという警蹕《けいひつ》の声が響いた。振りかえると、すらり心ゆくまでに伸びた背丈を不思議に渋い複雑な色合の法衣に包んで、ついぞ見なれない輪袈裟ようのものを襷然《たすきぜん》とかけた、見るからに高貴そのもののような快い目鼻立ちの法主が、前後に人を従えながら、心もち片足を引きずるようにしてさっさっと現われて来た。急に巨大な蜂の巣が崩れたように、堂の内外で念仏の声が耳を劈《つんざ》くばかりに爆発した。

いったん御堂の裏戸に隠れた法主は、すぐと降門から姿を見せた。そうして金襴の座具を掛けた本尊前の登高座《とうこうざ》に無造作に腰をおろすと、下段に北野博士を中心に陣取った随員一同とともにか細い調声《ちょうしょう》で急調な阿弥陀経の勤行《ごんぎょう》を始めた。北野博士のすぐ後のあたりに島木老人の一族が、大はだかりにはだかって参詣していた。そうしてあたりを誇らしげに顧みながら、それでも十分威厳を損じないようにして自分たちだけ焼香していた。

小経《しょうきょう》の勤行は瞬《また》く間に終わった。島木一族が残り惜しそうに立ちかけるのをきっかけに、いよいよ帰敬式が余間の一角から始まった。墨袈裟をかけた二人の随員が、まず行列を作って畏まっている信者の姿勢を、小学児童の面倒を見るように、いちいち肩に手をかけたり、首を真直ぐにしたりしてなおしてゆく。その後から痛々しいくらい気品のある法主が、長い上半身を心もち信者の上に蔽いかぶさるように曲げながら、従者の手渡す講釈師の張扇みたいなものをとって、いが栗頭や洗髪のてっぺんから、左右前の三方に向かって手際よく撫でおろす。すると後に随っている役僧が二名、手に手に無造作に一束ずつ握っている小形のお守り然とした、上に法名《ほうみよう》と印刷したものを、男は男、女は女で、交わるがわる手渡してゆく。法主を見ただけでもう極楽まいりができると思っているこの連中が、親しく御門跡の法衣の袖に触れ、あまつさえ手ずからお剃刀《かみそり》をくだしおかれるのであるから、すぐとこの場で一身にどんな幸いな変化があるかも知れないと、嬉しいが、ただしどうしていいやら分からないような妙な不安で、観念の目をつぶって、ひたすら念仏を唱えているものもあれば、ただただこの印刷した釈の某、あるいは釈の尼《に》某を押し頂いて、極楽の蓮の台に乗った時、自分がこの名で呼ばれるのかと、いまさららしく随喜の涙を流しているものもあった。が総じて印刷された法名の読める人間は、十人に一人か二人しかなかった。彼らはただ法主に張扇で頭をたたかれて、それから法衣の袖で顔をあらってもらって、それで天にも登る心地で、この紙切れを押し頂いているのであった。

法主は一人の頭を三度ずつ撫で下ろすと、矢継早に次々に渡ってゆく。その鮮かな早業はちょうど玩具の人形造りが手の届く限り人形の首をならべておいて、絵筆を動かすのに似ていた。彼はあの高貴な感じのする法主その人に、こうした職人のような器用な隠し芸があるのを、不思議に淋しい気持で眺めやった。

余間一体の御剃刀がすむと、法主は降門に入って小憩した。それでようやくすんだものは半数にも足りなかった。その間にも随員はしきりと、人々の頭の姿勢をなおして廻った。法名の印刷物をもっている坊さんは、手にしたものが足りなくなったので、袂からつまみ出していた。法主がまた張扇をもって頭を撫で始めた。前にも増した馬力のかけようで、それにならって先行の随員も法名配りの員目も、いよいよ速力を早めて見るみる十人二十人と新発意《しんぼち》ができあがった。

帰敬式がおわって、法主がひとまず御座所へ退出すると、今まで余間や内陣に畏まって御剃刀をうけていた人たちが自由に開放されて、今度はわれ先に本尊前の高座に向かって、膝を進めてつめよって来た。固唾《かたず》を呑んで法主の一挙一動を注視していた一同のものも、ほっと息をついて、おのおのいい位置を占領しようと揉み合った。宮城は押され押されてやや中程に入ってしまった。そこはもう今帰敬式をうけた信者の群のすぐ後ろであった。彼はすっかり総身に汗をかいていた。念仏の声がしきりに聞こえる中にも、あたりでこんな会話が爺さん婆さんのあいだに交わされていた。

「おらあこげな有難えことあねえ。永生きは業晒《ごうさら》しだと思ったが、やっぱり長生きはするもんだ。お念仏を申せ。死んだら極楽参りは必定《ひつじょう》だぞよ、といつもいつもお師匠様から聞かしてもらっていたが、まさか生き仏様をこの世で拝み申して、その上おてずから、この爺奴の頭を剃っておくれなさるなんちゅうことが、またとあろうことかのう。おらもう嬉しくて嬉しくて涙が出てならないがのし。」

爺さんが風体に似合わない立派な念珠をかけた手で眼をこすっていると、隣りの婆さんも合槌を打って、

「ほんにそうだのし。おらもう二十年も先に上方《かみがた》参りをした時に、御本山にお参りをして前門《ぜんもん》様から御頭剃《おこうぞり》をしてもらったっけが、こっけなお有難いことが、諸式の高えこのこの頃に、五貫だの一両だのって、ほんに安いこったのし。おらもほんに嬉し涙がこぼれるて。」

するともう一人の婆さんが、どこか老ぼれた鴉《からす》を思わせるような声で応じた。

「そうだともそうだとも。たった五貫や一両ばかで、お浄土参りができるてがんだんが、こっけな有難いことはないことといのし。おらあんまり有難いから、ありったけのしんがい銭を、御門跡様のお手元へ上げようと思うがのし。」

「お前も上げらっしゃるか。おらも上げることにしようぜ。そいで極楽参りができて、あの怖ろしい地獄ゆきが免がれたら、こっげないいことはないことだて。お前さん一緒にあこの御志を上げるところへ行って来ようかい。」

そう言いながら爺さんは懐からつぎはぎだらけの財布をとり出した。

「だがのう爺さま。まあちっと待とういの。この人じゃ人の頭をまたがなけりゃ、あこまで行けまいがのし。今じきまた御門跡様のご親教があるてこったから、そのあとにしようで。」

婆さんの口入れで爺さんは素直に、

「そうだのし、じゃちいっと待つとしようかい。」と言ったが、すぐと考えなおして、

「だがの、そのあいだにまたこの金が惜しくなるといかねえからの、おらやっぱり今のうちに納めてこよう。」

と不安そうに腰を引いた。見ると蟹のような顔をして、目やにをいっぱいためた正直そうな爺さんであった。するとちゃきちゃき者の婆さんが手を引っぱって、

「よすがいいよ、お爺さん、そっけに金をもってるのが怖ろしいけりゃ、それまでおれが預かっておいて後で一緒に上げてやるから。その財布をこっちへよこしておきなんしょう。」

「そうかえ。じゃそう願おう。」

爺さんはまた腰を下ろして、婆さんに財布を手渡した。すると隣りの婆さんが、

「みんなそうやってお手元金を上げらっしゃるのに。おらばっかし上げねえでいて、もしか地獄へ堕ちるとたいへんだから、おらもこれから伜に小使銭をもろうて来て上げなけりゃ。」

そう言って羨ましそうに、二人を代わる代わる見較べた。

「そうだとも、上げなけらならんこて。米一俵負けてもらって礼をするがだがんに、この罪の深い凡夫の後生の一大事を引きうけてもらう生き仏様に、御礼をしずにいちゃ罰が

っているって、お師匠様がこのあいだ言わしたで。」

「そうかい。おらもできるだけのことをせにゃならんのし。」

気弱そうな、少し貧乏人らしい婆さんは、こう言っていじらしそうに目を伏せた。師匠寺の院主《いんじゅ》の言葉をそのままに御剃刀さえうければ浄土へ往生ができるとばかり思い込んでいたこの婆さんはやはり金をもたねば本当の浄土参りをかなわしてもらえないのかと、いまさらのように自分の貧乏が情けなく人の身上が羨ましいらしかった。もう一人の婆さんと財布を預かってもらった爺さんとは、頗《すこぶ》る得意の面持《おももち》で、本尊を改めて拝んで、声高らかに念仏を口誦《くちずさ》んだ。

二度目の警蹕《けいひつ》が起こった。法主の姿がくっきりと浮き出したように、初夏の庭を背景にして本堂の廊下を裏戸へと進んだ。また熱狂的な念仏の合唱が御堂を揺るがした。法主は降門からつかつかと内陣正面の登高座のところまで進み出ると、恭しく本尊へ一礼して、満堂の参詣人に向かって高座の上に腰をおろした。いよいよ「御親教」が始まるのである。堂内はぴたりと静まりかえった。縁側で外の騒々しいのを叱る声が聞こえる。

法主はやおら口を切って、簡単な要領のいい説教を始めた。聴いている彼には、それは語られる言葉の形式が新でもなく旧でもなく、さりとて二つが巧く折衷されているでもない、いかにも時代錯誤の感じのする間のびのしたものであった。内容は蓮如の御文章《ごぶんしょう》以上のものではなかった。しかし田舎の愚夫愚婦《ぐふぐふ》のいわゆる善男善女に聴かせるにしては、あまりに貴族的な取りすました言葉や態度であった。口にこそ御同朋御同行《おんどうぼうおんどうぎょう》だと言うけれども、態度を見ているとそんな気勢は微塵もなかった。それはただある至高者が、家来下人に命令をくだしているようで、なんらの親しみもなかった。まるで伝道的熱のない、ただの澄んだいくぶん音楽的の声でしかなかった。美しい抑揚はあるけれども、心の中に湧きかえる昂ぶる調子は聞きとれなかった。そうしてしかも法を喜ぶという寂《さび》な味もなかった。あるものはただ義務的の無表情な声ばかりであった。しかし幸いにその声は長くつづかなかった。けれども法主の一句切り一句切りを待っているかのように、念仏の合唱が大きな固まりになって音頭を取るのであった。

法主が親教をおわって、本尊を礼拝《らいはい》して下向《げこう》しかけると、すさまじい念仏の声が堂の内外に捲《ま》き起こって、賽銭が降った。熱狂している善男善女の念仏は、わあっわあっとちょうど鬨《とき》の声があがるようであった。

法主の下向がおわると、登高座の一段下の普通の高座の上に、直綴に五条袈裟をかけた北野老博士が、にこにこしながら身をかがめて登って来た。そら北野さんだ北野さんだという声が、ここかしこで聞こえた。老博士はしばらく半眼を見開いて、唇を小鳥のように小刻みにパチパチ打ち合わせていたが、騒々しさがやや鎮まると先刻宮城が西楽寺で聞いたと同じように、さて皆さんと愛敬よく切り出した。言うまでもなく門跡親教の敷衍《ふえん》をするのである。

法主の親教で説くものと聴く者とのあいだにあまりに間隔が置かれてあるのに、頗る《すこぶ》不満足であった彼は、老博士の敷衍を聞くに従ってそれはただの間隔ではなくして、じつに無数の段階のある長い高い距離であることを感じた。少なくとも老博士の一挙一言は、すべて門跡や本山を一種特別な尊いものにすべく努めている、特別な尾鰭《おひれ》を添えて、いよいよ間隔を大きくするための使命をもった敷衍であった。あるいはこれも「台下の御命令」なのかも知れないが、よそ目にもあまり正気の沙汰とは見えなかった。いったい、親鸞は弟子一人《いちにん》ももたずと言って、御同朋御同行主義を鼓吹した祖師の子孫が、あたかも一身に高位高官を集めたような高慢ちきの貴族的な業々しい振舞をして、しかも恬《てん》として恥じる色もなく、祖師の御忌を名として莫大な勧財を敢えてしようなどというのは、これはなんたる所業であろう。少なくとも一種の大がかりの詐欺ではあるまいか。世の識者は眉をひそめてこの法を売り物にする行為を見ているに違いない。であるのにそれを一派至上の知信をそなえ人に範を垂るべき学匠ともあろうものが、まるで宦官《かんがん》か何かのようにへつくばって、ご追従《ついしょう》たっぷりに臆面もなく提灯もちに甘んじて、ちょうど活動写真の広告を胸と背とに背負って歩くあのサンドイッチマンのように、ふらふら出るべきところでないところに出しゃばってくるのは、老博士のために全く惜しみてもなおあまりあることであった。

しかし、ここでもまたしてもこれも信仰のためだ、という弁をきくかも知れないが、あまりに不可思議な力をもっているのは、「信仰」の二字ではないか。信仰という言葉は正しくあの両頭の蛇に違いない。彼は二の口をもって人をおどかす怪物ではあるまいか。こんなことを思っていると、宮城は老博士のさも尤もらしい、愚夫愚婦を口先でまんまと丸め込んでいる説教の底が見えてむかむかとしてきた。そうしてそもそもの出発の根本が誤っていながら、しかも現に口にしていること自身の推論に誤りのないことが、彼を何よりもいやがらせた。あまりと言えば大掛りの金看板で人を馬鹿にしている。法主の親教に北野博士の敷衍。おそらく一派でこれ以上の役者はあるまい。それを知りつつ一派の興廃のためにという美名のもとに、興行者の手にのせられて、地方巡業に出たのだとしても、彼は老博士の心事を疑わずにはいられなかった。そのお目出度き良心を疑わずにはいられなかった。

それにしても偶像に奉られて黙っている法主もいい気なものである。だいいち敷衍の必要のある親教なんぞというものがすでに間違っている。一人前の説教ができないとすれば、多数の僧侶の得度《とくど》を司ったりする資格がない。できるのにしないとすれば、これはあまりに横着である。あまりに見識ぶっている。なぜ膝と膝とを付き合わして、御同行主義の鼓吹につとめないのであろう。人の魂と魂とが触れ合わない伝道がそもそも何になる。縁者の草庵で乞食のごとく死んでいった六百五十年前の祖聖の昔と照らし合わせて宮城は全身的に言いようのない憤懣の情に燃えるとともに、無慚《むざん》非法の罰を恐れないこれらの司教者たちを、それに相当する罰を考えた時、ひとりでに怖ろしさで身震いが出た。彼の若い心臓は破裂しそうに昂ぶっていた。そしてやるせない悲憤の涙をおさえて、口惜しさに唇をかみながら、拳をしっかと握りしめて彼らこそ背教者じゃないかと、心の中で幾度か幾度か叫びつづけた。これまで人格者としてまた学者として尊敬していた北野博士に、今日ばかりは愛想がつきた。そうしてあの豊かな胡麻塩鬚を生やした尤もらしい顔に、唾でも引っかけてやりたいくらい反感を催したのであった。

老博士の敷衍がおわるのをきっかけに、彼は立ち上がった。と、内陣の巻障子の敷居の上に突っ立った随員の一人が、これから庫裡の御対面所で、法中世話方《ほつちゆう》および御手元金上納者にたいして、御門主から特別の御挨拶がある旨を高声に怒鳴った。彼の前にいた先刻の爺さん婆さんは、そのとき大急ぎで立ち上がった。そうして覚束《おぼつか》ない腰付で人の波をかきわけながら御手元金上納場の方へ泳いで行くのであった。見るみる貼札の前は黒山のような人だかりになった。

座敷の次の間の半分と茶の間から縁側まで、いま御堂から下りて来た人でいっぱいである。それがてんでに法主に近いいい席を占めようともがいている。法主のやや前面に、上段の間と次の間との敷居に近く、二人の役僧がちょうど神社の狛犬《こまいぬ》のように両側に畏まっていた。太い青筋を両方の顳顬《こめかみ》にむく上がらせた隣寺の称名寺が、狡猾そうな大目玉をぎろつかせて、役僧と群集のほうを代わるがわる見比べながら、こんなに無秩序に席を奪いあってはどうにもならん。誰しも前へ出たいのは山々なんだから、このさい公平に堂班《どうはん》によって座をきめよう。それがいちばん文句がなくていい。そう言うなりどしどし自分で整理をしたが、最後にやや座席が整うと、来迎寺や専徳寺を手近に招いて、そこで自分がいちばん前に出しゃばって来て、この寺の住職たる宮城の父を手招きすると、二人並んで最上の席についた。その席で畏まって法主を迎える父の姿を見た時、宮城はふふん、あれが自分の父親かというういやによそよそしい冷やかな感じがした。

彼は御堂から座敷に通ずる廊下脇の小座敷の入口に突っ立って、この場の光景を眺めていた。そこは茶室まがいに造られた小意気な一室で、広い庭園に突き出ているので風通しがよかった。着物の胸を少しあけて風を入れると、汗でべとべとしている肌に、ひんやりとした風が当たった。そこの入口はちょうど座敷から二階に通じる廊下の突き当りになっているので、法主を見るには頗る好位置であった。すぐと目先きの土縁の上で、水色の岐阜提灯が軽そうに揺らいでいた。

警蹕の声が廊下の行き当りに響いた。と、一人の役僧が頭を垂れて先に立って法主を案内して来た。役僧の頭の上から法主の白皙《はくせき》の顔がきっと前方を真直ぐ見つめながら現われて来た。一歩々々法衣の袖に隠した細身のステッキを小器用に刻んで、隻脚《かたあし》を心もち引きずるように運ぶ法主の爽やかな姿が近づいて来た。座敷の前まで来ると、役僧は入口の敷居のところに手をついて畏まった。といま一人、法主の後ろについて来た羽織袴の家従らしいのが、同じく平伏しながら、法主の脱ぎ捨てたスリッパを揃えて畏まっていた。

法主の諭示は今朝ほど宮城が上の町の西楽寺で聞いたのと、寸分文句が違わないのみか、抑揚から節廻しまで同じであった。法主が何を言っても、後方で答えるものは、いつも南無阿弥陀仏であった。その唱名の洩れる群集を見渡していると、末席で法幢が両耳の後ろに兎のように手をあてて、どんよりした目を白黒しているさまが目についた。それを内心笑いながら一方では法主の親教を聞いていると、二度聴くせいかその言葉が妙に冷たくて、生き者の口から出る言葉とは受け取れなかったが、あの飽くまでも澄んだ目鼻立ちの底に、深く人間的な憂いを湛《たた》えている沈んだ余韻のあるさまは、痛々しい感じを起こさせるとともに、言い知れぬ懐しみをも彼の胸に植えつけた。しかしあのどことなく意志の弱そうな、ややともすれば諦めと忍従とに流れやすそうな、それでいてすっかり諦め切れもせずに、ともすれば歓楽の耽溺《たんでき》に誘惑されやすそうな、一見粘り強くてそのくせ弾力性に乏しい性格は、あの自ら備わる高貴という感じと映発して、近代の文学に現われる人の好《よ》い感受性の鋭敏なしゃれ者を思わせるものがあって、それがため知らずしらず法主その人に不思議な淡い光輪を与えていた。そのために彼は法主を憎むことができないばかりか、却って尊敬に似た同情と、仰ぎ見るような懐しさと、弱きと不完全さとを庇《かば》いたいような心を禁じることができなかった。そう思いながら見れば見るほど、あの人間という革袋の中に、悲哀を淀ませて上ずみを造っているような外形ばかりの平静が、うちに数知れぬ煩悶《はんもん》や動揺や疑いや、その他一切の人間の醜さを蔵しているようで、まんざらの人事とはどうしても思うことができなかった。地位と年齢とを置きかえたら、それは人の身の上のことではない。盲目的に突進する固い信仰もなく、さりとてあらゆる障害に堪《た》えて、独り身を退いて独自の途《みち》に生きる力も欠《か》けている。こういう迷路はただに法主一人のものでもなく、彼一人のものでもないかも知れない。しかし、もっとも人間的な一人を彼は間違いなく法主その人の胸の中に見出したような気がした。そのうちにいよいよ諭示がおわって、諸人の平伏する中を引き上げる法主の後ろ姿を見送っていると、あの心もち跛《びっこ》を引く不完全な足が、妙に彼の心を魅するのであった。そうしてそのために却ってますます法主その人がいくらか神化されて、少しばかりの欠点を洗い立てるのは、こっちが悪いという気をさせるのであった。

　念仏がひとしきり唱えられると、同じく小声で唱名を口にしていた北野博士が、椅子の前に現われて坐った。そうしてまた法主と同じように、上の町の西楽寺で話したことと同じことを繰り返した。このほうは法主の無表情とは違っていかにも面白そうに、道俗の歓心を買うかのように語りはじめた。彼はいよいよいやになった。法主に同情はできた彼も、老博士にはどうしてもいい感じをもつことができなかった。集まった人々は、尤もらしい言葉の裏で、要はただ金を上げろ上げろとほのめかすのを、なにやらこのうえなく有難い説教を、名誉の席に連なって聞くといった風に、畏まって念仏ながらに聴いていた。

座に堪えられず中座した彼は、外廻りをして居間へ入った。と、思いがけなく見も知らぬ坊さんが三人ばかりで、算盤《そろばん》を弾《はじ》いては金勘定に夢中になっていた。おおかた今日の上り高を計算しているのであろう。これはと半分入れかけた身を小屏風の蔭から引いて、小茶の間のほうへ来て見ると、ちょうど法主はじめ随員にお膳の出るところで、勝手元総出で目を廻していた。その混雑の真最中、年取った女中のゆきというのが、わいわい泣きながら台所から料理の間を気狂いのようになって駆けずり廻っていた。様子を聞いてみると、勝手元の仕事に取り紛れて、御頭剃を頂くことを忘れていた。気がついて本堂へ行ってみると、とうの昔に帰敬式《ききょうしき》はおわっていた。日常信心の足りないために、せめて御門跡様の御剃刀を頂いてなりと、それを唯一の頼りに極楽参りがしたいものと、そればっかりを念じていたのに、とうとう日常不信心の罰が当たって、この身の後生は地獄落ちと定まった。どうしたらいいか、どうしたらいいかと喚きながら駆けずり廻りながら、身も世もないといった風に身悶《みもだ》えをしている。呆気にとられて誰もなだめようとさえしない。滑稽でもあり哀れでもあった。彼はつかつかと泣いているゆきの側に近づいて、

「おゆき、何だっ。」

と叱るように叫んだ。と、ゆきは彼の顔を、涙いっぱいためた腐れかけたような目で見上げると、また、ぽろぽろと大粒の涙をこぼした。

「御当院様、おうごとしましたいの。おら日頃の不信心に罰があたって、目のあたり生き仏をこの目で拝み申していながら、とうとう御頭剃を頂かないでしまったんでござんすいの。どうしてもおら彼《か》の世は地獄へ行くときまったら、もういても立ってもおられない。どうしたらようござんしょう。御当院様。」

ゆきはこう言って一生懸命に彼に縋《すが》りついた。

「よしよし、おれがいいように頼んでやるからおとなしくしておれ。なんだ年甲斐もない。その見っともないざまは。さあさあおれが引きうけたから顔でも洗って来て、仕事の手伝をするんだ。いいか。」

ゆきは彼のこれだけの言葉にようやく納得がいったものとみえて、涙だらけの顔を小娘のように頷かせていたが、やがて板の間へぺたりと坐ると、彼を拝んで幾度も頭を下げた。彼はその誠に動かされた。そうして従者を通じて然るべきよう法主に頼んでもらおうと思って、二階の裏梯子を昇りかけた。

すると後ろにそそくさと人の近寄る気勢がするので振りかえると、北野老博士が同じく段々を昇って来るのであった。彼が中段で片端へ避けると、「まあまあ」と後から手で押し上げ気味に促されるので、上の段を昇り切った。後から昇って来た老博士は、彼ににこやかに笑いかけながら、

「いやどうも、たいへんご参詣で、さぞお骨の折れることでしょう。」

と、お世辞をふりまいた。そのときこれは従者よりは老博士に頼んでみよう。宮城はそう思いつくと、

「先生、ちょっと、お願いがあるんでございますが。」

と老博士の顔を眺めた。博士は一瞬間はっと面喰《めんくら》ったらしかったが、すぐと、

「ごらんのとおりこんなに忙しいので、詳しいことならご猶予を願いたいが、いったいどんな御用ですか。」

「ごくつまらんことです。が、当人があまり一生懸命ですから、ご無理をお願いしたいので。」

「じゃまあ僕の休憩室へちょっとおいでなさい。」

博士は先に立って小間に入った。小間にはもう御膳が来ていた。御酒の徳利もあるので、

「では先生、私お酌《しゃく》しながらお話し申し上げましょう。」

と銚子を取り上げると、

「いや僕はあまりいかん方でな。それに台下《だいか》のお伴を言い付かっていながら、顔でも赤くしていると勤めがおろそかにもなったり、だいいち台下にたいしてお敬いを失するでな。しかしせっかくだから一献《いっこん》頂きましょう。」

老博士の差し出した九谷《くたに》の金ぴかの盃に、彼は酒をなみなみとついだ。博士は彼の顔をつくづくと見ていたが、盃を旨《うま》そうに一甜《な》め嘗《な》めると、

「あなたはこちらの檀中の方ですか。」

と尋ねた。

「いいえ、私はこの寺の長男です。」

彼はなんだか昂然と言い放つことができた。博士は驚いたらしく、

「ほうほう、立派な青年ですな。前途有望の方じゃて。で、学校は京都のわしの学校かの。」

「いいえ、東京です。この秋から帝大の哲学へ入るつもりです。」

「それは何より結構じゃ。まあみっちり勉強して大いにあなた方若いものから、宗門のために尽くしてもらわにゃならん。あなた方のようなしっかりした青年が宗門の中にいることは、われわれとしても大いに心丈夫じゃて。しっかりやってください。やがてあなた方の時代がきますによって……。」

老博士はこう言ってまた盃を出した。彼はそれには答えないで、ただ酌をしながら、

「先生、先刻のお願いですが。」

と催促顔に見上げると、

「ああそうそう、何でしたっけね。」

と空惚《そらとぼ》けたような顔で、楔髯《くさびひげ》を上へ向けた。彼は女中ゆきのことを物語って、なんとか特別のお取計らいができないか、ああいう哀れな魂を救って頂ければなによりだと、こ

んなことを言って頼んだ。と、博士はしばらく髯をしごいて考えていたが、

「さよう。そのお女中さんにはことにお気の毒だが、台下もお疲れの様子であるのに、ただ一人のために御手を煩わすことははなはだ畏れ多い。ではわしが名刺を書いて進ぜるから、明日次の寺でまた御剃刀がありましょうから、そのとき一緒に頂くがよかろうと思う。ではご足労でもどうかそのように取り計らってやってください。」

老博士はこう言いながら、彼に一葉の名刺を渡した。彼はそれを貰って引き下がった。入れ違いに塚本老人が古式の儀礼でもって給仕にやって来た。そうしてさっそくうまく床の間の軸へ話題を持って行った。

宮城は下へ行ってゆきに今の老博士の名刺を手渡した。そうして母に断わって明日一日の暇を貰ってやった。ゆきは名刺を押し頂いては、また彼を幾度も幾度も伏し拝んだ。ゆきの単純な心が彼にはよく分かっていじらしかった。

御《お》頭剃《こうぞり》のエピソードはこれだけではなかった。昔から玉子で頭を洗ったものには、御門跡は生き仏であるから、そんな贅沢な殺生好きのものはそれと言われなくてもちゃんと分かっていて、決してその人の頭には御剃刀をあてないものだという言伝えがあったが、淳朴なここの田舎者は皆その禁制を固く守っていたせいか、そういう罰当りは一人も出なかった。老若男女貴賤貧富を問わず、ともかくみんな公平に張扇で三度ずつ頭を撫でてもらった。そうして深い生涯忘れることのできない有難い印象を刻みつけられていた。

十四

ふたたび島木老人と檀徒総代になって、二十余台の事の、今度はお見送りという名義で殿《しんがり》にくっついた。道の悪い難所々々にはお迎えの時と同じように、信徒が多数待っていて、車の後押しをした。道端に土下座をしているもの、突っ立ったまま念珠をかけて拝んでいるもの、しかもどれを拝んでいいか分からないのでまごついているものなどが、どこへ行っても両側にたくさんいた。中には賽銭を上げようと財布の口を開けているうちに、門跡の車に行きはぐされて、ようやくの思いで慌てふためいて、いちばん殿《しんがり》の彼の車の蹴込みの中に、文久銭や銅貨を入れて行くものがたくさんあった。そうした光景を繰りかえしながら、一行は下の町の放光寺についた。着いてしばらく休憩していると、またお目通りがあるという案内である。型のとおりに両方の襖が開いて、こちらで平伏しているあいだに、白足袋だけ見せた法主が、うんざりしたような無表情な声で、大儀に存ずるといったような簡単な挨拶があって、そのまま退《ひ》きさがった。これですっかり御門跡迎接の役目がすんだのである。出がけに見ると、ここの本堂もまたごったかえしにごったかえしていた。専徳寺と島木老人との車を先に見て、ちらほら電燈の瞬き出した街を車に揺られて、宮城はちょうど日の暮方に家にかえった。家では御座所の円卓の上に、今日法主に出した

ご馳走を並べて、彼らが使命をおわって帰って来るのを、待っているところであった。父は頗《すこぶ》る上機嫌で、

「いや、待ち兼ねてお先に一ト口やりはじめたところです。」

と、島木老人と専徳寺に話しかけながら、彼のほうへ向いて、

「いやあ、大ご苦労だった。お前が帰って来てくれて大助かりに助かった。さあ、まあみんなでこのテーブルのぐるりに集まりましょう。皆さんがおいでになってからと思って、まだお料理には手をつけずにおきました。それここのところに御門跡様のお箸がついたのが……。」

父はこう言って、畏《おそ》る畏る勿体《もったい》ぶった手つきで雀がつついたくらいに白くほじくってある塩焼の鯛の胴中を突ついた。専徳寺や島木老人や塚本老人や父の前に、母は大事そうに「御箸付き」の品々を少しずつ取って分けた。そうして彼には特別にとっておいた北野博士の残り物をつけてくれた。

「当院も大学を出て、行くゆくは北野さんのようなえらいお方になるように、これを食べてあやかっておくれ。」

そう言って母は大きな皿に盛ったご馳走を一皿彼に与えた。彼ははっと氷のような侮辱を感じた。そうしてあの老博士の残物を頂くくらいなら、まだまだ犬の碗から大ぴらに物を食べたがいい。そう思うとともにうらめしそうに母をきっと見返した。けれども心から

随喜している人のいい母は子の思慮を推量する由もなかった。母はしきりとすすめたが、宮城はむっつり頑強に黙ったまま、いくらすすめられても箸を取ろうとさえしなかった。そうしてただ法主のために口を切られた少量の赤酒を飲んだばかりであった。今日一日のあいだに見せられた上下こぞっての愚かさ馬鹿々々しさは、宮城をかつて言いようのない憤懣《ふんまん》に導いた。ようやくそれも段落を告げて、やれやれと思って帰ってみると、まるでその屈辱的な喜劇の最後の大詰の幕らしいのが開いているので、彼はいよいよむかむかして、ここにいるみんなを踏みつけてやりたいくらい反抗の念に燃えていた。それでも彼一人の反抗の不機嫌くらいでは、この場の有頂天になった空気を掻き乱すことさえできなかった。

「どうでした、御門跡様の御染筆は。ございませんでしたか。」

「いや、お立ちになるとさっそく料紙箱を開いてみましたが、ありませんでしたよ。しかしこうやってわざわざ軸物をお掛けさせになってごらんくだすったのですから、まずまず光栄と喜ばなければなりませんでしょう。」

島木老人の問に、塚本老人が答えているのである。昨日塚本老人が生けた菖蒲が、金の龍文を横たえた水盤の中で、白旗を巻いたような蕾《つぼみ》を、今日はあっさりとほごしていた。

「ですが北野さんにはうまくお願いして、あの代々の講師様の寄せ書きに一筆書き込んで頂きましたよ。北野さんもあれをごらんになって、ほおほお、これは天下の珍品だって、そりゃびっくりしておられました。」

「それはようござんした。御門跡様のお次は北野さんですから、尊いものに違いないでしょう。ところで今日は私と御当院様と幾度も幾度もお目通り仰せつけられて、こんな光栄のことはありませんでした。そのうえ島木家菩提のために、御門跡様北野さん別院の輪《りん》番《ばん》さんお揃いで一巻上げて頂いたので、なんだか先祖にたいしても肩身が広いようでございますわい。」

島木老人は顔中いたるところ皺だらけの癖に、どうしたのか鼻ばかりはいつも赤くつやつやと脂《あぶら》ぎらせていたが、その脂っこい小鼻をいやにうごめかして自慢話をはじめた。すると、それに父が側から合槌を打って、老人のご機嫌をいよいよたきつけた。

「いやじっさいあなたが一巻お願いになったんで、お門主に御勤めをしてもらったと言えば、寺としてもこのうえなく見てくれがよくて名誉であり、そのうえすべてがきちんとそれで引きたったようで、誠に結構でした。」

「じつはわたしもね、もういちど御《お》頭剃《こうぞり》を願おうかと思ったが、前々門《ぜんぜんもん》様、前門《ぜんもん》様、それから今日の当門様と、三代の御門跡様から御本山で御《お》剃刀《かみそり》を頂いているので、いまさらと思いかえしましてね、それでじつは自分の菩提寺で一巻お願いしたようなわけでしてね。いや仰るとおり私としても、また寺の御《ご》院主《いんじゅ》様としても、ここで御門跡様にたとえ小経《しょうきょう》なりと、一巻読ましたとなると肩身が広いというものですよ。百や二百の金でこんな贅沢ができるのかと思うと、ほんに安いものですて。」

「小経一巻いくらですね。」

専徳寺がはたけのような大きな白茶けた紫色の鴉《からす》のお灸《きゅう》を邪魔にしながら、なにやらもごもご頬張っていたが、そのときとろんとした大目玉を一廻転させて、島木老人に尋ねた。

「たしか御門跡様の御志が百円でしたね、御院主様。」

「ええ、そうでした。」

「ふうむ、われわれが一巻読んでも高がお布施は十貫か二十貫ときまっているが、全くおらもなりたや御門跡様にだて。ときに今日の総収入はどれくらいあったでしょう。」

「そうさね、御頭剃が四百あったとして四百円、それに今の島木さんの御志が百円で五百円と、そのほか御手元上納が二百やそこらはあったでしょうし。相続講《そうぞくこう》の掛け金や何かを合わせると、小千円にもなりましょうね。」

「それからお賽銭も。」

「いやいや、お賽銭というものは、その宿《やど》々へくだされるものだそうだ。それを聞いていたから、あのとき随員がお賽銭を寄越せと言ったけれども、どうせ奴らの懐に入るんならと思ってね、やりませんでしたよ。ずいぶんありましたね。この寺立ちはじまって以来の賽銭でしょう。そうしてね、賽銭もただ参詣人が放り出すままにまかせておくと、投げ出す片端からそれを拾う奴があるから、ああいうよその檀中が参ったりする混雑のさいには、深い大樽に水を入れて、それを賽銭箱にするものだと聞いていたので、そのとおりやったが、全く上成績のようでした。こういうことは覚えておくもんだて。」

「なるほどそれは名案ですな。」

島木、塚本の二老人がともども口を揃えて感心した。専徳寺は父の話をうけて、

「一日千円になって、そのうえお頼み金の集りようが違いますから、御門跡様が直々においでになると、有形無形の利得は莫大なものですなあ。」

と、これも心から感服して銅像のような首を振ると、父は自慢そうに、

「うちあたりは檀中一戸あたり五円のお頼み金だが、千や二千の金は直々御法主殿がおいでになったので、すぐとできるでしょうよ。ねえご老人。」

と、島木老人を顧みた。老人は謎をかけられたようにちょっとどぎまぎしたが、曖昧の返事をして立ち上がった。そうしてここらが潮時と見たものか、満足そうな足取りで、別れを告げてそそこに帰って行った。父や母や来客の喜びはなかなか尽きない。が、反対に皆がうわうわと有頂天になって喜べば喜ぶほど、彼はますます沈んでしまった。そうしてとうとう居たたまれなくなって、座を外して庭に出た。

庭の茂みの暗がりの中に入って、手頃な石に腰かけた。ひんやりとした感触が、薄い着物をとおして尻に感じられる。その冷々《ひえびえ》した感じが、脂っこい人いきれをさます神聖な霊気といったように、清涼な味を帯びてすがすがしく全身に行き渡る。不思議となつかしい。彼は妙に感傷的にいじらしくなって、無闇と石を撫でた。この石のほうが人よりも親より

もいっそうなつかしい。こう思うことがはなはだ自然でもあり、また慰めにもなった。すぐ目の下の泉水は、半分は大きな樹蔭のために黒い油のように澱《よど》んでいたが、半分は薄ら明りの空を写して、鯉の泳ぐにつれて、仄《ほの》かな星を揺るがせていた。それが天界にそよぐ静かな風のように彼の前に揺曳《ようえい》した。たった一つ咲き残った白菖蒲が、大きな蛾のように汀《みぎわ》にとまっていた。調子を整えた蛙の声がする。滝口近くで美しい銀鈴を鳴らすように歌っているのは、もはや河鹿《かじか》が現われたものとみえる。いよいよ夏が訪れかけたのである。が、空を仰げば、まるで春の宵のような朧《おぼろ》であった。そうして深緑のむせかえりそうな匂いが悩ましいまでに全身をつつんでいた。目がなれてくると茂みのあちこちで、おおかた苔の中であろうが、光の弱いうじ蛍が幾つも淡い燐光をともしたり消したりしていた。

しばらく宮城はじいっと石に倚《よ》りながら、彼独り抱かれている夜の美しさに、夢見るように見惚れていたが、いつしか彼の頭は、今日一日の恐ろしく仰々しい馬鹿騒ぎの回想に占領されていた。が過ぎ去った今から顧みると、それはいっさい滑稽な悪夢を見果てた後のようでもあり、またはっきりした印象を残したことからいえば、もっとも確実な現実の嵐に出会《でく》わしたようでもあった。笑ったらいいのか、憤慨したらいいのか、彼にはまるで分からなかった。彼はただ呆然として見るともなく思うともなく見たり思ったりしていた。とそのとき、母家《おもや》の二階のほうから、とつぜん詩吟が聞こえてきた。はっと耳をすまして聴くと、それは紛れもない父の吟声であった。彼はじいっと耳を聳《そばだ》てた。今日の歓びに酔った父が、思わずしらず若い時に覚えた詩を吟じているのに違いなかった。彼の脳裏には長い毛髪を後ろへ撫でつけた、溌剌《はつらつ》とした元気に充ちた二十余年前の父の写真が浮かんできた。今の今二階で詩を吟じている父は若い父である。彼と同じ年輩の若やいだ父である。これが本当の父だ、これが真実の自分の父親である。こう思いつめると、われ知らず熱いものが、ぽたりと鼻の脇を伝わって落ちた。彼はこの若い父の姿をしっかと心の中に抱いて、いつまでも「父」と別れたくないと考えた。しかし父の吟声の中にどことなく御経の節廻しの混じっているのは、彼を不思議に淋しがらせた。父は声明《しょうみょう》が得意であったのである。

十五

次の日もまた次の日も、御座所拝観の信者が絶えなかった。こうして一週間くらいは、光明寺は毎日入れ替わり立ち代わり訪れて来る信徒で賑わった。下の対面所にあてられた座敷には、よく穴のあいた文久銭や小さい五厘銅貨が散らばっていた。金屏風を背景にして、絨氈《じゅうたん》の上に反りかえっている一脚の猫足の椅子に向かって、よく念珠をかけて三拝九拝している信者が見受けられた。二階の御座所の円卓の上には、白木の曲げ物の御膳が供えられてあった。そのうちにいろいろな皿や碗とともにのせてある小さい猪口《ちょこ》と洋盃とが、代わる代わる人々の手に渡された。信者はそれに一ぱいの冷酒や一口の水をついでもらっては、これを幾度も押し頂いて口につけた。そうして生き仏様ご自身お口をつけられた盃から、自分達のような下賤のものが、勿体なくも酒を頂く、こういう光栄がまたとあろうことか。いかなる病気も、御仏の御利益によって本復もしよう。極楽参りも安楽にできよう。こんな満足をとりどりに感謝し合うのであった。それから後も御門跡様の御盃はときどき病家やお寺参りのできかねる老人の家へ借りられていった。御座所の生け花は二三度生けかえられた。拝親の信徒にはこの部屋中のあらゆる品々に、法の力が籠もっているような畏敬の念があった。

「御法主殿がおいでになっただけのことはある。このごぶんならお頼み金なんぞすぐさま集まる。」

父はこう言って、母とこの現象を喜び合っていた。

四日目には法主の一行が別院に入って、そこで大規模の親教《しんきょう》や勤行《ごんぎょう》がある筈であった。父は得々として法主はじめ随行長らへの法礼を携えて、泊りがけで別院に行った。もちろん輪番へやるコンミッションも、同じく父の懐に入っていた。

その日の夕方、村役場の助役が御座所拝観を兼ねて、改名許可の通告を知らせに来てくれた。彼は雀躍《こおど》りせんばかりに喜んだ。まさかと思っていたことが、望みどおり事実となって現われたのである。彼は喜びのあまり、御座所や何かを母たちのやるとおり助役を案内して廻った。そうした後でそれに気がついた時、自分があまりに現金であり、利己的であるのにあきれてしまった。けれども改名の喜びはほかの感情に妨げられる余地のないほどまでに、彼の全身を占領していた。その晩彼は無限の喜びの中にも、許嫁《いいなずけ》と会うような初々しい羞じらいをもって、いまさらのように自分の名を幾つも幾つも書いてみた。そうして壁に向かって呼んでもみた。それから大ぴらで改名の通知を親しい知人に出した。何という歓びであろう。ただ人工的につけられた「円泰」の「円」の一字を人工的にけずったにすぎない。であるのにただそれだけのために、このように彼の運命が開けてきて、これから人並に若々しい希望がさずけられそうな気がする。いわば人生がいくらか新しくなったという風であった。彼はその晩幸福だった。そうして軽い興奮をさえ覚えて、自分の前途にはや光明の輝くのをさえ想像していた。

しかしその一方にはまんざら不安がないわけではなかった。それは改名について、必ず父子のあいだに起こるいまわしいいきさつであった。争いはおそらく避けることはできまい。が、少しくらいの不和は犠牲にしても、このさい自分を主張しなければならない。こう決心しながらも、彼は父のことが気にかかった。なんとか穏便にすむいい分別はないものか。どうして父を怒らせない方法はないものか。彼はこんなことを考えているうちにも、それが知らずしらずぼんやり遠い人事のようになってくるくらい、彼はどことなく幸福であった。

その夜同じく御坊《ごぼう》へ行っていた島木老人が、用事のために帰宅した帰りがけに、父の消息を伝えて行った。それによると、父はお目通りは無事にすんだけれども、いよいよ迫まって来た宗門議員の選挙について、組長《そちょう》として教務所長と打ち合せがあるので、たぶん明日もう一晩帰るまいということであった。彼はほっとひと安心した。

翌《あく》る日の午後、来迎寺の住職が訪ねて来た。母が父の留守を告げると「御当院様じゃいかがでしょう。御当院様でもいいんだが――」というようなことをしきりと言っていたが、母が格別進んだ返事もしないので、とうとう自分で彼のところへ来て、明日最近信徒から寄進してもらった一切経の御紐解《おひもとき》をやるから、それを見物に来てもらいたい。別に法衣を着て参列することはいらないから、ただ観てくれた後で、お祝いの膳にさえついてくれればいい、と言うのである。彼も一日でも早く父と会いたくはなかったし、ところが変わったら気も変わってよいかも知れないとも考えたので、来迎寺の勧誘にのって、一緒に行って見ることにした。出がけに予め知らせておくほうが得策であろうと思って、ごく簡単に要領だけをつまんで、改名の理由と顚末とを穏かに書置きして、父の居間の机の上に残して出た。

その晩来迎寺には三人の客があった。住職は明日は非常な妙案で驚かしてやるから、笑っちゃいけないということを、一晩のうちになんども繰りかえして独りで悦に入っていた。翌朝も起きるとすぐさま人の顔を見るが早いか、どんなおかしいことが今日の行事のうちに起ころうと、決して笑っちゃいけないと、愉快そうに頼み込むやら嚇《おど》かすやらしていた。朝方になると法中がもう三四人増えてきた。中には彼の顔を見ると、このあいだの法主のお立寄りのことをいろいろと尋ねるものもあった。

来迎寺は同名の村の中央に位して、たくさんの農家に取りまかれている近在での古刹《こさつ》であった。彼の村からはおよそ三里もあって、ちょうど東西の山の麓に対峙的に位置していた。東の山と西の山とがそのあたりから急角度に狭まって、大きな河を目がけて両岸に迫まって来て、末は巉巌《ざんがん》（高くそびえる岩）が連なってそそり立つ山と山のあいだから、大きな瀑のような瀬を溯らすのであるが、村はその上流からおよそ一里半ばかり下手に山と河とのやや広い手頃な土地を占めていた。村のすぐ裏手はその大きな河であって、始終渡し舟が水上を流されながら往復していた。小高い岸辺に立って、爺さんの船頭が漕いでいる一艘しかない渡し舟を見ていると、両岸におのおの幾十丈の高さに組み立てられた水力電気の二つの鉄の柱のあいだに、赤い針金が幾条も白い大きな碍子《がいし》に握られて、ちょうど長い長い紙凧《かみだこ》の糸のように、真中が河面に届きそうに垂れ下がって光っていた。そこを一点の赤い洋傘に彩られた渡し舟が、乗合の馬の鈴を河風になぶらせて、電線を目あてに漕ぎ上がったり、流れ下ろされたりしていた。この光景は彼が幼い頃に来た時とほとんど変わらなかった。来迎寺村はこの河を背にして、麓をとおる国道に面して集団を形作っている、取り立てていうほどの値打もない僻村であった。ちょうど村は春蚕の上蔟《じょうぞく》（蚕を繭をつくらせるため養蚕具に入れること）した頃なので、町の繭買いが毎日出入りして、その都《つ》度《ど》小金を撒《ま》いてゆく、秋の収獲についでの景気のいい時であった。水田はまだ田植えを終わって間もないところ、夏蚕を掃いたにしてもまだ手はかからず、ここしばらくは村人にとって閑散な幸福な季節であった。来迎寺の住職が狙ったのはここであった。

朝から引っきりなしに参詣人が、本堂から庫裡《くり》へ顔を出して小さいお布施を残しては、お練りがあるというので、また沿道へ戻って行った。住職の顔は希望に輝いていた。

時刻を見計らって、客人一同は寺から六七町距てた小学校へ行って時の来るのを待った。そこから行列を作って寺へ繰り込むのである。途《みち》みちたくさんの馬に出逢った。馬の市でもあるのかしらと彼が思ったくらい、小綺麗に仕立てられて、同じく野良の仕事着物を脱ぎ捨ててきちんと着更《きが》えをした若者や老人に、手綱《たづな》を牽《ひ》かれて行くのであった。道の両側には見物人がたくさん並んでいた。けばけばしいメリンス友禅の前掛けをかけた若い女や、なんのつもりか頸《くび》飾りのように新しい手拭を首に巻きつけた角刈の若い衆や、紋のついた水色の肩衣《かたぎぬ》を羽織った老人や、ようやく杖に縋《すが》りついて腰をのばす婆さんなどが、皆念珠を片手に両側に配置されていた。その尻の間をくぐって鼻を垂らした子供が鬼ごっこをしたり隠れん坊をしたりして遊んで歩いていた。が、中には掌に煙草の吸いがらをころがして、次の一ぷくをつけようとしている中老にぶつかって、叱られているのもあった。ところへ大きな染めぬきの紋をおいた紺の腹当てをしめ、鬣《たてがみ》と尻尾《しっぽ》には赤青黄の三色の糸を房房と垂れ、背には赤毛布を一面に敷いた馬が現われると、両側に堵列《とれつ》していた群集が、一斉に権兵衛とか九左衛門とか次郎助とか胞蔵とか口々に所有主の名を呼んで囃《はや》し立てた。

学校の一室では参列の坊さんたちが、金襴の七条を着て出仕を待っていた。そうしてその間無闇《むやみ》と茶を喫《の》んだり、煙草をくゆらしたり、茶菓子をつまんだりしていた。ある者はもうそこにあった碁盤に向かい合って、一石はじめたものもあった。

「昨日《きのう》から人の顔さえ見ると、大将笑うまいぞ笑いまいぞと言って歩いているが、いったい何をやらかすつもりなのかなあ。」

やや若い一人がこんなここにいるすべてに共通の疑問を投げ出すと、他の中老株の一人がそれに応じて、

「そうさな。来迎寺の大将、あれでなかなか策師だから、何をおっ始《ぱじ》めるか知れたものじゃない。どうも木かげに着飾った馬がたくさんいたっけが、きっとあれが手品の種に違いないて。」

「なるほど、俺また馬市があるのかとばっかり思っていた。ところで馬をどうする気なんだろう。」

「そりゃ分からん。ひょっとすると俺達を乗せる気かも知れんぜ。」

「やり兼ねないが、やり切れないね。しかし青ぶくれの大将が乗れまいから、まあ大丈夫だろう。」

「分からんよ。奇想天外のことをやりおるからな。みんな覚悟だけはしておくがいいて。」

「坊主頭の七条で馬に乗せられた図《ず》ったらあるまいな。あの娘《こ》が見たらいっぺんで愛想をつかすだろう……。」

「いやはや、とんだところであてられるこった。若い人にゃ苦労が絶えないのう。」

その中老の坊さんは、なんのつもりか、ことさら僧衣をつけていない宮城のほうを見ながらこう言って黄色な歯を見せて笑った。ほかの者も皆調子を合わせて笑った。彼はふいと窓側に立って、そこから外面を眺めた。目の下に一列にならんだ柳の緑を越えて、すぐと大きな河が、午前十時の日をうけて、幅広な光道のように煌々《こうこう》と流れていた。向う岸には赤く塗った高い組立て電柱が聳《そび》え立っていた。それを少し左手に外れると、東の山の山懐が光の靄《もや》にぼかされて、汗ばんだように森や村落を点出していた。自分の村はたぶんあの見当であろうと、彼は山と山とのあいだの黒い太い襞《ひだ》の、流れ流れて平地に交わるあたりに、まぶしそうに淡く姿を煙らしている一団の森を見た。彼の村から西の山を見た時と違って、ここから東の山を眺めると、不思議に変化の多い生々《いきいき》とした風色が著しく目だった。

「いやに手間取るじゃないか。早く幕をあけてくれんぶんにぁやり切れない。こんな厚い大礼服を着込んでいては、どうもならん。」

「いやにむしむししてきましたな。まだ十分梅雨気《つゆけ》がありますわい。」

こんな会話が取り交わされながら、皆が思い出したように手拭で首筋の汗を拭《ぬぐ》っていると、いきなり来迎寺が元気に部屋へ飛び込んで来た。

「さあ皆さん、用意が整ったからお願いいたします。昨日からくれぐれも申すとおり、どうかどんなことがありましてもお笑いくださらないように、このことだけをもう一度お頼みいたします。で勤行の方はここから寺までおよそ五六丁ありますから、その間に阿弥陀経一巻を読んで頂けばいいのです。距離の具合もありまするから、失礼ながらご免を蒙って、私自身導師を相勤めまして、調声《ちょうしょう》をいたします。なにとぞそのおつもりでご読経《どきょう》を願います。」

来迎寺は改めてこう言うなり、また元気に中啓《ちゅうけい》で一同をさしまねいて、自分が先に立って玄関へ出た。玄関には白い緒の福草履が十足ばかり並んでいた。彼も法中《ほっちゅう》について外へ出た。七条ひっかけの僧が一人ずつ庭に下り立つと、すぐと長柄袋を肩にかけた大男が、来迎寺の紋の法被《はっぴ》に平べったい菅笠という扮装で、五色に張りわけた大きな玩具《おもちゃ》のような長柄をぱっと差しかけて後に従うのである。校庭は人と馬とで埋まっていた。馬はおよそ四五十頭もいたであろう。おのおのありたけの衣裳を首や鬣《たてがみ》や下腹や尻尾につけて、大小の鈴を無数にがらがら響かせていた。背中は一様に赤毛布、その上に概《おおむ》ね新しい木の鞍をおいて、鞍の両側に和綴《わとじ》の蔵経《ぞうきょう》を一冊ずつくくりつけておくのである。あまりの同志の数に驚いた疳《かん》高い馬は、白い歯並みをむき出して、あっちでもこっちでもしきりと嘶《いなな》いていた。その側にはいかにも駄馬に生まれついたらしい鈍そうな馬が、ぼんやり目をつぶって、まるで滝のように小便を垂れ流していた。するとその隣りには無闇と気の上ずった馬が、大きな目を三角に燃えたたせながら、外のこれも同じく蔵経をつけた盛装した馬の尻に廻っては、上へ乗っかろうとしてせかせかしていた。その都度鬣《たてがみ》に下がった小さい鈴が、気忙《きぜわ》しそうにあせり気味に鳴り響いた。轡《くつわ》を取った若い衆が、まるで自分の大ぴらな性欲を恥じるかのように、顔を赧《あか》らめては馬の尻を手綱でぴしゃりと擲《う》った。と、馬はそいだ若竹のような耳をきりりと押っ立てて、ひひんと棒立ちになって嘶いた。

　来迎寺はそのあいだをあちこち奔走して廻って、馬を一列に整列させた。列の先頭にはなにやら龍頭の白旗が二旒《りゅう》、山伏の行者の装いをした男四人に護られていた。そのあとに馬五頭ずつの間々に、五色の長柄を差しかけた坊さんが一人ずつ挟まった。そうして来迎寺自身はちょうど列の中央部に陣取った。すぐ背後には若者二人が棒で吊している太鼓を控えた弟（大含の兄の説教者）と、同じく若者の吊している鐘を控えた寺内とを随えていた。宮城は遥か後方で、この不思議な行列の勢揃いを眺めていた。

　山伏が法螺《ほら》貝《がい》を吹きならした。馬が三角の楔《くさび》のような耳をそぎ立たせて、本能的に体をきっともちなおした。そのとき寺内が鐘を二つ叩いた。導師の来迎寺は時こそ来たれとばかりに、思い切った大声で、「仏説阿弥陀経」と調声を始めた。と、その後をうけて説教者の弟が、ドォンと太鼓を鳴らした。衆僧がそれに和して、「如是我聞《にょぜがもん》」とつづけると、寺内がジャンと鐘を打った。「一時仏……」ドォン、ジャン、ドォン、ジャン、代わる代わる一句ずつに鐘と太鼓が入るのである。折詰ほどの小さい経巻をのせた身軽の馬は、ドンジャンドンジャンボウボウの響に驚いて、彼方《あちら》でも此方《こちら》でも歯をむき出して嘶いては、後脚で蹴り上げたり、チンチンのような格好に前脚を上げて棒立ちになったりした。すると見物はそのたびにはらはらして、逃げ場を失って叫び声を上げた。と、馬はいよいよ狂って田の中へ落ち込みそうになるのである。馬子は命掛けの努力で全身汗にまみれながら狂う馬を取り鎮めていた。鐘と太鼓の響に応じて、幅の広い法螺貝の声がボウボウと引っ切りなしに呻《うな》っていた。僧侶の後ろの長柄持は、しきりと大名の毛《け》鎗持《やりもち》のように、五色の長柄を風車のようにくるくる廻転させていた。あまりの頓狂な催しに堪りかねた参拝の衆僧は、誰も彼も中啓や法衣の裏に顔をかくして、一人として真面目に経を読んでいるものはなかった。それでも道の両側に堵列している見物の手前、大ぴらに笑うわけにもゆかず、困りぬいている様子であった。しかし来迎寺中の三人は、どこを風が吹くかといった取りすました様子で、声を揃えて力いっぱいに経を読んで、鐘や太鼓を叩いていた。沿道の老若男女の中には、感涙にむせんで行列を伏し拝んでいるものがたくさんあった。後方からこの光景を観ていた彼には、ちょうど玩具箱《おもちゃばこ》をぶちまけて、お伽噺《とぎばなし》の国で、仮装行列か花《おい》魁《らん》道中でも始めたという光景に見られた。とりわけ十本ばかりの五色の長柄が、晴れ渡った初夏の日を綾《あや》のごとくに振り撒いて進むさまは、確かに飴売りの行列のような美観であった。行列の後からおいおい沿道の群集が附き随って、寺の山門を潜る頃には、行列は長い上にも長くなっていた。そうしてここでも爺さん婆さん連中がまるで極楽へ行ったようだと囁き合っていた。

「お師匠様が言わしたっけが、馬がいっち仕合せだって。なんせいつも肥料《こやし》や薪《まき》たん捧ばっかつけている畜生どもが、今日乗せた御経の功徳で、死ぬと極楽へ行って、来世は立派な長老に生まれかわって来るてんだが、えらいこっちゃのう。」

「そうさのう。馬ばっかしでなく、御経をのせた馬を持ってる家にも、その功徳できっと仕合せがあるちゅうこったて。そいでみんな三両もする新しい赤毛布を買ってかけて、そのうえお寺様へも附け届けをしたちゅうこった。なにしろ一ト村で五疋《ひき》ちゅうんだもんで、おら、そっけに金もかけられねえんで、とうとうおらとこの畜生奴《め》は落第坊主や。」

彼の前で四十格好の肩幅の広い男が、こんな会話をしていた。今応答していた男は、灰色の毛髪の真中が、赤茶けて禿げていた。相手のほうはまだ漆黒《しっこく》のいが栗坊主で、干した椎茸《しいたけ》のような耳が、ぺったり襟の生え際にくっついていた。

「そうけえ。そら惜しいことをしたもんだ。少しくらいの金を出しておかんと、なんせ後生の一大事だからのう。」

「おれもそうも思ったが、おれのようなその日稼ぎの人間にゃ、ちいっとばかり分に過ぎてるんでな。それでやめたことといし。毛布を買ったり、附け届けをしたり、そのうえ一日馬とおれと両方で休むと、でっけえ損だんがんね。金の無い人間は、やっぱり思いながらもその日その日の口のことばかに逐《お》い廻されて、だんだん極楽にゃ縁が遠くなるばっかしだ。おらもうこれも業《ごう》だと諦らめていることといんし。」

「そうだのし。お互にせめてお練《ねり》でも拝んで、そいで諦めていようかのう。」

行列は無事に境内に入った。すると御堂の入口で、紫の煙を上げて爆竹が勢よく破裂した。馬がまた驚いて跳《は》ね上がった。女子供がまた悲鳴を上げて立ち騒いだ。

本堂の結界の内に一切経の箱をずらりと並べて、その蓋《ふた》を皆はずしておいて、今行列に加わった法中が短い経を読んだ。それで御紐解《おひもとき》の供養がおわったのである。つづいて本堂では今日の馬方やお経の寄進人のお斎《とき》が出た。すぐと飲めや歌えの乱痴気騒ぎが始まった。庫裡の座敷では、来迎寺の住職が、上々の機嫌で客をもてなしていた。ここでももう盃の献酬が盛んであった。彼はこの席にいても、自分独りが坊主でないと思うと、なんとなく肩身が広かった。

「笑うな笑うなって言うから、何をしでかすのかと思ったら、馬を五十も集めて滅相《めっそう》もないことをしたもんだ。誰が笑わずにおれるもんか。」

一人の大幅の白縮緬《しろちりめん》の兵古帯《へこおび》をぐるぐる巻きにした白禿瘡《しらくも》だらけの大坊主が、大胡座《おおあぐら》をかいて毛もくじゃらな手で鷲攫《わしづか》みにした丼鉢《どんぶりばち》から酒を呷《あお》りながらこんなことを言った。

すると住職はわざとらしく口を尖らかして、

「だからあれほど口を酸っぱくして言わないこっちゃない。年甲斐もない頼み甲斐のない人達じゃて。第一君たちは故事を知らんからだめだ。昔玄奘三蔵《げんじょうさんぞう》が天竺《てんじく》から一切経を齎《もた》らしてかえられた時、時の皇帝が経巻を白馬にのせて長安に入らしめられたということがあるじゃないか。あれをもじったんだよ。今日の催しは。」

「白馬に銀鞍でもおいてそれに経巻をつけたというなら体裁もいいが、平常は肥取りか薪《まき》をつけてばっかしいる駄馬じゃね。悪戯《いたずら》にもほどがあるよ。あれが可笑《おか》しくのうてどうする。腋の下に毛の生えてるほどのものは、みんな笑ったさ。」

「どっこい、そうは言わせない。見物人で誰が笑った。信者で笑ったものが、一人でもあったかな。どうだ、あるまい。」

「なるほどそう言われれば、感心に信者は一人も笑っていなかったね。不思議なことがあればあるもんだ。あれが可笑しくないのかな。」

「そう考えるから分からんのさ。第三者の地位に立っちゃ、おじゃんだよ。がんらいこういう仕組はね。あれで馬をこの近在十カ村からあれだけ選び出すのには、ひと骨折ったもんだ。お寺のお経をのせて馬が位をする一方では、その功徳で飼主の家にも仕合せがあるというんでね、そりゃ運動が激烈だったもんさ。お蔭でこっちはだいぶ助かったがね。そんなわけで信者のほうじゃ大真面目なんだよ。どうしてどうして笑ってなんぞおられるものか。」

「ちぇっ、うめえことをやっちょるな。お経を上げさしておいて、馬で金を取って、そのうえお布施を捲《ま》き上げる。坊主まる儲けってこのこった。ちぇっ。」

白禿瘡の大入道は、首をすくめてしきりといまいましそうに舌打ちをする代りに、また酒を呷った。

「いやどうも、言ってみればそんなことかも知れんが、それにゃこっちも五色の長柄を新調したり、法被を揃えたりで、なかなか相当に資本を使っているぜ。なんせこの近辺もだいぶ昔から見ると人気が悪くなってな、なんかんと出し渋って困るから、こっちでもいろいろと搾《しぼ》り取る術《すべ》を考案するのさ。ともかくお祭りに限る。お祭りをやらんことにゃ、出しおらんからな。一にもお祭り二にもお祭り、俺《おら》そういう方針にきめたよ。」

「へえっ、これで人気が悪くなったんかね。よかった時はどんなだったろう。鼠が穀倉へ入ったちゅうもんかな。これで悪いなんて言ってたら、おら方へ来たら、あんたなんぞさしずめ餓え死にじゃ。」

「ところがそういうせち辛い人気の中で、貴公そっけに太っているんだから、あんたは悪党じゃと人がいうだよ。ハハ……。」

来迎寺が大口あいて笑うと大入道もほかの一座のものも、皆一緒に笑いくずれた。その中で大含の兄の説教者だけは、遠慮勝ちに笑っていた。暑いじりじりした真夏の日を思わせるような、油汗の滲み出そうな日が照りつけてきた。しかし法中は酔いつぶれるまで、双肌脱《もろはだ》ぎで酒をあおって、疲れを知らぬ様子であった。彼は涼気立った薄暮を待って、もう一晩泊まって行けとすすめられるのを振り切って帰路についた。

河の上には静かな靄が淡い乳色の礬水《どうさ》を引いていた。舷《ふなばた》にぴちゃぴちゃ囁きながら戯れてゆく波頭には、深い青く澄み切った水そのものの清さが涼しく揺らいでいた。彼は親しい友の影に触れるように懐しそうに水を掬《すく》ってみた。河の上《かみ》にも下《しも》にも艪櫂《ろかい》がぎゅうぎゅうと音頭を取って、靄の彼方に欸乃《ふなうそ》がゆるく長く響いて流れた。影かと危ぶまれる新月が、切れた指輪のように西の空にかかっていた。

河を渡った頃には日は全く落ちて、道や田に青白い靄が罩《は》っていた。目の届くかぎり森や林や山が、一様に涯《はて》しのない畑の海の中に漂っていた。彼は自分の足駄の音が、遠い谺《こだま》のように響くのを感じた。日がとっぷり暮れるに従って、靄はおいおい姿を消した。すると道の両側に、赤い色した仄《ほの》暗い誘蛾灯が、ふつふつと湧いて出た。そうして空には青白い星が瞬きはじめた。西の山へ落ちかかっていた月が、牙のような光りの頭をひと揺るがせ浮かすと見る間に、そのままつういと沈んで、沈んだ黒い山の端《は》に、しばらくのあいだ暈光《ハロ》に似た仄かな光を漾《ただよ》わしていた。それもいつか見る見るうちに消え去ってしまうと、天地のあいだに下駄の音させて歩むことが儀礼に外れてでもいるかのように、あたりは濃《こ》したような静謐《しずけさ》に支配されていた。星明りで途《みち》の上には仄々とした光りがどんより流れていた。彼は雲を踏む心地で、静かに静かに大地の中に融け入るように歩いた。

宮城の村へゆくには大槻の村から曲《かぎ》の手に、山の懐ろに向かって細い田圃道を取るのがいちばんの近道であった。露っぽい草を履《ふ》んでゆくと、履んだばかりの草の汁がぷんと匂ってきた。そうして道端の草に下駄が触れるたびに、急にマッチをすったように、青い燐光がさあっとひらめいた。それに興じて彼は木の枝を折って叢《くさむら》を撫でると、青い燐が真一文字に光の線を引いた。線を引き引きしばらく行って振り向くと、闇を塗った地面の上に光りの白墨《チョーク》の線が先へゆくほど薄れかかって、ほとんど絶え間なく青白く瞬いていた。彼はこの土地に生まれながら、これほど多く蛍がいることをこれまで知らずにいた。それは叢《くさむら》の中ばかりでなく、彼の行く手にはつういと光っては消え、つういと光っては消えて、銀泥《ぎんでい》で描いたような細い小波《さざなみ》の輪廓を空間にひらめかして遊ぶ蛍が綾をなして飛んでいた。しかし真夏に近づいたのか、光りも弱々しくて、つういと光るその間がほんの僅かしかなかった。彼は不思議に自分が透明な影になったような気持で、大きな黒々とした山の裾を目がけて足を運んだ。村に近づくに従って、黒い山の主《ぬし》が素樸《そぼく》な草笛を吹くかのように、ほおっほおっと梟《ふくろう》が啼いているのが聞こえた。土地の人々にはそれが口碑《こうひ》的に「糊《のり》つけ干《ほ》せ」と聞こえるのであった。そうして明日もまた張り物のできるような上天気であるぞと、梟が村中に予報しているのだと信じられていた。「ほおっほおっ」梟の啼き声が近くなった。彼は自分の村についたことを呼びさまされた気がした。

村の入口の橋の袂《たもと》に床屋があった。外の家々は萱葺《かやぶき》の屋根の下に重そうに寝静まっているのにここの店だけはカンカン明りがついて、六七人の若い衆が、大きな鏡の前でなにやら賑やかそうに笑いさざめいていた。そこで時計をのぞくとようやく九時であった。彼は悪い刻限に帰って来たと思った。教務所から帰って来た父が、ゆっくり晩酌をおえて床の中に入るには、まだ一時間ある。その前に家へ上がってはばつが悪い。彼はこう思うなり玄関の前をこっそり足音ぬすんで、本堂裏手の墓地に入った。そこで一二時間空想に時を過ごそうと考えたのである。玄関の雨戸が一枚開いて、茶の間のほうでは雨戸の明り取りが、ぼんやり赤らんでいた。

蘇苔《こけ》のじっとり湿った青臭い匂いに、水にふやけた安線香の匂いがまじって、墓場の中はひんやり水の底を歩くような重々しい冷たさがあった。その冷たさは地の底から湧くようでもあり、乱雑に突立っている古い石塔の冷たい吐息がいきなり、彼の顔へ吹きかけられるようでもあった。彼は倒れた石塔に腰かけた。あたりは不思議に沈んだ落ち着いた空気であった。それでいてしばらくじいっと聴き耳を聳《そばだ》てていると、暗いもろもろの霊どもがもよりもよりで忍び泣くのにそそられると言った風に、彼もいつしか啜《すす》り泣きがしてみたいくらいなんとなく物悲しくなった。大きな公孫樹《いちょう》や杉の古木が美しい星月夜を遮っていた。その暗い古沼のような底で、石塔の真黒な影が、たくさん黙々としてさざめき合ったり平伏し合ったりしているようであった。瞳を定めてその場の光景を凝視すればするほど石塔が生き物に思われてならなかった。そう感じた時に彼の頭には無生物の生が力強くて、自分のような生きものの生がいかにも弱々しくみすぼらしいということが、電光のようにひらめいてきた。そうして生きものの温かい血管より、かえって石の冷たい血管の中に永遠の生が宿るのではあるまいかという気がしてきた。と、俄かに恐ろしいショックが全身を冷たくした。

彼はそのとき永生ということを考えた。それから死ということを考えた。なんだかすぐと死ねそうな気がした。いっそ思い切りよく死んでしまったら、かえってそこに永生が、死に煩わされない生命が、待っているのではあるまいか。悩みのみの連続のようなこの呪われた生活を追うていって、たどり着くところはいったい何処であろう。これも同じく死ではないか。考えて見るとこの世の中に自分を待ってるものは何もない。たまたま待たれているものがあっても、それは彼の求めているものではない。「求めよ。然《しか》らば与えられん」こう聖者が獅子吼《ししく》しても、現在苦悶《くもん》の彼が手には、未だ何ものも与えられていない。ただに与えられないばかりでなく、求めるたびに奪われてさえゆく。父の本然の姿、母の純愛の姿、家および寺ほんらいの姿、職業の自然の姿、彼自身の姿。すべてそうした彼の求めるものはことごとく奪われ尽くして残されたものからは、神の代りに悪魔の示唆を聞くばかりである。彼の抱いている美しい父母や家庭は、現実目前の醜いそれではなかった。今このまま死ぬとしたら？　こう自分に問うてみても、名残惜しいという気さえ起こらない。

生き切ることが生活者にとって勝利であり、自分を殺すことが逃避であって敗北であると人はいう。なるほど現実に生きるという立場からのみ見たら、あるいは生きることが勝であり、死ぬことが敗けであるかも知れない。しかしすでに現実に失望してそれを呪っている以上、現実を出ずることが取りもなおさず勝利であり、現実に止《とど》まることがいわば敗北でなくてはならない。まして美しい理想の園を胸の中に育みつつ、永遠の国へ還ってゆく姿は、神に召喚された天使のそれにも等しいではないか。もし自分が死ぬとしたら、父も母も泣き悲しむであろう。なるほど自分をこれまでに育ててくれた親達の恩はすなわち恩ではある。が、このような呪われた境涯において、このような呪われた思想に育てられたからは、自分が自分を捨てるに立ち至っても、是非のないことである。父母の歎きもさることながら、自分としてはこれ以外に仕方もない。ただし、父母にしたところでいかに泣き悲しんだとて、自分たちまでが死ぬとは言うまい。あとはあとで日が経つに従って、どうにかなってゆくだろう。――親たちのことはともかくとして、自分にとっては生きてゆくより死ぬほうが遥かに望ましい。

彼がこう心の中で自分と物語っていると、一方に「求めよ、然らば与えられん」この金言は真実である。与えられないのは求め方が足りないのだ。苦しみ方が足りないのだ。もっと熱烈に求めよ。もっと真剣に苦しめ。然らば必ず与えられん。こう叫ぶものがある。

死は自ら選ぶべきものではなくして、求めて与えられたものに正当に下さるべき、いわば名誉の休養である。人はただそれをうける用意をして待つべきである。生は死の必然の条件である。美しき死とは、美しき生を措《お》いて外《ほか》にはない。生を、充実した生を予件としない「美しき死」というがごときものは、ただの空虚な響でしかない。ひたすらに真実に生きることを念とせよ。然らば必然の恵みとして、栄ある死が用意されているであろう。こう叫ぶものがあった。彼はじいっと天上を仰いで、いずれの声が真実であるかを聴き分けようとした。

暗い樹立《こだち》に切り取られた天上は、黒塗の盆か何かのように、無数の星辰《ほし》で螺鈿《らでん》されていた。そのとき彼の真上に群がっている星座の中から、しゅうっと青白い弧を引いて、前のほうへ星が流れて、公孫樹《いちょう》の梢の中に落ちた。星が自分に反《そむ》いて流れるのは、自分の運命が順調にいかない証拠だという俗間の信仰が、なんということなしにぼんやり仄かな光を彼の頭に蘇えらせた。ちょうどそのときである。父の居間の雨戸が鈍い音を立ててきしんだと思うと、ぱっと明るい光が泉水の上に落ちた。と、今までしきりに鳴いていたたくさんの蛙が、はたと唄いやんだ。

するとその明りの中に真黒な人の影が現われた。つづいてがっしりした丈《たけ》の高い影は、庭下駄の音をぱたっぱたっと思い出したように響かせて、すぐと暗闇の中に隠れてしまった。ただあとには、大きな蟇《ひきがえる》の歩みを思わせる重い庭下駄の音のみが、夜の歩調の調子を取るかのように、地の上からかたりかたりと匍《は》ってきた。彼は父の黒い影姿を見ると、やにわにとある大きな墓石のもとに蹲《うずく》まって、父の始終の動静をじいっと眺めた。けれどもともすれば樹下闇《このしたやみ》に隠されて見失いがちであった。が、黒い影は十歩歩んでは泉水のほとりに立ち止まり、二十歩行っては築山《つきやま》の麓に佇《たたず》んだ。庭下駄の音から判じると、父の胸はかなり重そうであった。

しばらくすると父の居間の明るい空間の中に、もう一つの丈の低い、前のがっしりした影にくらべれば、どことなくくしゃくしゃの影が現われた。影は心もち背伸びをして、

「旦那様、旦那様、ここでござんすか。」

と叫んだ。父を呼ぶ母の声である。

「あのお庭でござんすか。当院はなかなか帰りそうにもありませんから、わたしお湯を頂いて、お先へやすませて頂きます。――」

母の影は父の返事を待っているかのように、もういちど背伸びをした。父の影は暗い築山の石灯籠の側に佇んで項垂《うなだ》れたまま、声の方向へ振りかえろうともしない。彼は不思議に息苦しい塊が、ぐうっと胸につまるのを感じた。ややしばらくのあいだ母は無言のまま父を待っていた。蛙がぐつぐつ啼きはじめた。母の影はふっと内へ消えた。けれども父の影はまだ動こうともしなかった。

長い死んだような時がたった。すると父の影はようやく蘇ったように、また歩き出した。

そうしてだんだん墓地のほうへ近づいて来た。柴戸をぎいっと開ける音がする。彼はまた一段と低く身を墓の陰に埋め隠した。そうして全身の神経を張りつめて、父の動静を窺った。父は真直ぐに墓地の中央の大きな道をまるで喪心したように歩いて、一段高い大きな墓の前に来ると、ぐさりと踞《うずく》まって額《ぬか》づいた。墓は彼の先祖代々の墓である。父は深く額づいたまま、いつまでも頭を上げなかった。そうしてかすかではあるが、念仏の呟《つぶや》きか誦経の声かが、消えかかっては伝わってきた。

　父は何をお墓に向かって囁いているのであろう。門跡のお立ち寄りを寺門の名誉として報告しているのであろうか。この夜陰に、しかもあの喪心したような足取りで、この栄誉を語るわけはない。そんなら……彼は思わずひやりとした。全身の血が一時に冷えてしまった。父はおそらく彼の置き手紙を見たものに違いない。そうしてこの不信の子を寺門の長子として生み落としたことを、祖先にたいして謝罪しているのではなかろうか。そう思うとそこにあるほどの黒い重い石塔の影が、みんな一つの流れを作って、さあっと彼のほうへ向かって挑んでくるようであった。彼は驚いてその座を飛び上がった。が父は新しいまるで石塔の台石か何かのように蹲《うずく》まったまま、じいっと祈念を凝《こ》らしているのであった。彼はしばらくためらったが、また元通りしゃがんでしまった。いつしか両眼から涙があふれ落ちていた。

　父は小半時間蹲まっていた後で、ようやく起《た》ち上がった。そうして今度はいくらか晴やかに庭下駄を踏み鳴らしながら、まっすぐに居間の明るい中に入って雨戸を閉めた。また以前の寂寞《せきばく》がさらに真黒に濃くなってかえってきた。彼は立ち上がって、墓場の中を歩きつづけた。そうして彼にとっては未知の、悩みに悶《もだ》えているらしい父のことを考えた。が、強い緊張の弛《ゆる》んだ後の彼には、もう筋道だった思索をめぐらすことができなかった。彼はただ止め度なく流れる涙を拭おうともせず、乱れた頭を揺す振り揺す振り、まるで狂っているもののように、墓地の中をあっちこっちと性急に歩き廻った。

彼が裏口から家に入ったのは真夜中近くであったであろう。こっそり二階に上がって、母ののべておいてくれた寝床の中に入った時、下の居間では父が眠れないらしくしきりと咳をしていた。彼もまた容易に寝つくことができなかった。

十六

翌朝、彼は父との争論を予想して茶の間へ下りていった。父と母とはいつもの炉端の席でぽかんとしていた。が彼の顔を見ると、父は急に活気づいたかのように煙草を吹かした。彼は母がすすめる朝茶をすった。

「どうだった、来迎寺の御紐解《おひもとき》は。定めし珍趣向があっただろう。」

父の顔も言葉も彼の予期していたとげとげしたものではなかった。却って柔和な親の情愛が言葉の末々にも味わわれるくらいであった。彼はおやと思った。なんとなく手違いがあった。こういう気持で妙にがっかりした。が、自分の言葉は父のそれのようにふっくらと滑《なめら》かにというわけにはゆかなかった。彼はごつごつした言葉をつなぎ合わせて、昨日の蔵経《ぞうきょう》の御紐解を手短かに物語った。父も母もいたく興がって笑いこけた。

「来迎寺奴、思い切ったことをやらかすわい。何をやるかと思ったら、馬を四五十頭も集めて行列をやったとは驚いたな。」

「その言い草が面白いんです。昔玄奘三蔵《げんじようさんぞう》が天竺から一切経を将来された時、時の皇帝が白馬をやって、その経巻を長安に迎えられたという故事からきたんですって。白馬ならいいが、駄馬も駄馬も肥料《こやし》ばかりつける馬じゃてんで大笑いでした。」

「来迎寺在ときたら、お話しにならないくらい昔から人気のいいところでな。だから来迎寺がどんな出鱈目《でたらめ》をやらかそうと、土地の人たちは御院主様《ごいんじゆさま》御院主様で奉っているんだ。尤もあれでごく気の弱いお人よしなんだが、時々妙なことをやるんだて。今でも法中《ほつちゆう》の一つ話に残っている来迎寺債券という有名な話があるよ。そう、もう五六年にもなろう。来迎寺が株に手を出して大損をしたことがあるがね。そのとき困りぬいたあげく考えたのが債券さ。以前幾度も大穴をあけちゃ、そのつど檀中の厄介になったんだから、そうそう頼まれもしない。かと言って檀中に頼まなければどうとも仕方がない。そこで来迎寺は自分の手で二十銭五十銭一円二円三円五円十円二十円という風に債券をたくさん作ったんだ。

そうしておいて檀中へ頼んだんだね。俺は今財政逼迫《ひっぱく》で苦しくてどうしようもない。なんとかこの難関を切りぬけなければならんが、かと言ってそうそうみんなにお縋《すが》りもできない。そこでだ、みんなも年に一度や二度は、きまって年忌だお取越しだ葬式だといってはこの寺の厄介になって、そのたびごとにいくらかずつお布施を包んでくれる。どうせくれるんだから今一度に少しばかり余計に金を出して、二三年分のお布施の代で、この債券を買いためてくれろ。そうしておいて法礼のたびごとにその債券をお布施代りに包んでくれろ。尤も債券ばかり包んでくれたら、こっちで食うことができない。だから一両包むとこなら、債券五十銭、現なま五十銭という風に半々に包んでくれろって、こう頼んだのさ。すると檀中も檀中さ。債券が額面より一割安だとかで、それは得だってんで、みんなどっさり買い込んで、瞬く間に借金に棒を引いたそうだよ。あの辺はお寺様のこととなるとそりゃ夢中だからな。どんなことでもできるんさ。それじゃまた今度も一儲《ひともう》けしたな。」

「馬が位をするんだと言って、一頭幾らの出馬冥加金《みょうがきん》を捲《ま》き上げたらしいですよ。どうしてそんなに金が入るんでしょう。そんなことをして金を集めている癖に、いつも貧乏してるようじゃありませんか。」

「貧乏はお互だが、つまり金が身につかないんだな。だいいちあの株や米をやるのが祟るんだ。ついぞ儲けたという話を聞いたことがない。そのほうじゃ隣寺の称名寺がいい相棒でな。二人でいつも損ばかりしているようだ。」

「えっ。あのしかつめらしい御隣寺が……」

「ええええ、そりゃああいう賭け事のすきな方ですよ。真面目くさった顔をしてらっしゃるがね。どうしてどうしてあのきょろきょろ眼で、始終何か儲け口を見つけて歩いてるんですって。いつかも株か米かに金をはっておられた時、ちょうど檀中に法事があっておいでになったそうだが、そこで何げなしにひょいと新聞の相場欄を見なさったら、買っておいたものが大暴落をしていたんで、それというなり法事そっちのけで、取引所か仲買かへ走りになったという有名な話があるくらいだね。人はなかなか見かけによらないものですよ。」

母が笑いながら、隣寺を嘲けるかのように言葉を挟んだ。

「そう言えば来迎寺は、近頃家へ来るたびに寺内の法幢がとこへ寄るそうじゃないか。また金でも借りてるんじゃないか。」

母の話に笑っていた父は、そのとき何を思いついたか母を顧みて、急に苦々しそうに尋ねた。母は驚いて父の顔を仰いだ。剃られた眉が横合から青く盛り上がって見えた。

「よく存じませんが、家へ上がってから、よくちょっとお立ちになることがありますが、わたしはまた御隣寺へおいでになるとばっかり思っていましたら、法幢がとこへおいでになるのですか。じゃまたいざこざが起こりますね。」

「他の人ならともかく、家の親類が法幢の金を借りるところが面倒だし、引いては本坊たるこちらの見識にもかかわるからな。」

父はこう言って目を伏せた。そうしてまた煙管《きせる》をつめかえて、煙草を吸い出した。彼には隣寺の投機も、寺内の馬鹿法幢の金貸しも、一々驚異であった。

「いったいお父さん、法幢は人に貸せるほどの金持なんですか。」

「ああ村でも有数の高利貸だよ。人のいうことは何も聞かず、自分の我《が》だけを通そうとするあの因業《いんごう》なところが、高利貸にはもってこいなんだろう。だいぶん金を造ったという話だ。なにせ賽銭の両換料まではねたりする男なんだから、馬鹿の馬鹿知恵って恐ろしいもんだよ。法幢に会っちゃ僧侶も高利貸も同じ一つの職業なんだからやり切れない。

――」

こう言って父は黙り込んでしまった。話がおのずと子に触れ合うところまで伸びてきたので、父ははっと自分の言葉をおさえた様子であった。子にはすぐさま父の意志がよめた。そうして故意らしいよそゆきの会話の応答が、いかにもお互を偽わっているようで、歯痒《はがゆ》くなってきた。肚《はら》に触れねばならない問題をもち越していながら、上面《うわつら》は何喰わぬ顔でいることが苦しくなってきた。どうせこうなるからには、思い切りよく爆発してしまったほうが、どの途《みち》かえってさっぱりしていい。彼はこう思うのであった。が、それにしても父の今朝の、妙に遠慮がちな態度は彼にも解しかねた。そう言えば昨夜の墓地のことも全く不可解のことであった。彼は起きると父からの叱責《しっせき》怒号を覚悟していた。であるのに、父はかえって彼を避けてでもいる様子であった。彼が思い切って父の顔を真正面に見て話しを切り出そうとすると、父はふいと外を向いたり、俯向《うつむ》いたりして彼の瞳《め》を外《そ》らすのであった。妙にわくわくした不安な沈黙の時がつづいた。母は険悪な場面をすぐ間近に予想しているかのように、俯向いたままだまって灰をならしていた。彼はようやくのことで父の瞳を捉えた。そうして思い切ってきっぱりと言ってのけた。

「お父さん、僕の手紙を読んでくださいましたか。」

父は苦々しそうに舌打ちをして、ごく簡単に、

「うむ。読んだ。」

と返事をするなり、見るともなく母の小さい丸髷を見下ろした。が、間もなく気を取りなおして改めてきっと彼のほうへ向きなおった。

「円泰、お前の行為は一々俺の心を痛ましめる。しかし俺の命名が唯一絶対のものでないことくらいは俺も知っているから、こうなった以上は敢えて煩わしい小言は言うまい。ただ一言、お前は年ごとに俺たちの手から離れてゆく。それを俺は情けなく思う。それは自然の趨向《すうこう》であるかも知れない。しかし親にとっては堪らないことだ。それがお前の改名から全然俺たちは自分らの息子の姿を見失ったような気がする。もちろん俺たちの愛しているのはお前自身であって、お前の名ではない。しかし名が変わると実が変わったような気がするのは人情だ。ことに実が変わりかけている時に名が変わったら、元の姿を愛して

いるものの身になったらどうだろう。俺はお前の言葉を疑《うたぐ》ろうとは思わない。心が僧になっていないのに、名ばかり僧であるのははなはだ心苦しいとお前はいう。尤もである。俺とてその心は同じことである。が翻《ひるがえ》って考えてみると、お前は名にばかり拘泥《こうでい》して、心の精進を怠っていはしまいか。けれどもそれもこのさいどうでもいい。「円泰」より「泰」がいいというならそれもよかろう。俺は何もとがめない。ただお前を見失うのが悲しい。これだけを言っておこう。」

父は煙管に煙草をつめて、そのまま膝の上で扇子か何かのようにきちんと握った。父は顔を上げようともしないで、不動の姿勢でまた語をついだ。

「俺は内に省みては自分の信仰の膚浅《ふせん》を恥じている。何時《いつ》の日にか金剛堅固の信心が獲《え》られよう。しかしそれを求めて逐《お》うことについては、始終自分を鞭うっている。俺の今日の虚偽《こぎ》の生活も、本当の信仰生活のために用意されているのだ。そう思ってわずかに自分を慰めている。あるいはお前の目にはこのたった一つの最後の慰めも、ただの自己欺《ぎ》瞞《まん》だとうつるかも知れない。しかし人はどこかで生活をしてゆかなければならない。たとえ身に灰を塗っても、ひっきょう生活はどこまでも生活だ。このさい俺が自分一個のために一切を棄てて精進するとしたら、家族はどうして生活してゆけよう。俺はみんなの生活を破壊しようとは思わない。で、俺は自分の不信の罪として、自分を担い、家族を背負い、家をかぶって出ている。俺にはお前の背信的行動まで、一々自分の罪の重荷として感じられているのだ。だから俺はお前のこと、引いては自分のことで、始終先祖に謝さなければならないことがたくさんある。それとも俺は火宅《かたく》の中にあっても、どこかに自分を待つ浄《じょう》楽《らく》のあることをぼんやり予覚している。俺はそれをせめてもの力に生きているのだ。」

父は依然として項垂《うなだ》れている。怒りの響のない荘重な父の告白を聞いているうちに、彼の全身は締めつけられたように固くなった。彼もいつしか項垂れていた。そうして首を上げて父の顔を注視することができなかった。彼は辛うじて小声で僅かに自分の心を語った。

「ありていに言えばお父さんが僕の姿を見失われる前に、僕はすでにお父上の姿を見失っていました。たまたま今のように本当のお姿に接したと思っても、これまでの例に徴《ちょう》すれば、それもほんの束の間で、あるいは一種の眩覚《げんかく》に過ぎないかも知れません。つまり僕はだんだんお父さんを失っているのです。しかしそれも考えてみると、根本はお父さんが僧である前に僧になられたということに起因しているのではないでしょうか——。」

彼はそれ切り口を噤《つぐ》んで、父のいかつい叱責の言葉を待った。力強い、父親の権力の籠った雷のような言葉に打たれたたなら、この場合どんなに心地がいいだろう。彼はこんな甘ったれたいなぶられたい気持をむずむずさせながら、じいっと父が我武者羅《がむしゃら》に猛り狂うのを待った。しかしいつまでたってもまるで手答がなかった。しばらく無言の時がたった。父はようやく前よりは一段低い声で語り出した。それは彼に答えるというより、むしろ自分の魂に囁く独白であった。

「俺は十歳の時父に別れた。母と姉とそのほか一切の家族の生活を、俺はそのときから背負わされた。つまり俺は主人だったのだ。俺はその年にもう得度《とくど》をさせられた。そうして先代の寺内に守られて寺役にも出た。つまり俺は坊主になったのだ。二十歳《はたち》の時には夫になった。お前の年にはすでに父になっていた。お前というものが子として与えられたのだ。俺にはただ慌しい生活というものが初めから備えられていて、何が正しい生活であるかを考える余裕さえ与えられてなかった。自分の生活を顧みて、反省をはじめた時には、もう八方塞《ふさ》がりで遅かった。家族を率いているのはいうまでもなく、寺を護り、信徒にたよられ、信徒にもり立てられていた。俺には最初から選択ということが許されていなかったのだ。お前の批判はおそらく正しいだろう。同時に俺の生活もまた已《や》むをえまい。俺は自分を恥じる。腑甲斐ない父だとさげすまれても是非がない。——」

まるで審判をうけるような父の様子を、いつの間にかおずおずと見上げていた母は、父の独白が進むにつれて、大きな目を瞠《みは》って涙をいっぱいためていたが、最後の言葉を聞くとともに、わあっとばかりに泣き崩れた。父は忽《たちま》ちはっとしたが、一瞬の後には、波を打って泣きじゃくる母の肩を冷やかに眺めながら、彼に向かって静かに語りつづけた。

「お前の改名について俺は何も言わない。むしろ何も言えない。しかしたった一言、最後に俺の子であった円泰と別れるための記念の言葉を残す。お前の批判の矛先《ほこさき》を収めて、根本の生活そのものを味到せよ。これをお前のいわゆる新しい生活に餞《はなむ》けしよう。もともとお前は俺よりよくならなければならん。よくなるためには、飽くまでも生活を生活し切らなければいけないと俺は考える。あとは何も言うまい。ただそれだけだ。」

父はこれだけ言ってしまうと、つと立ち上がって座敷の襖の中に姿を隠した。そうしてしばらくすると沓脱ぎ石のあたりで、庭下駄の音がした。その響が耳に伝わると、今までだまって腕組みをしていた彼も立ち上がった。そうして母の泣きじゃくりを少しの感情も動かさずに眺めたまま、また二階に上がってしまった。小間から何げなく庭を見下ろすと、大きな金箔をおいたように光っている無花果樹《いちじく》の葉に半ば遮ぎられて、鯉に見惚《みと》れているらしい父の後ろ姿が、彫像のように白い影を泉水に落としながら、いつまでも動かずに佇んでいた。彼も小間の窓に倚《よ》っていつまでも佇んだ。そうしていつの間にか暗い思いの中に没し去る自分の姿を、無意識の裡《うち》に見ているような気がした。

十七

父の憂鬱は永くつづくことを許されなかった。午後万善寺が汗を拭き拭き、髭髯《ひげ》だらけの顔を出した時、父はもういつもの快活を取り戻した。万善寺は法主の巡教が段落を告げると、すぐさま始まる宗門議員の選挙に打って出ようと、その運動かたがた組長《そちょう》たる父のご機嫌伺いに来たのである。いつも組内《そない》で宗門の大学を出たのは自分一人だということを鼻にかけている、若いくせに非常な事大思想を抱いている男である。それでいて蔭ではともかく、面と向かっては組長などにはてんで頭が上がらなかった。

「君が候補に立てば、背景がいいから太刀打のできるものは、ちょっとこの近辺にはいまい。なにしろ細君の里では本山の大事な役を勤めていられるし、君は大学出の肩書があるし、そのうえ金穴には山佐だの岩権だのという檀頭《だんとう》がついているんだから、まず候補者の条件としては、申分がないな。」

父が半ばおだて気味に、半ばからかい気味にこんなことを言うと、万善寺は得意になって、

「ええ、まあその三つはどうやらいいんですが、ほかに有力な競争者がどうかと思いましてね。それで……」

と、もうひとかど立派な候補者の名乗りを上げた気で、父の顔をのぞき込んだ。

「それで偵察に来たというわけなんだね。そりゃだんだん出て来るものですよ。が、出たっていいじゃないか。片っ端から買収したら。」

「それがどのくらいかかるでしょう。」

「そりゃそのときになって見なければ分からんが、一票一円から十円くらいの相場だろう。それくらいの開きは見ておかなければならん。それで運動はもちろん縁者々々を頼るのだが、知らないところは組長にかけ合って、その組内の投票を纏《まと》めて買うんだ。そこを

安く、しかもけちけちしないで投票を手に入れるのが、運動上手というもんだそうだ。まずこの教区内では、上下中《かみしもなか》でおのおの一人ずつ都合三人の割り当てだから、君はこの中部の組数を勘定すれば、およその運動費の計算が立とう。君んところは檀頭がいいからいくらでも出してくれるだろう。」

「ええ、私が議員に当選さえすれば、そのほうじゃたいていの無理はきくんですが、どうも外から邪魔が這入《はい》りそうで、それでじつは弱ってるんです。」

「うむ、放光寺か。」

父は元気よく膝を叩いた。万善寺は頷いた。

「あれなら金が欲しいんだ。悪党だが、それだけに金さえあれば度しやすい代物さ。きっと今度も内々自分の投票を集めておいて、それを一纏《ひとまとめ》めに高い金で売る気なんだよ。この前の選挙の時もあれでひと儲けしたそうだからな。その代り投票間際まで頑強にがんばるぜ。あわよくば自分でも出ようてんだから。そこのところを損をしないように日和見《ひよりみ》をしているんだ。」

「それを知りつつ、見す見すその術中に陥るのが業腹《ごうはら》なんです。それがほかの人ならまだしも、あの悪党にせしめられるのかと思うと、胸の中が煮えくりかえるようです。なんとかうまくやっつけて失脚させたいものですが……」

「下手《へた》をやらかすと飛んだ目に逢うぜ。なにしろ真っ裸になって角力《すもう》の取れる男は怖いよ。こっちでも精進落しをしてその気でかからなければ。」

「ええ、そりゃまたちょうどいい裸相手がいます。専徳寺を運動員に使おうと思うんですが、いかがでしょう。」

「ハハハハハ。裸踊りの専徳寺か。そいつぁ至極妙だ。専徳寺と放光寺。こいつぁ本式の大関角力《すもう》だね。時によると二人とも褌まで外して火花を散らすよ。こりゃ観《み》ものだぞっ。」

父は手を打って笑い崩れた。万善寺もひげだらけの顔中を口でいっぱいにしながら、これも同じく笑い崩れた。それから万善寺は放光寺の背徳行為をあれこれと列挙して、こういう悪党に制裁も加えずに置いておくのはわれわれの不名誉である。こんなことをしきりに夕方まで弁じ立てて帰って行った。

二三日経つと案の定、放光寺が光明寺の山門を潜《くぐ》った。そうして万善寺が言ったと同じようなことを繰りかえして、しまいには同じく万善寺の不徳背任を鳴らして引き上げた。しかしこのほうはあくが強かった。父はいい加減ばつを合わせて、かえした後で苦笑いをしていた。

一週間ばかりたつと、半月あまりの巡教をおえて、法主の一行は帰山の途についた。それを父や母や島木老人をはじめとして、多数の同行は停車場に見送って、改めて随喜の涙を流した。そうしてこの未曽有《みぞう》の法雨に浴して、親しく御化導《けどう》をうけたことを繰りかえし繰り返し喜び合った。彼はこうした喜びを聞くにつけ、あの暗誦的な親教や諭示を、法主は幾十百回繰りかえしたことだろう。それをまた北野博士が幾十百回同じことをさも尤もらしく敷衍したことであろう。その結果は？　こう考えて独りで苦笑した。すべてが手の込んだ悲喜劇だ。法主と言い老博士と言い、傀儡《かいらい》もまたつらい哉と彼は考えた。

それから二三日後の地方新聞の三面に、坊主社会の堕落を痛撃した記事が載った。その一例として放光寺の悪徳が麗々しく書かれてあった。まずさきごろの門跡下向《げこう》の折、巧みに法主を欺いて染筆を得た上で、それをすぐさま高価に手離したことから始まって、いつも各派の高徳を連れて来ては、揮毫《きごう》の上前をはねたり、上納銭をちょろまかしたりすることがあげられていた。それから聖徳太子か何かの御忌《ぎょき》には、この地方の献金の大部分を着服した上、献金の受取りを偽造したことが書いてあった。それから堂班《どうはん》を無視して勝手の衣体《えたい》を乱用したりすること、恐喝居直りのごときは朝飯前だということなど、いろいろなことがあげられていた。そうしてこういう僧にあるまじき不徳の行動にあきれ果てて、これまで見て見ぬ振りして隠忍《いんにん》していた法中《ほっちゅう》も、さいきん組内の不名誉として排斥するに至った。願わくば本山の監正局あたりで住職を免ずるか、もしくは司直の手で正当に裁かれるか、いずれにしても一時も早く、かかる背徳非行の醜分子が堂々と罰せられんことを、社会粛正のために望むというようなことが書いてあった。誹謗すなわち新聞《ニュース》と心得ている地方のことだから、こういう種類の記事はたいてい日に一つずつは何かしら出ていた。が、父はこれを見ると、あれほど言っておいたのに万善寺が早まったぞと飛び上がった。万善寺は次の日立候補の名乗《なのり》を上げた。

果たしてそれから三日目の新聞に、万善寺が検事局に招喚されたことが載っていた。その理由は墓地の二重売りをしたことと、酔に乗じてある料亭の掛軸を持ち出して来たことで、その両方から訴えられたのである。二件ともに半年も前の日附であった。父は放光寺がいよいよ奥の手を出しはじめたぞと言って眉を暗くした。

「放光寺は毒蛇のような男だ。蛇使が扱っても時々はやられるのに、なんの青二才の万善寺風情《ふぜい》が、一打でせしめるつもりで、下手にちょっかいを出すから、またしたたか手を噛まれてしまった。三百代言《さんびゃくだいげん》の兄と、いつも共謀する手下の悪徳記者のいるのを知らんのかなあ。万善寺も宗門の大学を出て、いいところから嫁を貰ったくらいで有頂天になってるもんだから、とうとうこういう目に会っちゃった。あれほど俺が注意をしておくのに、ほどの知れないうつけものだよ。」

父はこんなことを母に話していた。母は附近に内乱でも起こったように心配そうに驚いていた。

ある日来迎寺が大きな細長い白い風呂敷包を玄関の片隅に忍ばせておいて、そそくさと上がって来た。折ふし父も母も茶の間にいた。彼は法幢に手をかして、曝書《ばくしょ》（本の虫干し）に忙しかった。父は来迎寺の顔を見るより早く、

「いやぁ、先だっては当院が上がってたいへんご馳走になって……。なかなか珍趣向をこらしたそうじゃないか。」

といちばん浴びせかけると来迎寺は片手で汗を拭きながら、片手で頭を掻いた。

「ええ、まあ、やりましたんだて。法中衆はどれもこれも目を白黒して、笑うにも笑われず弱ってましたよ。これもみんな御本山のお仕込みで、どうして今度は末寺信徒から金を捲《ま》き上げてやろうかという当局の策略が、いわばわれわれに範を垂れてるわけじゃありませんか。それをただ私なんぞは自ら田舎向きに咀嚼《そしやく》したばっかりで……。」

「咀嚼は恐れ入ったね。ともかく当院はほかじゃ見られない珍行列を見たって喜んでいたよ。」

「珍はすなわち珍でしたな。時にあの新聞はどうしたってんです。おいおい私らのところへお鉢が廻ってくるんじゃないでしょうか。どの途《みち》ああいう記事は商売上はなはだ困りますて。」

「君なんざぁちと叩いてもらうがいいよ。そうするとその青っぷくれにぶよぶよだぶついている身体が、少しは引き締まるかも知れん。なかなか材料があるからな。」

来迎寺は大真面目で、急いで顔の前で手を振った。そうして吃り吃《ども》り、

「大含のことでもうたくさんなんだから、それ以上はどうか許してください。時に放光寺はどうせ悪《わる》なんだからいいとしても、万善寺はまたどうしたというんでしょう。」

「相手が悪い。放光寺に向かってまず火蓋《ひぶた》を切るなんぞは、ああなるのは分かり切ってるんだから。万善寺が自分をたのみ過ぎて図に乗った罰だろうよ。あれはあれだけで納まるまいと俺は考えている。とんだ方向へ飛沫《とばしり》がはねねばいいが。」

「ええ、そりゃもうだいぶん運んでるってこってすよ。なんでもあの町の寺院が、常から放光寺を憎んでいるので、同盟して排斥したんだそうです。排斥はしたが誰も後が怖いので盟主になり手がない。そこをなんでも頭になりたい万善寺が、えらい手際を見せるつもりで、委員とか組長とかになってやっつけたものらしいですね。するとあのとおり大きな揺れかえしがきたでしょう。さあそうなると今度は参謀長の専徳寺が黙っちゃおられない。てんであの連中の二十日講の仲間を大びらに外したんだそうです。それまでは上出来なんですが、外してみたところが、相手は放光寺、それに先月放光寺が当番なんで御書《ごしょ》さまが放光寺にある。それを昨日——一昨日お講があってもかえしてくれない。あたり前でさあ。誰がまた仲間を外されて、同じ負担をして皆でもらったものを、べんべんとこっちからかえしに行くものがあるものですか。ところが万善寺のほうじゃ御書さまがなけりゃお講が勤められない。そこで専徳寺がかけあいに行って、渡せ渡さないでとうとう取組み合いをやらかした隙を見て、専徳寺が率いて行った同行《どうぎょう》が、難なく御堂に入って御書さまは盗み出して、御講は勤め上げたそうですが、あの放光寺の奥方というのが男まさりのえら物で、それっ一大事だとばかりに鐘楼《しょうろう》に上って早鐘をついたんだ、一時はたいへんな騒動だったそうです。それでも専徳寺はああいう早い男だから、時分はよしと見て取ると、いきなり放光寺の睾丸を蹴上げてそれなり飛び出して来て、目の下にかすり疵《きず》をこさえたのと、左の手に嚙みつかれた歯形を残したくらいで、ひどい目に会わないようでした。専徳寺は喧嘩にゃ妙を得てますからね。」

「まあ――、そんなことがあったんでございますか。」

母が驚いて口を挟んだ。

「ええ、それで放光寺は口惜《くや》しまぎれに、家宅侵入と打撲殺傷とかで、専徳寺を告訴したとかするとかいきまいてるそうですよ。しかし専徳寺じゃ放光寺もおつりを取らんならんくらいで、役不足だと思ってるでしょうて。」

「うむ、とうとうやったな。そりゃ本当の話かね。」

父が真顔になって尋ねると、来迎寺はちらと目を外して、

「ええ、そりゃ私が昨日町へ出て聴いてきた話です。町の法中じゃその話で持ち切りですよ。なんでも専徳寺は、あんな放光寺のような無頼漢は殴りつけるに限る。今日こそ思う存分殴ってやったから、これで胸がせいせいしたと言ってたとかで、みんなで痛快がってました。」

父は、うむと言ったきり、暗い顔をして考え込んでしまった。来迎寺はそのとき虫干《むしぼし》の手がすいて帰ってゆく法幢の後ろ姿を見送っていた。やがて来迎寺は母を相手にしてまた

喋り出した。

「夏坊主とはよく言ったもので、全くこの頃の不景気ったらありあしませんな。このあいだっから三経一巻読んだことあありません。これで殴ったの殴られたのということがないだけにいいのかも知れませんが、節季だというのにこう財布が皺くちゃじゃ、全くやり切れませんなあ。」

「だってこのあいだの御紐解でしこたまお取り入れになったでしょうにね。」

「いやあ、悪銭身につかずで、やはりもとの素寒貧《すかんぴん》ですよ。」

「ああ、分かった。じゃ昨日町へいらしたのは、また例の株屋町でしょう。」

「ええ、まあそのへんです。奥さん、全く弱っちまいましたよ。なにしろ盆の節季ですからね。同情してください。」

「あまり再々で同情もできませんね。どうしてあの悪い癖をさっぱりとおやめにならないんです。そうしたら……。」

「そりゃ私だってこれまで幾度も止めようとしてはみました。が、あれは煙草や豆とおんなじで、どうしてもしまいには誘惑されっちまう奴ですよ。投機の気持くらいはりつめたいいものはありませんからね。どうも悪い癖ですね。自分でもそれをよく知ってるんだが、癖って奴は到底やめられるものじゃありません。いわば一種の天性ですからね。それにだいいち坊主なんて商売は、考えてみれば馬鹿々々しいですよ。年が年中鉦《かね》を叩いて御経を読んでみたところで、いくらになると思います。一年に二百や三百のお布施じゃ暮しが立ちませんからね。」

「そりゃお互さまです。が、寺の生活は苦しい中にも、また在家にはない格別の味がありますもの……。」

母はこう言って、父の顔を覗き込んだ。そのとき父はひょいと思い出したように顔を上げて、来迎寺に尋ねた。

「ときにつかんことを聞くが、大含はどうしてるね。妙にあの子のことが気になってならないが……。」

「行ったっ切り音沙汰もないが、お上《かみ》から御沙汰のないところをみると、どうやらやってるんでしょうよ。ねえ、御当院様、あなたのところへなぞまいりませんでしょうね、大含の奴。」

来迎寺は座敷の縁側で古い本をひろげている彼に声をかけた。彼は簡単に「ええ」と答えたきり、何も知らない顔付で、そのまま振り向きもせず虫干をつづけた。父はまた黙ってしまった。すると来迎寺は急に元気づいたように、顔を輝かせて膝を乗り出した。

「じつはね、御院主《ごいんじゅ》様も奥様も聴いてください。そりゃ、じっさいうまい金儲けの話があるんです。というのは外でもありませんが、最新式の生命保険ですがね、こいつは面白い仕組みになっていますよ。どんなよぼよぼの爺さんでも、半病人の婆さんでもいいから、それが毎月一口十銭ずつかけていると、九十日たってぽくりと死ねば、一口百円ずつ保険金を払ってくれる。そういうなんとか共済生命保険会社というえらい保険があるんです。私もね最初はあまりうまい話だから危ぶんでいたが、ものはためしだと思って、村の助作爺さという九十になる年寄の名義をかりてね、一口入っていたら、四月ほどかけているうちに、このあいだぽっくり爺さんが往《い》ったんがね。するとここの若いものが喜んで、御院主様のお蔭で邪魔ものの爺さんが死んでくれた上、金を百両も残してくれた。これもみんな御院主様のためだというんで、五十両がとこ永代経《えいたいきょう》に包んでくれたんがね。それで私も海老で鯛を釣ったんで、すっかりうまい味をしめました。それで今度はその今年中くらいに参っちまいそうな年寄りを三四十人見つけて、皆な掛けました。尤も九十日以内に死なれるとこっちのまる損ですから、三月はもって、それからうまく早く死んでくれそうな奴を見立てる、そこんとこの呼吸がちょっと難しいて。どうです、御院主も一つ檀中でいい候補者を見つけて、一つ入ってみちゃ。十口入ったって一月一両でさあ。そのうちにゃ一つくらいは当たりますからね。一つ当たったら全く大きいから……。」

来迎寺は手を振り首を振って、涎《よだれ》を垂らさんばかりに自分の儲け話に夢中になった。そうして青白い広い額にはうすい汗さえ滲ませていた。父は初めちょいとその話に興味を感じたらしかったが、すぐさま冷やかな沈んだ態度にかえって、憐れむがごとく来迎寺を見下ろした。

「それだけじゃうまそうな話だ。しかし人の命で博奕《ばくち》をするのは俺嫌いだ。」

「しかし御院主様。こっちで金をはったはらんに係わらず、死ぬ奴は死ぬんですからね。つまり言ってみれば廃物利用で、一挙両得ですよ。」

「そうだ、君のように考えなければその仕事はできまい。できまいが横井君。そういううまいことだらけの話は得てしくじり易いよ。どこかにぬけ道があるにきまってるからね。そこまでしらべてかかっているかい。でないと飛んだところで尻毛をぬかれるぜ。」

「なあに大丈夫。一度も貰って見ないからそういう危険を感じもしましょうが、とにかく現にこの手で半金五十両がとこ受け取ったんですからね。これだけは確実ですよ。」

「そういう夢は直《じ》きさめるよ。さめた後で後悔しないがいい。だがなんだな、そんなうまい話は俺んとこより隣寺へ持って行くんだ。隣寺ならすぐ入る。こっちなら俺が保証する。確実だよ。」

父はそう言って笑い出した。母も笑いながら、

「御隣寺ならきっとおはいりになりますね、そういううまいお話なら。」

「ええ私も御隣寺はあてにしてるんです。二人でうんと儲けて見せびらかしますよ。」

来迎寺も愉快そうに笑った。そうしてさっそく隣りの称名寺へちょっと顔出しをしてくると言って立ち上がった。母が同じく立って玄関まで見送ろうとすると、来迎寺は強いて断わって、玄関の細長い白い包みを小脇にかかえて、隣寺と反対の山門を潜った。母は縁

側の簾《すだれ》の影から来迎寺の後姿を見送っていたが、扇子を額《ひたい》にかざした来迎寺の頭が、山門の石段からすべり落ちると、もとの席にかえって来た。

「あの分じゃ来迎寺さんはたしかに法幢がとこへおいでになりましたね。何か掛け物らしい風呂敷をかかえていらっしゃいましたが、ひょっとすると質物かも知れません。」

父はうむと頷いた。それからしばらくすると、

「また保険で引っかかろうと思って、ああやってうろつき廻っているが、尻の軽い困った先生さ。たぶん資金の調達に行ったんだろう。」

父は苦笑いをして吐月峯《とげつぽう》（煙草盆の灰吹き）をたたいた。

一時間ほどすると、経蔵の後ろの上の畑のほうから、白扇でまぶしい日をよけて来る来迎寺の姿が見え出した。今度はたしかに隣寺から戻って来るのだった。そうして茶の間に入るや否《いな》や、いきなり、

「いやあ、御院主様あなたの目は高い。御隣寺はさっそく十口ばかり引きうけましたよ。それでまず手初めに前の藤蔵爺さを承知させましたが、御隣寺はこんなうまい話はないって、そりゃ大恐悦でした。」

「二人揃って尻の毛をぬかれるほうが一人でやられると違って淋しくなくっていいだろう。弥次喜多も相棒づくのものでなあ。」

「来迎寺さん。藤蔵爺さは死にそうでなかなか死にませんよ。」

母が薄笑いを浮かべながら冷笑し気味に口を出すと、来迎寺は口をとがらして、

「どうして？　村でいちばんの高齢だというじゃありませんか。いっち年の上の者から死ぬのが、この世の順序でさあ。」

「去年米寿の餅をついた爺さだが、あの家は代々長命の血統で、九十だの百だのという声をきかなければ、なかなか死に切れぬ血筋ですよ。私がこっちへ来てから、村でのいちばんの年寄と言えばきまってあの藤蔵が家でした。」

「いやあ、そのうちにゃ死にますよ。容易に死ななけりゃ、あの御隣寺のこった、祈ってでも殺しますよ。そのへんは安心です。」

父も母も来迎寺も、その落ちですっかり大笑いに笑い崩れた。

毎日々々、宗門議員選挙の運動員が廻って来た。そうして組長《そちょう》として投票を集めてくれろ、いくら出すというようなことを掛け合った。しかし父は同じ組内《そない》で二人も候補が立ってるんだから、各自の自由投票より外はない。そう言ってはねつけていた。しかし運動員がかえると、きまって座蒲団の下に一円札が入っていたり、煙草盆の中に小さい金包みが隠れていたりした。父はいちいち母に命じてそれを戻さしていた。とうとう選挙の前日になって、とつぜん万善寺と専徳寺が拘留を三日喰らった。急を聞いて父が警察へ頼みに行っても、保釈は聴き届けられなかった。そうして釈放された時には選挙がおわって、万善寺はうまうまと敗北していた。もちろん放光寺の手がまわりまわって警察側にまで及んだ

のであった。放光寺は自分の投票を、他組の候補者に高々と売りつけたという評判が専らであった。虚栄心の強い万善寺は面目がないと言って、警察から釈放されるとすぐその足で出奔したということであった。しかしそれも三四日ばかりたつと、檀中が皆で金を出し合って、堂班を一階昇《あが》せて顔の立つようにするとすかして、ようやく捜し出して連れかえったということであった。こうして宗門議員の選挙は買収されたものの得でおわった。当選議員がさんざん金を振り撒いたあげく得たものは、組内で幅が利くことと、本山の金で京見物ができて、大びらで女買いができることであった。このうえの彼らの願望はせめて金の壱《いち》万円も寄附して、ままごとの勅選議員みたいな、門跡の直命による特選議員になりたいと思うくらいのものであった。

十八

曝書の季節がくると、本堂前の百日紅《さるすべり》に赤い花が訪れかかるのが毎年の例であった。そうして朝起きて出てみると、ほとんど毎朝くらいに、滑《すべ》っこい幹のなかほどで、蟬が海老のような汚い殻の背中を割って出て、柔らかい金色の体をもたげながら、淡い銀色の翅《はね》を朝風になぶらせているのであった。それを見ていると、いかにも新しい生命の精というういたいけな気がするのであった。幅の広い敷石の上にはしっとり朝露が下りていた。そこへ早起きの蜂が、一つ二つの百日紅の小さくちぢれ上がった花を蹴落として行った。彼は大きな鍵をがちゃつかせながら、草履で軽く石の上に瞬いている松の葉影を踏んで経蔵に行った。経蔵の前には左右から大きな松が一抱《ひとかか》えもありそうな頑丈な枝をさしかざしていた。一本の松の下には、自然石を積み上げた大人の丈の二倍くらいの石灯籠が、青い苔や黄色な苔に彩られて、古めかしくぽかんと突っ立っていた。台石の裾には時を忘れた木瓜《ぼけ》が、薄紅色の簪《かんざし》を誇らしげに飾っていた。もう一本の杉は池の中にでこぼこの根を張っていた。根の中から緋鯉や赤銅色の鯉が、太鼓形の石橋の影にすばやく身を翻《ひるがえ》して隠れるのであった。橋の上には花時になるとよく松の花粉が真黄にこぼれているのであるが、今は白い鳩の糞がまばらに落ちているばかりであった。橋を渡って二三段の石段を上ると、均衡のとれた小ぢんまりとした、擬宝珠《ぎぼし》しぼりの経蔵の軒下に立つ。建物の背後はだんだら登りで、風鐸の揺らぐあたりに、近い山の頂が指された。山の頂を登ったばかりの日が、ちょうど後ろの薄い輪廓を金色に染めていた。三重に鎖ざした扉を次々にあけてゆくと、経蔵の中央には、一段高く須弥壇《しゅみだん》があって、瓔珞《ようらく》に飾られた手の込んだ五重の塔が、くすんだ金色《こんじき》を冷たそうに瞬かせていた。塔の最下層には、木彫彩色の可愛らしい弥陀三尊が安置されて、外側の勾欄の四隅には、四天王が小さいなりに威張っていた。最上層には蓮座にのった舎利《しゃり》が、球状の硝子《ガラス》器の中に、まるで鉱物の標本のように納まっていた。彼は小さいとき伝説じみた舎利が見たさに、それを取り出して、歯で嚙んでみたり、石で叩いてみたりしたことがあったが、そうして弄《もてあそ》んでいるうちに、三粒の中の一つを失って、その代りに石英の粒を入れておいたことを思い出した。しかし今でも舎利の身代りは少しも区別がつかなかった。

壇上にはその外《ほか》むき出しのままの、時代のついた釈迦像が、借り物の真新しい蓮座の上に突っ立っていれば、一方には小さい竹筒のような御厨子の中に、真黒な埃だらけの聖親鸞の像らしいのが、わりあい大きな動物的の口をことさらめいてかみしめて坐っていた。前机には朱塗りの木蠟《もくろう》をさした燭台が一対、色の褪《あ》せた造花の花瓶《かひん》が一対、それに香炉と、小さい銀色をした鉦《かね》とがのっていた。机の下にはここ相応の小さい賽銭箱が置いてあって、円座が一つ磨き出した板敷の上にぽつねんと人を待っていた。経蔵の中は真夏でもしいんとするくらいひんやりした。

両側の壁には合天井《ごうてんじょう》まで届くくらいに、唐本がぎっしりつまっていた。右側の壁には経《きょう》律論《りつろん》の三蔵やら、諸師の講本筆記やらがつまっていた。それと向かい合って左側には和漢の古典を主として、それにいろいろな雑書が交じっていた。毎年々々まるで無知識の寺内が、一つの勤めとしていやいや経蔵の虫干をしてきたので、揃った本が皆ちぐはぐに方々に散らばっていた。そうして仏典のあいだに経書がまじっていたり、和書と悉曇《しつたん》（梵語）とが同居していたりした。彼はなるべくそれらを整理して、分類を正していこうと思ったのである。塔の背後の壁にはいわゆる「仏さま」や絵伝や歴代の門跡の御影《ごえい》やなどの掛軸の箱がたくさんあった。それから金襴表装の和讃や御経や、それをのせる経机巡讃机などがいっぱいにのっていた。三方ともに床上三尺ほどのところまでで棚は終わって、そのすき間には古雑誌古新聞をはじめとして、床飾りの道具や火鉢や、はては父の道楽のいろいろな盆石などまでが、ところせまきまでに置かれてあるのであった。

六七日手いっぱい虫干をしたので、仏書も和漢書も、大揃いに揃った口は干し終わったが、これからいよいよ五月蠅《うるさ》い端本《はほん》にかかるのである。彼はだいたい一日分の分量に目星をつけて、それを棚から卸ろし始めた。そのあたりには彼の父祖の筆になったものが多かった。そうして本もその趣味々々に従って集められて、いちいち円継だの円了だの円章だの円海だのと署名がしてあった。彼の家は代々「円」の字を継ぐ習慣になっていた。それらを見てゆくとしきりと悉曇の研究に没頭したらしいものがあった。悉曇の書物の中には一面に朱の書き込みがあった。そうして自分で悉曇の手習をした草紙ようのものがあった。そうすると今度は漢詩ばかりひねっていたらしいものがあった。やたらと詩を作って書き残しておいた詩稿の帳面が幾冊も出た。杜詩だの蘇詩だのという古めかしい唐本にはいろいろな評言がこまかく記されてあった。俳句や和歌に熱中していたものもあったらしい。天明のいわゆる俳句の復興期の俳書がたくさんあった。その中には、田舎宗匠をきめ込んでいたものとみて、自分が軸を詠んだ追善の句集などが幾冊もあった。その人の手になった歌俳日記というのは、どの頁にも和歌や発句が達筆に書きとめられてあった。幾冊も同じような仮綴《かりとじ》の日記を繰ってゆくと、ある日記ではだんだん文字が乱雑になって、とうとう帳面のなかほどで切れていた。おそらく命終の時まで筆を取っていたものであろう。なんだか故人の生活をさながらに思わせるような、新しいやるせない淡い哀しみがあった。彼は自分の父祖が、どういう生活をこの片田舎でつづけていたかをいくぶん知り得たような気がした。

そのうちに彼は同じ仮綴の表紙に『昇進諸事記』と書いた一冊を手にした。最初なんの意とも判然しなかったので、ただ無意識にぱらぱらと繰っていると、中には簡単の図が書いてあったり、家の系図があったり、何両何分と金高がのっていたりした。思わずまた逆戻りして最初の頁から開いてみると、これは内陣《ないじん》昇進および勅律師《ちょくりつし》(僧位)昇進のいきさつが、そもそもの事の初めから仔細に渡って記されてあるのであった。――

いったん隠居した老僧が一生の思い出に昇進がしてみたくなり、わざわざ願いを出して復職した上、極月《ごくげつ》(十二月)の雪の中を千辛万苦のすえ何百両という金を集める。尤もそのころは光明寺の四天王と呼ばれた丸持長者の檀頭《だんとう》が四人いた。一方ではそれをうまく説いておいて、他方ではほかの檀中にも気兼ねをしながら金を出させる。この間の苦労のひと通りでなかったことがまず書いてある。ついでいよいよ用意万端整って、下僕を連れて京へ発足する、道中筋の模様が書いてある。年内に京について定宿でいろいろ本山の容子《ようす》を窺うと、たよりにしてきた本山の家老の下間《しもつま》粟津二家老ともに、あまりの依估《えこ》贔屓《ひいき》で職を乱用したというかどで、閉門仰せつけられて大の不首尾である。取りつく島がない。そこを宿の主の入れ知恵で、家系の素性のいいことを書きたてたり、金をばらまいたりして、あちこちと運動して歩いたすえ、方々の玄関番にまで金を取られて、ようやくのことで昇進の手続をしてもらう。そこに意外の金子《きんす》入用と書いてある。その間に本廟の煤《すす》払いの光景が叙してある。それからさんざん御門跡へ上納だとやら、前門《ぜんもん》様へいくら、御連枝《ごれんし》へいくら、家老へいくらと御礼の金を絞られて、ともかく昇進だけはさせてもらう。門跡の御目通りがある。ここの儀式がさも有難そうに図入りで書いてある。天にも登る心地《ここち》で随喜しているさまが目に見えるようであった。それから本山の家老が附き添って、下に下にと駕籠《かご》を飛ばせて参内するのである。ここでも相応の金子を献上に及んだ。それからいちいち公卿や下端《したつぱ》にまで、うんと金を絞り取られる。それでも当人得々として、その日だけ十万石の大名風をふかして、京の町を駕籠で飛ばせる。ぽっと出の小大名などで道端にうろうろ行列していたのが、勅律師の威勢に駕籠から下りて土下座をする。その前を威張ってとおる俄分限《にわかぶんげん》のさもしい、しかしはかない気持がよく書いてある。それで宿へ帰って財布の中をしらべてみると、せっかく粒々辛苦《りゅうりゅうしんく》で調達して来た金子があらかた無くなっている。帰国を急ぐ。知人から借金をする。その間に土産の買物をしたり、お許しものの買物をする。そうした入費がいちいち何歩何朱ときちんと書いてある。総計数百両の大金である。帰国して餞別のかえしなどに、念珠の一聯ずつでもくばってやると、総檀中が御院主《ごいんじゅ》様が位をしたというので、ほかの寺にたいして大威張りで喜ぶ。自分も鼻高々と法中《ほっちゅう》の中へ出る。そういうところで終わっている。――

僧位堂班が現在の問題だとばかり思っていた彼には、これはまたかなり大きな発見であった。そうして余間《よま》や内陣に昇進することすら、今よりむつかしい（すなわち主として高価な）ことであったらしい。彼は昇進を生涯の願望と心得て、畢生《ひっせい》の力をそそいでいたらしい主人公の田舎の坊主根性をまざまざと見せつけられて、穴へでも入りたいくらい恥ずかしかった。なるほど平静に見れば子供らしい望みであるかも知れない。しかしこうした僧位や堂班を買って、自分や檀信徒の虚栄心を満足させる現今の悪習慣が、いつの間に昔から結ばれてきたのかと思うと、ただ笑ってすまされないくらい空恐ろしかった。しかもそうした願望を一生抱いて、それが成就したので満足をもって瞑目《めいもく》して行ったらしい安価な男が祖先の中にいたことは、彼にとって堪らなく淋しいことであった。腹の立つことであった。あるいは時代の潮流で、それを乗り切るだけの力がなかったのかも知れない。憐れむべき男ではあるが、彼が誇るべき父祖ではなかった。こうしたものの血が彼に流れて、彼の血管の中にも流れ込んでいるという意識は、生まれながらにして呪われているという暗い辱しめられた意識を与えずにはいなかった。そうしてそれを知ってみると、じっさい全身が汚れた血でむずむずする思いがあった。

僧位や堂班の競争の淵源《えんげん》するところは、まだまだ遠いことであったに違いない。そうして僧侶がいよいよ僧本来の職分を忘れて、自分の手で僧なるものを堕落させ、同時に自《みずか》ら軽蔑さるべき因を作ったという明らかな証拠も、またかなり古い時からのことであったであろう。しかし時とともにその傾向はいよいよあからさまになって、現在においてはきわめて少数の者をのぞいては、坊主同志猛烈な僧位堂班の競争に浮身をやつしている。近頃彼の聞いた話では、ある坊主はせめて生きているうちに昇進がしたいからというので、親譲りの田畑を売って色衣《しきえ》にかえたものがあるという。また他の僧は同じく昇進がしたいけれども金の出場がない。そこで石油鉱区の権利を二重売りにして刑事問題をひき起こしているという。それから来迎寺や称名寺のように、株や米をやって、儲けたらそれで一躍昇進して法中に威張り散らそうと焦っているものも少なくはなかった。ある寺では昇進した嬉し紛れにそれが人に見せびらかしたくて堪らず、上下二つの玄関を新しく造って、法中講の折、寺格の高い寺は上玄関から、低い寺格のものは下玄関から通して物議を醸《かも》したという。堂班の昇進では愚かなことが数限りなくあった。そうして各自に身命を賭してまで昇進を競うのであった。そのためには門徒の臍くりをくすね取る算段が講じられた。こうして末寺《まつじ》に金の苦労と気苦労をさせながら、うまく商売が図に当たってゆくのは、本山と法衣商人ばかりであった。

彼は『昇進諸事記』を床板に放りつけた。この幇間《ほうかん》者流の奴隷根性！　このけちけちした坊主根性！　なんという汚らわしいざまであろう。この醜い父祖の姿が、彼自身の上に侮辱となって彼をいやというほどいためつけた。そうして苦しめた。自分は先祖代々から呪われた積もる宿命に圧《お》されて喘《あえ》いでゆかねばならないのか。こう思うと彼は下唇を切れるくらいに噛みしめて、口惜し涙をこぼした。そうして涙にぬれた目を落として床の上を見ると、今投げつけた本のあいだから匍《は》い出した紙魚《しみ》が二つ、銀色のアルファベットのように、互にもつれ合いつつ素早く板の上を滑って行った。彼は諸事記をつまみ上げて、それを紙屑同様古新聞の中に放り込んだ。

　そこへ法幢が鼻をぐすぐす鳴らしながらやって来た。そうして八の字によせた眉の下から、間のぬけた目をきょとんと据えて、表情のない謎のような眼差《まなざし》を彼の上に放りつけた。彼は床上に出し揃えておいた書物を運ぶように顎《あご》で合図をした。法幢は「へえへえ」と言葉だけは妙に畏まりながら、顔の筋肉一つ動かさず、のろくさい機械のように、同じ速度でそろそろと本堂へ書物を運びはじめた。蟬が今日の暑さを思わせるように鳴き渡った。これまで彼の楽しみであった経蔵の整理は、今日からまたいやな、行きがかり上の、いわば義務となってしまった。彼はすべてのものが片端からいちいち奪われてゆくのを感じた。そうして狂おしいまでの孤独が足早においおい後から迫って来つつあるのを感ぜずにはいられなかった。

　曝書があらかた終りを告げて、残るは後ろの壁の軸物と御経ばかりになった時、百日紅に四五分の花が咲いて、寺の書入れ時の盆参がきた。内陣の荘厳《しょうごん》も皆夏の装いをつけた。

水色の打敷や薄の花立て、はてはむっちりふくらんだ白蓮の蕾など、いずれも夏をそれとなく物語っていた。わけても、朝夕檀信徒から供えられる新鮮な野菜や西瓜などが、三方の上でいかにも季節を誇らかに美しい肌をならべて輝いていた。

朝から光明寺の山門は、入れ代り立ち代り参詣する人でごったかえしていた。今日はいつもの仏事と違って、参詣人はいわゆる善男善女《ぜんなんぜんにょ》ばかりではなかった。檀中の家に生まれた女で他家へ嫁いでいたのが、幾人もの子供を連れて墓参に来る。こういった客が過半を占めていた。茶の間へお布施やお斎米《ときまい》をもって顔を出すのは一人、御堂で御斎の膳につくのはきまってその四五倍であった。お布施数でおおよその御膳の予想をつけている勝手元では、膳の出るたびにはいつも大番狂わせに会ってまごついていた。ほとんど戦場のような混乱である。

父は座にいつく隙もなく、ひっきりなしに読経《どきよう》読経で本堂へ行っていた。母は人気《ひとけ》に上気して一人で茶の間で参詣人に応対していた。彼もひとしきり人の出盛る頃、父の名代として茶の間に坐っていた。来る人も来る人も、彼の顔を見て喜びの叫び声をあげていた。彼はこうした人達が彼をわが物顔に振舞うのにひどく不平であった。そうしてなんとなくある臭気を伴うようなその一々の言葉に、顔をそむけたいくらいむかむかした。人いきれに蒸されかえした騒々しさの中に、気ぜわしそうな経木《きようぎ》の音が切れ切れに本堂から響いてくる。その経木の音を聞くともなしに聞いて見るともなしに前を見れば、青い簾目の間々に、百日紅の照りかえしが薄い紅をさしていた。彼は混雑の泥沼の中に、たった一人ふんわり浮かんでいるような、超然とした態度でいい加減にばつを合わせていた。そうしてときどき自分の内心をこれらの人々に見せてやりたい、そうしたらどんなにか驚くことだろう、そう考えてはひとりで心ひそかに微笑していた。台所口では耳の聞こえない爺やが、これもすっかり鬼の面のような顔を上気させて、樒《しきみ》というのに蠟燭をつん出したり、蠟燭という注文に線香をつけたりしてわくわくしていた。墓場のことはいっさい爺やの利得であった。

夕方お布施をむきおわって、爺やが報告してきた米もろとも帳面につけていた父は、紙をのしている母を顧みてほくほくもので言った。

「今年は例年になく成績がいい。御遠忌《ごえんき》といい、御門跡御下向《ごげこう》といい、そんなこんなで人気がたったんだろうが、全く豊年だよ有難いものだ。」

母も喜ばしそうに頷いていた。彼はもう口先で父に逆らわなかった。

次の日から毎日々々盆の十五六日まで、ぽつぽつ参詣の人が絶えないのが、毎年の例であった。爺やが朝夕境内を掃いたが、箒目の残っている上に、百日紅の褪せた花が、後から後からと散っていた。そうして庭の泉水や経蔵の前の池の汀には、日に幾度となく銀色の鳩や鼠色の鳩が、羽音高く連れ立っては水呑みに下りて来た。蜩《ひぐらし》とともに赤くただれた入道雲が南の山に顔を出す。それを合図に蒸し暑かった一日が沈んで、河鹿《かじか》の啼き声と一緒に夜が来る。すると澄み切った月が経蔵の前の松の枝にかかって、東の山から送ってくる涼しい風を青白く晒していた。父は毎夜茶の間の縁の簾を捲《ま》いて、岐阜提灯の下で晩酌をくんだ。すると暗い遠くの影のほうから、太鼓の音が涌き立って、盆踊の季節が近づいたことを知らせる。村の若い男女にとって一年中でもっとも楽しい日がきたのである。半ば月を浴びて固く鎖《と》ざされた本堂の扉に、その若い素樸な血をそそる太鼓の音が冴して、遠い濤のように響き渡った。勾欄の擬宝珠は燐光のようにひときわ鋭く輝いていた。松虫や蟋蟀《こおろぎ》の忍び啼きとともに、真夏の山里には、すでに秋が間近に忍び寄っていた。

彼は月のいい晩にはきまって夕食をすませると散歩に出た。村の中央を流れる川の岸をおよそ五六丁も溯ると、急に両岸が狭まって、涸《か》れ細った谷川の瀬が銀色にせせらいでいる。河鹿が至るところで金鈴の喉を振り絞って鳴いている。ゆくほどに谷が狭まったり開いたりするたびに、道が暗くなったり明るくなったりした。黒い杉の森がゴシック建築のように、無数の尖塔を聳《そそ》り立たせて押し黙っている。暗いひんやりしたそのなかを突き進むと、禿げた懸崖《けんがい》が屏風のように見上げられた。少年の頃ここの中腹によく鷹が舞っていたのを想い出した。その右手の屏風岩の一角に、月が真白の顔をすりつけて、彼を見つめていた。小さい灰白色の茸《きのこ》の生えた小石のような牛の糞を踏んでおよそ半里も人っ子一人通らない峡谷を行くと、赤肌の山を背景に、黒い森を前景にして、その中にたった一つ薄暗い灯が瞬いている。なんだかお伽噺《とぎばなし》にありそうな住家である。家の前まで来ると、ラムネやサイダーや少しばかりの酒樽や缶詰をならべた店先に、暗い石油ランプがじっと燃えとぼっていた。店の前には小高い石垣のあいだから、小さい滝をなして筧《かけい》の口から水が落ちていた。水槽の中には心太（ところてん）がちょうど海月《くらげ》のように浮き沈みしていた。筧の上には石垣が窪んで龕《がん》（厨子）をなしていた。龕の中には石の地蔵が古ぼけた涎《よだれ》掛けや頭巾に埋まって、とろとろと土器《かわらけ》の中にともる燈明に、かえって暗々と照らされていた。この地蔵の清水は昔の伝説的な奇蹟が行なわれたところで、この水のために不治の病気が快癒したということであったが、今はその昔の伝説をしのぶものとては、ただ僅かにその頃の本尊であった一体の石の地蔵があるばかりで、心太を売ってようやく口を糊してゆく腰の曲がった婆さんが唯一人、明け暮れ地蔵尊のお守りをしているばかりであった。彼はここまで来てこの伝説の泉に口をうるおして、婆さんからありし昔の地蔵の繁昌を聞いたりして後へ引きかえすのが常であった。恐ろしい気丈の老婆で、彼が、

「お婆さん、こんな山の中でたった一人ぼっちでいて淋しくないかね。」

と尋ねると、婆さんは二つに折った腰を心もち引っ立てて、歯のない口をもごもごさせながら、

「なんのお前様、お地蔵さまと二人だがんね、なんしさむしかろうば。」

と気焔《きえん》を上げるのが常であった。婆さんはそうして龕に向かって地蔵を伏し拝んだ。婆さんはよく自分が死ぬまではあの聖龕の御燈明を絶やさないが、死んだら誰も跡をつづけ

るものがあるまいから、さぞお地蔵さまがお淋しがりなさろう。それぱっかりが苦になると言っては溜息をついていた。それを聞くたびに彼は信仰はすべての生活の価値転換をする、と言った父の言葉を思い出した。そうして神仏とともにあるものの生活が窺い得られたような気がした。そうして時にはこの老婆のような心をもって寺におられたら、と思うこともあった。しかしそれとて現在の彼にとっては遠い夢の国の生活であった。ときどきは老婆はこんなことを言って彼を見上げた。

「お前様は前世の福徳で、あんげな大きな御坊の御当院様に生まれさっした。ほんに仕合せなお方だこといのう。おら死んだらきっとお前様から頭を剃ってもらうでの。ほんに仕合せなお方だ。」

彼は婆さんの耳へ向かって手で筒をこしらえて、

「お婆さん、おれから御頭剃《おこうぞ》りなんぞしてもらうと、真逆《まつさか》さまに地獄へ堕ちるぜ。」

婆さんは彼の言葉が腑に落ちると、危うい蝶番《ちようつがい》でとめた板のように上半身をかたんかたんと揺り動かして、

「なんのお前様、お門跡様の次はお前様だと、村の衆がみんなそう言ってますがのう。おらもう、御院主様よか御当院様、お前様がいいがのし。どうかおらが死んだらいい法名《ほうみよう》をつけてくらっしゃい。」

こう言って老婆は、来世の一大事を彼に頼み込んでおかねばならんという風に、急いで

心太を突き出して彼にすすめるのであった。彼が食べる口先を頼もしそうに老婆は打ち眺めて、決して彼が置いて行こうとする代を取らなかった。彼は不思議な心を抱いて帰途につくのであった。なんだか信心深い森の妖精に会って来たという気がしてならなかった。しかし村に近づくと、また太鼓の音が彼をこの神秘な国から引き戻した。そうして自坊の山門を潜ると、ここは彼にとって紛う方なき現実の、しかも地獄に近い現実の領土であった。

十九

この宗派の慣例として、盂蘭盆会《うらぼんえ》になっても御精霊様のお膳を作るでもなく、迎火や送火を焚くでもなかった。しかし十三日の宵になると、赤い酸漿《ほおずき》型のいわゆる盆提燈をめいめいに一つずつ提げて、蠟燭線香、それに薄《すすき》や萩やの秋草をお華に切って、お墓参りをするのが土地の習慣であった。境内には赤い提燈が織るように往き来して、仄かな灯が瞬いている御堂や経蔵の前にも、酸漿提燈がいくつも止まってはまた流れ出した。そうして本堂裏の墓地は数百の蠟燭や提燈に照らし出されて、日頃の陰森な区域が、今日は祭礼のように華やいで見えた。それでいて酸漿提燈に火が燃え移って喚いている子供があっても、底に飽くまでも穏やかな静謐《しずけさ》を湛えているこの宵の行事は、乱されることもなく、亡霊と生存しているものとが落ちついて慰め合うにふさわしい、いかにも田舎めいた、神秘的な空気が醸し出されていた。

ちょうど人の出盛る頃を見計らって、父は家族を率いて墓場へ出た。墓場の上座と覚しいところにあたかも演壇の上から聴衆を見下ろす人のごとく、ひときわ大きな高い墓石が突っ立っていた。石の面には「久遠山廟所」と書家めいた草書が彫りつけられてあった。そうして石の柱を太い鉄の鎖でつないだ堂々たる柵がめぐらされて、あたかも城砦《じようさい》の模型を見るようであった。その下に累代の彼の父祖や兄弟の白骨が眠っているのである。墓は蠟燭の灯で取囲まれていた。そうして石の花立ての中には、薄の中から紫の桔梗《ききよう》と黄色な女郎花《おみなえし》とがのぞいていた。

略衣《りやくえ》の上に輪袈裟をかけた父が、赤い小切れで造られた蓮華形の蒲団の上にのったやや小さい鉦《かね》をチインチインとならして簡単な読経をした。その後から家族のものが礼拝《らいはい》した。ことに母は台石の前に蹲《うずく》まって、長いあいだ黙禱を捧げていて、容易に起《た》ち上がる気色もなかった。家族の礼拝がおわると、自分の墓に参った人々が、次々にこの墓に参拝した。彼は公孫樹《いちよう》の根元に佇んでこの光景を眺めた。そうして衆愚を見下ろしているといった傲《ごう》然《ぜん》たる大きな墓石に胸を悪くした。門徒の信施に生きるとか、布施による生活が正しいとか、口先こそは美しいが、信施そのものはこの墓が表徴しているような寺院生活の貴族化に浪費されて、長いあいだに門徒を家来か小作人のように扱ってきた。檀中が多いということは田の実りが多いということであった。上納が多いということであった。そうして自分は長袖を纒《まと》って、大きな殿堂の中に「無禄の長者」と納まっていた。そのじつ布施を恵まれる生活をする人は、小さいながらも一方では年貢米を奪う地主であった。恵まれることと奪うこととは、両立してはならないことである。しかし寺院にあってはこの二つのことが共存しているばかりでなく、なおそのうえに賦課を徴収することさえ行なわれている。暗々裡《あんあんり》に田舎においては、寺院が一種の暴君――弱い者の名において築き上げられた暴君であった。その不自然な人の弱点に巣くっている制度を、人――檀信徒も怪しまず、彼自ら――僧侶自身もさとらない。がんらい恵みに生きる者の生活は、いちばん貧しい生活でなければならない。しかるにこれに反して寺院の生活は村中におけるいちばん上流の部に属する。殿堂庫裡《くり》を見てもこの墓を見ても、村中の貴族は正しく寺である。僧なるものの本来について、デリケートな良心を働かすものであったら、一日も晏如《あんじょ》として今日の寺院生活はできない筈である。であるのに僧の心は長者のごとく傲《おご》っている。僧自身がおごるのみならず、檀信徒もまたそれを当然なこととして、むしろその長者ぶりに感謝している。そうして僧の頤使《いし》に甘んじている。僧が本分を弁《わきま》えないのはもちろん悪い。しかしそれを愚かな召使が甘やかして育てるような檀信徒もまた悪い。そうして殿堂といわず、庫裡といわず、墓地と言わず、分不相応に大きなものはすべてが罪悪の酵母である。出発を誤まった現在のままの寺院は、現在の経済組織の中では全く清い存在を保つことができないであろう。

提燈の灯が醸し出すこの淡い情緒、祖先や亡者の霊魂を祀る伝説的の気分。高い甍《いらか》と高い梢に切り取られた星空の一片と映発して、地上に不思議な夢の国を現わし出す今宵の墓場。こうした中に融《と》け入って、自分が地上に虫けら同様の生活をつづけてゆかねばならぬということを忘れている人々は幸福であった。彼は公孫樹の根元に腰をかけて、酸漿《ほおずき》提燈が消え尽くすまで、いろいろな物思いに沈んでいた。蟋蟀がうら悲しそうにリインリインと玉をころがしはじめた。夜露がじっとり墓の上に下りた。爺やが燃え残りの蠟燭をかき集めに来た。彼はこっそり墓のあいだをくぐって家に帰った。

十五日は朝から太鼓が鳴りづめに響いた。平野のあちこちの遠くの村々でも、至るところ太鼓が鳴っていた。今日は鎮守の盆踊りがあるというので、村中は朝から勇んでいた。

本堂、内仏、経蔵、寺内と、今日は特別の晨朝《じんじょう》の勤行《ごんぎょう》に、父はそれからそれへと経を読んで廻っていた。寺内の参拝を殿《しんがり》に家に帰って来た父はことのほか不機嫌だった。朝餐がすむとさっそく寺内の法幢を呼びよせた。茶の間に端然と坐っている父に向かって、法幢は入って来るや否や、縁側の敷居に手をついて、「へえっ」と畏まった。大きな青白い耳だけがつんと突っ立っていた。すぐさま父は威勢高に一喝した。

「法幢、手前《てめえ》んとこの御内陣《ごないじん》にかかっているあの連座《れんざ》の御影《ごえい》はどこから出した。」

法幢は叱られている意味を解し兼ねているかのように、きょとんとして父の顔を眺めた。

父はいらだって、

「手前あの仏さまをどこからだしたって聞くんだ。」

「はあ、あの仏さまでございますか。あれはそのちいっとばかりわけがあるので……。」

「なんだ。きいた風な口の利《き》きようをするなっ。俺に向かってわけがあるとはなんだ。あの連座の御影というものは昔は別院格の寺でなけりゃお下りにならなかったものだ。それほど有難い尊いものだ。だのにお前のような余間《よま》にも入れない寺内坊主が、ああいうものをお掛けしておくとは格式にそむいている。さあ、どういうわけで俺に黙ってあれを掛けておくんだ。」

「へえ、じつはその何で……」

「早くさっさと言わないかっ。」

「へえ、じつはその来迎寺の御院主様《ごいんじゅ》が、せんだって金を貸せと仰って、あの大事な仏さまを下におくから、紙魚《しみ》のこかないようにときどきお掛けしてくれと仰ったもんですから、それで……」

「それで掛けたというのか。馬鹿坊主奴《め》。本山から御下附《かふ》になるものには、いちいち格式というものがある。みだりに用いることは相成らん。ああいう違法のことがあると、本山からお咎《とが》めがある。さっそく外しておけ。」

「するとそのなんでございましょうか。もしか来迎寺様が金をかえしてくださらん時にゃ、あれが私のものになっても、お掛けすることができないもんで……」

「そうだ、改めてお願いしておゆるしが出なけりゃいかん。だいいち手前のような寺格の低いものがどうしたって掛けられるようなものじゃない。それにあの仏さまのお裏を見ろ。きっと御門跡の御書き印があって、それから願主として来迎寺の名、それから寄進人の法名が書いてあるにきまっている。寄進人はおおかた一人や二人じゃあるまいが、みんな仏さまのお裏に法名を書いてもらって、皆から拝んでもらうというために金を寄進したのだ。来迎寺にあってこそ値打のあるものを、手前が持っていたとて何になる。あんまりきさまが欲張るから来迎寺にいっぱい食わされたんだ。あんなものを自慢そうに掛けておくと、別院へ申告して処罰するぞ。阿呆者め。」

父はぷりぷり怒っていた。法幢はほうほうの態《てい》で逃げ帰った。しばらくすると法幢がやって来てまた「へえっ」と父の前にへつくばった。そうして切り口上で、

「唯今《ただいま》仏さまをお外し申しましたから、どうぞしらべて頂きとうございます。」

と言って息を吸い込んだ。父は苦笑いをしながら、「うむよしよし」と首を頷かしてみせると、法幢は父の顔色を窺いながら、懐から古状袋を取り出して、その中から小さい骸子《さい》の目形《め》の紙切れを畳の上にならべた。

「へえ、御院主様、これをごらんください。こっげなもんでも銭《ぜん》になるんでございましょうか。」

父がその一片を取り上げてみると、紙片の真中「称名寺印」という朱印が捺《お》してあった。

「こら何だ。」

「何だ。」

「へえ、これがいつもお賽銭の中にまじっているんでございます。はじめは紙屑だと思って拾っては捨てておりましたところ、近頃はだんだん増える一方なんで、このあいだから家のだけこうやって集めておきましたんでございます。どうもこれがお隣寺でお出しになるお賽銭札らしいので、一つ掛け合いにゆこうと思いまして……。」

「うむ。どうもそうらしい。家のはどうした。」

「みんな本堂のお賽銭箱の中に入れてございます。」

「そうか、じゃ箱をあけるから、一緒にもって行って換えて来い。お湯屋じゃあるまいし。賽銭札なんぞを発行して怪《け》しからん。」

父が本堂の賽銭箱を開けてみると、無数の紙切れがまるで子供の悪戯《いたずら》のようにいまいましいくらい入っていた。中には称名寺以外の他村の寺々の朱印の据わっているのがたくさんあった。方々の寺々で小銭のないのをいいしおに、五厘一銭の賽銭札をたくさん造っておいて、賽銭の両換に来るものに二十銭五十銭と手渡してやったのが、わけの分からない同行《どうぎょう》連中が、ところかまわず紙札を賽銭代りに上げて歩くのであった。父はそれらを寺々に区分けして、称名寺の分だけ法幢に払い戻してもらいにやった。法幢は現金をもってかえって来た。ようやく父の機嫌がなおった。法幢は母に、今晩から非常に上手な説教者が来るから、ぜひお参りしてみてくれろという隣寺の内室の伝言を報告して引き退《さ》がった。

「今晩からって、またどうしたんでございましょう。すぐご近所の鎮守さまで今晩盆踊りがあるというではございませんか。せっかくだから一晩だけ遠慮しておやりになればいいに。」

「隣寺がそんなことに気を配る男かい。あるいは却って踊りをつぶしてやろうなんぞと謀《む》反《ほん》を目論《もくろ》んでいるかも知れんよ。隣寺がよぶ説教者がまたいつもそういう同類だからな。」

「そりゃあんまり若いものに気の毒でございます。」

「俺ならそう思う。しかし隣寺はね、中々のしたたか者だから、おおかた何かやらかすつもりなんだよ。どうだい、今の賽銭札だって、うまく爺婆を誑《たぶら》かして、さも重宝らしく吹聴してるに違いないんだ。なんでもあの轍《てつ》だからな。しかし法幢が見つけたところもいいじゃないか。自分のとこへ両換料が這入《はい》らないんで、それで一大事とばかりにやって来たんだよ。いわば商売敵《がたき》だからな。」

「ほんとにあれの馬鹿にも困りますね。」

「問題じゃないさ。しかしそう思いながらもどうしたものか、彼奴の顔を見ると癪《しゃく》にさわって困る。前世じゃ猫と鼠でもあったんかなハハハハハ」

父と母とは茶をすすりながら、こんな会話を取り交わしていた。

夕方になると太鼓の音がいよいよ勢よく響き渡った。彼は夕食をすませてから、いつものとおり谷間の婆さんのところまで散歩してこようと往還《おうかん》に出ると、赤い長襦袢を着込んで、顔に白粉《おしろい》をぬった女装の男や、虚無僧《こむそう》笠をかぶって尻からげの男装をした女や、その他とりどりに変装して、多くは花笠に顔をかくした若い男女が、笑いさざめきながら、踊の手真似足真似で、鎮守のほうへ雪崩《なだ》れ込むのであった。往還の軒ばたには出鱈目《でたらめ》な絵をぬたくった四角の祭礼提燈に灯を入れて、それをずらりと鎮守の森まで連ねていた。「八幡大菩薩」と書いた大きな白旗が二流、大道から鎮守へ曲がる入口に立てられて、一抱《ひとかか》えもありそうな大きな旗竿と旗竿のあいだには、横に細長い怪奇の絵をかいた燈籠が、三段ばかり吊るされていた。若い衆の手になったこれらの絵を、まるで帝展の絵でも見るように、女子供がわいわいよってたかって品評し合っていた。

幾重《いくえ》にも曲がりくねった山奥の地蔵の盆地には、水のせせらぎと河鹿《かじか》の啼き声とのほかにはまるで物音が掃いて取ったようになかった。婆さんは今しも地蔵の燈明に油をさして、燈心をかき出しているところであった。仄暗い聖龕《せいがん》を前にして、鶴髪の婆さんが、弓なりの腰をのばして石の聖像と囁いている一幅の絵は、全く人が神と親しかった中古のそれであった。彼は道の真中に佇《たたず》んでこの絵を眺めた。百合の香がぷんと匂った。婆さんは燈心をかき立てると、気長な礼拝《らいはい》に移って、容易に頭を上げなかった。目がなれてきてみると、龕の中には灰白い山百合らしい華が手向《たむ》けてあった。彼もこの光景を眺めているうちに、心の中がしいんと清められて、婆さんとともに仏像の前に額突《ぬか》きたいくらいになった。彼はすがすがしい気持で、清水に口をうるおして後戻りをした。

村に入るとこれは火事場か戦場か、いずれそうした大騒動でも持ち上がったかのように、鐘や太鼓や法螺貝《ほらがい》や拍子木の音がごちゃごちゃにこんぐらかえって、耳をつんざくばかりにとりとめなく鳴り響いていた。それが近い山々に谺《こだま》するので、方々の山の洞《ほら》で、古《いにしえ》の半獣神の山の神が、百年一度の大饗宴にはめを外して踊り狂っているかの趣があった。いよいよ盆踊りが佳境に入ったのかと思えば、どうやらそうでもないらしく、鐘と言い太鼓と言い、まるで滅茶々々の乱調子で、あれではいかな魔物でも踊れそうにもない乱暴さであった。彼は鎮守の森へ足を運んでみた。

鳥居の前で道が鎮守のほうと称名寺のほうと二岐《ふたまた》にわかれる。そこまで来ると鎮守の森の中から花笠を冠《かむ》って片肌をぬいだ連中が、雪崩をうって称名寺の山門さして駆け込むのであった。それとともに森の中では太鼓の音が次第々々に消えかかって、その代りに称名寺の境内で大鐘や喚鐘《かんしょう》がまるで火事場のようにゴォンゴォン、ジャンジャンと鳴り響いた。その間に法螺の貝がボオボオと、まるで出陣の合図を吹くかのように、人の心をそそっていた。彼も踵《きびす》を接して集まる人々の群について、称名寺の山門を潜った。

見渡すところ境内は人をもって埋まっていた。そうしてその大半は花笠をかぶったのや、赤い着物をきた踊りの連中であった。本堂の向拝《ごはい》の下には、石燈籠の笠を外して、そのなかでどんどん松明《たいまつ》をたいていた。縁側の鴨居にはずらりと提燈をかけならべて、その下にはちょうど花相撲か何かのように、「一金×円也」という風な寄進札が幾十枚となく貼りつけられて、それが夕風になぶられてちょうど白い嵐を起こしているようであった。正面の勾欄《こうらん》のついた縁側が自然と舞台になっていた。喚鉦をたたくものも、法螺を吹くものもそこにいた。見物はその勾欄下《くま》までぎっしりつめかけているのである。舞台の中央には法衣の上に簑《みの》をつけた、顔に隈どりをした青坊主が、念珠をかけた片手には菅笠、片手には腰なる太刀の柄《つか》を握って、勾欄に草鞋《わらじ》を穿《は》いた片足をかけて見得を切っている。聞けば石山軍記が始まったのだそうである。群集の中にははや念仏の声が起こった。

鉦や法螺の音が静まると、青坊主は勾欄の下へ飛び下りたかと思うと、栗鼠《りす》のように階段をかけ上がって、笠と簑とをかなぐり捨てると、今度は念珠を高く揉み上げて内陣の本尊のほうを礼拝した。それから腰の太刀をぬくと、まるで独楽《こま》まわしか八重歯ぬきのように、それを松明の光にきらきら振り廻して頓狂の声を立てた。それから人の静まるのを待って、浪花節もどきに朗々たる音頭を振り絞って、石山軍記を身振りたくさんに語り出した。溢れるような念仏の合唱が起こった。頃を見計らった青坊主は、つづきは本尊前の高座の上で弁じると言って引っ込むと、境内の群集は時を移さず先を争って堂内に雪崩れ込んだ。彼は試みにもう入って見る気はなかった。さぞ渡り者の説教者が、いい気持で赤い舌を出していることだろうと想像して、酒樽の鏡がぬかれたまま放り出されて、祭礼提燈が燃えても消す人もないさびれた鎮守社の神域を一巡して、腹立たしい心を抱いて家にかえった。

説教者の人気は非常なものであった。そうしてさしもに賑やかな年に一度の盆踊りをつぶして、踊り子を皆説教の席に奪ったということが、さもさもえらい手柄のように口々に物語られた。こうして村人の心理を捉えるに上手な説教者は、また金持の主婦や後家さんの歓心を得るのに妙を得ていた。次の日お参りに行った母は金の指輪をもらって来た。しかしそれは東京の縁日では、十銭も出せば買えるまっかな偽物であった。説教者はその指輪を盛んに振りまわしては、後家や有力者を釣るのであった。そうしてとうとう説教者は呪禁《じゅごん》一つで病人をなおすという評判まで立った。なんでも招待して呪禁をしてもらった病家の話では、薬を病人に呑ませる時、南無阿弥陀仏と拝んでおいて、この中には六字の名《みよう》号《ごう》が祈り込んであるから、その功徳できっとなおると言って呑ませるのだそうである。説教者はこうやってしこたま村人の臍繰り金をくすねて、もうこのくらいと見切りをつけた頃は、いつの間にかふいと姿をかくしてしまった。

曝書の最後の日は宝物《ほうもつ》の虫干ときまって、それは盂蘭盆会に引きつづいて行なわれる例年の慣わしであった。その日は遠近から信徒以外の人々まで拝観に来た。おもなものと言っては恵心僧都《えしんそうず》作と称する、真黒な後光だけ金色に光っている来迎の弥陀如来の絵像と、八十八歳愚禿《ぐとく》親鸞の銘のある小形の六字の名号とであった。この小さい古ぼけた軸物も真黒に煤《すす》けていた。そのほかいわゆる宝物《ほうもつ》と称せられるものが数点あって、内陣の巻障子の前にかけられていた。あたりには一面に御絵伝だの、七高祖《しちこうそ》だの、連座の御影だの、そのほか今出来の何百代様《なんびやくだいさま》と称する「如来様」の掛軸が、各美しい金襴表装の中に、緋の法衣の袖を翻《ひるがえ》したり、長い念珠をつまぐったり、紫衣に金の鳩杖を横たえたりしていた。人の集まった頃、父は恵心僧都と親鸞上（聖）人との二幅の縁起を読んだ。いつの時代に誰が作った縁起か知らないが、ずいぶんと人を食ったむやみと有難そうなことを書き連ねたい い気な代物であった。それでも父が抑揚たっぷりにさも勿体《もったい》らしく太い声で読み上げると、今にも絶え入りそうに念仏を唱えるものがたくさんいた。話に聞くと昔旅廻りの宝物興行師が、この寺に来た時に路金を使い果たして、もって来た宝物を質に入れて金を借り出したまま、それきり質流れになったのが、これらの宝物だという。しかしそういう話は縁起には書いてなかった。そうしてもっといかめしいどこの縁起にも見出す神怪《しんかい》の伝説がその代りに物語られてあった。

この日は朝から土地の書画屋で、権六といううぐうたらなお人よしがつめかけていた。掛物のかけはずしの手伝をしたほかは、間《ま》がな隙《すき》がな父を捉《つか》まえて碁を囲んでいた。青錆の浮いた洋銀ぶちの老眼鏡をひっきりなしにかけたりはずしたりして、頭から湯毛《ゆげ》を立てて血眼で石をつかんでいた。さんざん父に敗けぬいた後で、父の晩酌の相手をしながら、いい画工を見つけたから、あの恵心僧都をひと月ばかり貸してもらいたい。決して間違いはないから。今のうちに写し取っておかないことには、次の代にはあたら宝物もむざむざ暗《やみ》夜《よ》の鴉《からす》の絵のようになってしまう。そんなことを言ってしきりと父を口説《くど》いていた。そうして夜更けて山門を忍び出る権六の小脇には、巴《ともえ》の定紋のついた大きな風呂敷包みが抱え込まれてあった。

二十

八月も終りに近づくと、空の一角に不安な色をした赤い雲が乱雑に蜂起して、二百十日の間近にきたことを予知した。彼が帰着した当座には弱々しげな浅黄の色を溶かしていた水田も、今は逞《たく》ましげな立毛《たちげ》をならべて、仄白い穂をもたげている早稲《わせ》さえあった。平野のかなたこなたには、収穫前の希望に充ちた農夫共通の不安が、風祭りの太鼓となって物《もの》憂《う》げに鳴り響いていた。道を行く農夫はまず空を仰いで、それから田を眺めた。そうして牛や馬は目前にせまった取り入れのためによく秣《まぐさ》かわれた。夕方になると川の中には牛や馬が、黒や茶褐の背をならべていくつとなく行水を使わせられていた。

月のある晩が戻ってきた。それと一緒に大槻が京都から帰って来た。大槻は休暇の大部分を自活の代を得るために、彼地に残って働いて来たのであった。彼は待ちに待った親しい友を、太陽を仰ぐようにまぶしそうに打ち眺めた。二人の話はそれからそれへとなかなか尽きなかった。夕方湯殿で二人して行水を使っていると、筧の水の落ちるあたりの暗隅で蟋蟀《こおろぎ》が啼いていた。そうして流し場下の武者窓から、しきりと百日紅《さるすべり》のしおれた花が、地の上にこぼれるのが見られた。蜩《ひぐらし》が悲しそうに暮れの鐘を叩いた。山の端に乗りかかっていた大きな肉色の入道雲が、夜に入るとともにだんだん紫から鼠色に移り変わってきて、やがて銀色の襞《ひだ》が取られたと見る間に、心もち桜色した月が顔を出した。宮城は大槻と連れ立って、月を踏んでいつものとおり散歩に出た。

村外れの道端の崖の上に、大きな石の閻魔大王が、尺余の朱の口を一文字に食いしばっている。松の樹立が濃《こま》やかで、あたりには月の影さえ洩れていない。そこの暗い崖下を廻ると、川の面が急に明るく開けてきて、全く村里から絶縁されてしまう。二人は肩をならべてぶらぶら歩いた。大槻は道端の草をぬいて草笛を作った。

「いい月だね。月に一曲捧げようか。」

大槻はそう言いながら、草の葉を唇にあてて笛を吹いた。すると名も知れぬ野の鳥が啼くかのように、谷や森に谺《こだま》して原始的な笛の音が澄み渡った。反響が竹筒の中を伝わるように、いつまでも谷間を溯ってだんだんすがれてぼやっと靄《もや》のようになってゆくのがよく聞きとれた。そのすがれてゆく響をじいっと聴いていると、森の精が口笛を吹きながら、谿奥《たにおく》の洞へ帰ってゆくかと怪しまれるくらいであった。二人は不思議に鋭敏な夜の空気が、まるで生き物のように感動するように耳を傾けた。そうして顔を見合わした。

「なんだか醜い声で物を喋ると、聴きとがめられそうな夜じゃないか。喋るのは遠慮しなければならないらしいね。」

静かに宮城が語ると大槻が答えた。

「だがこんな夜に喋らないで別れようものなら、なおさら惜しい気がするよ、きっと。それより大いに語ろうじゃないか。」

「うむ、それもそうだ。」

大槻は草笛を川の中に放り込んだ。川は水銀の流れのように、とろとろ光っていた。

「どうだ。夏休み中の田舎での収穫は。僕なんぞと違って、君は生活に煩わされないいんだから、さぞ勉強もできただろう。それを思うと苦学生はつらいよ。」

「ところがまた僕は君のような自力自給の生活が羨ましい。君が来たら自活の方法をきこうと思っていた。僕はもう堪らない。」

「どうしたんだい。また例の寺院生活の虚偽がか。」

「そうだ。僕はこの春からまず御遠忌《ごえんき》を手始めとして、大説教者を見た。法主《ほっす》も見た。北野博士も見た。宗門議員の選挙も見た。一切経の御紐解《おひもとき》も見た。盂蘭盆会《うらぼんえ》も見た。講談上手の説教者も見た。底の知れない愚かな門徒も無数に見た。ずるいいろいろな寺院生活者も見た。そのほか、まだいろいろなものをどっさり見た。みんな虚偽だ。詐偽《さぎ》だ。しかもそれに命がけな真摯《しんし》さはどこにもない。どれもこれもみんないい加減な虚言で固められたその日暮しだ。僕はこういう泥溝《どぶ》の中に身を投げ込む勇気はなし、またこうなって見ればその中のものを拾って食うのを潔しとしない。だから僕は自活してゆきたいんだ。それがいちばん手取り早い途《みち》であり、またそのほかに処決の途はあるまいと思っている。」

「君は僕より幸福だった。だから不幸なんだろう。貧しきものは常に幸《さいわい》なりさ。が、それはともかくとして僕から見ると君の悩みはずいぶん高踏的だ。僕なんぞその悩みはいかにして今日食うべきかという、人の存在に直接触れたいわば第一義の問題にあるのに、君ののは飽食暖衣と言っては語弊があるかも知れないが、とにかく現に食っている。その生き方が合理的か否かというんだから、まあ幸福な悩みだよ。ちょっと僕なんぞには分からない。」

「だから贅沢《ぜいたく》な、どうでもいい問題だというのかい。」

彼は大槻の顔をちらと横目に見て、また俯向《うつむ》いた。それから語をついで言うには、

「なるほど、人は何によって生きるか、人はいかにして生きるか、この二つをすべてパンの問題として考えている君の張りつめた気持から言えば、あるいはそうかも知れん。しかし僕から言えば君はまだ本当に僕の煩悶《はんもん》を了解していないようだ。だから僕が物好きにひまにあかして煩悶道楽をやらかしてるとしか映らないんじゃあるまいか。しかし一言に

して言えば、僕とてもやはりいかにして生きるかという、君と同じ人間なみの問題から出発したいんだ。いいかね、がんらい君は地ならしをした平地をわり当てられて、そこに家を建てればいいように定められた大工なんだ。だから君は家さえ建てればそれでいい。ところが僕は平地の代りにでこぼこの廃墟を振り当てられた。だから僕はまずその地ならしからして出なければならない。同じく家を建てるのはすべての大工の務めなんだから、僕も早く地ならしをして、君同様家を建てようと思っているのさ。君から見れば僕は特権の所有者だろう。しかしその特権を恥と考えている僕から見れば、君はあべこべにじつに自由な羨ましいくらいな特権をもっている。何物にも束縛されないで、自分一個を大鵬《おおとり》のように天空に翔《か》けさせるというのは、なんというすばらしい天恵だろう。僕なんぞは止まり木にしっかと足を結わえつけられているみじめな鳥だ。」

「君は自分の言葉に酔い過ぎている。自活ということは言葉のもつ本来の意義においては、それは正しい、すべての生活者の第一原則に違いない。しかし現今の社会状態では働くものより、働かないもののほうが、大体においていい生活をしている。したがって自活ということは、なかなか容易でない。ことに修業中のものが、一方では勉強して、その片手間で他方食を得てゆくということは、並大抵のことではない。やはり勉強ということを主眼にすれば、同じ自活をしていても、学問に便宜のある方法は、多くは自活本来の意義に遠ざかっていると思う。どうもそこにジレンマがあるようだ。だから僕の考えでは君なんぞもやはり、どうせ少しばかりの程度の差なんだから、学校がおわるまで我慢して、将来の大成を期したほうが、すべての点においてよくはないか。だいいち君自身のためにもそれが大道で、少しくらいのことは隠忍自重《いんにんじちよう》したほうがいいと思う。僕が已《や》むを得ずやっていることを君は好んで採ろうとする。一考を要することだ。どうも君の言葉にはあまりに純化された理想ばかりのいわば客気《かつき》がありはしまいか。だいぶん老婆心を出すようだがね。」

「有難う。じっさいを言えばそうも思い、ああも思うというのが、僕の現在なんだろう。だから僕はどっちつかずで始終、煩悶懊悩《はんもんおうのう》ばかりの日暮しをしてる。つまり弱いんだ。性格が強けりゃ「全か無か《オールオアナッシング》」の勝敗をきめるんだが、出るにも出られず、いるにも度胸を据えていられないというのは、畢竟《ひつきよう》僕が弱いからだ。僕は君みたいな太陽のような性格が欲しい。アポロ的な同時にディオニソス的な魂が欲しい。だいいち自己を、現在の己れを突き破る力が欲しい。」

「君は自分の美しい人情を呪っている。僕から見れば君の性格はむしろ美しい性格だ。そうして君の心は正しい。美しいからこそ正しいからこそその悩みがある。しかしそれにもかかわらず眼が始終、上下左右を見る。君はその目の運動を心の動揺だと信じているようだ。」

「目は心の窓だ。目の動くのは心が揺らぐからだ。僕は自分の弱い性格を呪う。醜い心を呪う。だから一時《いっとき》も早くそこからぬけ出たいと焦慮《あせ》っている。しかし元来が弱いから、強くなったら滅法に強くなりそうだ。その強くなった時が、弱い今よりよほど怖ろしい。僕は全くどうしていいか皆目《かいもく》分からない。たしかに僕は呪われている。」

「いや君は恵まれている。」

大槻が謎のような言葉を力強く放り出しておいて口を噤《つぐ》んだ時には、二人は山から真黒に雪崩れ落ちて、川縁《べ》りの狭い土地で危うく食いとめられている暗い松の森の中に入っていた。森の中ではさっきから啼いていた梟《ふくろう》が黙ってしまった。そうして二人の足音を避けるのか、黒い梢の上でかさこそと樹の皮を剝ぐような音がしていた。二人は音のするほうの梢を仰いだ。とすぐ彼らの頭の上で、円い猫の目玉くらいな金色のものが二つ並んで下の方を覗いていた。

「おおいるいる、先生あすこでわれわれを監視してるじゃないか。」

大槻がそう言って指すと、小さい金色の二つの光がぱっと消えて、暗い梢の中にさらに黒い翅《はね》が羽ばたきをして、夜の魔王は川向いの森の中に飛んで隠れた。あとには一体に黒い幹と幹との間々に、狭い白い光が縞をなしてまどろんでいた。森を出た二人はしばらく無言のまま歩きつづけた。森のところでいったん広がった谿《たに》は、またじっとり雫《しずく》にぬれた岩壁を、月の光りに鉛板を削ったように照らさせながら押し出してきて、穏やかな瀬を護る峡谷となっていた。道の上に垂れ下がった木の葉が月の光でときどき白い花が咲いているように見えた。

「君は今、僕が呪われていると言ったら、いや恵まれていると言ったね。どうしてだい。どういうわけで君はそう思うんだい。」

彼が静かに反問すると、大槻は即座に元気に答えた。

「世の中にはじっさい酔生夢死の連中がたくさんだ。しかるに君は自分の存在ということをしんから価値づけ、しんから純化して、飽くまでも根本から生活らしい生活を創造してゆこうとする。これは確かに美しい男らしい仕事じゃないか。そういう仕事を見出したということが、すでに恵まれたことなのだ。そのためには煩悶もあろう。障害もあろう。しかし仕事が大きければ大きいほど、犠牲もそれ相応にはらわずばなるまい。これは已《や》むを得ない。僕は君のためになんだか頌歌《しょうか》を捧げたい気がするよ。」

「大槻、その奮励《ふんれい》の辞は感謝する。が、あんまり結構づくめで今の僕にはぴたりとこない。いったい僕の現在求めているのは僕の煩悶の分析や値打のあるなしじゃないんだ。どうしたらこの煩悶から解放されるか。どうしたら解決がつくか。僕の求めているのはその方法だ。尤も今のところ一つだけは方法が見つかっている。しかしこのままの悩んだ霊を抱いて永久に目を瞑《つぶ》ることには、依然として言うべからざる永恒《えいごう》の不安がある。だから僕には進んで暗闇の中に好んでもがき飛び込む勇気がないんだ。僕は全くどうしたらいいか分からない。」

「どうしていいか分からないのは誰も同じことだ。しかし分からないながらに生きて来ているじゃないか、ご同様ね。それにはどっか深いところに「生きる理由」といった文句なしの絶対なものがあるに違いない。それが分かる分からんにかかわらず、ただ生きてゆくということが、すでにあるものから命じられた一種の使命を果たし、大きな法則に随順したということなのじゃないかね。それだけですでに合理的なんだ。いったい君のような考え方から言えば、僕たちなんぞ一生かかって、ようやくどうしたらよかったかの見当がつくくらいのものだろうじゃないか。それが分かった時にはじめてその人の生涯に自覚的の内容が光ってくるので、分からない前に生命を放棄するいわれはない。じっさい二度と与えられる生命じゃなし、やたらに棄ててなるものか。ハハハハハ。」

大槻の闊達《かったつ》な笑い声が谷に谺《こだま》して、陰鬱な底気味の悪い反響がかえってきた。二人はそれ切り黙って進んだ。谷川の瀬がちょろちょろと音を立てて光っていた。崖の鼻をまがると地蔵の茶屋の薄暗い灯が、仄かに赤く小さい唐辛子か何かのように目にうつった。長い困難な荒野の旅をつづけた末、ようやく人里に入ったという気がして、なんということなしに宮城はほっとした。そのとき大槻が、

「いやあ、お伽噺《とぎばなし》の山姥《やまんば》の家があるね。」

と頓狂な声を出した。

「しいっ。静かにしたまえ。お婆さんのお祈りの邪魔をしちゃ悪いから。」

彼は友の調子を押さえて、およそ十歩も歩いてほんの一またぎの橋を渡ると、すぐと地蔵の茶屋の前に出た。月の光りがいっぱいに廂《ひさし》にかかっているので、家の内外はくっきり青白い影と仄暗い陰とに分かれていた。店先に腰を二つに折った婆さんが、まるで甲虫《かぶとむし》のようにじいっとしてランプの燃える音か、泉の落ちる音か、青白い嵐の渡る音か、それとも地の底の声か、あるいは森の精か、いずれは何かに聴き入ってでもいるのか、動かずにいた。地蔵の龕《がん》の中には、いつも通り永恒凋《しぼ》まない赤いスイートピイの花のような燈明が、とろっとした小さい鶏冠《とさか》をもたげていた。筧の水の落ちる小さい池の中では、しきりと鯉の鱗がきらついていた。彼は婆さんに声をかけた。

「お婆さん、今晩は。相変わらずぽつねんとしていますね。今日は友達と一緒にやって来ましたよ。」

するとと婆さんはようやく地の底から呼びさまされたように顔を上げて、

「おうおう、よく来てくらっしした。もう御当院様が来さっしゃる頃だと思って、じいっとさっきからこっちへ来る足音を聞いていたことといんし。さあさあそこへ腰掛けてくらっしゃい。」

そう言って老婆は立ってもう一枚四角な花茣蓙《ござ》をもって来て、前にあったのとならべて敷いた。彼は半ば婆さんのほうに身をもじって、

「ではやはり地蔵様と二人じゃ淋しいんで、僕の来るのを待ってたんだね。」

と言うと、婆さんは顔の前で木の葉のような手を振った。

「いやいや、お地蔵様と二人で待ってたことといんし。おらちっとも淋しかないけんど、御当院様が来てくらっしゃらないと、どことなくこううすら寒いようで物足りないがだいのう。顔を見るとそいで気がすむことといし。」

婆さんは歯のない口をあけて小さい空《か》ら風のように笑った。それから皿をつかんで腰を引っ立てようとするから、彼は急に押しとめて、

「お婆さん、今日はいけない。また金をとらないんならこれですぐかえるよ。」

と言うと、婆さんは斜めに怨《えん》ずるように彼の顔を見上げた。

「何をお前さま、そっけな因業《いんごう》なこと言わっしゃる。いつも食ってくらっしゃる癖に、今日は食えねえってこともなかろうがのし。お地蔵さんとこはお前さまのお祖母《ばあ》さまのとこだと思ってくらっしゃい。ナムメンダブナムメンダブ。」

婆さんは念仏ながらに、冷たい心太《ところてん》をついで二人に出してくれた。大槻はするすると食べてしまうとすぐと箸をおいて、

「いやあ、ここまで来てこんな風味の豊かなご馳走にあずかろうとは思わなかった。氷よりは軽く冷たい、いかにも爽快な鄙《ひな》びた味覚にむんと来ない、何かこう月の白い影をすするような淡い味が気に入った。」

そう言いながら、どれと立ち上がって筧のところで手を洗って、それから地蔵の龕の前

に突っ立ってしばらく中を覗いていた。が、それ切り礼拝《らいはい》するでもなく、また素気《そっけ》なくかえって来た。

「延命地蔵だね。夜目にはよく分からないが、しかし錫杖《しゃくじょう》の上が無いようだし、それに首も別の借りものの首じゃないかね。誰かが悪戯《いたずら》をしたのかね。」

すると婆さんがすぐとその話を引き取って、地蔵の首の来歴を物語った。今から五十年ほど前、この地蔵の功徳があらたかで、一時、国中の参拝者で、この狭い盆地が人で埋まったことがあった。そうしていろいろの奇蹟が見ている前で行なわれ、願い事は立ちどころにかなえられた。けれども、あまり繁昌の仕方が激しかったので、嫉妬や中傷が盛んに行われて、そのため時の役人の忌憚にふれて、とうとう斬罪の刑に会った。その後十数年たって、また元どおりここに祀ったが、昔のような繁昌もなく、また奇蹟も行われなかった。ただ明け暮れ婆さんだけがお側《そば》にかしづいて、静かにお護りしてきている。首はその斬罪のとき海中に捨てられたし、錫杖も白洲へ引かれる時に壊われたのである。そうしてその役人は仏罰で間もなく水車にかけられて死んだそうである。婆さんはこういう筋を長々と物語った。彼も大槻もこの不思議な原始的な物語に、すっかり吸いつけられた。

「五十年前と言えば、お婆さんなんぞはよくそのことを見て知ってるんですね。」

大槻が尋ねれば、婆さんは大きく頷いて、

「そうだこって、お前さま。ちょうどおら二十歳《はたち》の頃で、そらあ、こいでも鳴らしたるんだがのし。だが五十年ばっち過ぎてみればほんの夢だのう。みんなそなたさまにおまかせした体だから、もっと生きたいともなんとも思わんが、人の一生なんてちいっと長い瞬きをしたくらいのもんだぜ。お前さま方はお若いけれど、やっぱし年をとってみれば、おらとおんなじことを思わっしゃるに違いないてだて。」

老婆の言葉を聞いて、今度は宮城が尋ねた。

「ねえお婆さん、五十年もその余もここに住んでいて、それで退屈だとも淋しいとも恐ろしいとも思わないかね。」

「ええええ、御当院様の言わっしゃるこったけれど、おらはぁみんな仏さまにおまかせしておいたがんね、なんにもくよくよするがものはないんし。仏さまのお蔭で毎日安楽に日暮しができて、なんにも考え煩らうことはないのう。有難いもんでござんすこて。ナムメンダブナムメンダブ。」

老婆はこう答えて、地蔵の龕に向かって丁寧に合掌礼拝した。彼は「神」とともにあって孤独を知らない人を、あたかも天上に住む人のごとくに眺めた。そうしてこの地上にあって微塵《みじん》の不安をも感じない人を、奇蹟によって生まれた人を見るように、驚異の眼をもって見ぬわけにはゆかなかった。老婆はほとんど三昧《さんまい》に入ったかのように、彼らのいるのも打ち忘れて、身を床の上に投げ出したまま、いつまでも地蔵のほうを拝んで念仏を唱えていた。

自分らの影法師を踏みながら帰途についた二人のあいだには、会話はおのずと今の老婆の上に向けられた。宮城がつくづく身にしみて、

「神とともにある婆さんの生活が羨ましい。」

と言うと、大槻はやや嘲けるように、

「われわれだって時には神とともにあることもあるし、また時には野獣とともにあることもある。その点ではそんなに婆さんと違わないだろう。しかし婆さんの神は偶像的な人間神だし、われわれのは飽くまでも人格的な理神《りしん》だ。そこへゆくと万里の差がある。しかしああいう婆さんのようなのは、宗教的に言えば確かに一種の天才だし、実生活上ではまず落伍者の部類さね。」

と弁じ立てて、空を仰いで嘯《うそぶ》いた。宮城は影法師の動くのを見つめたまま、沈んだ調子で言った。

「それでもあの絶対者に自分をまかし切って、金剛不壊《ふえ》の安心《あんじん》の境地に立っているのはえらいものじゃないか。僕はあの婆さんを信じたくさえなったよ。迷信的な幼稚の言い草だが。」

「それもよかろう。できたらね。が、しかしそりゃ、べつだん迷信でもなんでもないよ。がんらい迷信と正信との区別なんぞ、誰だって根本的にできるものじゃない。鰯《いわし》の頭でも結構さ。馬の尻でも上等さ。なんでもしたい放題のものを信心するさ。ゲーテが言ってる

よ。迷信でもなんでも信じるほうが信仰のないよりは遥かにましだってね。君のように「疑」ったことしか信じられない人間が、そう思うのも無理はない。いったい人間はあまり苦しいとしばしば石になりたいとさえ思うもんだからね。」

元気な大槻の言葉も、終りのほうが曇って聞こえた。彼はしばらく黙って、とことこと歩いた。大槻も同じく俯向《うつむ》いたまま無言で歩いていた。そうしているうちに二人とも互に言わず語らずのうちに、めいめいの懐《いだ》いている心情を感じ合っていた。二人は無言の時ほど、互の存在をいっそう強く感じるのであった。ややあって「大槻」と呼びかけた宮城の声は妙に沈んでしめっていた。呼ばれた友は呼びかけた友を気遣わしそうに顧みた。宮城は首筋に襟《カラー》をしたように青白い月をうけたままうなだれていた。

「大槻。僕は近頃つくづく考える。いったい僕のような陰気な暗い頭の所有主が家にいるということは、とりもなおさずいつも親達の胸に雨雲を翳《かげ》らしているようなものだ。親達は僕のためにどんなに情けない思いをして、どんなに味のない飯を食ってるだろう。それを思うだけでも堪らない。僕はいっそのこと家を出てしまおうかとも考えている。」

「なんの馬鹿な。自分の存在を親の前で遠慮したりする子があるものか。親の前では大いにはだかって甘えてやるもんだよ。親は子の我儘を喜ぶもんだ。そうして子の犠牲になることを覚悟しているもんだ。雲がのいたら親の胸に春の日があたたかく輝くと思っては大違いだ。君という雨雲が逃げて見たまえ。親御さんたちの胸は一ぺんに氷るよ。あるいは凍えて君のお母さんなんぞそのまま凍死するかも知れん。宮城。君は大きな目で親を愛しなければいかんぜ。」

「愛せと言っても愛されない。僕にできる唯一のことは、わずかに親を避ける一事だ。それが悲しいことには僕のためにも親のためにも、親子のあいだを保つただ一つの途かと思う。僕はいまさら仕方もないことではあるが、父の子と生まれたことを無念に思う。父もおそらく僕を子にもったことを悔いているだろう。」

「君と親御さんたちとのあいだは、そんなにも疎隔しているのか。」

「そうだ。今まででも十分だのに、それが日ごとにギャップが大きくなって、今にも底が知れなくなるだろう。そうして日ましに父母の幸福な生活を僕の手で片端から破壊していっているような自責を感じて仕方がない。僕という人間はだいいち僕自身にとっては重荷であり、親達にとっても一つの大きな脅威じゃあるまいか。そう思うと一時もこのまま安閑としちゃおられない気がする。」

「それじゃね。宮城。僕に一案がある。君はどこまでも自分の力で君のお父さんを負かしていってみたまえ。子として親に勝てない子はない筈だから。そうして子の目的さえ正しかったら、つまりそれが親の勝利なんだから。いったい世間の行人の中に親を見出せば、親の仁慈は身に沁みるものだ。しかるに君は親の中から世上の人だけを挘《むし》り取って、そればっかりを気にしているんじゃないか。そりゃ親だって人間なんだから、悪い欠点も重々あろうさ。しかし人間の中の自分とは特別な関係ある人間なんだから、そこはなんとか考えられないかね。」

「うむ、僕にも親が特別な人間のことだけはよく分かるが、特別なだけに愛が二倍に感じられると同時に、憎しみも二倍あるいは二倍以上に拡大されるのだ。愛をもって憎しみを消せと君はいう。しかし僕にあっては悲しいかな、憎しみが愛の光りを奪いそうだ。僕はそれが怖いから逃げ出そうというのだ。」

大槻はそれを聞くと一緒に太い溜息をついた。そうして悲しそうに言うには、

「僕の力じゃ君は救えない。君はやっぱり行くところまで行って、そこで自分の手で立ち上がるべき人だ。君の気持がそこまでつきつめているなら、僕なんぞが何を言ってももう駄目だ。宮城正しく闘ってくれ。どうか飽くまでも雄々しく突貫してくれ。僕は君の上に最後の栄光を疑わない。君のような敏感な、どこまでも自分に忠実な、そうして良心の鋭い人間が、この不合理な世の中の、しかもいちばん矛盾に充ちた人間に生まれてきたのが、そもそも重い運命だったのだ。宮城、僕は君のために泣くよ。さぞ辛《つら》いだろう。しかし宮城、僕は君が自分の運命を背負い切ることを信じて疑わない。それまでの辛抱だ。進みたまえ。しっかり突撃したまえ。僕は君のために祈るよ。」

「有難う。有難う。」

彼はわずかにこう繰りかえしたばかりで、肩にかけた大槻の手をしっかと握って涙を流

した。大槻も宮城の肩に顔をのせて泣いた。宮城は薄い単衣《ひとえ》をとおして、なお温《あたたか》くしみ込む友の涙を肩に感じた。大槻は肩の上で泣きじゃくりながら、

「宮城、許してくれ。君のような人生の本当の闘士に向かって、今日まで身のほども知らず僕は説教するつもりでいた。あにはからんや君は遥かに奥深い地に達しているがために、かえって大きな悩みがあったのだ。僕はそれを超越したつもりでいて、じつはまだそこまで行ってなかったことが分かった。今日は君のまともな心に打たれた。僕はこれまで君を知らなかったのだ。」

「僕を買い被《かぶ》り過ぎちゃいけない。僕は褒められる代りに、君から打たれたいのだ。苛《さいな》まれたいのだ。悪魔に魅せられたか、やむにやまれぬこの人間らしくない気持を、君でなくて誰が笞《むち》打ってくれよう。誰が打ち破ってくれよう。君は神の代人となって、僕をいやというほど打ちのめしてくれ。大槻。頼む。ああ、僕は打たれたい。それがいちばんいい慰めなのだ。僕が救われるとすれば、それは自分の身と心とを笞の下に置いた時だ。僕は刑罰によってのみ解脱《げだつ》を感ずる。これが僕のたった一つの信仰だ。たった一つの最後の望みだ。大槻、僕は呪われている……」

「ああ、宮城、宮城。……」

「大槻。地獄が僕の極楽だ。そうして極楽の言葉はすべて皆地獄の咒文《じゆもん》だ。僕が生きてゆかねばならぬ唯一の理由は、飽くまでも刑罰をうけられるだけうける、ただそのためだ。

おお大槻、人生の意義がこういうところにあるという結論があるだろうか。……」

「宮城、このうえはただ歩き切れ。闇の中でも、地の底でも、行けるところまで行ってみろ。僕は……僕は君がふたたび人生の旅からかえって来た時、潔く君の前に跪《ひざまず》こう。僕には君を笞打つ資格はない。」

「君が笞打ってくれなければ、僕はもっともっと深みへ堕ちてゆく。ああ堪らない。僕は人間としてあらゆる価値を見失ってしまった。そのくせ身動きもできないほどに縛られている。思い切り誰かに裁かれたい。僕はそれを待つばかりだ。」

「裁くのも君、裁かれるものも君。ゼウスの神の御手でなければプロメテウスの縛《いましめ》は解かれるものじゃない。僕はただ祈る。そうして君が真の自由人となる時まで祈りつづけよう。」

くっきりとした影法師は一つになり二つになって二人の前を歩いた。ちょうど二人の青年の「理想」を表徴するかのように。二人はいつまでも影を追うていた。森へ入ると、一足先に暗い中に踏み込んだ影法師は、すういとかけ出して行って、また森の出口で待っていた。梟は対岸の暗すまの中で、おおかた豆ランプをつけて、含み声で啼いていた。二人の心には言葉以上の雄弁な沈黙があった。大槻は友の身の上を心から気遣った。宮城も友の濃やかな情愛を心から感謝した。そうして大槻の友情に甘えたいばっかりに、今宵のような悩みを訴えたのではあるまいか。こういう反省がかえって友を懐しい無くてならないものに思わせた。大槻があるあいだは自分は大丈夫だ。こういう気持がしきりに彼のうちに動いた。なんという気高い男らしい精神だろう。宮城は友の前に額《ぬか》づきたくさえなった。彼の目にはおのずと感謝の涙が光った。大槻とても思いは同じことであった。ものの真に徹してそこから生きてゆこうとするあの若々しい崇高な精神。どうか伸び切るところまで魔事なく伸びてくれるように。その苦悩は、煩悶は、もはや救いを刑罰にまで求めさせている。なんという痛々しいことだろう。おお、絶望が友の上を見舞わないように。友の前におのずと道が開けるように。宮城と比べて自分はなんという上滑《うわすべ》りの剽軽者《ひょうきん》だろう。大槻は友の身の上、わが身の上を考えた。そうして今にも世の最後の日が近づいて、そこから友の手によって二人が甦生《そせい》しそうな気がした。大槻の心は友の心ほど打ち砕かれてはいなかったのである。

その夜同じ蚊帳《かや》の中に枕をならべていたが、宮城はどうしても眠《ねむり》つくことができなかった。けれども大槻は友の身を案じながらも、じきに健やかな寝息をかいて、安らかな眠りに陥っていた。

二十一

翌朝大槻は父と宗門の大学について、いろいろな話をしていた。大学についてはこのごろ、さまざまな忌わしい噂がしきりに立っていた矢先なので、父の質問には一種の熱があった。答える大槻も若い興奮をそのまま昂然と述べ立てていた。若い一学生の分際で、このの真相をすべて知っているいわれもなかったが、大槻は自分の見聞したこと経験したことを細々《こまごま》と物語っていた。そのうちにまず新しい大学派と古い正統の宗学派との勢力争いがあった。争いの果ては本山に勢力を張っていた宗学派側の当時の有力者が、宗門議員を買収して、大学派の寝首を打って、有無を言わせず御膝元に学校を引いて来て、自派の勢力下に置いたのであった。その結果、教授の連袂《れんべい》辞職となって、大槻が崇拝している学者は多くそのまま野に下ってしまった。そのなかには父の旧友もいた。大槻は悲奮の面持《おももち》で極力当局の卑劣手段を攻撃していた。それから同窓学生の無気力もしきりと大槻の槍玉に上がっていた。寺の御当院様育ち、お稚児《ちご》様育ち、そういうぐうたらな女々しい連中の中に入っていると、自分まで社会の落伍者になりそうである。笛吹けども彼らは踊らない。いつもいつもこういう感を深くする。ああいう溌剌《はつらつ》たる元気もなく、さりとて深い反省もない連中によって護られる宗門の将来は寒心すべきだ。それでもまだまだ大学にいるうちはいい。がいったん卒業して地方の寺院にかえると、ちょうどあの万善寺のような、名聞《みょうもん》利養《りよう》をのみことする、古い住職よりもっと古い生人形になってしまうのがあの学校卒業者の通弊である。それというのも一つには本山当局の懐柔策があずかって力があるのだろう。このままで行ったなら真実の宗教は、宗教専門家の門から全く逃げ出すのも近いことだ。あるいはすでに逃げ出しているのかも知れない。それをただ伝統的な因習で、わずかに宗門が余端《よぜん》を保っているのではあるまいか。もっと活潑な地の生きた魂に直下に触れる生きた宗教、そういったものを伝導しなければいけない。大槻の熱のある弁舌には人を魅する力があった。

父は子を顧みて頼もしげに微笑んだ。自分はともかくとして、この子こそは父に代わってその真実の宗教を広宣する使命をもっている。そうしておそらくやり遂げるだけの力をもっている。父の胸中にはそういう希望が輝いていたのである。父はわが子に全幅の望みをかけていた。わが子こそは真実の法門を開闡《かいせん》して、寺門の名をあげてくれるだろう。父の理想は子において焦点を見出していたのである。しかし一方、父にも子に対する不安があった。

子は子で、今日こそはすっかり本心を打ち明けて寺を退散しよう。明日こそは父母に永の暇《いとま》をつげて家を出よう。そう思う一方では、短気にことを焦慮《あせ》ってはいけない。機の来るまで熟慮してそのときになって断行しても遅くはない。そうして父母のため、汝《なんじ》のため、もっともっと考えるがいいと囁く心に耳を傾けた。彼は身の振り方に迷った。そうして十字路の真中で、このうえはただ一片の猪勇《ちょゆう》さえあったらとも思ったり、もう一歩痴愚に近かったらとも考えたりした。しかしけっきょく、問題はいつまでも問題として残り、迷いは依然として迷いとして残されていた。こうした不安な裡《うち》に悩ましい日が繰りかえされて、とうとう明日は上京という前日になった。おりから荒れ模様の二百十日がいよいよ訪れてきたので、平安を祈る風祭りの太鼓が、農夫の心をそのままに夜昼ともに落ち着きなく鳴り響いていた。

晩食に母が心ばかりの膳を造って、茶の間に父の膳と並べてくれた。彼は気づまりで仕方がなかった。父が晩酌の相手にさす盃をまるで冷たい鉛でも呑む気持で甜《な》めていた。それでも父はことのほか上機嫌で、わが子の成人をいまさらのようにつくづくと眺めた。そうして酒の相手までできるようになったことに、非常な満足を感じていた。

「経《た》ってみれば三年なんてほんの短い束の間だが、これからの三年はなんだか待ち遠い気がするじゃないか。」

お酌をしている母を顧みて、父は三年後のわが子の姿を眼の前に浮かべているかのように、嬉しげな表情で話をはじめた。母もたわいもなく嬉しそうに顔中をにこつかせた。

「さようでございます。それでもうあとの三年立って、当院が大学を卒業して帰って来たら、また嫁をもらって孫の顔を見るのが待ち遠しくなりましょう。ほんに人間というものは得手勝手な欲に限りのないもので、それからそれへと際限なく我儘が出ます。」

「煩悩具足の凡夫なんだから是非もないさ。しかしどうあっても初孫の顔を見ざあ、お互に死ねまいじゃないか。ハハハハハ」

「ほんにまあそうでございます。当院が立派な学者になってくれるだけでも有難いのに、その上にそんな気のいい望みまでしていては、あんまり虫が好過《よす》ぎて勿体《もったい》ないけれど……」

「何もいい事にまで愚痴は言わなくていいよ。しかしこのあいだも大槻が言っておったように、宗門の大学がああいう現状だとすると、まず俺にゃ先見の明があったわけだ。じっさい円泰、いや当院を帝大の方へ進ませてよかった。どうも宗門の中からばかり宗門を見ていると、ただわが仏《ほと》け尊しという狭い融通の利かない、頑固一点張りの井戸の中の蛙になりたがって、とうてい今日の日進月歩の世に歩調が合わなくなる。まず大学を出て、その教養のできた広い鋭い頭で、宗学をどしどし片端から咀嚼《そしやく》していったら、そらどえらいものができる。俺は自分が学問ができなかったから、当院からはみっちり俺の分までやってもらうつもりで、まあそういう頭でいるんだ。まず今日では世間に出ようと思っても、昔と違ってなかなか容易じゃない。そこでまず宗門内に立場を固めておいてそこから出発すると比較的容易だということもある。何にしても衰えかけた宗門のためにみっちり一つ骨折ってもらわにゃならん。」

「さようでございますね。こうやって安穏に暮らさして頂いていながら、何ひとつわたしらの手で仏祖へたいしても、引いては御宗門へたいしてもお謁《えつ》しすることができなかったのですから、ほんに当院から御本山のため御宗旨のため、それからこの光明寺のために力を出してもらって、それをせめてものお詫びにお浄土へ参らして頂きましょう。でないとご先祖へも顔向けがなりません。南無阿弥陀仏、南無阿弥陀仏。」

子は黙って両親の会話を聴いていた。なんという重荷だろう。両親の愛情の籠もった期待で攻めつけられるほどつらいことはない。しかもそれがすべて彼の考えとは正反対なことである。そうしてもっとも嫌っていることばかりである。父母の思っている子は、もはや現実の子ではなかった。彼自身ではなかったのである。かつては彼も両親の真実の子ではあったが、今ではすべての希望を裏切ろうと身構えている、不孝な不信きわまる、いつの間にやら心を悪魔に売った、一人の見ず知らずのあかの青年になっていた。それを知らず両親が見惚《みほ》れているのは、僅かばかり昔の俤《おもかげ》を残している子の骸《むくろ》に過ぎなかった。しかも父も母もこの子の骸に縋《すが》りついて、すべての希望の花が今にも一時に開くと考えていた。あまりに残酷な運命の悪戯であった。あまりに痛々しい悲劇の幕間《まくあい》であった。彼はどうあっても満足そうな父母の顔を正視するに忍びなかった。

しかも気の毒な人物は父と母ばかりではなかった。父を愛したい、母を愛したいと日夜念じながら、日一日とずんずん父母を離れてゆく彼。父の法衣姿や母の坊守《ぼうもり》気質を、まるで蛆虫《うじむし》のように嫌う彼。父と言い母というも、その懐しさは言葉と古い記憶だけで、すまないと思いながらも現実の父母には嫌悪の情しか抱かない彼。両親の期待に添ってやりたいは山々でありながら、思想はそれを全然許さない彼。親の望みと自分の理想との板挟みになって、どっちへも身動きさえできない彼。次に来るべき悲劇の幕をはっきりと予覚しながら、どうにも自分の手でカタストロフを防止することのできない彼。こういう一人の青年も、すべてを知っているだけにかえって親達以上に苦しい立場にいた。彼の身辺には絶望とそうして破滅とがすぐと隣り同志に住んでいた。彼はしばしばそのなかに飛び込んで、一時も早くすべての苦しみから逃れたいとも思った。しかし何かしら不思議の力が粘り強くこの誘惑から辛うじて彼を引きとめていた。父や母の危うい楽天的な喜びようを目の当り見ながら、彼は慰めらるべきものは、果たして親であろうか子であろうかと迷った。そうして険しい陰気な顔を俯向《うつむ》けたまま、いつまでも執拗に黙りこくっていた。

するとが彼から発散する不気味な陰鬱が父や母にも伝わったのであろう。快活であった父が、無闇と酒を呷《あお》る盃を重ねるにつれて、父の顔はいよいよいかめしく固まってきた。母は気遣わしげにそれを仰ぎながら、だんだんおどおどして酌をした。父はますます不味《まず》そうにいらいらして盃を上げた。それから落ち着かぬ面持で、ちらと彼を盗み見たり、そうかと思うとまるでいまいましそうにそっぽを向いたりした。三人ともに黙ってしまった。そうして陰惨な重い空気が一座を押しつけた。せかせかした、そのくせ鈍い太鼓のぼおっとした音が響いてきた。そのとき父はようやく決心がついたのか、きっと彼のほうを向きなおって、先刻とは打って変わった調子で、詰問《きつもん》的にいかつい声で言った。

「改めてこのさいたった一言聞いておくが、お前は大学を出てもこの寺を継ぐ気かどうか。お前の返答いかんによっては、こっちにも所存があるから、今のうちに間違いのないところをはっきり言ってもらおう。」

端然と坐りなおした父は、表は努めて平静を装おうとしていたが、言葉の末々には包み切れない鋭い興奮が現われていた。そうしてじいっとわが子の胸を射貫《いぬ》くように見据えていた。その三角に険しくとがった眼には、憤りの冷たい焰がひらひらと燃えていた。その言葉を聞くとともに、子もまた同じく父を見返した。しかしまるで死んだように、彼の顔には表情がなかった。彼はただじいっと父を瞠《みつ》めていた。そのうちに息のつまるような沈黙が、はち切れそうに広がった。けれども彼は深く押し黙ったまま固く口を噤《つぐ》んでいた。父はいよいよいらだった。そうして顳顬《こめかみ》のところに青く盛り上がった針金のような筋を、ぴりぴりと動かしていた。

そのとき母は身も世もない怖ろしさで、息をはずませて処置に迷っていたが、ややあってようやく気を取りなおした。そうして今にも爆発しそうなこの場の空気を見るに見兼ねて、父の機嫌をとりなおすように中へ入った。

「旦那様、当院に限って何そんな心配がいりましょうば。大丈夫でございます。わたしはもう当院を信じ切って、そんなことは露疑いもいたしません。」

父はじろりと畏まっている母の小さい丸髷を見下ろした。が、急にその母の言葉で思いなおしたらしく軽く頷くとともに、言葉もやや柔らかに、

「うむ、そうか。」

というなり、ぐたりと俄《にわ》かに思いつめた心を弛《ゆる》めた様子であった。父のきつい訊問は母のもっとも恐れているそのことであった。そうして取りもなおさず父にも同じくいちばん恐ろしいことそのことであった。同時に母の言葉は父としてもそう思いたいそのことであった。はっと思った父は母の助け舟をいいこと幸いに、すぐと陣を撤して後戻りをしたのであった。子は父の恐る恐る穏やかに退却するその後ろ姿を見送って、与えられた好機をみすみす逃したことを知った。しかし悔んでももう取りかえしがつかなかった。この上は次の機会の来るまで、そのまま黙って父母の意志に従うよりほかはなかった。彼はまた父から恵まれた心苦しい学資を懐にして、苦悶懊悩《くもんおうのう》そのもののごとき魂を抱いて、都門に向かって重い足取りを踏み出さねばならなかった。暗い運命の空は、どこの果てまで彼の上に広がっていることであろう。今は全く輝かしい希望の光も鎖《とざ》されてしまった。彼は泣くにも涙さえ出なかった。

二十二

彼はいよいよ憂鬱になった。以前は家を離れて東京に出さえすれば、まずまず日常にまでそうした気分に煩わされることはなかったのであるが、今は新しい角帽をかぶった元気な友人のあいだにまじってみても、あのみずから学問の府に入ったという感じを起こさせるゴシック建築に護られた公孫樹《いちょう》の並樹の下を歩いても、もはや彼には快活がふたたびかえってこなかった。学問の刺激も湧かなかった。秋がいかばかり清澄な美しい空を高めようとも、彼はまるで泥溝《どぶ》鼠のように、日の目を恐れて俯向きがちに歩いた。そうして頭の中は始終どうしてこの苦悩から逃れ出よう、どうしたら自由な心身に立ちかえれよう、そうした問題で埋まっていた。もうほかのことは考える余地さえなかった。物を観ても興が湧くということがなかった。本を見ても満たされるということがなかった。すべてはあまりに自分とは縁遠かった。彼の世界には全く味が消えていた。そうしてある重さばかりが感じられていた。

教会によく通うある同級生は、彼の煩悶《はんもん》をそれと見兼ねて、親切にもこれを読めと言ってバイブルをくれた。しかし彼は聖書を手にとって最初の頁を読むと、もう先をつづける気力を失ってしまった。それからなかほどの頁を手当り次第に開いて、もしや天啓のごとくに彼の胸にひらめくものにぶつかりはしまいかと一節一節を読んではみたが、そこに説かれているものはやはり他人の言葉であって、彼の心ではなかった。彼は心を落ちつけてキリストの言行を味わう気になれなかった。そうして間もなくバイブルも書棚の一隅で埃にまみれて置き忘れられてしまった。

もう一人の友人で、神田あたりの会館で開かれる仏教の信仰座談会の常連がいた。その友はいつも彼を座談会に引っ張り出そうとしていたが、ある時の話に彼の煩悶の一端を洩れ聴いて、ともかくこれを読んではどうかと言って、いろいろな高僧の伝記を貸してくれた。この友人はいわゆる修養書と名のつくほどの書物は、ほとんど集めている男であった。宮城は友のいわゆる修養書で、いろいろな高僧の伝記を読んだ。書物には青や赤の鉛筆で、到るところに棒が引いてあった。しかし友人が棒を引いたところも、彼には少しも興味がなかった。なんだか全篇ことごとく索莫《さくばく》として、蠟を嚙むにも等しかった。それから他の篇に移ると、これはまた恐ろしく荒唐無稽な伝奇的の記述がれいれいしくならべられていた。馬鹿々々しくて唾でもはきかけてやりたいくらいであるのに、友人はここでも同じく青赤の棒を引いたり、点を打ったり、二重丸をつけたりしていた。中には高邁《こうまい》勇哲の真に偉人らしい高僧の精神が、時には彼を打つこともあったが、しかも彼がこのさいもっとも欲している一つの問題については、ほとんどすべてがいい加減の解答しか与えていないように思われた。すなわち僧となることの善悪という根本の点になると、みんな共通の不満があった。彼らにとっては僧となることはただわけもなく善事であった。ほとんど全く批判なしにいいことであった。なぜ僧でなければいけないか。そういう根本の必然はまるで問題ではなかった。考えてみると、彼らとて大部分は僧がもっとも尊崇された頃の時代の子ではなかったであろうか。だから僧になるということが、それだけですでに最初から立派な意味をもっていたのであろう。しかしその身は紫衣《しえ》にくるまって高貴の崇敬を一身に担い、大きな寺領の中に一山の大衆《だいしゅ》に護られて、ただ経を読み法を説いて信施に生きるというような生活は、今日では深く考えなければならない生活である。あるいは方丈の草庵に身を埋もらして、朝夕念仏誦経三昧に送るというような生活も、同じく今日にあっては考えてみなければならない生活に違いない。第一に人がまずなぜに僧形《そうぎょう》にならなければならんということから根本的に明らかにして、然る後にその承認を経たものでなければ、全き生活の出発地点とはいうことができないであろう。高僧の精神はさることながら、彼らの出発点はちょくせつ彼に教うるところが少なかった。彼はこれにも失望した。そうして幻滅を感じた。今となってはあらゆる指針がすべて失われた。しかしこの微力ではどうしようもない。彼は高僧伝を放り出して、また暗い思案に暮れた。

ある中秋の澄んだ夕であった。都会の岡々の裾には乳色の霧が繞《まと》って、美しい灯がその中で羞《は》ずかしそうに瞬いていた。こういう宵には、よく去年あたりまでは不思議な哀愁にそそられて、灯のつづくかぎり、ただわけもなく町中を歩いてみたい気がしたものであったが、今はぼんやり小高い下宿の窓によって、美しい都会の夜をも享楽できない暗い心を、なんとはなしに冷たい心で眺めていた。ところへ、その友人がこれからいつもの信仰座談会があるから、一緒に行ってみないかと誘いに来た。けれどもまるで気乗りがしないので、暗い顔でせっかくだがまあ止そうと答えて、こんなことを言った。

「僕はこれまで説教者とか宗教家とかいう連中には懲々《こりごり》してきたんだ。いつだって売談業者のために、こちらは利用されるか愚弄されるかして、ちっとも本当の魂の叫びを聞かせられた例がない。いやに横柄で、人に法を説いて聞かせると言った、昂ぶった、宗教の専売家面《づら》をする奴か、でなければうまく信者のご機嫌を取って、少しでも賽銭の実入りを大きくしようという商人根性の奴か、たまたま上等の部で、いやに表面だけは殊勝げに畏まってるくせに、陰では利いた風な心が赤い舌を出したがってるような奴にしか出会《でく》わさない。それは広い世の中に一人か二人の聖者もいようさ。しかしこの荒《すさ》んだ暗い心の欲しているのは、なまじいに人の救われた話じゃない。徹頭徹尾自分以上に苦しんでいる人の告白だ。痛烈な髄にまで滲《し》みとおりそうな魂の叫び声だ。僕にはすべてを呪う悪魔の呻《うめ》きでなければ、決して快くは響かないだろう。僕の魂の微笑むのはおそらくその時だけに違いない。君せっかくだが僕は失敬するよ。」

「君のこれまで会った宗教家が皆幻滅を与えたからと言って、これから会うものまでがすべてそうだと断言するのはあまりの独断だ。とにかく試しに来てみたまえ。君のようなニヒリストまで救おうというのが、あの会の主意なんだから、だからてんでに思う存分のことを告白し合い懺悔《さんげ》し合って、先生の批判をうけるんだ。懺悔の快味は知る人ぞ知るだからね。行ってみると君がここで考えていたと違って、また格別に新鮮な若々しい味を覚えるよ。そういうものに触れるだけでも、君に新しい天地を暗示しやしないか。だいいち先生の話や会員の話を聞くということに僕は意味があると思う。この「聞《もん》」ということは大事なことだからな。善知識《ぜんじしき》はどこにいるか分からんものさ。僕達はせっかく耳を持ちながら、聞かなければそれまでなことがある。聞くということは大切なことだよ。」

「「聞」ということがあれば、一方では「器」ということがある。いかなる名教といえども、「機」の熟さない「器」にとっては、つまり馬の耳に念仏さ。今の僕なんざあ聞法《もんぽう》の器じゃないんだ。」

「いかなる器にも機は聞法によって熟すものだ。こういう第一前提がわれわれにある。でなければ伝導とか説教とか、あるいは聴聞とかいうことの存在理由がなくなるからね。」

「そうだろう。そんなものはなくなっていい筈のものだ。そういう前提は宗教家が勝手にこしらえたポスチュラート（公準）だ。だから宗教家側の理屈から言えば、世界の全人類がすべて法を聞いて神なり仏なりを信じなければならない筈なのに、そういうことは万《まん》劫末代《ごうまつだい》たってもありゃしないよ。僕なぞはその狭い前提からはみ出した縁なき衆生《しゅじょう》だ。」

「そんなことがあって堪るものか。君なんぞ立派な「神に溺れる素質」をもっている。ともかくも行ってみよう。先生の美しい人格に触れるだけでも悪い影響はありゃしないよ。そうした上で君の言葉を証明するもよかろうし、僕の言葉を証明するもよかろう。どっちでもいい。しかしそれは行った上でのことだ。」

「それほどまでに君がいうんならともかく行って見てもいい。がいやになればすぐかえるよ。いいかい。ところでその先生というのは名前はかねてからよく聞いているが、いったい何をしている人だ。つまりその職業だね。」

「山辺先生か。職業と言ってはなんだが、つまり宗教家だね。ほかに教師だとか寄稿家だとか住職だとかなんとかいうこれといった定職はない。」

「財産は？」

「たぶん財産というほどのものはないだろう。」

「じゃやはり説教や座談会や、つまり自分の信仰を種に食っている売談家なんだね。」

「売談とはひどいことをいうが、まあ、そうだ。」

「そうか、たいてい分かった。ではともかくのすすめに従うことにしよう。」

外へ出ると、ひんやりした風が袴の裾から脛《すね》にまつわって、秋がおいおい更けてゆくのが感じられた。青白いヴェールをすかして、街の灯が美しく瞬いていた。天上はぼうぼうとした冷たい靄の世界で、ところどころかすれた光りの星がじいっと錆ついていた。友は総身がぞくぞくとするかのように、しきりに天を仰いだり、胸を張ったりして元気に歩いた。おおかた友の胸には夢のような罪のない、いわばあどけない宗教情調が仄々《ほのぼの》としているのであろう。そうして会いに行って何か語ろう希望でわくわくしているのであろうと宮城は推量した。会館の前まで来ると、友は袂から念珠を出して手首にかけた。会館の前には大きな今夕の信仰座談会の立て札が立っていた。参会随意と大きく朱書きしてあるのが、まず彼の目についた。

会館は洋館まがいの、比較的ハイカラな煉瓦造りで、ザラにある教会堂よりは人に親しみを与える、気持のいい建物であった。入口で煎餅《せんべい》草履にはきかえて、友の後から会堂の中に入ると、ここはすべて椅子式で、正面に一段高く安置された六角の御厨子の仏檀に向かっていた。荘厳具《しょうごんぐ》も至って簡素であった。二人が入った時にはちょうど一人のでっぷり太った輪袈裟をかけた男が、てっぺんだけ飴色に禿げた後頭を見せて、一段高い壇上で調《ちょう》声《しょう》しながら、四五十人の会衆《えしゅ》とともに、正信偈《しょうしんげ》の勤行《ごんぎょう》をはじめたところであった。友は念珠でしばらく合掌礼拝《らいはい》していたが、すぐと声を合わせて誦経をはじめた。彼は軽い舌打をして、勤行のおわるのをいまいましそうに待った。

　見渡すところ大部分は若い学生のようであったが、中には勤め人らしいあまり風采《ふうさい》の立派でない背広姿の人もちょいちょい見受けられた。そうして多くは夜目にもカラーの汚れ目が目立っていた。かと思うとお繭《かいこ》ぐるみの、いやにおめかしをした夫人連中や若い令嬢風の人も相応にいた。それらがみんなつつましやかに唱和していた。中でいちばん彼の視線を引いたのは、壇の近くに陣取っている二人の女であった。一人は黒い天鵞絨《びろうど》の叺《かます》頭巾を冠った、横顔で見ると四十そこそこの、いやにつんとすまして、しゃあしゃあと納まっている女で、被布《ひふ》を着ていた。彼はまずその異様な頭巾に驚いた。いま一人は頒白《はんぱく》の切下髪で、蝦蟇《がま》のようにぐわっとへつくばった女であった。年配は五十の坂を越しているであろうが、それが喘息《ぜんそく》持ちのようなぜいぜいいう声で経をよみながら、無闇と有難そうに突んのめるばかりにお辞儀をしていた。なんだか二人の得体の知れない魔物が、月のない晩に手を引き合って紛れ込んだような風であった。若い大学生にこういう怪物。あまりに突飛な取り合せに彼はなんとなく興がっていた。

勤行がおわった。念仏の声がしきりに起こった。その賑かな中にぽつねんとしていると、めまぐるしい大都会の一角に、こういう別天地のあることが、全く不思議な気がしてならなかった。そのうちに壇上で今まで後ろ向きに礼拝していた輪袈裟の男が、急にくるりと会衆のほうへ向きなおった。ずんぐりむくれた体格で、いかにもひげだらけな楽天的な顔に、旧式の金縁眼鏡を桁外《けたはず》れにかけて、絶えずにこにこしていた。ちょうど絵に描いた布《ほ》袋《てい》そっくりであった。その布袋さまが頗《すこぶ》る簡単で要領のいい、それだけでは文句なしに明快な短い法話を一席やって引き下がった。法話の中にはしきりに仏の恩寵恩寵という言葉が繰りかえされていた。その口癖の恩寵のためか、始終苦を忘れたようににこにこ笑っていた。それが少しも故意らしく作った跡がないので、これは本物らしいと彼に思わせたが、そのにこついている態度があまりに飛び離れ過ぎていて、かえって近づく気を起こさせなかった。切下髪の女がしきりとぜいぜい念仏を咳き出していた。

法話がおわるといよいよ自由質問に入って、それをいちいち今の先生が応答するのであった。それが信仰座談会であった。はじめのうちは皆が遠慮をしてばかばかしく口をきかなかった。が、そのうちに切下髪の女が、わたしは前世にどういう宿業《しゅくごう》があるのか、いくど聴かしてもらってもどうしても煩悩が捨て切れないで困る。どうか重ねて聴かしてくださいというようなことを頼んだ。すると先生は、煩悩を自分の手で捨てようと思うからいけない。それはもう自力《じりき》だ。何もかもことごとく如来の恩寵にまかせるがいい。すると大悲の如来さまが煩悩具足のこの身をそれごと救ってくださるのだから、いらぬ心配はしないがいいと答えると、女はすぐと三拝九拝して、ああああようやく分かりました。そのお一言で信心を決定《けつじょう》さして頂きました。ああ有難い有難い。わたしごとき罪深き女人を貴方様《あなた》の御手でと言いかけてぜいぜい泣き出してしまった。一座は馬鹿らしいようにしいんとした。彼は女のわざとらしい、早分りのしすぎる善女《ぜんにょ》根性を見て、あまりにあっけがなくて取ってつけたようなのに呆《あき》れかえった。よく田舎では説教者の来るたびに、いつもこういった同じ質問を持って来ては、そのたびごとに安心《あんじん》が頂けたと言って泣いたり喚いたりして喜ぶ善男善女《ぜんなんぜんにょ》がきまって一人や二人あるが、都会にもやはり同じ種族が住んでるなと彼は思った。女はそれ切り黙って、ずうっとあとは終わるまで居眠りをしつづけている様子であった。

それに機を得ておいおい、いろいろな質問が出た。咽《むせ》び泣くようにくどくどと目下《もっか》の境遇をかこつものもあれば、仏というものはいったいどんなものであろう、今度こそは捉えたと思えば、いつの間にかぬけ出て手の中にはないと悲憤の面《おも》もちで語るものもあった。そうかと思えば漠然とした社会問題が出て見たり、宗教と教育との関係や、文芸的見方と宗教的見方の差異といったことなどが話題に上った。それをいちいち最後には先生が批判してゆくのであった。最後にかなり露骨な性欲の問題を誰かが告白しはじめた。するとわれもわれもと時流に遅れては恥だとばかりに、あとからあとからいろんな告白が物語られた。見るところ今までの問題のうち、これがいちばん賑やかであって、すべての会衆をもっとも引きつけたことのようであった。そのうちに会衆の告白が跡切《とぎ》れると、叺頭巾の女がつと立ち上がった。すると先刻まで熱心に聞いたり話したりしていた友人が、ようやくわれにかえって宮城の存在に気づいたように、彼を顧みて先生の奥さんだよと告げた。山辺夏子という夫人の名声は前々から知っていたが、まさかあの叺頭巾がそれだとは思わなかった。彼はずいぶんできの悪い布袋と弁財天だなと考えて、独りで苦笑いをした。友には夫人の起立が明らかに異常な興味を唆《そそ》っている様子であった。

起《た》ち上った夫人は叺頭巾を脱ぎもせず、会衆のほうへ正面を切って一礼すると、傍にあったコップの水を悠々と一口二口呑んで、それから小さい咳ばらいをして語り出した。

「……唯今《ただいま》は皆様方の熱烈な、偽りのない、求道的精神に直接触れさして頂きまして、いかばかり快く感じたことでございましょう。わたしも今晩皆様方のお話に刺激されまして、最近わたしを襲いました精神的動揺の一切をここで告白して懺悔いたしたいと存じます。いったい懺悔――つまり自分の犯しました罪を公衆の前、引いてはわたしたちを見護ってくださる絶対者の前に、正直に告白いたします時の人の心ほど、この世で美しい純なものはございません。人がもし「神」に同化できるといたしますれば、それは無邪気な小児の時か、あるいは全く謙虚な心で自分の醜いところをとり出した懺悔の瞬間か、この二つの時しかないかと存じます。そこでわたしは懺悔こそ一切の宗教的情念の基礎だと申したいのでございます。」

「いったいどなたでも人と人との関係の上では、とかく相手を欺《だま》したがるものでございます。なかなかいつも太陽のように、すべてに向かってあからさまに振舞うということはできないのでございます。けれどもじっさい隠したとて、偽わったとて自分の良心には隠し切れるものでもなく、偽り切れるものでもございません。よし良心は欺ましても、自分たちより高い絶対者の目はとうてい蔽《おお》うわけにはまいりません。懺悔というのは、一方におきましてはこの醜い我執《がしゅう》を鞭うつことでございまして、これとともに一方では直ちに絶対者の中に身を投げ込むことでございます。およそ精神界のことはすべて捨てることがすぐさま救いになるので、反対に抱かんとすればそれが直ちに棄てられたことになるのではございますまいか。わたしはいつもそういう信念を抱いているのでございます。」

「でそういう主義、つまりそういう日頃の信念から、大胆に卒直に今度の事件を皆様方の前に披瀝《ひれき》いたしまして、わたしの懺悔の心を皆様方から受けて頂きたいのでございます。それはやがてこの哀れな小さい魂が、大悲の御手に摂取される第一歩となるのでございます。それにつきまして今朝ほども山辺と相談いたしましたところ、山辺も快くこの席上で一切を告白したがよかろうと同意してくれましたので、わたしも心強く頼もしく感じている次第でございます。」

「さて前置きが自然長くなりましたが、一言で事件の真相を申しますと、わたしは最近自分の夫である山辺智寛にたいして以前ほどの純真な愛を感じなくなったのでございます。それと同時に若いある男性にしきりと愛を感じ出したのでございます。それで幾度も幾度もこの愛の成り行きに不純のものがありはしないかということを内省いたしましたが、どう考えましても愛は至って純粋でございまして、こうなることが自然でならない。あるいはもっと強く言えば必然のさだめだという気がいたしたのでございます。そこで山辺に一部始終を告白いたしまして、わたしはあなたを世間通流の意味ではたしかに愛していると は思いますが、最近どうもその愛にひびが入ったようでなりません。そうして同時にあの若い男性に純な愛情が動いてなりませんとこう告白したのでございますと、山辺はたいへんに悲しみまして、お前の心をそういう風にわきへ向けさしてしまったのも、おそらく根本はみな私自身の愛に不満があるに違いない。自分はお前を心から愛して、お前の全部を自分の中に摂《と》り入れて暖めておいたつもりでいたのが、すでに度の知れない思い上がった己惚《うぬぼ》れであったのだ。お前が私を離れるのはつらい。しかし人は飽くまでも自分々々の個性に向かって大胆に正直でなければいけない。そうしてめいめいの自由は飽くまでも尊重しなければいけない。自分は一人の女性をも愛し切れなかった自分の不甲斐なさを悲しみまた愍《あわ》れむが、お前が私のほかに美しい若い人格者に純真な愛を見出したとすれば、それはむしろお前のために大いに祝してやらなければならない。お前はどうか私のことなどに拘泥《こうでい》せず、心を純にして思うまま自由に生命を伸長させるがいい。私は陰に陽にそれを助けよう。こう言ってくれました。わたしはそのとき泣きました。なんという崇高な尊い、ほとんど神のごときと言いたいくらいな広い深い犠牲的精神でありましょう。これ一つでも山辺のこれまでの宗教的生涯がいよいよ生きて光りを増すと同時に、命終《みようじゆう》後は必ず昇天して天界の最上位をしめるだろうとわたしは信じて疑いません。わたしはその溢るる人間味に打たれました。このさしせまった悲劇味をじいっと静かにみつめる聖者の魂に打たれました。なんという言語に絶した素晴らしい犠牲味でありましょう。わたしは今でもこう言っていながら涙ぐましくなるのでございます。」

夫人はこう言って、叺頭巾の下へ淡紅色の絹手巾《ハンケチ》をやって涙を拭いた。会衆の中にはすすり泣いている者、眼鏡の下に手巾を入れているもの、ただ俯向いて唇を噛みしめているものなどがあった。それが皆、露にぬれた一本の大木の葉のようにしいんとしていた。悲劇の副主人公の山辺智寛師は桁外れの眼鏡の上縁をじいっと睨めつけて、もうさすがに笑ってはいなかった。宮城は悲しいようでもあり、可笑しいようでもあり、全くこれまで感じたことのない妙な擽《くすぐ》ったい気持が交錯してきて、どうしていいかまるで分からなかった。するうちに夫人は淡紅色の手巾をつかんだ手を高く差し上げで、叺頭市を振りながらうわずったかすれかけた金切声で演説をつづけた。

「わたしは山辺の広い伸びやかな我執を捨てた犠牲的精神に打たれました。と言っていまさらその一時の感激に騙《だま》されて、後戻りをするわけにもまいりません。これは山辺の好意にも叛《そむ》きます。わたしは飽くまで自分の途《みち》に忠実であると同時に、この恩人にたいしてわたしのできるだけの誠をいたしたいと内心で誓いました。そこでわたしが別居いたしました後はどうするかと尋ねますと、静かに書斎に引き籠もって読書をし修養をしたいと申します。けれども皆様ご承知のとおり、人格者はとかく金銭に縁のないもので、山辺は至って貧乏でございます。それでわたしはこの人の衷情《ちゅうじょう》を思いやって、わたしが身を引く記念として、ここ一年なり二年なり、山辺がじいっと書斎に引き籠もって勉強ができ修養ができるようにしてやりたいと考えたのでございます。山辺は宗教家としてもっとも大きな高い使命を負っている恵まれた一人者でございますから、これから真の活動に入るために、しばらくのあいだ魂と肉体とに休養をさせて、来たるべき時に十分跳躍してもらいたいと思うのは、敢えてわたし一個の僻目《ひがめ》ではなかろうと存じます。今日ここにお集りの皆様方は、これまで多少とも山辺の厄介になられた方々であるから、そこを見込んで僭越ながらわたしからお願いいたします。どうか今後適当な方法によってしばらくのあいだ山辺を保護して頂きたい。わたしも及ばずながら十分の誠はつくしますが、女のか弱い細腕一本ではどうにもなりません。このうえともに皆様方にお縋りするよりほかは途がないのでございます。なにとぞ一世間人の山辺智寛と思召さず、ご自分の精神的身内のごく親しい一つの美しい魂の伴侶として、このさい応分のご援助をお願いいたしたいものでございます。この方法はいずれ後でご相談申し上げます。で、山辺が書斎に引きこもりました後も、みすみすこの浄い魂の集りをこのまま解散するに忍びません。これは皆様方のご熱心によって、やはり従前どおりつづけてゆきたいと存じます。主催者はこれまでどおりわたしがやってもよろしうございますし、また他に適当な方にお願いしてもよろしいかと思います。」

「最後にわたしの今後について一言申し上げますれば、まず自己に忠実になるためにはこのさい山辺と別れて、新しい愛の芽生えが育ちました意中の人と同棲するのが、いちばん自然な行動と存じますから、ゆくゆくはいずれそういう風に落ち着くことでございましょう。これを近代的に申しますれば純粋な愛に勝利を得て、新しい生の凱歌《がいか》を奏するのではございますが、古い言葉で申しますと、もともと愛欲の広海に沈湎《ちんめん》するということになりましょう。けれども人間である以上、愛欲は人間のいわば一種の楽しき特権で、また時には悩ましき重荷でもございますが、とにかく深く自分の生を見詰めれば見詰めるほど、いっそう避けることのできない、ちょうど人間という建築になくてならない土台石のようなものでございます。欲望——敢えて性欲に限りませんが、欲望がなければ救いも悟りもいらない筈で、これを逆に申しますと、成仏のいちばん大事な必要の条件なのでございます。煩悩即菩提《ぼんのうそくぼだい》と申すのはこのことでございましょう。でわたし一個のことを正直に申し上げますると、じつはわたしは数年前ある婦人病のため手術をうけて、子宮を切り取ったのでございますが、今もって性欲は依然としてあるのみならず、年とともにますます旺盛になってゆくようでございます。それでわたしは……」

ここまで聴くと宮城はもうむかむかしてきた。いきなりそっと立ち上がると、便所へ立つ振りをして、下足を取って外へ出た。出口でちょっと振りかえってみると、夫人は滔々《とうとう》と喋りまくっていた。それを会衆は真実の声として無上に有難そうに拝聴していた。彼は友の馬鹿らしさにあきれてしまった。切下髪の婆さんはまだもってしきりと居眠りをしていた。山辺智寛師はときどき顔を上げてあたりを見廻していたが、そのうちに彼の後ろ姿にひょいと気をとめた様子であったが、すぐとまた例のにこにこ顔を取りかえして、布袋然と椅子に納まっていた。彼は外へ出るといきなりつづけさまに唾を吐いた。そうして晴れ上がった高い星空を仰いで深い息をした。ある憤りの感じが、ねちねちした甘じょっぱいような嫌悪の情に混じって、彼の神経をいらだたせていた。彼は知らずしらず大きく手を振って、静まりかけた夜の街を大股に歩いた。

宮城はいよいよ憂鬱になった。そうしていつもある憤りの感じを抱くようになった。改名によっていくらかでも新しい生活に入れると思ったのは、苦しい時に見た美しい夢に過ぎなかった。その時よりもいっそう苦しさが切実になってきた今から見れば、もうそれはどうでもいい問題でしかなかった。彼の気持はもっとせっぱつまっていた。坊主の子であるということを人がどうか思いやしないか。かつて彼を苦しめていたこういう見栄のうえの感情は、今からみればまことに力の弱い間接ないわばただの序幕にしか過ぎなかった。いったい本当の生活というものはどこにあるのだろう。自分がこれまで成長して来て現に育まれている家というもの、従って親の職業というものについての根本的な疑い。さては親と子との最後の関係。こうした一時もじっとしていられない煩悶からみれば、先の生やさしい恥ずかしさの時代などはまだまだなんという幸福な時代だったろう。同じ悩みの中でもまるで処女のような初々しい儚《はかな》いものでしかなかったのである。しかし今はなんという深みへはまり込んだのだろう。自分の現在を省れば省るほど、このように打ちのめされて手も足も出ないように縛り上げられた上、だんだん狭められた道の中をひたすらにたった一つの最後の絶望へ追い込まれてゆくようでならなかった。呪われた生活というのは全くこのことだ。なんとか現在を切りぬけなければならない。どうかして自分の若い生命を盛り立ててゆかなければならない。しかし……。そのためには親を捨て家を棄て、時には学問を捨て、場合によっては自分までも捨てなければならない。真実に生きるためにはすべてを捨て去らなければいけないとは言い条、こうした犠牲が今の自分にできるであろうか。それはあまりに大きな苦痛である。ほとんど不可能と言っていいくらいの難事である。彼は全く十字街の上に立って困憊《こんぱい》に行き暮れてしまった。絶望の途は大きな広い下り坂である。希望の途はあてもない難路である。彼は街頭に佇《たたず》んで、進むことも退くこともできなかった。そうして誰かしらある力をもったものが、後ろから力まかせにつきとばしてくれるのを待った。しかし誰も突き飛ばしてくれるものもなければ、導いてくれるものもなかった。彼はもういちど何か分からないその力を求めに帰国しなければならなかった。宮城は必死であった。それは活路でも死地でもいずれでも選ぶところではなかった。思いにあまった宮城は最後のものにぶつかるよりほかはなかった。道はみずからそこに開けてこよう。彼は骰子《さい》を投げるつもりで国へ発《た》った。今はただいつまでも宙ぶらりんで、骨の髄までしゃぶられるような暗い懊悩《おうのう》に鎖《とざ》されとおしているのが堪らなかったのである。それはちょうど大晦日《おおみそか》の前晩であった。

二十三

制服の膝を折って父の前に畏まった時、父はちょうど本堂内仏経蔵の勤行《ごんぎょう》をおえて、今脱いだばかりの美しい五条袈裟を衣桁《いこう》に引っかけたまま、炬燵《こたつ》にあたろうとしている時であった。

「おお、お前か。よう帰って来た。歳取りにゃ帰るまいと思っていたのに、これはなにより結構な歳取りだ。おい、おきよや、おきよや。当院が帰って来たよ。」

勝手元で下女を促しながら歳取りの膳ごしらいに忙しがっていた母は、父の声を聞きつけると、大きな草履をばたばた言わせながら前掛で手を拭き拭き顔を出した。

「おやまあ、当院。よう帰って来ておくれだった。もう今年はお帰りがないことと思って諦めていたのに、これはまた思いがけないなによりのご馳走です。ああ、よう帰って来ておくれだった。よう帰って来ておくれだった。それじゃさっそく御膳を造って、肴《さかな》を焼いてと、まあまあそこで少しお父さまと炬燵にあたってお話をしておくれ。すぐと今茶の間へお膳立てをしますから。寒かったでしょう。運悪く昨日から雪が降ってね。」

母は急に活気づいて、いそいそとまた勝手元のほうへ隠れた。彼は母の迫った嬉しそうな様子に危うく涙ぐみそうになった。

茶の間の床《とこ》には万歳が舞っている大和絵風の幅《ふく》がかかっていた。あたりにはお歳暮の到来品がたくさん積み重ねられている中に、大きな三つ重ねの鏡餅ががっしり三方《さんぼう》にのっていた。父の後ろの襖には小さい妹の「新年おめでとう」をはじめとして、従兄弟《いとこ》達のいかめしい四角ばった字や、妙に曲がりくねった字などが、長い障子紙に書かれて四五枚ぶらさがっていた。彼はこの「書き初め」を見て、小さい頃のことを思い出した。

父も母も膳についてから頗《すこぶ》る上機嫌であった。思いがけなく、しかも歳取り前に彼がかえって来たことが、それだけで父母を有頂天にさせるに十分であった。ことに母にはそのことがすでに仏さまのお引合せというような考えをもたらして、幸福はいやがうえにも募ってきていた。一巡、祝いの盃が廻った頃、母はつと席を立って、父の前に来て改まって手をついた。

「さて旦那様、今年もいよいよこれで無難に暮れましておめでとうございます。まことに家内一同息災なばかりではなく、勿体《もったい》なくも春には御遠忌《ごえんき》を勤めさして頂くし、夏には御門跡様がお立ち寄りくださいますし、秋にはまた当院が大学へ進んでくれましたし、こんなおめでたい年もございませんでした。どうぞまた来年も仏さまのお蔭で、無事な一年を送らせて頂くように、年末のお礼を兼ねて前もってお願い申しておきとうございます。どうも今年一年は何から何までまことに有難う存じました。」

母はこう切り口上で述べて丁寧に頭を下げた。これは歳取りの席上主婦としての母が、家長にたいしてその年の礼をのべて、あわせて明年の幸福を祈る毎年の慣例であった。その礼をうけると父はいっそう心から満足げに目を細めて、

「いやあ、お蔭で無事な一年を送ってなによりだったのう。来年も御法儀を忘れないように、またいい年を送りたいものだて。」

と答えながら、盃を取って母にお酌をしてやった。母はそれを押し頂いて飲みほすと、今度は宮城の前へ膝を進めて、だいたい同じような挨拶をして喜ぶのであった。

そのうちに老僕や下女が挨拶に出て来た。そうして父の盃をもらって引き下がった。それから寺内の法幢が一族を率いて同じく挨拶を言上に来た。父はそれにも盃を与えた。つづいて近所にいる寺男が二三人やって来た。そうして父の盃を恐る恐る頂いた上で、台所の大きな囲炉裏ばたへ退却して、そこで大々的に酒宴をはじめた。膳を撤する頃には早や

仄々とした陰気な雪まじりの薄暮がせまってきた。しかし雪のせいで、暮れはじめてから容易に暮れ切らなかった。戸外では音もなくしいんと雪が降っていた。

やがて御堂の戸が遠くのほうで開くと、ぽつぽつ人が茶の間のほうへやって来た。皆とりどりの歳取りの式をおわった村中の檀信徒が、今年最後のお札を仏さまに言上した上で、庫裡《くり》に顔を出して挨拶をしてゆくのであった。来た人にはいちいち酒が出た。それをまたあてこみに、自家で不足の分をここでゆっくり腰を据えて補っているものもあった。それらの人々がきまって書き初めの品評をしたり、雪の話をしたり、しまいには彼の噂をし合ったりしてゆくのであった。客の出が薄くなった頃には、檀中の相手をして飲み過ごしたと言って、しきりと赤ら顔に目を細くしていた父は、じきに床の中に入って高い鼾《いびき》をかいていた。

母が暖めてくれた床の中に入っても、彼は容易に眠ることができなかった。寝がけに母が明日は特別の日だから、気の毒だけれども御堂にお参りをしてくれろと懇々と頼むので、彼は気が進まぬながらもむげにはいやと言い兼ねて、いいかげん返事を濁していたが、夜になってからそれが気になって仕方がなかった。東京で自由に考えていたのと違って、家へかえってみれば何百年来の慣習が親から子の血に伝わり伝わって、なんの苦もなくことをなげに行なわれている。彼は自分がこの環境の中では、あまりに微力な小さい一つの存在でしかないのを思わずにいられなかった。宮城は容易に眠《ねむり》つかれなかった。裏の竹藪で、時をおいてはがさっがさっと音がする。そのたびごとに団扇《うちわ》でものを叩くような軽い音がぱさっぱさっとした。おおかた降り積った雪を竹が振り落としているのであろう。そのほかには何の音もなかった。ただよく耳をすますと耳の底でごくごくかすかな、しかし音としては重い、響《ひびき》ならぬ響が遠くのほうで絶えず起こっていて、よく気のついた時には、それがじいっとすり足でひたひたと寄せてきて、絹で全身を包むように、どこからも逃げられないように、やんわり封じ込められたようであった。これが雪の降りしきっている夜の、死んだような静けさの特徴であった。そこへ遠くの禅寺の鐘であろう。ぼおんぼおんと短い間をおいて、かすかに切れ切れに響いてきた。百八の除夜の鐘が鳴っているのである。彼は高等学校の寄宿舎にいたころ聞いた上野の除夜の鐘を想い出した。そうしてこの無性に淋しいおのずと涙をそそって、その涙をそのまま凍らせそうな鐘とくらべてみた。都会は除夜の鐘まで言いようもなく賑やかであった。

　今しがたまどろんだばかりだと思う間もなく、近い鐘楼《しょうろう》で晨朝《じんじょう》の鐘が鳴り響いた。凍《い》てつきそうな身《み》慄《ぶる》いの出る冷たい響である。枕元の腕時計を見ると、ぼんやり蛍光を放っている虫のような数字の中で、短い萌黄色の針が3の字を選んでいた。元朝《がんちょう》の爽昧《そうまい》に寺の一番鐘をついたものはその年きまって幸福だという迷信があって、村人が先を争って鐘を撞くことを思い出した。自坊の鐘が止むと隣寺の鐘が鳴り出した。隣寺の鐘が止んだと思うと、また自坊の二番鐘が撞き出された。こうして三番鐘四番鐘と、ほとんど夜の白々するまでおいおいに撞き鳴らされて、本堂の戸が開くや否や、初穂と鏡餅を携えた年頭の客が飛び込むのである。本堂の中では百目蠟燭を高さ一間もある幾本かの燭台に立てて、かんかんおこした炭火を囲んで寺男が待っている。そうして年頭の参拝者の供物を受け取ると、いちいち庫裡の母まで大声でそれを伝えて来てから、結界の中側に三四枚ひろげた新しい荒蓆《むしろ》の上に、米は米、餅は餅とあけて供物袋を渡すのである。参拝者は結界の外側から内陣《ないじん》の本尊から開山《かいさん》、それから門跡、そうして最後に六祖や上宮太子《じょうぐうたいし》や十字の名号《みょうごう》やらのかかっている余間《よま》を順次に拝んで帰ってゆくのである。その頃は父が美しい色衣《しきえ》を纏《まと》って寺内の一門を率いて勤行を始めている。いよいよ年頭の修正会《しゅしょうえ》が厳修されはじめたのである。彼も母の懇願で、寝不足の顔を不快そうに歪めながら、余間の一隅に父の直綴《じきとつ》と晨朝袈裟を借りて羽織って参詣した。おおかた華立《はなたて》の水も凍っていそうな身にしみ入るほどの冷たい朝であった。参拝の人々の中には、本尊や開山ばかりでなく、色衣の父や黒衣の彼をさえ拝んでゆく人があった。彼は恥ずかしさで終《しま》いには自分に腹を立てた。そうしてずうっと目を瞑《つぶ》って何事も見ないようにしていた。

本堂の勤行が終わって、降門から父の後ろについて下向《げこう》して来ると、庭の泉水の上の松の枝に青味を帯びた雪が泡のように積んでいた。そこへ雀が寒がりもせず戯れに飛び込んで、泉水の中に淡い雪を蹴落していた。夜が全く明け渡ったのである。

父はその足ですぐと内仏に参って短い経を誦《よ》んだ。それから座敷に入って違い棚に飾った聖上はじめ皇室御一門の御影《ごえい》を拝した上で、さらに前門跡現門跡らの本山一門の家族の写真に参礼した。そうしておいて経蔵の勤行に行った。

経蔵から帰って雑煮の膳についてゆっくり屠蘇を祝う暇もなく、本堂から茶の間には入れ代り立ち代り、村人一統や近村の信徒たちが年頭の挨拶に来た。こうして一日中年始の客が絶えなかった。

二日は撞《つ》き初《ぞ》めだというので、昨日の朝よりももっと早く鐘の音で目を醒まされた。今日は他村の檀信徒が雪を犯して年頭に来る日であった。この日も終日酒浸りの年頭客で暮れてしまった。そうして夜になるとともに、茶の間では寺の年始の配り物が、寺内の一族や寺男や勝手元の手伝に来た女達の手で造られるのであった。父はこの日も酒疲れがして早く寝についた。

年頭の配り物というのは二種類あった。一つは生紙を四つ切りにして、それを三角の袋に作って、その中に香煎《こうせん》をつめるのだった。袋の上には木版で「光明寺」という文字が現われていた。幾百の三角袋の口を開いて、中に香煎をつめ易くする。香煎をつめると、いちいち糊を食わして口を貼る。これだけの仕事が分業的にずっと列を作って手際よく運ばれるのである。香煎を入れた大きな飴塗りの櫃を前において、小さい柄杓《ひしゃく》でほどよく香煎をつめる。この柄杓持ちはいつも寺内の住持の役であった。法幢は太い眉を八の字にして、きょとんとした眼で小首を傾《かし》げながら香煎をつめた。その柄杓のはかり加減でうまく香煎が余まれば、法幢はじめ一同の利得になるのである。袋吹きの子供などはそれが欲しさに、眠い目をこすりこすり手伝いをするのであった。

茶の間の今一方には四斗樽をかかえた腕まくりの母を中心に、歯を染めた女どもが四五人、手拭を冠ったり、黒い真綿の亀の子ちゃんちゃんを着たりして列を作っていた。このほうは茶椀の蓋《ふた》くらいの小さい丸い曲物《まげもの》に、いわゆる寺納豆をつめるのである。曲物の数はおよそ二百くらいで、紙袋にくらべれば三分の一にも足りないであろうが、これは檀中の、しかもそうとう上納のある家に限って贈られるのである。まず曲物の蓋を外してそれをいちいち母の手元へやる。母が樽の中から寺納豆をいい按配に盛って出すのを、さらに小さい竹の匙で綺麗におしつけて、その上に柚子《ゆず》や青山椒をのせて蓋をする。蓋の上に「光明寺」と書くのが今日の宮城の役目であった。こうして十四五人の人達が集まって、手を動かしながら、面白いこと可笑しいこと馬鹿げたことなどに笑い興じては、ときどき奥に寝ている父の鼾声を途切らすのを怖れるのは、ちょうど年末に行われる御華束《おけそく》搗きと同じように、楽しい行事の一つであった。面白可笑しいうちにいつしか皆つめ終わってしまうと、子供たちは待ちに待った香煎の中に砂糖を入れてもらって、それを大切そうに甜《な》めていると、一方では大人どもは台所の囲炉裡を囲んで、どんどん薪を焚きながら甘酒や酒を暖めて、それを汲み交わしながら、夜の更けるまで笑い興じるのであった。ほとんど田舎の行事を遠ざかって忘れていた彼にも、この純樸な昔ながらの風習は全く快いのんびりした、いかにも鄙《ひな》びた新年の宵の心地をさせた。彼も一座の中にまじっていつまでも素樸な会話に耳を傾けた。しかし同じ檀信徒でありながら、あの配り物で檀徒を自ら貧富二つの階級に分けた寺院根性がひどく彼を苦しめた。寝がけに母と二人切りになった時、

「お母さん、あの曲物はよしたらどうです。同じ信徒に配り物から厚薄をつけるなんぞは、どんなものでしょう。」

と言うと、母は彼の言葉の真意が摑《つか》めないものらしく、しげしげとわが子の顔を眺めて言うには、

「でもねえ、当院。何百年来ああやって来ているんですから、いまさら廃《よ》すってわけにも行かないでしょう。またあれを楽しみに待ってる人があるんですからね。」

「そりゃあんなものでも貰う人はいいでしょうさ。しかし貰わない人は気持を悪くするだろうじゃありませんか。」

「まあそう言えばそんなこともあるかも知れませんが、やはりね、いくらかでも寺のお取り持ちのいいところに、お礼というような意味あいで上げるのだから、去年まで上げておいて、今年から上げないとなると、そこにはまたそこでねえ……。」

彼は母の言い淀んだ言外の意をはっきりと摑んで情けなくなった。この仕打は手拭や扇子を配って歩く商人とどこが違う。違わないどころか、あるいは寺院生活者の根性は商人根性以下であるかも知れない。そうしてその乞食根性が生みの親の髄にまでしみ込んでい

る。彼はいやというほど頭をどやされた気がして、今にも眩暈《めまい》で倒れそうな気がした。

次の日もまた他村の残りの檀中が年頭に来て、本堂で一日中酒を飲んで、しこたま酔払ってかえった。この日は座敷ではとくに檀中の世話方が三十人ばかり招待されて来た。そうして年内の寺の入費や、本山の上納や、当院の学資金の補助やなんかの予算を立てて、それを各村の檀中に割り当てていた。それがすむとここでもまた酒が出て、皆が浴びるほど呷《あお》って酔っぱらっていた。

翌日は寺方の年始であった。朝から寺男がつめかけて来て、定紋のついた法被に仲間笠《ちゆうげん》という扮装。それに手頃な籐《とう》の籠――その中には香煎袋と寺納豆の曲物《まげもの》とが入っている――を下げて、父と法幢とを前後から護るように挟んで、村中の家を一軒ごとに、「光明寺御年始」と叫んで取次を求めるのである。そうして出て来た主人や主婦と父や法幢が年頭の挨拶を取り交わしているうちに、寺男が袋や曲物を配って歩くのである。

自坊では母が方々の寺方の年始の応対に忙しかった。「称名寺御年始」と言って隣寺が怒鳴り込んで来る。爺さんが「どうれ」と応じて取次に出る。形ばかり本堂に参拝した隣寺が、座につくが早いか共済生命の失策話を始める。こっちではあれならばと見当つけて掛けただけの爺さん婆さん連中が、九十日経っていくら祈っても今もって死なないでいるのに、他の口ではどしどし人が死んだとみえて、その尻が廻ってきて掛け金ばかり無闇と嵩《かさ》んだが、こっちで一口も取らないうちに、会社は手廻しよく年末に潰れてしまった。けっきょく二三百円ほど取られ損になった。というような零《こぼ》し話をした上で、今年は何かうまい金儲けの口を見つけなければなどと言ってかえった。自分の寺ではひと月遅れの旧正月に年始をする専徳寺や来迎寺が、里方だけを先まわりに年始に来て落ち合った。そうしてゆっくり上がり込んで酒を飲み始めての話に、来迎寺は今の隣寺の共済生命の話を持ち出して、ひどく零《こ》ぼしていた。こっちは百口近くも山をはったので、あとでは月々の掛け金ばかり百円も要《い》って、一口二口はうまく死んでくれたので金も貰ったが、とどのつまりは四五百円の丸損をした。大節季を前に控えていながら、そんな見込み違いから、掛け取りが来ても払いの金がない。と言ってももう売りつくしたり、持ち出し尽くしたりしたあげくで何もない。このうえは唯一つの目ぼしいものはあの一切経だが、あれを買ってくれる人はないだろうか。ただし檀中に知れるとちょっと具合が悪いから、本箱はぬきだがというようなことを言って、しきりと専徳寺に買手の心当りはないかと尋ねていた。専徳寺はそんなことなら万善寺に取り持とうと答えていた。それから専徳寺は近ごろ万善寺の真似をしてやり出した仏教日曜学校のこと、仏教青年会のことなどを得意そうに物語っていた。

「なにしろこのままでいると、だんだん寺と村とが離れる。離れればその結果は早い話がこっちの顎《あご》に響いてくらあね。だから今のうちに子供や青年のご機嫌を取っておかないと、今にとんだことになるかも知れないて。で、まあみんな餓鬼どもを集めて来て、いい加減なことを喋っていると、それで村の者もいい企てだってんで金はくれるし、子供は親に叱られないだけでも大喜びだし、子供相手に本堂で相撲でも取ってるとすこぶる妙だて。」

「なんて言ってるが、子供のほうはまず無難だが、若い衆のほうはまだ自ら先達を承って夜這いに行くんじゃないかね。」

「いやあ、大きにそうです。それもまた先祖伝来の土地の風習を実習させる上では必要欠くべからざることで、へへへ……。」

「どうも専徳寺さんの先生の危ないこと。」

「なあに、人が危ながったって、当人は至って健在で、ハッハッハ……」

「健在は健在だが、その度を越えた頑健が危険分子だて。例の十八番《おはこ》の裸踊りも教えるんでしょう。」

「あれですか。あれは一升買ってもらわにゃできませんがな。」

来迎寺と専徳寺はこんなたわいもないことを言い合いながら、盃を献酬していた。そうして夕方廻礼からかえって来た父を捉えて、夜の更けるまで年始酒を呷りつづけていた。

翌日本堂のおかざりを崩すとともに、父は法幢の伜を伴って、三泊の予定で他村の廻談に出た。廻談というのは始終菩提寺にお参りのできない他村の檀中が、農閑の節を選んで住職を次々に招待して、法義を聞いたり、仏事供養をしてもらうことであるが、これがまた大切な寺の収入の一つであった。廻談からかえって来た父の法衣行李《ごうり》の中からは、お布施の束はいうまでもなく、真綿や手織の反物やその他いろいろの供物や施物が出るのが普通であった。彼は子供の頃その中から出る菓子の包みが待たれたことを想い出した。ちょうど父の立った夕、島木老人の親戚にあたる、これも同じく村の重立ちの家で、働き盛りの主婦が死んだ。寺にとってもしごく大切な家柄なので、もちろん導師として父が葬儀に立つべきではあったが、遠い雪道を、しかも予定の廻談の日取をくるわしてまで、呼びにゆくわけにはいかなかった。そんなわけで母も不幸のあった家でも、当院たる彼が式に臨むことを欲していた。彼は言下に断わった。けれども母は執拗に頼んだ。そうして終《しま》いには涙を流して頼んだ。彼はとうとう母に敗けた。そうして渋々ながら目をつぶることにした。

「お母さん、それほどお頼みになるなら、今度だけは仰せに従いましょう。しかしその代り僕はお経も碌々《ろくろく》知らなけりゃ、儀式なんぞはなおさら知りません。その上もともと坊主でもなく、さりとてまたお母さんたちのいわゆる安心《あんじん》も頂いてはいません。僕はそういうでくのぼうなんですが、それをご承知でしょうね。」

母は彼がともかく承知したので、涙を拭き拭き顔を輝かせていた。

「えええ、それで結構ですとも。先方じゃあなたさえ立ってくれればそれで大の満足なんですから、少しも心配はいりません。お経や儀式のことは法幢がお伴して行きますから、四つ五つの時分から阿弥陀経や正信偈《しょうしんげ》の読めたのですもの、それもまんざら知らないのじゃなし、さほど気にするものはありませんよ。あああ、わたしもやっとお蔭で安心しました。」

葬式の日は朝からかなりの吹雪であった。大晦日から毎日のように降り通しに降っていたので平地にははや三四尺の積雪があって、おまけに新年早々から屋根の雪をおろしているところが相当にあった。降り始め頃の雪はいつも怖ろしいほど根気がよかった。五日ばかりのあいだはまるで目口が開けていられないほど猛烈に間断なく降るのが常であった。そのあげくは山と言わず樹と言わず、家と言わず、どこもかしこも皆一様に白い粉にまみれて、古綿を千切ったような重苦しい空の下に、じいっと押し黙って佇んでいるのであった。そこには我慢強い忍従の姿こそあれ、希望に似た光明などはまるで見られなかった。ましてて雪の威力を知らない人達が、往々雪を見て「銀世界」だなどと空嘯《そらうそぶ》く種類の離れた余裕は毛頭なかった。北国人にとっては雪は自然の暴力の象徴であった。自然が白い暴威を逞しくする間、人は黙々としてまず己を守って時を待つよりほかはなかった。雪はいつも人に諦めと待つことを教えてゆくのであった。

迎えに案内されて、法幢に護られながら、導師となって行く彼の心は擽《くすぐ》ったいと同時に惨めなものであった。彼らが外套《がいとう》の雪を払って家の中へ駆け込むのを合図に、ちょうど家の前の往来の真中に大きな鉦《かね》を控えて、藁帽子を着た案山子《かかし》そっくりの男が、急にガンガン鉦を叩きはじめた。寄せ鉦と言って、近隣はこの乱打される鉦の音を聞いて、めいめいに念珠をつまぐって葬送に来るのであった。

家中では赤地金襴の七条をかけた棺の前に、金銀の蓮華や白や赤や青の毒々しい色をつけた粉菓子を貼りつけた造花が、野団子や香炉や蠟燭立をのせた小さい机に乗り切らないで、畳の上に幾組も飾ってあった。金の覆輪をとった青い紗《うすぎぬ》の被いをかぶせた新しい位牌が、机の中央に立っていた。水色や茶褐や白の裃《かみしも》をきて袴のもも立ちを取って、素足に白い緒のついた草鞋をはいた男がたくさんいた。みんな額に三角の紙を結びつけていた。女達の服色もたいがい男と似たものであったが、てんでに濃紺や濃紫の地に、薄色の模様を染め分けた被衣《かつぎ》を冠っていた。これも多くは草鞋を穿いていた。それらの男女のあいだを黄色の裃《かみしも》を着けた島木老人がしきりと奔走して歩いていた。勝手元のほうでは膳椀の音が騒々しかった。ときどき赤い簪《かんざし》をさした娘の顔が、暖簾《のれん》を細目に割って宮城のほうを覗いたりした。

寄せ鉦で続々人が集まって来たと、島木老人が位牌と硯箱とを彼の前に持って来て一礼した後で、

「御導師様、誠に申兼ねますが、亡くなった仏は家では大事の人で、内葬礼だと功徳が薄いと困りますから、なにぶんこの吹雪で恐縮でございますが、外葬礼にお願いしたいものでございます。」

という矣否《いな》やいきなり法幢が頓狂な声で、

「はっ、あの外葬礼で、へっ、畏まりました。」

と引きうけたので、彼はただ軽く頭を下げた。法幢は硯を引き寄せて墨を磨《す》ると、彼のほうへ向けて、位牌に法名《ほうみよう》を書けという。何と名をつけていいか分からないので、法幢の臭い耳元に口をつけて尋ねると、

「はっはっ。女でございますから、「法名釈尼《しやくに》」と書いて、大概「妙」の字をつけます。「妙太」というのはいかがでござんしょう。」

「法名釈尼妙太。妙太はあまり変だぁ。ああそうそう。このあいだ御門跡の御頭剃《おこうぞ》りを頂いた時の法名があるだろう。あれを探してもらっておいで。」

折よく彼は帰敬式《ききようしき》のことを思い出した。しばらくすると島木老人が家人と一緒に仏壇の抽斗《ひきだし》をかきまわしていたが、法幢と連れ立って彼の前にやって来て、法名札を出した。札には法名釈尼妙仁と印刷してあった。

「御導師様、いいところへお気づきくださいました。ああいう有難いものを取り込みですっかり忘れておりました。つきましては御法名は御門跡から頂きましたから、できますことなら御導師様から院号をお願い申したいもので……。」

法名に困った彼は院号ではなおさら困った。また小声で法幢に尋ねると、法幢は喉仏をごろごろ言わして幾度か頷いた。

「へえっ。あの院号というものは高いもので。滅多の永代経《えいたいきょう》じゃつけないもんで、へえ。だがここの家は島木様の御親類だから、そこは大丈夫でございましょう。へえ。」

こう前置きをして、「他力院《たりき》」というのはどうかと言った。それで可笑しくないかときかえすと、法幢は即座に指を折りながら、四五の同じ院号をあげた。そこで彼は位牌に「他力院釈尼妙仁」と書きつけた。院と仁とが同じような韻をもって耳についたが、なに構うもんかという気で、そのまま青い紗の被《おお》いをかぶせた。

いよいよ御頭剃りという段になると、これも御門跡様から頂いたからいいというので、彼はあの滑りの悪い頭に疵《きず》をつけて、死んだ脂をじぶじぶ涌かせる不気味ないつまでもいやな感じの後を引くしくじりをやらずにすんで助かったと思った。

生まれて初めて七条というものをくくりつけられて、儀式僧の形で棺前に突っ立った彼は、急に自分が人間から猿に逆戻りをしたような情けない恥ずかしい気がした。彼は観念の目をつぶった。そうしてやけ気味の糞度胸を据えてひたすら時の経つのを待った。法幢が合図の鉦をたたくから、含み声でいい加減の調声《ちようしよう》をしていると、法幢が折よく高い声を出すので、彼はそのあとから小声でおどおどしながら読経《どきよう》して行ったが、まずまず大きな失策もなく、いよいよ列の中央に挟まって野天の葬儀場に繰り込むこととなった。

吹雪が強いので、彼の後ろでは二人がかりで赤い長柄をさしていた。がそれでも屈強の男の足が浮いて、そのたびごとに掛け声もろとも二人の男は死物狂いに長柄にかじりついた。法幢が打ち鳴らす鉦の音もすぐと吹雪に持って行かれて、悲しみの余韻さえもなかった。長い葬列は白い途を踏んで黙々として村外れの焼き場に向かった。道の両側には四五間おいては細い篠竹に金銀の紙をだんだらに巻きつけた蠟燭立てが雪の中にさし込んであった。その小さい四角のつばの中にはちょうど小さい蠟燭のように雪が積んでいた。

葬儀場は小高い丘の上にあって、真正面に北西が開けて、ちょうど吹雪を待ちうけているような地形であった。岡の下からここへ辿り登ると、吹雪はいよいよ実力を見せて、葬壇の彼方に黒焦げになって突っ立っている四本の棒に吊られている、簡単な火屋《ほや》を真似た「火隠し」と称する屋根型のものを、まるで木の葉のように揺り動かしていた。その下には藁を堆《うずたか》く積んで、その火をつけて焼くのである。葬送の人が一つずつ持ち込んで来た造花や蠟燭立ても、壇上におくと吹き飛ばされた。仕方なしにみんな雪の中に突っ差した。そうして蠟燭に灯もつけられないので、提燈をそのまま壇の下にかくして、灯を大切に護っていた。位牌だけは小さい男の児が、導師のほうへ向かって今にも泣き出しそうな顔で持っていた。その児の顔に真正面に吹雪が吹きつけるので、眉の上に白いものがたまったり、それがまた溶けてまるで涙のように赤い頬の上を流れた。宮城はこの子の母が死んだ以上に、この辛《つら》そうな有様がじいっと見ていられなかった。

読経が始まったが、経の声は口を洩れるなりいきなりいずれへか吹き散らされて、わずかに法幢が鳴らす鉦で勤行のまだつづいているのが知られるほどであった。そのうちに後ろのほうで法幢が焼香焼香と促すので、彼は壇に進んで香を手向《たむ》けようと思った。しかし香炉の中の火はとっくに雪のために消えていた。彼は片手に七条をぎゅっとしめつけるようにおさえつけておいて、香をつまぐりつまぐって冷たい香炉の中に投げ入れてかえった。つづいて隣寺がきょろきょろ彼を拝んでから焼香に出た。それから隣寺の寺内や外の寺々の参列者が焼香した。するうちにさらに山の上がごうごうと鳴り渡ると見る間に、前よりも強い一陣の吹雪が、大濤のようにどうっと押し寄せて来た。と、彼の後ろで長柄をもっていた二人の男が、同音に鋭く一声あっと叫んで、一度二度よろよろと彼にぶっ突かるようによろめいて、彼の目の前が一時に赤くなったと見るうち、はっという間もなく赤い大きな傘がしゅっと一本の太い竿になってまた元どおり立ち直った。後ろを振りかえると先へつぼまった長柄をもって、二人の男が鳥羽絵《とばえ》のように雪の中に尻餅をついていた。そのはっとした僅かの間に、いつの間にやら前のほうでは位牌を持っていた子供の姿が見えない。そうして位牌だけが壇の前に横ざまに投げ出されてあった。子供は今の吹雪に壇のわきへ吹き飛ばされて、ようやく家人に援《たす》け起こされているのであった。そういう混乱の中に葬儀はおわった。彼は修多羅《しゅたら》を解いて七条を法幢に手渡すと、一目散《いちもくさん》にかけ出して、家へ逃げかえった。彼はお斎《とき》につく勇気がなかった。

その夕彼は母の止めるのもきかず、吹雪を犯して上京の途についた。彼が目差してきた父は家にはいない。いても毎日酒に浸っていて話はできない。夜は「灰寄せ」明日は「御礼参」。そのつど父の留守の間は否《いや》が応《おう》でもあの堪らなく恥ずかしい心にもない法衣姿を曝《さ》らさなければならない。こう思うだけでも彼は安閑としてはおられなかった。思い切り彼をどやしつけてくれるものを求めに帰って来て、求めるものはまるで与えられなかった。そうして母の涙に欺されて、あの汚らわしい七条を着て、心にもない葬式の導師に立たせられた。なんというしいまいましい腹立たしいことであろう。もう二度とこの家には帰りたくない。こう思いながら彼は暗い心で、母から身を振り切って家を飛び出した。虚偽と無慚で固めた生活を繰りかえす寺院の徒。それをまた良心もなく批判もなしに育ててゆく檀信徒。法城《ほうじょう》を護る人々の生活はこうして下に向かってほとんど停止するところを知らない有様である。彼は寺の中の者と寺をめぐる信徒とに全く愛想を尽かした。そうして同時にすべての罪悪を集めた伽藍にたいして言いようのない反感を抱いた。まずあの堂々たる伽藍を叩き壊さなければ、坊主根性も信徒根性もなおらない。罪はすべての上にあるにはあるが、すべては明らかに伽藍において象徴されている。伽藍を叩き壊せ。まず伽藍を叩き壊せ。どうあっても寺は自分の生命を托するところではない。卑怯者と言われようと、逃避者と言われようと、そんなことはどうでもいい。とにかく自分の新しい真正の生活を打開してゆくのにこそ臆病であってはならない。彼はこう意気込んで寺を出た。そうして上京の途についた。しかし前途にはまだまだ暗い雲が低く鎖《と》ざしているのであった。

二十四

東京へかえって素人下宿の二階に上がると、机の上には二三十枚の年賀状のほかに、手紙と速達と電報とが各一通ずつ乗っていた。三通ともに同じ局の消印であって、電報は昨夜、速達は昨朝、手紙はその前日の日附であった。電報から見てゆくと電文は簡単に「タイガンシススグコイ」とあった。速達にはいよいよ危篤に陥って、命も今朝に迫った。生前ぜひ一度お目にかかって御礼が述べたいというから、この速達便の届き次第、万障お差繰りのうえ至急おいでを願うと書いてあった。病院の中から発信されたものである。手紙には差出人の名が明記されていた。自分は大舎をお世話している古河という親方であるが、宮城のことは大舎を通じて前々から承っている。今度大舎が肺炎を煩らって、はなはだ重態のようであるから近所の病院に入院させた。経過はあまり良好でない。話に聞けばこれまで実家にたいしては不義理ばかり重ねて来た様子であるから、大舎の名前や、見ず知らずの自分古河の名前で手紙や電報を出しても、またかと放《ほっ》たらかしておかれるようなことがないものでもない。どうか信用のある彼宮城の名でその由を実家へ伝えてもらいたい。万一のことがあった場合こちらの手落ちになっても悪いから。それからこれは大舎の言伝《ことづて》だが、ぜひぜひ一度お目にかかりたいと申しておるから、ご足労でもなにぶん見舞ってやって頂きたい。非常にお待ちしているから、どんなにか喜ぶことでしょう。こんな意味が細々《こまごま》と書いてあった。

彼は手紙を内隠しに入れると、すぐさま月島《つきしま》の病院へ駆けつけた。

同じ東京に住んでいても、月島などという土地は、普通学生生活には縁のない、ようやく朧《おぼろ》に地図の上でぼんやり方角くらいしか知らない、全く未知の土地であった。人に質ね尋ねてようやくたどりついてみると、低い家屋が押しつぶされたように並んでいる灰色の殺風景な島であった。病院はすぐに大通りの裏手の海岸にあった。表玄関の受付で大含のことを尋ねると、汚れた白い服を着た看護婦が横柄に右手を指して、「死亡室」とひとこと言ったきり、小さい窓をぴたりと内から閉じてしまった。彼は石灰を撒いてあるむさくるしい建物と煉瓦塀とのあいだをすれすれに通って、右手に建物の裏へ出た。そこには十坪程の空地があって、白いものをかけ連ねた物干竿がいくつもあった。下には一面に石炭殻を真黒に敷いてあった。物干竿の下をくぐると、彼の前に小さい物置同然の小屋が現われた。そうしてそこから安線香の臭いがしてきた。彼はそこの破れた障子の前に立って声を掛けた。すると内で皺嗄《しわが》れた太い胴間声《どらごえ》が答えた。

「遠慮はねえから這入《はい》ってくんなさい。」

彼は恐る恐る障子をあけて来意を告げた。内は三畳か高々四畳半くらいの広さで、部屋の中は一面に煤《すす》を塗ったように幽気臭かった。そうして外の灰色な妙に冷たい白っぽくれた天気にくらべると、内はまるで麦酒壜《ビールびん》の中に顔を突っ込んだように、赤茶けていて鼻の先がつかえそうであった。すぐ鼻の先には、がっしりしたどこからどこまで赤銅《しゃくどう》色造りの、半分の余も鬢《びん》の毛の白くなった、五十を三つ四つも越えたかと思われる男が、引きしまった顔や態度の中にも、自然と備わるわざとらしくないいくつろぎを十分示して坐っていた。その傍にちょうど今の五十男の半分くらいしかない至って小さい、しかし顔ばかりはいい加減ふけた、本当に子供が年ばかり取ったと言ったような侏儒《しゅじゅ》が木彫の大黒天のように、片隅のほうでにこにこ宮城の顔を見て笑っていた。

「さあさあ、どうぞまあ、お上がりください。わたしが古河と申します。いろいろ厄介になった大含もとうとう昨夜仏になってしまいました。あなたにお会いしたいお会いしたいと死ぬまで口やかましく言ってましたが、とうとう一晩の違いで残念のことを致してしまいました。」

そう挨拶をしてから、親方は侏儒にお茶を上げろと命令した。宮城はこの初対面に得た風貌の感じと、この挨拶とがぴたりと一致して、その間に少しもわだかまりのない、鮮やかに晴れ渡ったような第一印象が形造られて、親方その人が自ら人に信頼の念を抱かせるのを、まるで仰ぎ見る心もちで敬意をもって眺めた。来て見るまでは博奕《ばくち》打ちか何か、得体の知れない巣窟《そうくつ》に呼び込まれて、場合によってはとんだ目に会わないものでもないというような不安があったのであるが、現に目の前にいるすこぶる好人物らしい人格者の親方をひと目見るより、彼は全く安心してしまった。そうしてかりそめにも、そんな不安や疑惧を抱いていたことが申訳がないことに思われてきた。本来から言えば、請人の彼が生前から死後までいろいろ面倒を見てもらったお礼を述ぶべきであるのに、かえって先方からまるで自分の子供か兄弟が厄介になったかのように、ひたすら心から彼に礼を言っていた。宮城は全く恐縮せざるを得なかった。彼は恐縮の上にも恐縮をして丁寧に詫びをのべた。

「ちょうど年末から帰国していたものですから、お手紙も電報も頂きながら、今日までちっとも知らずにおりまして、なんとも申訳がございませんでした。今朝宿へかえりまして、はじめてお手紙と速達と電報とみんな一緒に拝見しましたので、驚いてかけつけたような次第で、なんともはやお礼の申し上げようもございませんし、お詫びの申し上げようもございません。」

「何をそんな馬鹿丁寧な。かまやしませんよ。もともと今度の仏と私とは親分子分の盃をした仲なんですから、言ってみりゃ親子も同然なんで、私からお礼を言うのが本手ですとも。が、それはともかくとして幸《さいわ》いお顔を見たからさっそくご相談しますが、どうでしょう。とにかくあなたからいちおう国元へ電報を打って頂いて、そのうえこのことを詳しく得心の行くように手紙を書いてやって頂きたいものでございます。奴《やっこ》さんこれまでさんざん不義理をしておいたというから、奴さんの名や私の名前じゃたぶん先方で相手にしませんでしょうからね。そこは一つなにぶんよろしくお願いいたします。それから葬式ですが、もともと籍のある実家に断りなしというわけにもゆくまいが、どうしたものでしょう。本来なら国から人が出て来るのを待つわけですが、たぶん待っても来てはくれまいしするから、私の考えでは、あなたに立ち合って頂いて、明日私らだけで骨にしておいてはどんなものでしょう。もっともこれだけ手を尽くしても先方が骨を引きとらねえと言や、そりゃ私がどうともいたします。が、どのみちそのほうがいいじゃありませんか。費用って言ったところでいくらかかるもんじゃなしするから、気長に国からお骨を受取りに来るまで待ってみましょ。来なけりゃ来ないまでのことですから。」

彼にはもちろん異論がなかった。言われるままにさっそく来迎寺へ宛てて詳しい手紙を書いた。そうして郵便局まで行って、そこから電報と一緒に出した。局から帰って来てみると、子分仲間らしいのが二三人つめかけて来ていた。それへ親方が、きさまたちも一日も二日も休むわけにはゆくまいから、今日は仕事に出ろ。その代り明日は午前中に葬式を出すから、来てくれろと言うようなことを言い渡していた。それらが線香を上げて、不骨な格好で礼拝《らいはい》して帰って行くと、あとはまた以前の三人になった。枕元にかしこまっている侏儒は始終にこにこしながら、線香を立てかえたり、細い蠟燭をつけかえたりしていた。枕元には『真宗聖典』が一部仄かな金字の背皮を見せて供えられていた。おおかた彼が贈った書物であろう。

ところどころ古綿の飛び出した煎餅蒲団の中に、大含の痩せ細った死骸が膝を立てて横たえられていた。心もち夜着をかかげて死顔をのぞくと、黄味を帯びた青白い頬がげっそり落ち込んで、額が凄いように禿げ上がって、全く面変《おもがわ》りがしていた。灰色の唇がやや歪んで、閉じるともなく白い前歯の先にちょいと噛まれて閉じていた。窪んだ眼窩《がんか》の底にどんよりした鈍いかすかな光りがあったが、もう物に応じてひらめく光ではなかった。彼に向かって敬慕の念をよせる大含その人ではなかった。彼の尊い魂はすでに何ものかに招喚されてしまった、彼はじいっとこの醜い永遠の一つの相を表わした動かない冷たいものを眺めているうちに知らずしらず頭が下がった。ふと気がつくと鼻ばかりが際立ってふくらんで、鼻口から白い綿らしいものが覗いていた。おやと思った彼は死後汚物の流れるのを防ぐために綿をつめたのかしらと考えたが、どうも不審なので親方を顧みて、

「いったいあの鼻の穴の綿はどうしたんでしょう。」

と尋ねて見た。すると親方は唾を呑んで、真顔で膝を進めて言うには、

「そのことについちゃ是非とも聞いて頂きたいことがあるんで……」

という前置をして、宮城のために語るべく用意されていたことを逐一長々と物語り出した。

——大含は発病の当初から、死を予覚して全く覚悟の態であった。ただこれほどの大恩にあずかりながら、何の因果かそれをおかえしすることもできずに往くのは残念である。どうかこればかりは是非ゆるしてもらいたいということを、日に幾度となく口癖のように

言っていた。いよいよ病いが重くなって入院するという時も、入院の金も払える身分じゃないから、どこかの施療に入れてもらって死んだらそこで解剖してもらうというのを、金の心配はいらないと親方が引きうけて、近所の病院に入院さしたのであった。大含はすまないすまないと言って、涙を流して親方を拝んでいた。そうして自分ほどのやくざ者が、どうしてこんなに丁寧に取り扱ってもらえるのか分からない。これまで自分は人の情というものをうけたことがなかった。それを真人間として初めて交わってくれたのが宮城であった。それから親方であった。二人の温情によって自分は初めて人となった。そうして今、人として死ぬこの嬉しさはなんという喜びであろう。この光栄と歓喜とは何に譬《たと》えていいであろうか。全くこの二大恩人にはお礼の申し上げようもない。お会いしたところですべもないものの、生前一度は宮城に会って、とくとお礼が述べてみたいというのが大含の張りつめた切なる念願であった。

——日増しに容態が険悪になる。大含はじいっとそれを見守りながら、ただ彼の来るのを唯一の望みとしていた。発信後二日たっても来ない。三日目にも来ない。大含は彼にたいして抱いている信頼と、信頼につきまとう光明とが、彼の来ないことから裏切られるのをひたすら恐れている様子であった。せっかく救われた魂が彼の来ないために切り崩されて、半ば幻滅に心を乱されながら目をつぶることは、大含にとっても親方にとっても忍べないことであった。大含は彼の贈った真宗聖典を彼の身代りに抱いていた。そうして彼を待った。

――大含の光明が二人にかかっていたと同様に、闇黒は全く実家にかかっていた。大含は死に至るまで実家を呪った。自分の一生は全然誤まられた。誰を怨むこともない。一切の責任は自分の上にある。けれども最初から実家の兄や檀徒が、兄に対する半分の好意でも向けてくれたなら、決してかくまで惨めに社会のどん底に堕ちることはなかったであろう。一人の住職候補者を立てるために、外の兄弟は皆その下積みにされる。そうして兄と弟とのあいだには、主従以上の隔りがすべての上に置かれるのである。初めから自分は野良猫同然の取扱いをうけてきた。その結果は性根がだんだんいじけてきて、そのうえ自分の反感も手伝って、人のものまで盗んで自分を養わなければならなかった。自分とても最初から盗癖があったわけではない。意地でやったことがとうとうしまいにはやめられなくなってしまった。じっさい正直のところ自分は百姓の子に生まれても、大工の子に生まれても、こうはならなかったに違いない。坊主の子に生まれたばっかりに、自然いつしかこういう泥溝《どぶ》の中に追いつめられたのじゃないかと思うと、骨になっても家には戻りたくない。いっそ大川へ流してもらいたい。ああ、自分が死んだと聞いたら実家のものがどんなに喜ぶだろう。それを思うとむかむかする。俺はこそ泥はしたがあの坊主どものように仏の名か何かで、人を欺《だ》ましたことはない。自分が迷惑をかけた人は高々十人か二十人だ。しかるに彼らは無数の善男善女をだまして、その臍繰り金をくすねている。自分の行為は元より悪い。しかしその彼奴らからかれこれ言われるいわれはない。自分は奴らより世渡りが下手であった。それだけだったのだ。つまり社会の落伍者だったのだ。しかもそれが人間そのものの最後の価値をも根本的に決しようとしている。俺は彼らを呪う。そうして盲ら千人のこの世の中を飽くまでも呪う。

――しかしけっきょく自分はなんという幸福者だったろう。すべての惨めなことが、みんな今日の幸福のために用意されていたのだったと知らせてもらうようになった。そうしてこういう罪の子が、二人の力によって、真実の日の光りの下で、こうやって死んで行けるというのは。あああ、自分のような人間にとっても、それだけで人と生まれた有難さがあった。人と生まれてよかったという気がする。けれども助かる見込みのないものが、このうえ安閑として一時でも長く恩寵に甘えているのは心苦しい。あまりに虫がいい。自分はこの幸福な感激にひたりながら一時も早く死んでゆきたい。こう言い終わると大含は看護の者の目を盗んで、破れ布団の古綿を鼻の穴につめ込んで、そのまま窒息して意識を失ってしまった。――

「どうせこういう車力商売の親方なんぞをやらかしているからにゃ、私らのとこへ転がり込む奴は、来る奴も来る奴もたいがいみんな碌《ろく》でなしの無頼漢《ならずもの》か札附男《ふだつきおとこ》です。ところがこの仏ときちゃ、ごくごく内気なお人よしで、渡り者によくあるいけ図々しい悪なところなんぞこれんばかしもない全く気の毒なくらい気のいい人間でがしてね。私も自分の弟か子供のように親身に可愛がってやりましたよ。そう言っちゃなんですが、私もこの界隈じゃちっとは顔も売れているんで、ゆくゆくは近所に世帯を持たせてなんと考えておりましたが、どうもままならぬ世の中ですね。まさかこう早く片づこうとは思いませんでした。やはり例の別荘へ入っていた疲れが出て来たんでしょう。」

純粋な心でもって宮城を心から慕って、最後まで彼を待っていてくれた人間がいた。これは正しく彼にとって紛う方なき一種の驚異であった。しかもそれを最後まで知らずにいたのみか、時にあっては心ひそかにその人間が同じ東京に住んでいるということにある種の不安をさえ感じていたことは、彼の心をいっそう苦しめた。そうして故人にたいしてすまなかったという念をしきりに起こさせた。と同時に虐げられた美しい魂が、押し潰され切らずに、人の世に生まれ出たことを祝福しながら死んで行ったことは、自分の魂が救われたことのような思いがした。彼は自分のほうから好んで手を退《ひ》いていたこの知己に向かって、生前の知遇を感謝するとともに、自分の至らなかったことを心から謝罪した。

人の世のどん底に近く居を占めていて、誠の人心を見失わないばかりでなく、さらに進んで埃溜めの中から、最後に残った腐敗し切れないものを拾い上げている親方は、永年のあいだに知らずしらず自ら鍛え上げられていた卓《すぐ》れた見識と直観との持主であった。どこを見廻しても親方に反抗する悪人はいなかった。なんとなれば彼は何物にも欺されない自然の知恵と、何ものにも騙されない強さとをもっていたからである。無限に暖い懐を蹂躙《じゅうりん》し切る狂暴の鬼はいないからであった。宮城が高々数十分、もしくは幾時間じいっとこの陰気な室《へや》に対座していただけで、云いようのない温情に包まれるのであった。宮城はこういう人こそ本当に頼りになる人だ。自分がもし転がるところまで転がって行って、どうしても自分の手で自分が収拾することのできなくなった場合、ただ転がり込みさえすれば拾い上げてくれるのはこの人のほかにはないであろう。彼はこの親方についてこれまで見たことのない単純で明白で、そうしてどこまでも曇りなく磨き出された美しい性格の人を見た。それはあまりに表裏なく透明なので、初めは自分の目を疑ったが、いちど古河親方その人の本体に触れたと思ったが最後、爾余《じよ》の疑問は一度に解かれてきた。そうして大含が救われたのは確かにこの人のためである。饒舌な千百のいわゆる宗教家の説教がそもそも何になる。こういう気がしきりに宮城に起こってきた。彼は誰に向かってともなく、見よ、ただこの節《ふし》くれ立った頑丈な手、それだけでいいのである。この彫刻されたような意志的な涙もろい顔、それだけでいいのである。自分が求めている真正の宗教家の片鱗《へんりん》はたしかに、この親方の中に宿っていると、こう叫びたいくらいであった。雄弁以上に雄弁な沈黙と、全身的な実行の腕と、どん底に喘《あえ》いでいる人の魂を見出す目と、すべてをわがこととして愛情をもって育んでゆく心の所有主、そうして人間の深い魂と肉体との苦悩に徹して、そこから自己の性格を積み営んできた人、それこそわれらが尊い宗教家なる名称に値する人である。おお、偶然の導きによって引き合わせられたこの人において、宮城ははじめて人生の一つの尊い美しい帰趨を見出したように思った。彼が平常抱いている、人生は常に暗いという思想も、ここでは全く通用しそうがなかった。人生は暗いけれども、けっきょくは明るかった。宮城はこの導きを感謝した。そうしてふたたび亡き大舎に向かってこのことを謝したのであった。

夕方になると一日の仕事をおわって、旧友の通夜に参ずる人達が室の中いっぱいに集まって来た。そこへ親方の内儀《ないぎ》が、酒や握り飯の重箱やらを運んで来てくれた。内儀は伝法《でんぽう》肌《はだ》の歯切れのいい女であったが、親方同様しごく人間の好《よ》さそうな、かれこれ五十にもなろうかという、元気な口当りのいい人であった。親方の紹介で宮城と丁寧な挨拶を交わした後で、ちょっと一言、大含が生きていたら、今頃は宮城が来ているのでどんなに喜んだだろう、その顔が見たかったと、あとはしめりがちに小声で呟《つぶや》きながら、帯のあいだから小さい念珠を取り出して、蠟燭を立てかえたり、線香を上げたりして、しきりと念仏を唱えていた。その間に盃代りの茶碗で酒がまわされた。

内儀は長い礼拝の後で、親方に向かっていうには、

「ねえ、お前さん。みんなこうやってお通夜に来てもらって、仏は大喜びだろうが、どうだろう。お坊さんから一巻読んでもらわざぁなるまいじゃないかねえ。」

「そうさな。世間並みに言やそうだが、仏があれほど坊主をいやがっていたんだから、それもいるめえと私は思うんだが。」

「でもそれじゃこっちの気持が物足りなかぁないかね。」

「いや私はまた今晩も明日もいっさい坊主は頼まないつもりでいた。いわば仏の遺言みたいなもんだからな。いったい坊主なんて奴はいつものらくらしていやがって、あんなお公卿《くぎよう》さまのような法衣をふわちゃわ着ているからが癪《しやく》に障るじゃないか。あんなものに訳《わけ》の分からないお経なんぞもごもごやってもらったってなんの供養になるもんか。高《たけ》えばっかしで、ごくごくあと口の悪いもんだ。それよりかみんな相棒がよって無駄話でもしてくれたほうがどんなに仏が喜ぶか知れやしない。のう皆の衆、明日はみんなで棺の出る時、一肩ずつ入れてくんねえ。それがいちばんの供養だ。」

「それでもなんだか気持が悪い……」

そのとき席の中央で、茶碗の盃を片手に安座《あぐら》をかいて、手拭を肩にかけた角刈頭の、まだやっと三十になったかならぬくらいの威勢のいい男が、

「ねえ、おかみさん。親方のいうとおりだ。何も心配することあねえ。俺達がみんなで気のすむようにやらかすから。なあ、おい相棒。親方もせっかくああいうんだし、どうだ、明日はただ仕事を休んでのんべんだらりと、いい衆気取ってお棺の後へくっついて焼き場まで行くのも気の知れない頓間な図というもんさ。それよりかみんなで駕籠《かご》をかついで、少しでも親方のものいりを少なくしようじゃねえか。力を出すのあこっちの商売だ。だいいち仏にたいしても、みんなでいい気持じゃねえか、どうだ。」

「よかろうよかろう。」「そいつぁうめえ考えだ。」「安公でかした。」「そうきめたきめた。」てんでに口々に賛意を表して酒を呷《あお》った。親方はにこにこ笑いながらその場の光景を眺めていたが、

「そんなら安さんのいうとおり、みんなから一つ骨折ってもらおう。こんな身の入った葬式もねえもんだ。仏がどんなに喜ぶだろう。」

親方は顔を輝かして宮城を顧みた。内儀は押しつけがましくそれでもと言い張ることはしなかったが、なんとなく手持無沙汰で淋しそうに見えた。彼は一座の気取らない打ち解けた様子に涙ぐんだ。そうして親方はじめ一座の人々が代わる代わるさし出す盃を片端からうけて、心地よく同化できる自分を喜んだ。そのときふと枕元にある真宗聖典が目に止まった。と同時にある着想が浮かんできた。彼は親方と内儀のほうを見ながら、

「皆さんが死んだ大含君のためにいろいろと尽くしてくださった上で、明日は棺まで担いでくださろうというのに、僕は何もお役に立ちません。ちょうど枕元にお経の本がありますから、お内儀さんの今のご希望もありますから、法衣を着ていないで悪いけれども、僕でよかったらお経を上げようと思うがいかがでしょう。」

と言うと、親方も内儀もともに頭を下げて、

「そりゃ何よりの供養です。あなたからお経を読んでもらったら、それこそ仏が浮かばれるというものです。どんなに喜ぶか知れやしません。だいいちわっしはじめ嬶《かかあ》も、この

うえない嬉しいこって、どうか一巻ぜひともお願いしたいもんです。」

そう言って親方は感激のあまり嬉し涙を流した。彼は死者の枕元に坐って、簡単な経文を読んだ。そうして『白骨の御文』を読んだ。一座の者は静粛に謹聴していた。読みおえて後ろを振りかえった時に、若者の中で涙を拭いているものが二三人あった。彼も思わず涙に誘われた。しかし蠟燭番をしている侏儒は、握飯を片手ににこにこしながら、彼の来た時から同じ場所に坐っていた。こうして通夜は夜の更けるまで賑わっていた。

翌朝、葬儀屋が棺と駕籠《かご》とを一緒に運んで来た時、皆が手伝って大含を棺の中に入れた。そうして棺を駕籠の中に入れて、仕事着の旧友連中が、二人ずつ担いで病院の不浄門を出た。皆がその後についた。門を出ると道の下はすぐ濁った泥海であった。出がけに親方は侏儒に向かって、

「八さん、長々ご苦労だったな。仏の寝ていた蒲団なんざあ捨てるんだから、お前いるんなら持ってってけえるがいい。それからそこにかすりの着物がある。それもお前にやろう。あとは一つ綺麗に片づけておいて、そうしてけえってておくんなさい。おれ達は焼場から料理屋へ廻って、ここへは帰って来ないんだから。」

侏儒はあいかわらずにこにこしながら、頭をいくつも下げた。彼は真宗聖典を記念にもらいうけた。歩きながら、ばらばら繰ってみると、ところどころ鉛筆のしるしがついていた。大含が一生懸命に読んだものに違いない。「善人なおもて往生をとぐ。況《いわ》んや悪人を

や……」という歎異抄《たんにしよう》の第三節には、三重五重の圏点が打ってあった。心根に徹したその感激のさまが至るところに見てとることができた。

毎日来迎寺の上京を待ったが何の音沙汰もなかった。来迎寺が出て来ないとなると、親方にたいする彼の責任がいよいよ重くなって、立場がいっそう困難になるので、彼はまた来迎寺に手紙を書いた。そうして上京を促した。五六日目にようやく一通の返事がきた。それによると、大含が病気であるとか危篤であるとかいう手紙や電報には、これまで幾度も騙まされてきたから、いまさらおいそれとその手には乗らないつもりでいた。しかし今度は死亡したという通知を、ほかの人でない宮城から受けたのだから、たぶん本当に死んだのだとは思う。が、気にかかるのはその死に場所である。そうして厄介になったその人である。場所により人によってはどんな迷惑を蒙らんものでもない。あの死にぞこないの大含がきっぱり死んでくれたのは誠におめでたいが、それを思うと迂闊《うかつ》に警戒はゆるめられない。宮城の再々の手紙によって幾分は分かったが、さらにもういちど詳しくその人のことを聞かせてもらいたい。それでその人が立派な信用のできる人であっても、そうなると第一に必要なのは金という段取りになるが、折も折とてちょうど旧の大節季で、あってもあっても足らんのだから、あの死にぞこないのために出してやる金なんぞは鐚《びた》一文だってありはしない。いったい誰に頼まれてあんなやくざものの面倒を見てくれたのだ。ああいう兄の顔には泥を塗り、家の名はおとしたような奴は、どこかの果てでのたれ死をすればちょうどいい。それをわざわざ金を食う入院なんぞをさせて、いらぬところに金をかける。誰が頼んで入院させた。家から出た奴とは言い条、とうの昔に勘当した奴だ。いまさら自分は知らない。けれども世間並みに言えば奇特な人であるには違いないから、宮城からよろしく伝えてくれろ。いずれ金でもできたら、お礼かたがたお骨をもらいに行くから、と、こんな誠意のない、自分勝手ないい加減な理屈ばかりこねまわしたくどくどした手紙であった。彼はこれを読んで腹を立てて、すぐさま猛烈な反駁《はんばく》の手紙を書いた。それと一緒に実家の父にあてて、このことについて来迎寺を説いてくれるようにと手紙を書いた。そうして来迎寺にたいする余憤を洩らしてやった。

それから間もないある日のこと、三通の手紙が同時に彼の机の上にのせられてあった。一通は来迎寺、一通は故郷の父、一通は京都の大槻からであった。来迎寺の手紙も、父の手紙ももちろんこのあいだの返信であった。しかし来迎寺は徹頭徹尾不得要領な、ただし金はなるべく出したくないということだけははなはだ明白な、このあいだの非礼な文意を謝するでもなく、そうかと言って自分を強いて主張するでもない、すこぶるぐうたらな、それだけにまたいっそう腹の立つ手紙であった。彼はそれは畳の上に放りつけて、急いで父の手紙を開いた。

父は大含のことについて何くれとなく心配してくれたことは何より有難い。あれも三界に頼るものの無かった不幸な者であったのが、ともかく文面によれば、人並相当の死にざまを、人様のお情けでしているようだ。まことに望んでもなかった御縁があったことだろう。お前からよろしく先方の恩人にお礼を言ってくれ。来迎寺にも会って懇々と説いた。しかし大含も生前来迎寺に迷惑をかけ過ぎているので、それを根に持ってなかなか頭を縦に振らない。それにお前も知ってのとおりのお粗末な人間で、金の要ることにはそれではなくてさえ尻込みをするほうなんだから、今度もわざわざ金を捨てるために上京はすまい。それで来月自分が団体で京都へ参拝して、その足で東京へもまわるから、その節お骨を持ってかえるように十分に談じて納得させてやろう。だからその旨を先方へも伝えて了解を得ておいたがいいと思う。こういう文意が書いてあった。そうして最後に団体参拝には母も一緒に行くかも知れないと書き添えてあった。彼はこれを読んでようやく安心した。すぐと月島の古河親方に向かってこのことを書いて送った。やっと自分の顔が立った。宮城はこういう意味で父に感謝した。けれども父と母とが連れ立って、しかも田舎の有難屋連の団体の中にまじって上京するという予報は、どう考えても迷惑でならなかった。いい工合に遠い地点に隔離しておいたものが、わざわざ目の前に現われて彼の心を乱そうとする。まんざら会いたくなくはない父母の姿ではある。が、会ったらきまって幻滅を感じるに違いない父母の姿でもある。しかもだいたい想像のつくそうした団体の中において。彼は深い溜息をついた。

大槻の手紙は情熱に燃えていた。初めからしまいまで慷慨悲憤《こうがいひふん》の字句で埋まっていた。

それは校友の中で鬱積していた不平が今にも勃発して、不正な正統学派にたいする自由な大学派の復讐戦がいよいよ火蓋を切られたことを物語っていた。革命的な血に燃えている大槻は、学校の外なる校友と相呼応して、幾百の同窓の先頭に立って、ストライキを起こそうとしている様子が手に取るように書いてあった。そうして一挙にして頑迷不霊な腐儒を葬って、宗学の底に横たわる禍根を断ち、一方、本山から宗学の独立を謀って、自由清新な教学の振興を計るのは自分らの務めであると、激越な口調で自ら任じている意気を洩らしていた。大槻の筆端からは全く火花の迸《ほとばし》るおもむきがあった。大槻は幸福な男だ。こういう熱情と気力とを、いつも物事に向かって用意している男は、確かに幸福である。彼は手紙を握りしめながら、大槻の身の上を案じるとともに、急に親友に会ってみたくなった。

二十五

三月初旬のある曇った、名残の寒さの消えやらぬ、なんとなく底冷えのする午後であった。前の日に降った雪のために、市街はまるで泥の海が果てしもなくつづいていて、その中を自動車が大胆に無遠慮に泥の沫《しぶき》を四隣にはね飛ばせながら、まるで怪物のように人もなげに疾駆していた。人は安全に泥から身を保護するためには、おどおどと抜き足差し足で下を見ながら一歩ずつ慎重に踏み出しておいて、さて自動車のサイレンを聞きつけたが最後、いきなり電柱の影に隠れるか、商店の飾り窓にぴったり身をつけるかしなければならなかった。こうした泥濘《でいねい》の都に「上方参り」の一団が、異様の風態《ふうてい》を汽車の中から運び出すのである。停車場には宿屋の番頭が、紫の小旗を立てて迎えに出ていた。彼は人目に立たぬように、なるべく離れた地点から、一行の降車するさまを眺めていた。

するすると先頭第一に旗をもって降りて来たのが、裸踊りの専徳寺であった。チンチクリンのインバネスの裾から鼠色に汚れた股引《ももひき》を出して、赤茶けた山高帽を阿弥陀にかぶって、頸《くび》たまから背中のほうへ白い手頃な風呂敷包みを転がしかけて、それと反対の方向には襟巻きがわりに黄色い手拭をちょうど花見の客のように結んで、旗を振りながらあとからあとから降りて来る団員を指揮していた。降りる爺さんも婆さんも、てんでにとりどりの姿態をして、お高祖頭巾をかぶって目ばかりしょぼしょぼさせているものもあれば、ちょん髷《まげ》頭を無精やたらと振り立てて、大きな手拭で顔中ところかまわず撫でまわしているのもあるが、どれもこれもみんな申合わせたように尻端折《しりはしより》りをして、黄色な手拭を襟に巻いていた。中には念珠を手首にかけて、念仏を唱えているのもあった。一行はおよそ五十名ばかりで、大部分は爺さん婆さんの有難屋連であったが、中には若い女も二三見受けられた。よく見ると黄色な手拭のほかに、男は帽子かチョン髷に、女は髪に、お揃いの小さい造花の簪《かんざし》を挿していた。

宿屋の番頭が汽車の出口に向かって、低い腰をいっそう低くしてお辞儀をしていると見る間に、団員が残らず出切った頃に、丈の高い父の山高帽姿が戸口に現われた。そうしてもしやと気使っていた母が、その横手から小さい信玄袋と洋傘とを片手に父と前後して降りて来た。父も母もさすがに黄色い手拭を巻いてはいなかった。母の姿を認めると、先刻から小さい一団を作って、きょろきょろ四辺を見廻していた婆さんたちが、口々に、

「ほら奥さまがござらした。」

と言いながら、すぐと母のめぐりを取り囲んでしまった。母はやや背伸びをして出迎えのわが子の姿を物色しようとしたが、婆さん達に遮られてしまって見出すことができなかった。そのうちにも専徳寺は声をからして旗を振っていた。プラットフォームの人々はこの異様の一行を不思議そうに眺めていた。彼はある間隔をとったままで、父からも母からも見出されずに後からついて行った。

専徳寺が勢揃いをした上で改札口をとぼとぼと出る段取までには容易のことではなかった。広場へ出るといきなり二三人の婆さんたちが、銅像後ろの板囲い目がけて駆け出した。と、見る間にくるっとこっち向きに向きなおったと思うや、忽《たちま》ち及び腰になって、尻を塀のほうへ突き出した。と、旗をもって先頭に立っていた専徳寺が白い歯をむき出して、急に猿のように叫びながら駆け出した。婆さんたちは小便を催していたのであった。

東京駅の広場を真直ぐにお濠《ほり》ばたへ出て、そこから左に折れて馬場先門を二重橋に進ん

で、帝都へ着いた第一のお敬いに、宮城《きゆうじよう》を拝すという段取なのである。みちみち会うもの見るものがいちいち彼らの驚異であった。電車が走れば立ちどまり、自動車が駆ければ同じく立ち止まり、銅像の前、建物の前、お濠の前、芝生の前、橋の上、何一つとして、驚歎のあまりむしろ狼狽《ろうばい》している彼らの瞳を捉えぬものはなかった。黄色い手拭を首たまにまきつけた爺さん婆さんが、道端へぽかり突っ立ったまま、「おここ、まあまあ」と何ものかに見惚れて感歎の叫びを発していると、不遠慮な自動車が疾駆して来て、腰のあたりへ一面に泥の沫を浴びせかけて行き過ぎた。が、幸い尻からげをしているので、田舎におれば珍らしくもない泥くらいにやられても、爺さん婆さんにはあまりこたえなかった。

宿屋の番頭が懶《ものう》そうに紫の小旗を押し立てて二重橋際へ案内して簡単な説明をすると、爺さん婆さんの大部分は、石橋の袂に土下座して、お賽銭を上げて念珠をかけて、しきりと番兵に向かって拝んでいた。やがて念珠を外して賽銭入れの中に納める時、橋の上の砂利を一つずつ拾って、押し頂いて同じく中に入れた。そのとき山高帽をぬいで虫喰いだらけのいが栗頭で、奥の橋に向かって最敬礼をしていた専徳寺が、爺さん婆さんの頭の上で、いきなり大きな声を張り上げた。

「御当流は真俗《しんぞく》二諦《たい》の有難いご宗旨であって、王法《おうぼう》をもって本とすと仰せられてあるから、御門跡様とおんなしに天子様に厚くお礼を申し上げねばならんぜ。いいかい。爺さん婆さんたち。」

すると土下座の一団から高らかな念仏の合唱が起こるとともに、爺さん婆さんは幾度も幾度も両手をついてお辞儀をして、容易に立とうとはしなかった。母は橋の右よりの柵のところで、石垣の中の青い屋根のほうに向かって敬礼していたが、それでは足らぬとみえて、信玄袋の中から同じく念珠を出して、つつましやかに礼拝していた。

宿屋は神田橋《かんだばし》の外でこうした団体宿にしては珍しく調《ととの》った気持のいい家であった。宿へ行く途中で彼はようやく人の少ない時を見計らって、母の肩を衝《つ》ついた。

「お母さんお疲れでしたでしょう。」

彼が声をかけながら、肩を並べて母を顧みた時、母は驚いて子を見上げた。

「おや、まあ、どなたかと思ったら当院でしたか。」

母はつくづく懐しそうにわが子の顔を眺めていたが、みちみち気使って来たらしい子に別状のないのを認めると安堵したらしく、急に顔が嬉しそうに輝き出すともう涙声に変わっていた。

「ようこの道の悪いに来ておくれでした。停車場でお見えがなかったので、まだ学校でもあるか、それともこの寒さでお風邪でもおひきかと案じていました。今二重橋前で宮城をおれとげて来ました。あんまり尊く有難くおいでなさるので、情けなさに涙こぼるるような心地がしました。おかげで行く先々で有難いものの珍らしいものを拝ませて頂いて、なんとお礼の申し上げようもないと言って、毎日宿で旦那様にお礼を言っているのですよ。

おやお父さまは……」

「ずいぶん前へ行ってられます。いずれ宿でゆっくり会われますから。」

「でも停車場へ来てておくれるだろうから、ご自分じゃ目が悪いので、わたしに見つけろとおいいつけでしたが、見つからないでね。……」

「ええ……」

彼は曖昧《あいまい》な返事をして、詳しい答をさけた。するうちに前後から同行の爺さん婆さんが集まって来て、御当院様御当院様と、懐しそうに彼を撫《な》ぜんばかりに慕いよって来た。彼は黄色い手拭連にぐるりと取りまかれて、全く僻易《へきえき》してしまった。その中にも母は一時もわが子を離したがらないように、いろいろなこの半月ばかりの旅中の見聞を次から次へと物語っていた。彼女は国を出て長い旅らしい旅に出たのは今度が初めてではあったが、諸国の名所旧蹟のことは以前からなかなか詳しかった。そうしてぽっと出の田舎者にしては珍らしく正確な知識を秩序立ってもっていた。母の物語は北越の蓮如上人の旧蹟に始まって、近江八景から、京都の本山本廟の話は言うまでもなく、東山北山西山の名所をあらかたまわって、桃山、宇治、大阪、伊勢の大廟、熱田の神宮、それから雪の富士を雲の間に瞥見《べっけん》して、藤沢の遊行寺《ゆぎょうじ》から江ノ島鎌倉まで、見て来たこと聞いて来たことを話すのに簡潔で要領を得ていた。彼は母の物語を聞きながら、昔和歌を詠んだり、文章を書くことが好きだったという若い母の俤《おもかげ》を想い出した。

宿屋では団員は薄暗い三つ四つの部屋に追い込みにされていたが、父と母と専徳寺との三人のためには、居心地のいい格好の別室が用意されてあった。そうして器具調度の端々から食膳に至るまで、すっかり取扱いが違っていた。父は満悦そうに安座《あぐら》をかいて、ただ盃を甜《な》めるに余念がなかった。専徳寺は団員に呼ばれては座を離れた。母は母でしっ切りなしに奥様々々と言って訪ねて来る人々に挨拶していた。はや食事をすませた団員が、もよりもよりの人に連れられて夜の東京見物に出るので、出がけにいちいち幹部室に顔を出して断わってゆく。それにまた母がいちいち応対しているのであった。そのほか光明寺檀家出身の在京者や、村出身のものなどが懐しそうに顔を出した。父は大の満足であった。そうしてすぐ曲の手に膳を並べている子を顧みて、気軽にいろいろなことを話しつづけた。

「なにしろ見たとおりのお粗末千万な爺婆を連れて歩くんだから、小学教員が遠足に子供を連れて行くよりも骨が折れらあ。いくらやかましく言っても、ちょっと目を離すところかまわずお尻をまくって小便はやらかすがな、頬冠りはするがな始末におえないて。専徳寺が監督というわけなんだが、あの元気者が声を嗄《か》らしているよ。」

「ほんとに専徳寺様はよくまあ面到を見てくださるが、その代りお一人じゃ廻り切れないくらいたいへんのお骨折りです。」

ちょうど室《へや》に這入って来た専徳寺の姿を見上げながら、父の後をうけて母が言った。母は室の入口の片隅に膝の上に地味な色合の紬《つむぎ》を重ねておいて、その上に両方の手をのせて、晴やかな電燈の光を避けるかのように、おずおずと小さくなっていた。彼はなんとなく母の肩が大きく波打っているのを見た。母はそれでも始終満足そうににこにこしていた。がさがさものの専徳寺は、せかせか入って来て膳の前に安座をかくと、ぺこっと節穴のような真黒なかたえくぼを造って母に言った。

「なんだとの、また俺を冷やかしているのかの。」

「いいえ、そうじゃありません。」

「ナーニ、君の尽力を感謝してしきりに褒めていたんだ。まあ一ついこう。」

父の盃をうけながら専徳寺は一方の手で肩を叩いて、

「いやどうも、東京へ来たらそれぞれ縁故のものが来てくれるだろうから、いくらか手がぬけると思いきや、何がさてこっちで人に笑われまいと気をもむもんだから、なおさら世話が焼ける、でもまあようやく出払った。やっとこれでゆっくりと飲める。」

「全く君は大ご苦労だ。君が来てくれたればこそ俺もこんな団体などを連れて来られたんさ。でなきゃ俺のようなのめし者が、ハハハハハ。しかしはなから団長は何もしないでいいという約束なんだからな。しちゃ悪かろうと思って、それで……」

「あんなうまいことばっかし仰って……」

「団長は名誉職だから、それでよござんすよ。われわれじゃやっぱり人が信用しない。御《ご》院住《いんじゅ》様が団長だと言いゃ人が安心する。そういう看板なんだから、看板に働けってのはちいっと無理かも知れませんから、団長は精々大きくかまえて、横着をきめ込んでいればよござんすよ。つまりこっちじゃその押出しに惚れ込んで、すべて万端官費で支給しようというのですから、ハハハハ。」

専徳寺が大口を開いて笑うと、父も母もともに笑った。しかし宮城は少しも可笑しくなかった。それどころか、むしろ東京までわざわざやって来て、こんな粗野な笑いをぶっ放されるのが堪らなかった。父は子を顧みて言うには、

「今も専徳寺の言われるように、あまり大きな声じゃ言えないが、厄介だの五月蠅《うるさ》いのと言ってはみるが、ああいう連中を五十人から連れて来ると、その三人の旅費が浮いてくるんだから有難いものさ。で、俺にゃ汽車も中等に乗れというけれど、それじゃ話相手もなくて淋しいから、皆と一緒にいるが、多人数の力って豪儀なものだ。一人から一円ずつ頭を刎《は》ねても五十円はすぐと浮かんで来るからな。しかし俺自分達の旅費は出してもいいと思ってるが、……もっとも出さずにすめばそれに越したことはないが……。近頃は法中《ほっちゅう》なんでも、この団体という奴が流行《はや》って、これを半商売にして儲けるのがあるよ。そいつらにかかると宿屋にとまっても碌々《ろくろく》夜具もないし、朝夕はともかくも宿屋飯の不味《まず》いのを食わせておいて、お昼は弁当さえあずけない。名所旧蹟へ行っても案内料も出してくれないから、観たいものはてんでに臍くりを出す。こういう因業なやり方をしてしこたま儲けるので、団体のほうじゃ大不平さ。そういうものを知っているからおら方《ほう》じゃみんなが

非常に感謝してるよ。ひどい奴があればあるもので、例の下の町の放光寺な、あれなんぞはさんざんこの轍《てつ》で儲けておいて、団体は各自の自由行動というんで京都へ放《ほっ》たらかしておいて、自分じゃその金で大阪へ出てね、堂島で一勝負あてようてんではったそうだが、見る見るうちにみんなすっちゃったそうだ。団員こそいい面《つら》の皮さ。食うものも碌々食わせられないんだからな。そういうのにくらべればおらが団隊は殿様旅行だって、爺さん婆さん連中の喜ぶまいことか……」

父の得意げな話をうけて、母もまた団員一同が感謝していることの裏書きをした上で、思い出したように、

「ああ、そうそう、あんたに京詣りのお土産と思ったけれど、何もいい思いつきもなし、そのうえ倹約倹約で押し通しての旅だもんで、これと言った目ぼしいものも買えず、そこで御本山にお参りした時に、それこれを――」

と、言って母は信玄袋の口を開けて、中から安い金襴表装の畳み込みになっているお守札ほどの小形の名号《みょうごう》を取り出した。

「これを御本山からお下げを願って来ましたから、お上げしましょう。」

こう言って母は小形の六字の名号を、白紙の上にのせて子の前に差し出した。名号札をもらうのは彼にとって却って迷惑であった。けれども母の好意を全然無にするわけにはいかなかった。彼はそれを黙って受け取ると、いきなり袂に投《ほう》り込んだ。母は子の粗暴の挙《きょ》

措《そ》を眺めながらも、それでもしごく満足の様子であった。

「御本山と言えば、来月の御遠忌《ごえんき》はたいへんなもんでござんしょう。」

鴉《からす》のお灸《きゅう》のあとを甜《な》めずり甜めずり、専徳寺が口を出すと、父が引きとって、

「とてもとても、命がけでなけりゃ参拝もできまいさ。少し寒かったが、ちょうどおらのがいい時だったろう。御本山へ参拝しても、お頼み金はちゃんと年内に、しかも余分に完納しているんでなんとなく肩身が広かった。」

それから父と母と専徳寺のあいだには、本山の宏壮無類な輪奐《りんかん》の美をてんでに口をきわめて讃めたたえた後で、母が子供のころ門徒同行《どうぎょう》と一緒に毛髪を切って寄進したという毛綱《げづな》の話や、本堂や山門造営のために、巨木を寄進して門徒が遠い船着場まで木遣《きや》りで牽《ひ》いて出た話や、その巨木の根が今もって残っていて、毎年そこから茸《きのこ》が出る話や、それからまた去年門跡御下向《ごげこう》のみぎりお立寄りになった話が出たりした。父はそのとき思いつめたように急にしんみりして、

「俺も御本山にたいしちゃ、これまでできるだけのお取りもちはさせて頂いてきたお蔭で、あの立派な御別荘の拝観も許されたし、内事《ないじ》にも顔を出してみたし、新門様にはあの片田舎にお立寄りくだされたうえ御親教《ごしんきょう》まで遊ばしてくださるし、母の歯と咽喉仏とは御本山の須弥《しゅみ》壇《だん》納骨をお願いしたし、数え立てれば皆有難いことばかしだが、たった一つ平常からその光栄を夢みながら、今もって果たさないものがある。外でもない。盆栽好きの

前門様《ぜんもん》ご愛玩の盆栽や盆石の拝観ができないことだ。今度の上京にはなんの楽しみもないが、これだけが唯一の、おそらくは生涯の願いだがね、どうもつてがなくて残念だができそうにない。」

父がしきりと残念がるので、専徳寺も母もいろいろと考えるけれども、拝観の可能な名案は浮かばなかった。彼はいい加減にして暇《いとま》を告げて座を立ちかけた。すると父がとつぜん思い出したように、狼狽《ろうばい》ぎみに彼を引きとめた。

「おいおい、ちょっと、ちょっと。お前明日暇《ひま》かい。」

黄色い手拭の一団の案内をさせられちゃ堪らないと思ったので、彼は大事を取って尋ねかえした。

「何です。何かご用ですか。」

「いや、外《ほか》のことじゃないが、例の大含のことさ。言い忘れていたが、お前にゃいろいろ厄介になった模様で有難かった。しかし今後もしあんなことがあったとしても、学生の分際であまり深く立ち入るのは分を越えるというものだから、遠慮したがいいと思う。が、それはそれとして、ああいう風に、いちばんいい片づき場所に片づいたんだから、まずまず当人のためにも身内のものにもおめでたいのさ。ようやく来迎寺を説いて、お前のいうとおり納得させてきたがね。明日午後からでも、月島とやらのその親方のとこまで案内してくれないか。お礼をしてお骨をもらって来たいからな。どうだ、放課後にでも来てくれられるか。」

彼は承諾して、母と専徳寺に玄関まで送られながら外へ出た。外へ出て一二丁歩くと袂の中の名号に気がついた。彼はそれを取り出して開いて見た。と、薄ぼんやりした街燈の光りに、虫のような名号の乗っている蓮座が、仄々と金色に瞬いた。彼はそれを押し頂いて母の心尽くしに感謝する一方、なんだか得体の知れない屈辱されたような憤懣《ふんまん》で胸がいっぱいになった。彼はいきなり名号を縦に三つに裂くとともに、くしゃくしゃと白紙の中にくるんだまま、お濠《ほり》の中に投げた。そうして後先見ずに、泥々の途を一散に駆け出した。

恐れていた予想が事実となって現われた。危うんでいた対父母の感情が予期どおりいっそう険悪になって彼を苦しめた。今となってはかねて覚悟はしていたものの、父からも母からも真実の懐しい「親らしさ」を微塵《みじん》も汲みとることができない。たまたまそれに似たものがあっても、いつも切り離すことのできないほど密接に、彼のもっとも嫌っていることと結びついていた。そうしたあげくは、父母はただ醜悪な、世間人よりもっと嫌悪すべき穢《けが》らわしいものの結晶となって、彼の前に現われてきた。長いあいだの寺院生活は、父と母とを本質的に不具な奸知《かんち》に長《た》けた図々しい乞食に化しおわっている。しかも父も母もそれについてはまるで自覚していない。子に取ってそれは全く堪らないことであった。親を親と思いたくもなく、自分は子として思ってもらいたくもなかった。真実の美しい親は別にある。こういう気がしてならなかった。同時に親達は彼を未だ真実の子として慈んでいるであろうか。こういう疑問が頭を掠《かす》めた時、彼は思わずひやりとした。そうして父母の愛情はとりもなおさず子にとって一種の重荷であると感じないわけにはいかなかった。それは子のためという親自身のためだからであった。彼は親達の一々の言動から、親のエゴイズムを見て取っていた。同時に彼は自分自身のエゴイズムのために自分を苦しめた。しかし両方を天引きにするわけにはいかなかった。彼は二つながら許すことができなかったのである。

その夜彼は床に入っても容易に眠ることができなかった。自分のエゴイズムと親のエゴイズムとが、寺院生活という中心点をめぐって、まるで巴《ともえ》のように渦巻いた。しかし解決はいつになっても果てしがつかなかった。二つのあいだに妥協の途がないとすれば、どちらかが一方に屈服するか、自滅するか、でなければ全然遠くへかけ離れるか、この三つのほかには途がないであろう。彼はこう考えてきて、妥協か屈服かの途を行かんよりは、むしろ潔《いさぎよ》く死を選ぶ。しからば残るは自滅か絶望か、このいずれかを選ばなければならない。言いかえれば自分を棄てるか、父母を捨てるか。方法は自《おのず》らこの二途を出ない。最後の時はいよいよ近くへ迫ってきた。彼は今日父母に会っていよいよそこまで決心した。自分の抱いている純真の父母はどこに在るのであろう。その真実の父母の愛に相当する自分自身はどこにあるのであろう。そう思うとともに彼はまず第一に自分を捨てなければならないように思った。そうして同時に父母を捨てなければならないように思った。彼は自由に自身を裁くことができなかった。

明け方になって彼はようやく眠りに陥った。そうして目を覚ました時にはもうかなり遅かった。寝不足のぼんやりした、それでいて妙にいらいらする頭を、じいっと枕に押しあてがいながら畳の上を見詰めていると、すぐ手の届くところにいつの間にやら新聞がおいてあって、その上に眼鏡がのせてあった。彼は不愉快な生欠伸《なまあくび》をかみながら、今朝の新聞を見はじめた。

ちょうど帝国議会の開会中なので、議員や大臣の漫画が、惜しげもなく大きな顔で紙面の上にのさばっていた。それから特別に大きな活字で、下院のごったかえした騒ぎのさまが叙してあって、ところどころに、くだらない駄洒落まじりの野次がれいれいしくのっていたり、騒ぎの中で鉄拳を振った暴行議員の名前がまるで名誉の勇士のように、写真入りで議会記事の中にも社会記事の中にものせられていた。こうした記事にひと通り目を滑《すべ》らしはしたが、まるで彼には興味がなかった。無味乾燥な外国電報もぐうたらな社会面も、それから大部分の紙面をとっているいわゆる絵入りの通俗小説も、ほとんど彼の注意をひくに足りなかった。彼は仕様事なしにただ紙面を万遍なく同じように稀薄な注意で眺めていた。と、ふと欄外の「京都電話」とある条に、「宗門大学の同盟休校」という標題が強く彼を捉えた。おやと思って読みかえしてみると、紛れもなく大槻の行っている宗門の大学で、両三日前から学生が同盟休校をした。原因は今度大学を乗っ取った古い宗学派にたいする学生の反感であって、蔭には元の大学派の教授が幾人か尻押しをしているという噂である。ことはなかなか重大であって、学生の決意は意外に固く、もし自分らの意志が貫徹しなければ連袂《れんべい》退校を申合わせた模様である。学生の後ろ楯として諸国の有力な校友が陸続上洛して来る様子である。本山のほうもこの形勢が持続すれば、本山教学の命数にも係わり、引いては当局の運命にも影響を及ぼすことなので、はなはだ憂慮して調停に奔走している。こういう記事が欄外に押し込められていたのである。彼は塵埃《ごみ》の中から小判を発見したように、新聞を持って飛び起きた。いよいよやったな。大槻の仕事に違いない。彼は床の上に坐りなおして独りで呟いた。

彼はもうじいっとしていることができなかった。着物を着かえるや否や、顔も洗わずにすぐと近所の郵便局へ駆けつけた。そうして大槻に向かって激励の電報を打った。親友が盛んにやっている、こう思うことだけで総身がわくわくした。そうして自分だけくよくよしちゃおられない。彼は活気づいてこうも思った。ある興奮が絶えずせかせかと彼を追いこくった。宮城は近頃になく不思議に生々とした、そうして生々してくると妙に明るくなった、午前の時間を送った。

しかし約束の時間に父を旅館に訪ずれた時には、彼はまたいつもの陰鬱な石のように黙りこくった彼にかえっていた。それに引きかえ父は昨日よりはいっそう快活であった。そうしてわが子の姿を見るや否や、いきなり「今日の光栄」を物語った。

父の物語によると、昨夜宮城が帰ってから、挨拶に来た宿の主人に何心なくあの盆栽拝観のことを話すと、主人が膝を進めて言うことには、そういうご希望なら何でもない。自分の親戚の息子で、園芸学校を出てあすこで盆栽や草花の世話をしているものがある。明日になりと案内しよう。自分もかねがね拝観をすすめられながら、今日まで行かずにいた。いい機会だから一緒にお伴をしようということで、午前中に拝観に出た。一鉢数千円数万円という優物揃いで、一木一草一石といえど天下の名物ならざるはない。田舎者の自分は全く度胆《どぎも》をぬかれた。そうして失礼な申分ではあるが、前門様のお目の高いには全く畏《おそ》れ入った。なんという結構な数奇《すき》をこらしたご邸宅で、なんという洗練された高雅なご趣味だろう。前門様は法外におえらい。まことに今日は永年の素懐が成就してこのうえなく嬉しい。父はこんなことを繰りかえし物語った。そうして約束の月島へ往《ゆ》く途中、たえず観て来た盆栽や盆石、はては庭園や御殿の結構まで詳しく弁じ立てて、子を悩ました。

入口の格子戸《こうしど》の上にご神燈を吊るした月島の親方の家では、主人は外出して不在であったが、内儀《ないぎ》は宮城の顔を見るなり嬉しそうに欣《よろこ》んで出迎えてくれた。彼は逐一来意を述べて父を紹介した。内儀は快く彼らの言葉を聞きわけてすぐに白い風呂敷に包んだお骨を渡してくれた。お骨の包みはその室《へや》の簞笥の上に、小さい蠟燭立と小さい鉦《かね》とに飾られて祀《まつ》ってあったのである。内儀はちょっと後ろ向きになって、ゆるゆると鉦を鳴らしてから、しばらく目を瞑って合掌礼拝《らいはい》した後で、名残惜しそうにおろしてくれた。内儀の目にはそのとき小さい露の玉が宿っていた。

　それから父は入院料葬儀代万端の仕払いをこのさいさせてもらいたいと頼むと、内儀は方々からの受取を一纏《まと》めにして父の前に広げた。そうしてその半分だけ頂くというのを、十分お迷惑をかけているのだからと頑強に言い張って、百円たらずの立替の金をみんな払った。そうして持って来たお土産物を贈って、厚く礼をのべてそこを辞した。帰りぎわに内儀が、

「どうかその一生不幸だった仏をよく祀ってやってください。」

と言って涙ながらに入口のところまで見送って頼んだ時、宮城も全く涙ぐましい気持になった。内儀は彼に暇の時ぜひ遊びに来てくれと言って、淋しそうにしきりと別れを惜しむ様子であった。彼らは親方によろしく伝言を頼んで外へ出た。

「感心な内儀だね。お前はしきりと褒《ほ》めたけれど、俺はまた魔窟みたいなとこか、博奕《ばくち》打ちの巣かにつれ込まれるんじゃないかしらと危うんでいたが、来てみたら案外だった。世知辛い東京にこんな妙好人《みょうこうにん》がおられるのかな。」

　しばらく真黒な色をしたぽくぽくの往還《おうかん》を行くと、父は後を振りかえり振りかえりこんな感慨を洩らした。

「内儀もあのとおりいい人だが、親方ってのはもっともっと仏性《ほとけしょう》の、底の知れないほど人情に厚い、血もあり涙もあるという、お伽噺《とぎばなし》や昔の物語の中へでも出て来そうな人です

よ。そりゃ教育もなし学問もないでしょうが、本当の人格者というのはあんな人のことでしょう。人間の中に生まれながらに植えつけられている美しい徳性を見失わずに、それをそのまま永年の苦境で鍛え上げた、本当のいい意味の苦労人なんですね。曲りくねった盆栽なんぞを観るより、ああいう人に会うほうがよっぽどためになると思います。」

彼が感激と向《むか》っ腹《ぱら》とをごっちゃにして、こんな余憤をぶっ放《ぱな》しても、父は別にとがめだてするでもなくしごく上機嫌であった。

「ナーニ、盆栽は盆栽、人物は人物さ。しかし今時の人にしちゃ珍らしい人だね。あのしっかりした敦厚《とんこう》な風格のある内儀を見て感心したのに、お前は遥かに親方を褒める。たぶん本当だろう。がえらいものだね。この世の中にそういう人がいるんかな……。」

父はしきりと親方夫妻に感心していた。

「僕はあの親方を知ってからというもの、本当の宗教家というものは、本当の人間以外にないもんだという信念をいっそう強くしました。あの親方は本当の人間です。だから本当の宗教家です。世のいわゆる宗教家顔をして白昼横行して恬《てん》として恥じない徒は、正に慙死《ざんし》すべしです。樸直な親方は片手で神を売って、その代価でしこたまうまいパンを購《あがな》うことを知りません。人に媚びる術も知らない代りに、大声上げて神に縋《すが》る術も知りません。それから人に教える知識もなければ、人を導く手段もないにきまっています。故意に恵むために貯えられた財宝もない代りには、慈善を売り物にしたり、救済の看板も持ち合せがないでしょう。罪を懺悔《さんげ》する方法も知らなけりゃ、同時に善を誇る途も知らない。神の概念はすべての否定であると、ある哲学者が言ったそうですが、それと同じように一切を否定して、ただ真の人間だけを残したら、あの親方の概念が浮かんで来るかも知れない。僕はそんな敬虔《けいけん》な気持であの労働服の聖者を見守るのです。僕はあの大含さんのお通夜の晩一晩で、すっかりあの親方に心から頭が下がりましたのです。」

彼が興奮してこんなことを語りつづけると、父はうむうむと頷きながら聞いていたが、

「その神の概念は一切の否定だと言ったのほ誰の言葉だい。いずれは西洋の哲学者だろうが、面白いことを言ったものだ。」

と尋ねた。彼はちょっと考えたけれども名を思い出せなかった。すると父は気軽に、

「ともかくあの夫婦はえらい。大聖《たいせい》は市《いち》に隠るというが、埃溜《ごみだめ》のようなこの大都会にも、ああいういわゆる市井《しせい》の隠士が住んでいるんだなあ。大含は幸福な最後を遂げたよ。」

「そうです。幸福でした。あの人の魂も今頃は天国に召されているに違いありません。かつて僕はあの人の生涯はあまりに悲惨だと思ったこともありましたが、今はすべてがあの美しい充実し切った最後の瞬間のために用意されていたんだという気がしてなりません。あの人の忌わしい生涯も最後の時に至って、全く価値転換をしてしまいました。それというのも始終張り切って、その時とその手とを待っていたからだと思います。」

「あの碌《ろく》でなしの無頼漢《ぶらいかん》が救われたのだから、誰でも……」

「誰でも救われると仰《おつしや》るのですか。そうじゃありません。大含さんは仰《おお》せのとおり悪人だった。しかも自分の悪を知った悪人でした。だから自分の罪悪を身に徹して知っていました。その間に少しも自惚《うぬぼ》れがありませんでした。非常に優しい人間らしいむき出しの美しさがありました。だから全く救いの手をちゃんと用意して待っていたも同然なのです。しかるに世のいわゆる善人は、みんなそれぞれ身分相応の、あるいは相応以上の自惚れをもっています。僕はあの徹底的に自分を見限り果てた、それはずいぶんともに危険な境地ではありましょうが、とにかくえらいとかえらそうな自分とかを少しももたなかった大含さんの性格と思想とに学ぶところが多いのです。」

「大含から学んだりして、手の長いとこなんぞを真似ちゃいけないよ。大含にとっちゃお前は善知識《ぜんじしき》、親方夫婦は大悲の如来さ。」

「僕にとっても大含さんは善知識です。」

「あんな男あんまり善知識にしないがいいよ。しかしともかく俺もひと安心した。これで親方にたいしてお前の顔も立ったろうし、来迎寺にたいして俺の顔も立ったというものだ。来迎寺もこれしきの金で、今後安全地帯に入ったんだから、自坊で葬式を出したと思や安いものだよ。お前にも親方にも大いに感謝しなけりゃならんわけさ。」

父と子の気持はちぐはぐで、どうしてもうまくそりが合わなかった。しかし父はすこぶる上機嫌でそんなことは意に介していなかった。彼は物足りなかった。そうして父の妙な楽天的な、物事の核心にまで迫る気慨のないことが不満でならなかった。

宿へ帰ったけれども、見物に出た母はまだ帰っていなかった。しきりと晩酌の相手にしたがっている父にいい加減の言い逃れをして、母の不在をいいこと幸いに彼は旅館を出た。母のあの醜い姿を見て、このうえ後口を悪くするのが堪らなかったのである。

下宿へ帰ってみると、机の上に電報が一通のっていた。大槻が打ったものである。電文は「ケイセイイリナシ、一バイノフンキオキス」とあった。彼はすぐさままた鞭撻《べんたつ》の電報を発した。そうして詳細の報道を得たいと思った。

翌朝親たちの宿から母の手紙をもって使《つかい》が来た。開いて見ると、今日は日曜日でさし迫った仕事がなかったら、二三の場所を見物したいから案内してくれないか。もっとも案内をたのむ人達はほんの三四人でしかない、というような意味が認《したた》めてあった。頼まれてみれば断わるわけにもゆかず、それに世間並に言えばどう考えたって一日くらい親達の見物の案内をするのが当り前なことなので、彼は承諾の旨を答えて使をかえした。そうしておいて手紙を書いたり、落着いて読めもしない書物の頁を強いて翻《ひるが》えしてみたりした後で、しぶしぶ下宿を出た。

旅館では父と母と、そのほか比較的小ざっぱりとした姿態の中年の女が二人と、この四人が彼を待ちあぐんでいるところであった。彼の姿を見るとすぐに高輪《たかなわ》の泉岳寺へ案内してくれという申出であった。永いあいだ東京に住んでいるものの、彼は泉岳寺についぞ行ってみたことがなかった。電車の中で車掌に尋ねて、泉岳寺前で降ろしてもらっても、それからどうすればいいのか分からないくらい、宮城はこの辺の地理に不案内であった。宮城は自ら嘲ける気持でおずおずと境内らしいところに入ってみた。入るとすぐさま門や御堂がみえて両側に物売りの小さい見世が並んでいた。すると母と連れの女連は、いきなり何か御堂に打ち当たると、はやいちいち念珠をかけて中を拝んでは賽銭を投げた。義士のみすぼらしい墓もいちいち礼拝していた。そうして線香と樒《しきみ》を買って、大石良雄の墓に手向けた。それから宝物拝観や絵端書《えはがき》や義士の彫像を祀ったまるで厩《うまや》のような御堂やで、いちいち小銭を取られて廻った。首洗いの井戸であるとか、武具をかけた樹であるとかいうのをみて、彼の同行者たちはいちいち、講談の知識と照らし合わせて堪能している様子であった。父も母も女連もひどく満足しているらしかった。

泉岳寺から芝公園に出た。増上寺の大殿は新築中なので、仮御堂に詣って、また例のごとく女達は賽銭を投げて拝んだ。それから廊下の一角に見本に陳列されてある瓦をみてそそられたのか、母が提議して大殿の屋根瓦をおのおの一枚ずつ寄進した。側に筆を耳に挟んでいた書記の男が瓦の裏にいちいち寄進人の住国と姓名とを書いて、えらい功徳になりますと繰り返していた。そこの向拝《ごはい》に立って普請《ふしん》中の宏壮な大殿を仰いで自分らの本山の大師堂の規模と比較しながら、一行は大の満足であった。それから将軍家の廟所を二個所拝観した。抑揚の入った上ずった声で案内者がいろいろと説明した後で、無闇と方々で敬礼をさせられた。案内者が最後にここをみておけば日光の御廟を拝観しても、今度驚くことはないなどと自慢すると、女連中は念仏を唱えながら賽銭を上げた。くすんだ丹塗《にぬり》の廻廊を大きな枝ぶりのいい松の間に隠見させながら、閑寂な玉石の上を福草履で歩く気持は彼にも気に入った。松の葉のこぼれるのがここでは大きな事件のようにも思われた。石燈籠の根から廻廊のほうへのしかかった梅の古木に、ふくらみかけた蕾が、まだ寒そうに少しばかり白いものを見せた切りで、あたり一帯の松や杉の古木のぼかされたような黒ずんだ緑の中に、かちかちに散らばって浮かんでいた。それを古びた金燈籠の下に立って、丹塗のはげかけた堂の廊下から見ていると、不思議に浮世を離れたような、淡いうら悲しい淋しさが、まるで銀色の靄のように彼を閉じ籠めるのであった。彼はこうした境涯に、何ものにも煩わされず一人取り残されたらなどと、一瞬の楽しい儚《はかな》い空想に耽《ふけ》ってみたが、ふと目をあげれば後ろには父や母が今しもなんだか得体の知れない偶像に向かって、しきりと平伏して礼拝をつづけているところであった。

とにかく一日の務めをおわって、その晩下宿にかえって寝についてから、宮城は大槻の電報を受け取った。「バンジキユス、アスユク」彼は幾度もこの簡単な電文を読みかえした。そうしてその中から深い意味を探り取ろうとした。それから電燈を消して、なおも頭の中でその電文を繰りかえしながら、いつまでも眠ることができなかった。

翌日はまた重い頭をかかえて名所の見物に引き廻わされた。そうして夕頃にいったん旅館に引き上げて、そこで専徳寺が旗を振って勢揃いした上で、また例の紫の小旗を立てた番頭を先に立てて、黄色い手拭を首にまきつけた一団はざわざわと上野の停車場に向かった。父と母と彼とそのほか見送りの東京者が二三、ずっと離れて後から随った。彼はできるだけ父やことに母を見ないようにした。

「昼見物して夜汽車の中で寝る。これが団体の秘訣だそうじゃて。寝賃がまるまる浮くんだからね。」

父は目をすぼめて先へ行く黄色な一行を眺めながら、すこぶる元気にこんなことを言っていた。彼は聞かぬ振りをしてだまってその方を向いていた。

こうして慌《あわただ》しい三日ばかりの見物の後で、無知と盲信とで固めあげられたいわゆる善男《ぜんなん》善女《ぜんによ》の一行は、来た時と同じように黄色い手拭を頸《くび》にまきつけて、てんでに思い思いの場所に花簪《はなかんざし》を挿して、そうして孫子の土産に風呂敷包みをふくらまして、東京を去った。彼は垢染んだプラットフォームに佇んで、いわばいまわしい父母の残骸をのせた汽車の往《ゆ》くのを見送りながら、いつの日か己の美しい浄い心をもって、同じく美しく浄い父母の心を抱くことができるであろう。この世では一般にこうした浄楽が許されてないのであろうか。または自分だけが積もる悪業のために、その楽しみを垣間見ることさえ許されないのであろうか。親と言い子というも今は名ばかりである。父母に別れて悲しみの念さえも湧かぬ。むしろ反対に厄介者と手を切ったような、晴々とした開放された気分が残る。彼は深い思いに閉ざされて、いまさらのようにもういちど子としての自分、親としての父母を顧みないわけにゆかなかった。そうして親子の情合を見詰めて、言いようのない暗い絶望に似た不安の中に沈んだ。しかしそれにもかかわらず父母を送った後のほっとした軽いすがすがしさは、一方ですまない情けない気がしていながら、どこか彼を労《いた》わって愛撫せずにはおかなかった。宮城は絶望の中にも快い興奮を感ぜずにはおられなかったのであった。

二十六

冷たい星の多い夜であった。空から霜の降って来るのが見えるような寒い晩であった。停車場を出ると宮城はすぐさま上野の山から谷中《やなか》の森のあいだを彷徨《さまよ》い歩いた。寺の裏通りの樹下闇《このしたやみ》へ来ると霜柱が微かな音を立てて押し合いへし合っていた。青白い瓦斯燈《ガスとう》の光の圜内《えんない》に入ると、鼻から真白な線のような息が二本ずつ、間をおいては規則的に飛び出して、そのまましばらく凍《い》てついたように白い姿を残して、次の息に吹き飛ばされていた。心臓の中が掻ゆいくらいに外気は冷たかった。けれども彼は何を考えるともなく、ただ足の向くままに谷中から本郷の台へと滅茶苦茶に歩きつづけた。なぜ歩かねばならないのか、なんのために歩いているのか、彼にはまるで分からなかった。もちろん時間の経過や、歩いている場所や、外気の冷たさなどは、てんで彼の意識にはなかった。宮城はただ機械のように、あるいは前世から定められてでもいるかのように、黙々としてひたすら歩きつづけていた。夜の更けるにつれて、人通りのない薄暗い道はいよいよ寒さが厳しかった。しかし彼は幾度か身慄《みぶる》いをしながら下宿に帰ることを忘れていた。それでも狭い下水に一面に白い湯気がたって、ぷんと仕舞湯をぬいた馴染の銭湯の生ぬるっこいしつこい人いきれの臭いがした時に、彼の足はいつしか下宿の近くにたどりついていた。彼はようやく気を取りなおした。そうしてそこで初めてもしや大槻がと思いつきながら、下宿の敷居を跨《また》いだ。下宿では婆さんも同宿者もみんな寝静まっていた。彼は戸じまりをして二階に上がった。

二階の室《へや》では、案の定、大槻が彼の寝具をのべて横になっていた。が、彼の足音をききつけると上半身を擡《もた》げて、元気よく、

「よおっ」

と声をかけた。彼も同じくよおっと応えた。そうして入口の襖《ふすま》を背負って突っ立ったまま、

「いよいよやって来たな。いったいどうしたてんだ。」

と尋ねると、大槻は落ち着きはらって、

「まあ、ここへ来いよ。突っ立っていちゃ話が美味《うま》くない。」

と言いながら、枕元の火鉢を指した。それから自分でもそろそろと敷蒲団の上に起き上

がって、宮城の褞袍《どてら》を羽織って安座《あぐら》をかいた。

「どうだ、こうやっていると、誰が見たって僕がこの室《へや》の主人で、君が居候《いそうろう》のようじゃないか。え、どうだい。そういう気がしやしないか。」

宮城は火鉢に手をかざして、一別以来久しく会わなかった友の元気な顔を、しげしげと見守った。

「まんざらしないでもない。僕は三界《さんがい》に家のない孤児だ。君はいたるところに青山《せいざん》を見出すことのできる幸福者だ。」

「そうご大層に真面目に出られちゃ次の文句がつげないが、聞けば君んとこの親御さんたちが来てられたそうじゃないか。また何か衝突でもしでかして、こんなに遅くなったのかい。」

「いや別に。今国へ帰ったところだ。それを上野で送って、それからむしゃくしゃしていたんで少し散歩して来たんだ。が、君の来ていることをすっかり忘れて、ちょうど今家へ入るところで思い出したんだよ。」

「ナーニ、こっちは暖い寝床にもぐり込んでいたから差支えないが、何時だと思ってる。もうとっくに十二時過ぎているぜ。どうしたんだい。親御さん達が来て……。」

「京参《みやこ》りの団体を作ってやって来てね、さんざん僕を悩まして行ったよ。僕は今度という今度こそいよいよ最後の時が近づいたことをはっきり感じたんだ。」

「最後の時とは……」

「僕自身を棄てるか、親を捨てるか、二つの中の一つだ。」

大槻は腕を拱《こまね》いて聴いていたが、やがて太い溜息を洩らして、

「僕は京都にいても始終君のことが気がかりでならなかった。ここへ来る汽車の中でも君のことばかり考えていた。おおかたそんなことにならねばいいがとそれが案じごとだった。が、どうしても結論はそこか。そこへゆきつくまでの君の煩悶は僕らの想像以上だったろう。考えただけでも涙が出る。が、宮城、親は捨ててもふたたび拾い上げることはできる。しかし自分を棄てて破滅させたが最後、万劫末代《まんごうまつだい》業火の中に喘《あえ》がねばならない。そこは考えてくれ。」

「それも考えた。考えたがそんなことも自分の醜いエゴイズムを生かすための口実で、はなはだ汚い功利主義の臭いがしてならない。僕は今、自分の理性が急に何ものかのために昏《くら》まされて、完全に自分の姿を見失うことができたらさぞよかろうと、そればかりを念じるようになった。僕は自分の力ではにっちもさっちも動けない。何でもいい、何かこのさい外から強大の力ががあんと僕を突き飛ばしてくれる。それを合図に僕はその方向へ突《つ》っ走《ぱし》ろうと、その最初の一撃をひたすら待っている有様だ。自分を棄てるの親を捨てるのと口先だけではいうが、じつは自分を棄てさせ、親を捨てさせる力を、ただいらいらして待ってるばかりなのだ。大槻、僕は君のような強い意志が欲しい。君のような実行の力が

欲しい。」

「君の声には必ずどっか天上の響を宿しながら、いつも地上の苦悩に徹した呻《うめ》き声がする。僕は君を案じながらやって来た。しかし会ってみると僕の無力をもっては、とうてい君を救い上げることはできそうにない。痛々しい言葉ではあるが、唯《ただ》もっともっと雄々しく深く苦悩にぶっ突かれたとだけ言わしてもらおう。それ以外には君が生き切る道はないと思う。宮城、万が一、君がその戦いに敗れて斃《たお》れたなら、及ばずながらこの大槻が骨は拾ってやろう。飽くまでも戦いを闘いたまえ。その必然の道程として場合によっては親を捨てるもよかろう。自分を棄てるもよかろう。ただそれには究極の全責任を自分一人で背負うだけの用意がなくてはならない。自分を徒《いたず》らに楽にするために物事の中心から逃れ出ることは、絶対に君を生かす所以ではない。僕は心から君の男らしい健闘を祈る。」

「有難う。大槻。その激励の言葉がなによりも、ややともすれば消えがちの僕の心を奮い立たせる。斃れねばならないで斃れたらそれまでのこと。あとはよろしく頼むぜ。」

「いいとも、それでこそ君は立派な名誉ある生き方ができるというものだ。僕は君の友達であるというだけで十分な名誉を担うよ。」

二人の若者は互に瞳を輝かして顔を見合わせた。大槻の顔には真心から友を案じているさまがありありと現われていた。宮城は力そのものの権化を見たように、友の目の前にいることが頼もしかった。そうして頑丈な友の体格を見ていると、知らずしらず心丈夫な力強い感じが自分の中にもおのずと湧いてくるのであった。彼は同じく火鉢の縁に置かれた自分のすんなりしたどことなく華奢《きやしや》な指と、節くれ立ったずんぐりした、不細工ではあるがしんから鍛え上げられたような大槻の指とを見くらべていると、ついいつしか自分の指を隠さねばならないように気が引けるのであった。がよくよく大槻の指だけを見ていると、彼が半生の自力自給の奮闘の記念碑を思わせるかのように、全く涙ぐましいあるものが刻み込まれてあった。この指は彼の意志のごとく強い。宮城は感慨無量の面持で、大槻の顔をまぶしそうに仰いでみた。大槻も興奮に輝いた顔を懐しそうに宮城に向けていた。二人は親しく会いさえすれば、いつもすぐさま一種の恍惚《こうこつ》状態の中に快く溶け合ってしまうので、そのままいちばん緊要の題目を忘れてしまっていることがよくあった。今夜も前からもっとも気にかかっていた、大槻のことについて聞き質《ただ》すことを、宮城はまるで忘れていた。大槻自身も自分のことには全く無関心で、友の身の上ばかりを案じ通していた。宮城は友の元気ではあるが心もち青ざめて痩せたかと思われる顔を見詰めた。あるいは夜の光りが作る隈《くま》のせいかとも思ったが、たしかに面窶《おもやつ》れがしてどことなく淋しそうである。彼の頭脳はようやくふと友の身の上にかえった。

「ところで大槻、君はいったい今度どうしたんだい。」

大槻は元気に点頭して、

「どうしたもこうしたもあるもんか。大いにやっつけてやったよ。さんざんぱらやっつけたあげく、もうあんなけち臭い本山なんちゅうものを背景にしてる学校にゃ愛想がつきたから、向うから処分されない前に、こっちからおさらばをきめ込んで来たんだ。ナーニ、あれだけやれば思い残すことはちっともないさ。少しは胸がすいたよ。あれを見てくれ。」

大槻はそう言って室《へや》の一隅に放り出された柳行李《やなぎごうり》を指した。

「あれが僕の全財産だ。夜具は明日、停車場から配達してくれよう。当分ここへ厄介《やっかい》になるよ。」

「うむ、君が一緒にいてくれることは願ってもないことだが、馬鹿にやり方が手取《てっと》り早いじゃないか。」

「そうさ、謀《はかりごと》は迅速を尊ぶからな。僕はもうあの土地にゃちっとも未練がないんだ。」

「それで今後どうするつもりだ。」

「どうもこうもあるもんか。徒手空拳《としゅくうけん》。これだけあれば自分の前には身分相応な道が開けるものだ。じっさい一人前の人間なら自分一人は生きてゆけるように神が造ってくれたものなんだ。なんじ明日のパンのために思い煩うことなかれだ。」

大槻は両方の掌を握って興奮して振って見せた。それからまた次々に湧いて出る感情を、忙《せわ》しそうにせき込みせき込み澄んだ声に移してつづけた。

「徒手空拳、これが人間の生きてゆくための根本の単位だ。いったい爾余《じょ》の財宝とか地位とかいうものは誤られ易いわれわれに取っては、時には便利ではあるが、その便利過ぎるところが要するにみんな悪魔の造った、人を迷わすための玩具《おもちゃ》なのさ。毒薬なのさ。玩具と知り毒薬と知っていながら、往々身を誤まり、己《おのれ》を苦しめる。世上の人々皆しかりじゃないか。僕は無一物これ無尽蔵と、自分の貧乏を楽しんでいる。食うためには写字もやる。校正もやる。家庭教師もやる。書生もつとめる。場合によっては車も引く。夜学の先生もやる。そのほか人に迷惑をかけないで自分を偽らないものなら何でもやる。それで今日まで食って来た。今後といえども食ってゆけない道理はない。僕は明日の糧《かて》に煩わされないことをまず最初の信条としているんだ。」

「それは分かった。が、僕の心配しているのは学校とか何とか、そういう将来の方針に関することだ。君だってあの学校に四年もいて、いざ卒業という間際に飛び出したんじゃ、ちょっと困るだろう。だいぶん年限で損をしているからな。」

「いや損はしてない。僕はいったい何をしても損はしない質《たち》だ。すべて物事の核心に食い込んで、それをすべて体験で生かす人間に取っちゃ損はない筈じゃないか。だいいち生涯の大事な「時」と「力」とを費したものにすたりがあって堪まるものか。僕の過去はすべて未来のための礎石になるべく用意されてあるんだ。とは言うものの、ねえ宮城、僕が本当の宗教家になるために宗教学校を選んだのがそもそも間違っていた。それだけは僕も認めるよ。あれは坊主の卵を暖めるところで、宗教家を育て上げるところじゃなかった。本当の宗教家なら誰でも今のあの機関に弓を引くにきまっている。そうしてあすこにいるということを潔《いさぎよ》しとしないだろうさ。だから本山のほうもなかなか考えている。そういう僕みたいな頓狂な奴にゃ縁がないってわけなのだ。つまりそういう危険なものを無けなしの金をつかって護り立てるほど、本山の先生たちも馬鹿じゃない。自分達の足元が危ないからな。そこでちょうど手頃な御用学者を手なずけて、手頃な何でもいうことを聞くお布施坊主の鉦《かね》叩き坊主を造り出そうというのが主意で、それでいくらか、自由の学風のあった元の大学をお膝元へ引きとって、危険分子は闇打をして馘《くび》って、やわやわと思う存分骨なしの教権万能のいわゆる宗学で固め上げたしごく安全な御用坊主を造ろうとしたのさ。骨のない人間はそれでもよかろう。が、少し気骨のある人間が黙って言いなり放題になっていられると思うか。で、不平満々の宗門内の自由党たる硬派と気脈を通じて、ストライキをおっ始めたのさ。」

「それで学生側の御大《おんたい》は君か。」

「まあそうだ。これまでにあのぐうたらな引込み思案のお稚児さま育ちの御当院様連中を煽動するにゃ、宮城全く骨が折れたぜ。が、とうとう成功した。何ができるものかと高をくっていた本山の当局も学生が一致団結して立ったので、大々的に面喰らってね。学生の保証人を呼び出すやら、手をかえ品をかえて一人一人懐柔策をおっ始めた。が思ったより結束が固い。そこで仕方なしにいったん追い出した自由党の教授連を連れ戻って妥協とござったのさ。ところで僕はそこらで峠は見たし、このうえあんなけち臭い学校のご厄介にはなりたくないと思ったんで、改革をお名残として見捨てて来たんだ。ゆくゆくはどうか分からんが、あすこじゃ当分先の見込みがないからな。」

大槻は元気に笑ってさらに語をついだ。

「いったい君、大学と名のつくほどのものは、飽くまでも自由な研究的精神と、その立場に立った不偏また不屈の批判的精神と、この二つの揺籃《ようらん》であるべき筈じゃないか。しかし基礎の確乎たる国家にとってさえ、ともすると大学の独立は一つの脅威である場合があるくらいなのだから、まして矛盾だらけな渺《びょう》たる一宗門の大学に自由な精神が遍漫すれば、不合理きわまる宗門自体に取ってはそれこそ一大事に違いない。少なくとも大学が大学ほんらいの役目を果たすためには、今日の本山は崩壊を余儀なくされる運命にあると僕は思っている。すると自分の苦しい身銭を切って、自分を亡ぼす虫を養うのだから、大学が本山に従属している限り、御用学者がはびこるのは知れ切ったことだ。また多少とも御用学者にならなけりゃ勤まらないわけだ。ここにもう真の大学は死にかけてるじゃないか。けれども自由の精神というものは殺そうと思ったって、なかなか殺し切れるものじゃない。今わずかに余喘《よぜん》を保っている「大学」が、また幾年か後には大きな呼吸《いき》を吹きかえす時が必ずこよう。その時には宗門すなわち不合理な本山や末寺は、最後の審判の下にそれ相応の仕置をうけずばなるまい。問題はその時の到来するまで隠忍して御用学者に甘んじているか、それとも御用学者たることを潔しとせず、宗外に在ってその機運の到来に刺激を与えるか、あるいは全然、宗門を見限るか、この三つに分かれて来ると思う。僕は真中の道を選んで進むつもりだ。」

「その道をもっと詳しく、今日の君の境涯に即して言うと……?」

「僕はまず君と同じここの大学の選科に入るつもりだ。僕は今度東上する前に、得度式《とくど》の時にもらった度牒《どちょう》と袈裟とを一緒にひと思いに破って来た。その袈裟こそは本山の御影《ごえい》堂《どう》で名香を焚き込めて度牒と一緒に法主から下附《かふ》された、僕の若い感激の漲《みなぎ》った、清浄無垢な懐しい想い出の種であったのだ。こんなものは残っているだけで胸糞が悪いと思って破りはしたが、永いあいだの純真な思い出が同時に失われるので、さすがに名残惜まれて、なんとなく涙が滲んだよ。平常これしきのものと思いながら、いざという場合には妙なものだ。」

ふと大槻の目に涙が光った。大槻はそのままでしばらく黙って火鉢の中を見詰めていたが、やがてまた想い出したように沈痛な口調で語り始めた。

「いったい宗門の今日は、上は本山から下は末寺に至るまで不合理だらけだ。不誠実だらけだ。この得度なんていう奴も、考えてみればなんという矛盾の代物だろう。親鸞は弟子一人《いちにん》ももたずと言った御同朋《おんどうぼう》主義の祖師その人の裔孫《えいそん》が、伝燈第何代と称して、法主位にのぼって、非俗非僧の教えに背いて、坊主を造り弟子を作る。何がゆえの得度であり、何がゆえの伝燈であり、何がゆえの僧であるか。宗祖の子や孫が御本廟はたしかに皆さんからお預りしました。いつなりと入用な時なり、落度のあった時なりはご自由にお取り上げくださいという、本廟の預り証を門徒に入れておいたそのまた子孫が反対に門末《もんまつ》に向かって自らを法主に奉って教書を出している。身のほどを知らぬにもほどがある。今の宗派はちょうど祖師の理想と原始教団との反対だと思えば間違いない。見たまえ、祖意を伝えたと称して、徒《いたず》らにいつの間にやらいちばん悪い僧界の形式だけを蔓延《まんえん》させた宗門を。今じゃにっちもさっちも動きが取れないじゃないか。そうして僧とは俗よりも俗なものの名になっているじゃないか。祖師の精神はとっくに死んで、残るは巨大な殿堂と、殿堂の中に設けられた金碧燦爛《こんぺきさんらん》たる高い空虚な高座と、高座と殿堂とを保つために適宜に布置されたおびただしい末寺と、見渡すところ大小の形骸ばかりであるのに、わが宗門はかくのごとく大なりと徒らに空なる輪奐《りんかん》の美を誇っている。しかし殿堂が大になればなるほど、本尊は奥深く隠され、法主位が高められればられるほど、聖なるものは姿を掻き消す。末寺の数は多くとも、中には俗よりも俗なる僧が宿って、お祭騒ぎに余念がなければ、なるほど門前雀羅《じゃくら》（かすみあみ）は張られもせず、表面いかにも宗教が栄えてゆくようではあるが、その実とっくの昔に宗教的生命は凋《しお》れて、当事者はいかにしたら寺門を保持するによきかという方法にのみ心をくだいている。じつを言えば今頃から祖師の精神に帰ったくらいではすでに遅い。さらにその形式を超越しなければならないのに、あるものはその形式ばかりであって、精神の奈辺にあるかは知る人さえまれである。自ら信じないものが、なんで人にも信を教えられよう道理がない。かくして真実の教法も伝えられる暇《いとま》はなく、真実の行信も説かれる術《すべ》がない。仏法、ことに宗門大法の真骨頂は、現状の寺のあるがために、現状の本山のあるがために、却《かえ》ってすべてその殿堂と生活の下敷きにされてしまった。僕は見失われたる宗教の光りを現わすために、すべての殿堂を覆えす宗教改革がしたい。真実の宗教を広めるためには、旧来の制度がすべて邪魔になる。僕はこれに向かって徹底的に戦うつもりだ。」

「大槻、君の意気ははなはだ壮だ。そうしていうことは全く尤もだ。寺院生活の不合理は知る人ぞ知るで、いまさら言うまでもないことだ。が、君は古い畑に見切りをつけて、われわれ青年および後に来るものの胸に、この宗教的情操を植えつけるという処女地に向かって働く気はないか。僕は宗門を理性的にはとっくに見限っている。ただ家が寺であり、父が住職であり、母が坊守《ぼうもり》であるというので、問題がこんぐらかえってきていつまでも僕を悩ましているのだ。」

熱している大槻は彼を遮《さえぎ》って、眉を上げてまた滔々《とうとう》と語りつづけた。

「君は君の選んだまた選ばれた道を行きたまえ。僕は僕の道を行く。僕は君より憂宗の熱情に燃えてるのだ。君は僧なるもの、またさらには人間なるものの根本を考えて、そこから自分の生活を定め、人の生活を批判しようとする。しごく結構だ。しかし僕は君より深くはない代りに、広くある程度まで人々の生活を許してかかっている。だから僧らしい生活をする分にはまんざら捨てたものではないくらいに思うんだ。それくらいの程度で、いわば現在の制度を許して考えているんだ。それは君のような徹底的な哲学者的の考え方も大いにいいが、同時に僕のような手取り早いものもある意味では肝要だろう。でないと人間は問題の解決するまで食わずに考えて、けっきょく解決前に餓死するような悲惨な、しかし滑稽な目に逢わなければならんようなことがあるかも知れんからね。ところで話題の筋道にかえると、……何だったかね、今話していた主題は、あまり夢中になって喋ってるうちに忘れっちまった。」

「憂宗の熱情のことさ。」

「うむ、憂宗の熱情！　そうだ僕は君よりたしかに憂宗の熱情に燃えてるんだ。だから成ろうことなら宗祖の真精神に直参《じきさん》して、そこから現在の悪弊漲《みなぎ》る宗教制度を改革したいんだ。」

「それは僕とても同感だが、いかに悪制度でも、今日あるに至るまでには相応古い歴史というもの伝統というものがある。それは軽々に見逃すことのできないものだ。君は一口に改革というけれども、そんなに容易に改革ができるものじゃない。不合理はいつも合理に勝つものだからな。僕は近頃そんな諦めに近い絶望的な気持になっている。僕は君の情熱がそのまま葬られるようなことにならねばいいがと案じている。宗教界は狭量で、他宗他派はいうまでもなく、ともかく自分たち以外の利益にならんようなものはみんな排斥して寄せつけないものじゃないかな。」

「君はセンシブルだ。しかし弱い。僕は鈍い。その代り頑丈だ。そうして自分の力を信じている。なるほど僕は今微力だ。微力ではあっても僕のこの一徹の精神一つで、真心こめて投じた石が波紋を起こさずにはいまいと思う。そのうちには僕にも少しは位置もできよう。味方もできよう。僕は僕の力を飽くまでも信じている。そうして成功を疑わない。僕の意見というのは、まずざっとこうだ。」

大槻はこう言って、改革意見を縷述《るじゅつ》しはじめた。まず第一に宗祖の子孫を直ちに無批判に法主位にのぼせるということ、すなわち伝燈の方法を血脈相承《けちみゃくそうじょう》に取るということは、教法の上からやめねばならない。そのためには本山と現在の門跡家とは分離させなければならない。宗門は宗祖の子孫の専制に委《まか》し去らるべきものではない。かえって宗祖の子孫は名家の裔孫《えいそん》としてのみ尊敬されるべきものである。第二に宗門が常に同朋主義に立脚した宗教団体であるということを忘れないようにしなければならない。そのためには本山万般の組織を厳《いか》めしい国家組織になぞらって、みてくれだけのえらそうな玄関を張るのは身のほどを知らぬというものだ。宗派は国家でないからなあ。要するに「信」こそ唯一の一大事であるべきなのに、かえって大きな伽藍や広い教権がそれに代わっている。その結果は、如来の信仰でもなければ本願《ほんがん》の信仰でもない。じつに唾棄《だき》すべき貴族的な本山信仰、門跡信仰、伽藍信仰であるのじゃないか。もっとすべてが謙虚に平等一如《いちにょ》で心から心へ直下に触れる底のものでなくてはならない。威容を整えて儀礼を本分とする宗派はまだほかに別にある。わが宗門はそもそも成立の当初から、かくのごとき宗教的に死に易い形式に向かって反対してとくに開顕されたものである。素直に祖意にかえるためには、徹底的に同朋主義を体験し実践する覚悟がなければならない。でない以上あらゆる教法も儀容もすべてナンセンスである。第三は言うまでもなく宗門大学の独立である。今のように大学が本山の御用であり装飾であるあいだは、宗学の振興引いては宗門の真精神の発揚を期することはできない。まず財政の保護から脱して、然る後に教権を離れなければならない。宗学の研究はまずみずから生活態度の上から決してかからなければならない。でなければ真生命はないと言わなければならん。すでにそこに本当の生命がわいて、教義が正しい真理の上に建てられるものであれば、いかなる強大の教権を離れても宗学は必ず栄える。そうして正しい最後の批判を常に下して教学の帰趣《きしゅ》を示すであろう。そのほか専門道場を建てたり、得度を廃したり、募財の名義を明らかにして一派の財政を根本から明らかに公示したり、服制や法要式を時代に適合したものに更《か》えたり、末寺《まつじ》の生活法を講じたり、その他万般のことに渉って改革しなければならないことは山ほどある。これらに片端から厳正な批判を下して、正しい道に踏み戻らせるというのが主旨である。大槻は昂然と弁じ立てて、さて最後に附け加えた。

「真実の宗教を顕《あら》わさんがためには、今の寺や本山や僧侶が邪魔になる。しかしそれらをみんな一時に無くした場合には、あるいは一時、僕の愛している宗門それ自体が危うくなりはしまいかという恐れがある。で僕はまず最後のものに近づく手段として第一着にそれらの改革を期したいのだ。」

宮城は頷きながら友の情熱的な雄弁に聞き惚れていたが、やがて大槻が語り終わって、彼の意見を求めるかのように顔を見据えてじいっと口を噤《つぐ》んだ時に、彼もまた若々しい熱情に燃えていたが、しかし思慮深げに口を開いた。

「なるほど、君の所説は現状ということを頭に入れておいて、それをいくらかでもよくするという上でははなはだ結構だろう。尤も僕は宗門というものをそれほど深く知らないから、君の意見が今日、宗内において全部行われ得るものかどうかさえ分からないが、しかし仮にみんな君の思い通り行なわれたとしても、どうかなという根本の疑いが僕には残っている。君はまた迂遠《うえん》であると嗤《わら》うかも知れんが、僕は僧侶というもの寺院というものが今日あるということが、すでに根本的に誤まっているのじゃないかという気がするのだ。俗以外に僧の必要が何である。正しい意味の「僧」とは、古《いにしえ》の正しい意味の哲学者と同じように、人間のうちで、「聖」を体得したものとか、窮境《きゅうきょう》の知を得たものとか、絶対の愛に生きるものとか、そういう名誉ある種類の人達のわけで、仏事供養葬送読経《どきょう》を売り物にしている、頭を丸めた長袖《ちょうしゅう》連中のことじゃない。まして得度をうけたとか度牒を所持しているとかいう卑近な資格をいうのじゃない。人間のもっとも仏に近いもの、または仏に見出されたもの、それを「僧」と呼べば呼ぶので、今の坊主がおおむねそれでないことは君も肯《うべな》うことができるだろう。寺院もまたその十中の九までは一派の政治家および世の政治家の政治的の意味において建てられたもので、真に宗教的な根柢と感激とによって成り立ったものが幾つあろう。僕の考えからすれば本当の宗教を思い宗門を思う人たちが、もっと忠実に自由に独自の想を廻《めぐ》らしたならば、おそらく伽藍を造らなかったかも知れないし、また造ったにしてももっとハンブル（つつましい）な気持のいい草庵式のものか倶楽部式のものを造っただろうと思う。しかしすべての人間が「僧」となるのが理想であるようにすべての在家が「寺院」となるのが理想じゃないのか。すなわち家にあっては自他ともに愛して争うことなく、おのおのの生活それ自身が心から快適に迷わされることなく、しかも人間としてこの世に生み落とされた本具の条件を知って、互の道を同じく絶対者の中に見出して喜び合う。これが事実上の「寺」で、これ以外に寺のあろう筈はない。あの偶像を祀って多人数がよってたかって馬鹿騒ぎをする広い場所は、在家よりもまたさらに俗な有害無益な因襲の残骸だ。六字の城は本山でもなければ末寺でもない。じつは個々の家、あるいはもっと適切に言えば個々人の心に建立《こんりゅう》せられているものじゃなかろうか。僕は本山を亡ぼし、寺を滅し、坊主を一掃しなければ、真実の宗教の興隆は望まれまいと思う。現在にあっては、寺も僧もともども出発点が誤っている。まずすべてが生活の手段と化しているのだから、まぐれ当りに、一つか二ついいのができないものでもなかろうが、つけ焼刃《やきば》は剝げ易い。必然の前には誰でも頭を下げねばならない。たまたま良心を働かして自己の生活の方途として寺にいることを勿体《もったい》ないとも思い、申訳がないとも思っても、第一義に位する今日々々の生活のためには、いつしか良心も昏《くら》まされてしまう。もし厳格に自己に忠なる人であったなら、一時も寺には住職しておられない。それを時には仏の名において、時には同行《どうぎょう》信徒の名において、あるいはまた信仰の名において、良心と妥協をし、世間を昏《くら》まさんとする。これらはみんな寺において、寺を資本として生活せんとするからである。禍根《かこん》はそこにある。昔と違って正当な生活を考えて、それに努力することは、人間の名誉ある責任だと思う。そこを昔からのいい加減なおざなりの思想でごまかしたってだめだ。僕の考えじゃまだそこから考えなおして出なおさなければ、百の改革も千の革命もなんら根本的に宗教自体を永遠に培《つちか》わないだろう。僕には君の意見は、ちょうどある利《き》いた風な政治家が、せんだって三教合同を企てたことがあるじゃないか。まずそれよりは少しはましだくらいにしか受け取れない。宗門の病はもっと深い奥のほうにあると僕は思ってるんだ。」

「うむ、だいぶ手厳しいな。」

大槻は心もち微笑を口辺に浮かべながら、ずり落ちそうな鉄縁眼鏡をなおしてから、改めて宮城の顔を見詰めて問いかえした。

「すると君のいう宗教家というのはいったいどんなものだ。そんな人間を見たことがあるか。」

「ある。大いにある。まず正当な定職のある人で、いつも自分を他に捧げている人。従ってその人は貪欲な所有を憚《はばか》って、貯えても常に他人のために蓄える。すなわち無所有だ。彼は神を語らない。従って神は彼とともに働く。彼の目差すところは迷える羊だ。そのほか今の自称宗教家を裏がえしにして、彼らの反対を想像すれば、およその輪廓《りんかく》ができるだろう。僕のいう宗教家というのは、宗教を売り物にする特別な種類の人間のことじゃない。人間の正しい生活を生活する人のわけだ。そりゃ世の中にゃ生活は多いさ。しかしそれを法則的に統轄する最後の到達点は大概きまっている。すなわち真善美愛聖その他まだあろう。こうしたものに触れた生活を生活する人が、人間として究極の価値のある生活を遂げる人で、取りもなおさず宗教人じゃないか。尤も言葉は何とでもいいが……。」

しんしんと更けゆく夜のじいんとした空気の中に、宮城の潜熱を帯びた沈痛な声が冷たくいよいよ澄み渡って響いた。大槻は火鉢の中に両手をおいて、じいっと耳をすまして友の弁舌をまるで音楽でも聴くように聞いていたが、やがてにっこり笑って言うには、

「君はあいかわらずユートピアンだ。ドリイマーだ。そういう立派な人間を宗教人と呼ぶことを許すことはできるが、それだけでは今の教界をどうするという喫緊《きっきん》の問題には触れていない。」

「あるいはそうかも知れない。われもつい君の熱に浮かされて日頃懐《いだ》いていた思想を陳《の》

べただけで、じっさいは僕の問題は広く宗教界とかなんとかそんな外にあるのじゃなかった。内にあるのだった。もっともっと自分に取って大切なことが手近にあるのだった。僕はまだそんなませた口を利く権利がない。きさまの態《ざま》を見ろと、一言怒鳴られたらそれ切りなんだから。」

「けれども宮城、君の言うことが理にかなっていれば、君の生活いかんにかかわらず、それを飽くまでも主張して下らないのは、世界の一市民としてのわれわれの務めだよ。責任だよ。」

「いやそうじゃない。ともかくも僕にあっては、自分の脚下を照顧《しょうこ》しないで、他の批評をすることは危険このうえない。僕は内心の問題にもっと忠実にならなければいかなかった。」

「宮城、君は君だけの内の問題があるという。それもよかろう。しかし僕には外の問題が直ちに僕自身の内の問題になるのだ。僕は僕の所信の貫徹を期して飽くまでも力のあらん限り奮闘するよ。」

「やれるだけやりたまえ。が、不幸、僕は僕のことで手いっぱいで、君の助太刀のできないのが残念だ。」

「ナーニ、構《かま》うもんか。僕は僕でやるさ。それよりか君の深い問題に、みすみす友達として近くにおりながらタッチすることのできないのが、かえすがえすもなにより残念で堪らないのだ。」

「有難う。有難う。大槻。しかしお互に自分の道があるのだから仕方がないね。」

「そうだ、仕方がない。が宮城、いまさらいうまでもないことながら、互に愛と誠をいたすことを誓おうじゃないか。」

興奮しきった二人の青年はいきなり手と手を取り合って、じいっと目と目を見合わせた。夜更《よふけ》の時間は一目散に駆け過ぎているけれども、二人には時の経過がまるで感じられなかった。ただ二人の友情が刻々にいよいよ美しく成長してきて、互に暖め合っていることに無上の快感を覚えていた。宮城も大槻も恍惚に近い精神状態で、何やら爽快な人界を離れた高い夢の国にいるような気がしていた。もうとっくに真夜中を過ぎて夜明けまでには間もなかった。二人の頭は冴えに冴えて寝ても寝つかれそうにもなかったし、まるで寝たいとも思わなかった。むしろ二人の心と心とが互に働き合わないうちに、いたずらに時ばかりが過ぎ去るようなことがあってはと、それのみが惜しまれてならなかった。そうして口に出してそれと言わないでも、心の中では期せずして夜を語り明かすつもりでいた。洋書をぎっしりつめ込んだ本箱の上には、ギリシャ彫刻の石膏細工の模造が、冷たい陰影をただよわして、うそ寒そうに白い肌を見せていた。

宮城はそのときふと気がついて、自分の身辺をめぐってまるで違った三つの生活の見方があるのをいまさらのように打ち眺めた。自分のエゴイズムと他人のエゴイズムとばかりが目について、そのためにこっちもさっちも身動きができずに悶《もだ》えている宮城。自身の生活の味は生活の批判でなくて実践によって出てくる。そうして信仰がすべての価値を転換し矛盾を無くするという彼の耳の底にこびりついている父の言葉。それから最後に、まるで前の二つと違った外界の問題が直ちに自分の内の問題になるという大槻の言葉。宮城は奇異の感に打たれることなしにこれらを省みることができなかった。

「大槻、妙なもんだね。僕と君とはさっきも言い合ったように、まるで思想の方向が違うのにこんなにも仲がいい。同じように違っているんだから、親父とも仲がよくてもよさそうなのに、どうしても敵《かたき》同志のように一致ができない。情けなくなってしまう。」

「近いものは遠いものだ。その反対に遠いものはあんがい近いものだ。僕は君と問題の上では直接に利害や悲喜を異にしているからね。お父さんとなるとそうはいかないよ。遠く眺めていれば千山万水　悉《ことごと》く美しい。しかし近寄れば一塊《ひとくれ》の土、一掬《ひとすくい》の水の集まったものでしかない。近く目の下でよくよく検討すれば、すべての上に幻滅がくるだろう。」

「してみると僕のような行き方では、まず醜い部分のうちから、もっともっとよく視ることによって美しさを発見するんだね。そうして遠くからでも、近くからでも、おのおのの立場においておのおのの美しさを認めるようにならんければうそなんだな。しかし難かしい。そのもっとも近くにあることが、非常に遠い気がしてならない。」

宮城は重荷に堪えないかのようにうなだれて考え込んだ。大槻はいつもの友のいたいたしいさまを気の毒そうに眺めているうちに、ふと先刻の宮城の言葉を思い出した。

「君はさっき君のいう宗教家が現にいると言ったね。たしかにいると言ったね。いったいどんな人なんだい。」

「しごく平凡な市井《しせい》の一労働者上りの人で、人情に徹したというそれだけの人なんだ。」

こう言って彼に月島の親方の話を逐一物語って聞かせた。大槻は感嘆して聞いていたが、聴きおわると、いつか一緒に連れて行ってくれないか。そういう実人生に鍛え上げられた人格者に会いたいからと頼んだ。宮城は承知した。そうして君もやはり迷える羊かと言って笑いかけた。こうして二人は雀が囀《さえず》って、夜のとばりが全く引き絞られるまで語り明かした。そうして雨戸を開けて、窓に立って、薄く霜に化粧された屋根の波を見下ろしながら、日出前の淡い銀灰色の冷たい気を思う存分吸い込んだ。

「とうとう語り明かしてしまったね。あんがい夜て奴は短いものだ。」

そういう宮城の言葉をうけて、大槻が言うには、

「夜のほうじゃ若い者の話ったら長いものだ。長い話は年寄ばかりかと思っていたに、と言ってるかも知れないよ。」

「ところでこうやって君と一緒にいると不安が怖くない。」と宮城が言えば、

「僕は自分の黎明《れいめい》が近づいたように思われて、妙に若々しい胸騒ぎがする。」

と大槻は元気に充ち充ちた声で応じた。すっくと宮城の横側に突っ立っている大槻には、

どことなく現代の英雄を思わせる風貌気概が張《みなぎ》っていた。宮城は懐しそうにまた頼もしそうに友の横顔を振りかえった。友の頬は赤く輝いていた。宮城は自分の目がいくらか熱をもって暑くるしそうに瞬いているのを感じた。

二十七

大槻と一緒に暮らすようになってから、宮城は日増しに見るみる元気を恢復《かいふく》していった。毎日二人は仕事の合間々々に、夜となく昼となく火鉢を挟んで鼻と鼻とをつき合わせていろいろな話をした。それから散歩に出ても、銭湯に行っても、思いのままに心ゆくまで話をした。すべて二人の話頭に上ったが最後、どんなつまらない事柄でも、みんなそれぞれいつの間にやら快適な話題に変わっていた。そうして幾日語りつづけても二人の話題は無尽蔵であった。しかしその日その日の会話の結果は、申し合わせたようにたいがい期せずして宗教の問題に落ちた。そこへくると大槻の瞳は、いつも白熱的に異様な光りを添えて、頬にはしらずしらず赤い若々しい血が上ってくるのであった。宮城は宮城でそのとき自分の顔が蒼白《そうはく》に変わって、泣きたくて泣き切れない、口惜しくて胸を引き裂きたいような、不思議に切ない悲憤の情に全身の顫《ふる》えるを覚えた。そうしてしらずしらずいつの間にやら大きな声を張り上げてさんざん談論した後で、ふとその興奮に気がつくと、二人は微笑み交わしてそのまま沈黙するのが常であった。二人の友達にとって一様にもっとも大きな切実な問題は宗教界のことであった。宗教、ことに仏教界のことであった。しかし同じ仏教界のこととは言いながら煎《せん》じつめてみると、大槻のそれと、宮城のそれとは、最後のところへゆくと全く食い違っていた。宮城は大望を抱いている友の宗教改革の意見には同感しながらも、それに満足して安住することはできなかった。それには最後の点睛が忘れられている気がしてならなかったのである。大槻にとっては一末寺の問題、及びその中に起っている問題のごときは、友の身の上に係わっていればこそ案じはするものの、問題それ自身としては要するに些《さ》末《まつ》なちっぽけな、歯《し》牙《が》にかけるに足らない小問題でしかなかった。二人はこの点にくるとどうすることもできないあかの他人であった。しかし各自の特性と使命とを尊敬しあって、かりそめにもその分野にたいして冷笑的な漫罵《まんば》や侮辱を敢えてするようなことはなかった。互につとめて理解と同情とをおのおのの上に存分に持つことを怠らなかった。そうして忘れなかった。二人は幸福だった。恍惚としてひたすら友情に酔いながら、一方では絶えず思いのままのトピックで刺激され興奮させられて励まし合うことは、ほとんど理想に近い生活とまで感じられていた。

上京して二三日目には大槻はもう通いの家庭教師の口を見つけた。それから以前宗門の大学の教授だった人で、大学が東京から京都へ引かれていった時、断然宗派との関係を断って、その後東京のある大学に教鞭をとっている自分の心から尊敬している学者のところへ行って、その人の著述や雑誌の校正の仕事をもらって来た。その二つで彼は当分食うには困らなかった。それらのことをやりながら、一方ではしきりと四角な漢字ばかりの仏書を繙《ひもと》いたり、時には横文字の本を開いたりして研究に余念がなかった。そうしているうちに想がひらめくと彼は忽《たちま》ち今まで読んでいた本を机の上から放り出して、原稿紙を取り上げていきなり宗派改革の著述の草稿を書き綴っていた。宮城の考えてばかりいて容易に分量の捗《はかど》らないのにくらべると、これはまた意想外に驚くばかりの早さであった。大槻はいつも屈托がなくてからりと晴れ渡ったように元気であった。彼は決して自分が負かされるという不安をもたなかった。それでいて絶えず生々とした執着をもって、初一念の貫徹のために努力をつづけていた。

こうした生々とした、咲きたての花のような大槻のいわゆる「つぶしの利く人間」にくらべると、宮城の身辺には始終幽陰な気がただよっていた。こうじめじめしたような、それでいてどこか底力のある、錐《きり》のような鋭い頭と感覚をもちながら、それがある一点に向けられたが最後、もう裏へつきとおすか、中途で錐の先が折れて役に立たなくなるまでは、執念深くじっくりじっくり脇目も振らず真正面から押してゆくじみな性格は、大槻が彼を批評したとおり、全く隠花植物を思わせるものがあった。そうして大槻が、「君は全く割り切れない男だ」と言ったように、どっかに何かしら隠されているようであった。その何ものであるかは彼自身も知らなかった。それから「君は茶がかっている」とも大槻が評したように、よく近づいて味わわなければ宮城の美点は容易に人から見出されない種類のものでもあった。宮城はよく自分の性格を知っていたから、好んで人と交際を求めようとはしなかった。勢い彼には友人が無いと言っていいくらい少なかった。宮城はひとりで隠者の風格があるのだときめていた。不思議なことにはこうしたまるで異なった性格の二人が一つの部屋に起臥《きが》して、てんでに好きな題目について研究したり話し合ったりしていると、そこにはどっちが主でもないまるで別な空気が醸《かも》し出されて、時には大槻も驚き宮城も駭《おどろ》くような熱気を帯びた緊張の、いつまでもつづく快い光景が展開されることがあった。重ねて言うが、二人はじっさい幸福であった。この幸福の享楽のために人生がひどく価値づけられるばかりでなく、むしろそのために生をうけたことがこのうえなく恵まれたことであったことを信ぜずにはいられなかった。ことにいつも悲観の薄暗い傾斜面の上ばかりをうなだれがちに歩いて来た宮城には、こうした光明は太陽のそれよりもまだ恩恵の籠もったものであった。彼はこの共同生活を基礎に、全く新しい生活に踏み出すことができるかも知れないという、朧気《おぼろげ》なしかし実現の可能を多分に備えた希望を抱くようになった。そうして三日とたち、五日とたち、一週間と日はたっていっても、友情の満腹ということを知らなかった。大槻にもこの思いは一つであった。それは決して一時の興奮ではなかった。じっさい二人の魂は奥深いところにおいてしっかと永久《とわ》の契《ちぎ》りを結んだように抱き合っていた。

ある日二人で机をならべて二人とも原稿紙に向かって何か書いていた時に、宮城はにわかに想い出したように友に向かって話をしかけた。

「僕は高等学校の寄宿舎でよく友情々々という言葉を口癖に聞かされて、自分でも知らずしらず友情かぶれがして、なんでもかんでも友情でなけりゃ夜も日も明けないように思ってね、ちょっと親しい口をきくようになると、無性に両方で興奮して友情呼ばわりをして、自分でも堪能し人にも見せびらかそうとしたもんだが、いつだって永続きのした、それは成功だと思われたものはなく、絶えず充たされない不満があったものだ。今にしてようやく友情の――こんなことをわざわざ口に出して言うと真価が下落するようだが――友情の真諦《しんたい》を握ったような気がするよ。」

すると大槻が答えて言った。

「同感！　いや取消し。同感どころじゃない。君の舌はじっさい調法な舌だ。まるで僕の心の蓄音機だ。」

そう言ってしばらくにやにや笑っていたが、とつぜん万年筆を措《お》くと、宮城のほうを振りかえってだしぬけに、

「君、信徒というものの定理をくだせるかい。」

籔《やぶ》から棒に尋《たず》ねかけた。

「同じ教祖を信じ、同じ宗祖を信じて、その宗派に隷属《れいぞく》しているもの、すなわち信じて

いる教えを同じくしているもののわけだろう。」

宮城が立ちどころに答えると、大槻は首を振って、「落第」といかめしく宣告して嬉しそうに笑った。

「学術試験には辛うじて及第、常識試験では立派に落第だ。いいかね。信徒というものは第一には死んだらその宗で定められた儀式で葬式を出してもらうもの。第二はそういういわゆる信徒の家に生まれたもの。第三には教祖または宗祖あるいは宗派の名において肯《がえ》んじて金銭を捲《ま》き上げられるもの。この三つに該当したものこれを信徒という。どうだ、明快だろう。世界に仏教徒が何億あるの、真宗の信徒が日本に何百万あるのというのはこういう計算なんだから恐れ入るじゃないか。信じるとか信じないとかいうことは問題じゃないし、第一そういう標準じゃ計算してみようがない。こう考えてくるといわゆる信徒たるものまた悲しからずやじゃないか。寺院に取っちゃ信徒なるものは商店におけるお得意と同じもんだからな。」

「信徒の定義は笑わせるが、現状はたしかにその通りだな。今日の宗教界をこれまでに堕落さしたのは、寺も寺だが信徒も信徒だという気がするね。いったい寺というものは、ある少数の富有の寺は格別として、多くは信徒という地面の上に植えつけられて、そこで僅かに生きているごくごく弱い見てくれだけのものなんだから、信徒が結束して改革する気になれば、じっさい寺なんざあどうにだってなるんだ。一も二もありやしない。ところがこのまた信徒なるものが、始末に行かない代物だからな。君の改革意見じゃ信徒をどう扱うつもりだ。」

「もちろん坊主なみにやっつけるさ。」

「まず主を射るためには馬を射るに限ると僕は思うんだ。君は寺や坊主を乗せている地面を打ち破って、だいいちその大地の土壌から肥やしてかからなければきっと徒労だよ。君は信徒のために起《た》って警鐘を乱打するんだね。」

「笛吹けども彼ら踊らず、鐘打てども彼ら何とかだな。これが君のいうとおり底の知れないご大層な代物さ。彼奴らに取っちゃ、御門跡様と御本山とが何より有難いんで、あとはつまりどうだっていいんだから始末が悪い。坊主のほうだと、それによって食わなければならないという根本の大問題が控えているから、その牙城《がじょう》に迫りさえすれば、鐘のたたき方一つで改良改革の可能もあるが、信徒ときたらただわけもなく現状が無闇に有難いんだから骨が折れる。このあいだの大学の騒動の時だって、昇格して一人前の大学にすると信徒が金を出さないというんだからね。全く恐れ入るよ。こいつぁじっさい難中の難物だよ。」

「いったいこういう情けない有様には誰がしたんだろうね。自然の成行きだとも思われないが……。」

「まず第一に昔の為政者の罪だ。だから明治の初年に廃仏毀釈の種が蒔《ま》かれてからは、坊主が識者からうける待遇が従前どおりにはいかなくなった。第二はいうまでもなく本山に立て籠もった代々の宗教政治家の罪だ。ただし常識的にはこれは第一と同じように時代の背景を考慮してやらないといささか気の毒の個所もないではないが、元来が宗教自体の外的には受動的なるがゆえに能動的ないちばん強い本質を忘れて、徒らに剣のためには同じく剣を、血のためには同じく血を換うることをもって唯一の途と心得た、愛山護法のショウヴィニズム（排外主義）と伝道弘法《ぐほう》のファナチシズム（熱狂的心酔）に眩惑《げんわく》された結果にほかならない。僕は浄土思想の盛んだった時代を考えると、いつも誤まられた安価きわまる内容空虚な往生思想と自覚の伴わない「無知」と、この二つがあまりにイージイ・ゴーイングに取り扱われているんで、人のことながら一種妙な不安を感じる。現代だってややそれに変りはない。だから本山だとか寺とかああいう不合理それ自身のものが、いまだにそれなりに繁昌している。本山あたりでは表では有形の資本は信者であり、無形の資本は信仰だなんていい加減なことをほざいてもいようが、じつは前者は金や米であり、後者は無知そのものだよ。話は少し横道へそれたが、僕は為政者が乗ずるには、乗ぜられるところがあるからだということを言いたかったのだ。なにも政治家を毛嫌いしたり漫罵したりするんじゃないが、いったい政治家という奴は、いつの時代だって物の真に徹して、本質的な第一義的な仕事をするものじゃない。尤もそういうものは政治の目標にはなってても、実際と歩調の合わないものかも知れないが。そういう先生たちが人間生活の第一義諦《だいいちぎたい》たるべき宗教生活を云為《うんい》しようてんだから、いつの世だってその間の距離は大きいんさ。宗教の目から見たらみんな失敗だよ。まずそういう為政家に導かれて、宗派が一つの政治団体的な組織をとる。これは烏《からす》が孔雀《くじやく》の真似をするようなもので、そこに大きな禍根がある。見たまえ。すべての宗教における原始教団を。そこには死んだ制度組織の整備の代りに、生きた真実の生命がはち切れそうに躍動しているじゃないか。「信」をもって連絡すべきものが「規則」によって僅かに集団する。これは宗教の堕落だ。明らかに自殺だ。じっさい原始教団が終熄《しゆうそく》した時、そこでいったん教団は亡びたもので、その遺産をつぐものは新たに祖師の精神によって、自ら足の地についた本当の教団を創造すべきものだ。そう見てくると僕はまず現在の法主からして気に食わない。」

大槻はだんだん熱してきて、またいつものとおり、頬にぱっと明るい血をたぎらせながら、しきりと手を振って雄弁にまくし立てた。宮城もまたいつしかそれに釣り込まれて同じように興奮していた。

「僕はまたあの人には妙に一種の親しみを覚えて同情してるんだがね。尤も自分の性格にどこか似たところのあるせいで、懐しいという気のするのかも知れない。が、いったいにどっかこう人間的な」

「そうだ、たしかに人間的だ。ほかの狸《たぬき》にくらべればな。だが的《てき》だよ。そりゃ個人としたら立派な人かも知れんさ。しかしいやしくも宗教家の総元締《もとじめ》たるものが、たんに人間としてどうのこうのと言われるんじゃ心細いし、またいつまでも呑気《のんき》にそんなことを言わしちゃおけない。だいいち僕の嫌なものは自分がその器でないと知ったら、どんどんその位置を去ればいいのに、いろいろ事情もあろうか知らないが、いやに女々しく奥深く納まっている。あれが気に食わん。ぜんたい今の社会に御門跡様だの御法主だのと言わせておいて、平気でいるのもいい気なもので、全く面《つら》の皮の厚いのにゃ感心させられる。が、それはまだいいとして、なんだあの御親教《ごしんきょう》だの諭示だのと、自分が唯一の神の代弁者のような顔をして、いやにつんと乙《おつ》にすまし込んでいると、そのまた後へくっついて、一派の碩学《せきがく》とか博士とかいうご連中が、へらへらへらへらお世辞たらたら追従《ついしょう》たっぷり言うと、なんだか鞠唄《てまりうた》に語呂が似てくるが、いやはや全く鼻持のならないことさ。台下《だいか》や猊下《げいか》が聞いてあきれらぁと、ちょっと啖呵《たんか》も切ってみたくなるじゃないか。僕は自分の生活態度と切り離された人前だけの宗教家というものを許さない。だから彼はこの点から見れば飽くまでも的だよ。的でなけりゃああいう二重生活はできるもんじゃない。僕はあの人がその位置にいるあいだは憎むよ。侮辱するよ。居据《いすわ》るなら居据るだけの覚悟があって欲しい。そうして片端からこんなにたくさん積もっている一大事の仕事を片づけていってもらいたいものだ。」

「しかし、大槻、君のような係累《けいるい》のない一人者と違って、ああなるとなかなか一挙一動がすべて簡単にゆかないんだろう。僕はそこへも身につまされて同情する。人と人並の良心があれば、この不合理が心苦しくない道理はない。全く神を怖れなければならないことなんだからな。僕はひそかにあの人の悩みに打たれるよ。」

「法主もまた若い立派な知己を得たもんだね。が、僕は徹頭徹尾、殿堂の中の法主を退ける。いつの世にも、神そのものの代りに、きまってその代弁者顔をする人が尊まれる。僕は第一それがむかむかする。」

「そりゃ僕だってその点は大賛成だ。いかなる時代にもどんな運動にあっても、その神たるべきものより、その代弁者たるべきものに実権があるのは、きまった一つの文化現象じゃあるまいか。僕は思うに宗教においてはすべて絶対的のある意味における超越神を奉るが、人間に親しみのあるのは阿弥陀仏よりも釈尊であり、釈尊よりは祖師であり、祖師よりは門跡であり、時によるとさらに門跡よりは師匠寺の住持であると言った具合に、人間的親しみということを頭の中に入れておかないと考えられないものがある。こんなことからしても、理論的には宗教は万古不易《ばんこふえき》の「教」であり「経」であるかも知れないが、じっさいは飽くまでも「人」だという結論が出てきそうだ。永遠を求める宗教が、けっきょく求め求めてその「死すべきもの《モータルス》」に返ってくるらしいのは、すこぶる面白いじゃないか。僕はこういうことからヒントを得て、教も神も殿堂も、すべてを一人々々の胸の中に置けばいいことをしきりに思う。」

宮城がこういうことをしきりと、いつもの潜熱の籠もったしぶとい調子で、静かに考え

考え喋っていると、うんうんと頷きながら瞳を輝かして聴いていた大槻が、とつぜん声高に、

「占めたぞっ!」

と手を打って叫んだ。宮城が吃驚《びっくり》してだまって友の顔を怪訝《けげん》そうに見詰めると、大槻は雀躍《こおどり》せんばかりに喜んで、

「おい宮城、なんだ吃驚するない。名案が浮かんだんだ。素的《すてき》なブリリアントなアフォリズムが、すうっと神輿のようにやってきたんだ。ああ嬉しい。」

大槻は堪らなそうに胸を撫でながら天井を仰いだ。

「なんだよ、独りで噪《さわ》ぎ立っていて、ちっとも分からないじゃないか。」

「なに、これが分からない。こんな素的な警句が。一句よく万人を殺す力がある。ああそうそうまだ発表しなかったね。こうなんだよ。いいかい。……」

「五月蝿いね。なんだってそんなに勿体《もったい》振っているんだ。早く言ったらいいじゃないか。」

「いいかい。坊主が社会問題に首を突っ込むのは、泥棒や乞食が社会問題を是非するのと同格だ。彼ら自身をいかに処分するかということが、まず彼らにとっていちばん手近な、そうして人助けになる喫緊の大きな社会問題じゃないか、とこういうんだ。どうだ。人の褌《ふんどし》で角力《すもう》をとり、人の臍繰りでいい顔をしているくせに、自分だけが神の子であり仏弟

子であるという思い上がった面《つら》をしやがって、じつは人を助ける名義でまず何よりも先に自分を養っているのが自称宗教家の奥の手だ。彼奴らは節義のないブローカーだ。それを身の程知らずに救済だとか慈善だとか感化だとか協調だとかぬかしやがって、胸糞の悪いこと夥《おびただ》しい。まず自身を救え。自身を感化せよ。どうだ、それに違いあるまいじゃないか。君の言うような根本の問題にも、僕の主張する手近な問題においても、彼らは他人のことを云為《うんい》する資格もないし暇《ひま》もない筈じゃないか。自分ら自身をいかにするかということが、いちばん大きな社会問題だとはいみじくも言いけるものかな、じゃないか。」

大槻は、まるで子供のように興奮してはしゃぎ立っていた。

こんな具合に大槻はいよいよ元気で、渾身の力を一秒一瞬の裡《うち》にも煌《きら》めかしながら、日々の仕事にいそしんでいった。もう三月の半ばで、例年ならば早咲きの彼岸桜の蕾も綻《ほころ》びようという頃なのに今年はまだようやく梅が寒さにおびえながら、おっかなびっくりにちらほら開きかけたくらいで、下宿の二階から見ていると、朝な朝な白い刷毛《はけ》が見渡す限りの屋根瓦に霜を厚く薄く刷《は》いて、垣根の裾などには半ば黒い土にかくれた小さい水晶宮が、終日音も立てずに軒並みにならんでいるのが見られた。そうして空からはやや春めいた日の光もそそぎかけられたが、いかさま中空を渡る風は、思わず人の襟首をすぼめさせるくらい冷たく澄んでいた。

大槻が上京して十日目頃のある日の午後のことであった。宮城が学校から帰ってみると、机に向かってコツコツ原稿を書いている大槻の顔が、酒にでも酔ったようにぼおうっと赤らんでいた。それから注意して眼鏡の下の眼を探りあてるとこれも、同じくかあっと血走っていた。しかしその眼付は怒っているとか興奮しているとかいう種類のものではなくて、日頃に似気《にげ》なく、うつらうつらと夢見ているもののようであった。熱があるのかしらと思って試みに尋《たずね》てみると、大槻は無造作に額《ひたい》に手をやって、少しはあるかも知れんと吐き出すように言って、別に筆を措《お》くでもなくそのままぼんやり宮城を見返した。そうして少しだるいが大事ない。寝る前に売薬を一服のめば明日はけろりとなおると言って、宮城が心配そうにいろいろ注意しても、深く気に止める様子もなかった。けれどもいつもと違ってどことなく影の薄い淋しそうな元気のないさまが、いつまでも宮城を執念深く駆って、友の身をあれこれと案じさせた。終《しま》いには宮城の好意があまりにしつこいと言って、大槻は怒り出した。

「僕は僕自身の絶対の主権者だ。暴君《タイラント》だ。他から僕の主権を侵害しそうな差出がましい口はよしてもらおう。君の馬鹿丁寧な親切はけっきょく僕を悩殺するばかりだ。僕のことは僕自身がいちばんよく知っている。敢えて君を煩わすまでもない。僕は今駘蕩《たいとう》たる気分にひたっているんだから、そうそう君自身の友情の満足のために、僕をディスターブするな。しばらくこのままで、放っておいてくれ。」

大槻は日頃とは打って変わって、こんないや味を強く言って当たり散らしていたが、見れば見るほど大槻の全身の全身に行き渡っただらっとした生気のない倦怠《けんたい》の状が、宮城をそのまま沈黙させるわけにはいかなかった。けれども宮城は大槻に逆わないように強いて自分をおさえて、友の言いなり放題になっているように見せかけておいて、ひそかに寝る時の用意にもと解熱剤や氷枕を買って来たりした。それから机の抽斗《ひきだし》から検温器を出してやっても、大槻はふんと鼻であしらった切り取り上げようとさえしなかった。

夕食を注意して見ていると、大槻はがつがつと一人前をさっそくに平らげて、もっと物欲しそうな顔さえしていたが、それが終わるといきなり石鹼と手拭をさげて銭湯へ出かけようとした。見るに見兼ねてこればかりはと宮城は奮い起って、涙を流さんばかりに引きとめた。大槻はいつまでも強情を張っていたが、それでもしまいには渋々その場へ腰をおろした。そうして見えないように身をぶるぶると寒そうに震わしていた。大槻はこの晩これまでになく不機嫌だった。そうしてまるで駄々っ児のようにマントを頭からすっぽりかぶって、机に向かってまた書き物をつづけていた。

十時頃になって宮城は一時も早く大槻を誘って寝に就こうと思って寝具をのべて促したが、友は頑《がん》として応じなかった。宮城は仕方なく解熱剤を枕元において、それから氷枕をこしらえてやって、友の臥《ふ》せるまで床の中で本を読んでいようと決心して横になった。一時間余も経ってから、大槻は心もち唇を紫色にしてぶるぶる震えながら、宮城が薄目を開いて見ていると、それでも枕元の熱ざましを服《の》んで床に入った。

真夜中に宮城は息苦しくなって目をさました。そうしてはっと気がつくと、側に横たわっている友の額に恐る恐る手をあててみた。額は燃えるように暑かった。そうして毛髪の生えぎわにひしゃけた汗のつぶが列をなしてならんでいた。宮城は驚いてはね起きた。そうしてぬぎ捨ててある自分の不断着の袖から手巾《ハンケチ》を取り出して汗を拭いてやった。すると重苦しそうな息使いをつづけていた大槻が、ぽかんと目を見開いて、彼の顔を不審そうに見上げた。その目はまるで魚の腹綿《はらわた》のように赤く濁っていた。

「どうだ、苦しそうだな。だいぶん熱が高いようだよ。」

「何か知らんがいやに暑苦しい晩だ。」

「そりゃ熱のせいだよ。相も変わらず非常に寒じている晩だぜ。」

「そんなに寒いのか。そんなら君、そんな寝衣姿で床を出たりして、風邪を引くといかんよ。」

「僕は大丈夫だが、君が心配だ。今から氷というわけにもいかんから、とにかく枕の水を取りかえて来てやろう。」

「有難う。君を使ってすまないが、それじゃついでに冷たい切れるような水を一ぱい汲んで来てくれないか。咽喉《のど》がかさかさして困る。」

大槻はこう言って咽喉を掻いた。宮城が水枕を取りかえて、水をコップに持って来てやると、大槻は息もつかずに呑んで、甘露《かんろ》甘露と言いながら、美味《うま》そうに舌打ちをして、そのままうつらうつらと重い眠りに陥った。宮城は友のとげとげした不機嫌がなくなっていたので嬉しくてたまらず、床の上に坐って夜着を引きかついだまま、冷たい電燈の下で魚のように喘《あえ》いでいる友の寝顔をいつまでもいつまでも眺めていた。宮城はその晩おちおち眠ることができなかった。そうして目のさめるたびに幾度も枕の水を取りかえてやった。しかし大槻は全くうつらうつらとして、すべてを重苦しい夢のごとく観じている様子であった。

翌朝大槻は上機嫌で目をさました。そうしていきなり起き上がろうとするから、宮城が急いで押し止めてその手ですぐと検温器を手渡すと、大槻は物珍しそうに小さい検温器を目の前でしらべていたが、やがてそれを腋《わき》の下に入れると、改めて彼の顔を仰ぎながら、

「君は用心のいい、若いにしちゃ感心に気のつく男だ。僕のような粗笨《そほん》な荒けずりの人間と違って、じっさい親身に暖かいところがあるね。僕は悪い意味で男らしいが、君はいい意味で女らしい。僕の強さは我武者羅で、けっきょくのどたん場へくると弱いんだろうが、君のそのやんわりとした弱々しさにはじつに根強い奥行きがあるね。僕は素直に感心したよ。尤も感心したのは今に始まったことじゃないが……」

こんなことを言って、なおもしげしげと懐しそうに友の顔を穴のあくほど視つめていた。検温器の水銀は三十九度の目盛りを突破していた。大槻は解し兼ねたように水銀を眺めていたが、やがて、

「僕にも熱の出ることがあるんだね。」

と不思議そうに言って、宮城に手渡した。

「だから今日は一日安静にしていたまえ。後で医者を呼んで来てやるから。」

「医者？　何を馬鹿な。そんな手数をかけて堪まるものか。僕の身体は僕がいちばんよく知っている。ナーニ、いま一服売薬をのめば、たちどころにご本復だ。今日は午後、家庭教師でご出張の日だからな。」

「役目も大事だろうが、身体にゃかえられない。今日は僕が代りに行ってやるから、ともかく安静に休養したまえ。きっとこのあいだのストライキの一件から、連日の奮闘や仕事で身体が疲れ切っているんだよ。僕はなんだか心配だ。どうだ、常とひどく変わったところはないかい。」

「生まれて初めて頭がいたむ。こいつが頭痛というんだね。胃を痛んで初めて胃の在所を知るというが、生意気に人真似で頭痛なんかしやがると、かえってこん畜生という気になって、妙に可笑しさが込み上げるもんだな。僕もこれでようやく人間並になったわけさ。」

大槻は元気でどうしても医者を呼ぶことを肯《がえ》んじなかった。そうしてちょっとでも目を離すと、今にも起き上がりそうなので、それが怖さにその日は一日、宮城は枕元にくっついていた。解熱剤をのんでものんでも水銀は依然として高い目盛に頭を擡《もた》げて、びくともするものでなかった。宮城は不安になった。そうして不安のうちにまた不安の夜を一夜護り明かさねばならなかった。大槻はときどきうわ言かと危ぶまれるようなことを洩らしては、彼に呼び醒まされるのであった。宮城はいよいよ首をひねった。

その晩、宮城は決心した。明日は大槻と喧嘩をしても医者を連れて来よう。万一手遅れになって取りかえしのつかないことになったらなんとしよう。ともかくこのうえは一時も早く応急の処置を取らなければならない。宮城にはまだかつて病床についたことのないという友のこのたびの高熱を、単なる風邪からの発熱とはどうしても考えることができなかった。何か虫が知らせるというのか、不安で不安でならなかった。大槻は重いその癖せかせかした息を絶えず苦しそうに吐き出していた。

朝、床を離れると、すぐさま附近の医者のところへかけつけた。医師というのはまだ若い、三十になったかならずのしごく元気な要領のいい紳士であったが、彼が町並のあいだにあるペンキ塗りの玄関に立って来診をたのむと、奥からネクタイを結び結び出て来て簡単に症状を尋ねていたが、やがて金の縁無し眼鏡の上方をすかして上目使いで何やら考えていて言うには、往診にはぜひ行く、行くことは行くが、大学病院の助手をつとめているから、これからそのほうの外来診察をすませて来なければゆっくりできない。午後になればすぐ手があくから、それまで待っていてもらいたい。今の症状では幾分案じられることもあるが、一二時間の急を要するものではないらしい。それまで安静にしておいて、頭や心臓部を冷やすようにしておいてもらいたい。医者はそんな注意を与えて、快く承諾してくれた。宮城もこの親切そうな実のある、それでいてはきはきしている若い医学士を見たら、ほっと重荷をおろしたような感じがあった。そうして大丈夫この人なら病人が任せられるという信頼の念を萌《きざ》しかけて、心から折入って病人のことを頼んでかえった。

帰って来て、折から目をさましていた大槻に、午後から若い歯切れのいい君の好きそうな医者が来てくれることになったと告げると、病人は頰をふくらまして、

「おい宮城、君はお坊っちゃんだからいけないよ。考えてみたまえ。僕のような貧的が、堂々たる医者の高価な往診なんぞをうけて、高い薬が呑気にのめると思うか。そんなご身分かどうか考えてみてくれ。それに僕のことは僕がいちばんよく知ってる。放っておいたってこの熱があと幾日とつづくものか。明日はなおってしまうに違いない。僕にはそれがよく分かる。」

「またそれを言う。そんな強情を言い張ったって始まらないじゃないか。あとはあとで僕がいいようにするから、病人というものはだまって柔順になっているものだ。自分のことは自分が知ってるという。それが悪い。僕は絶対に賛成できない。君はバザロフの破産の原因がどこにあるかを考えてみたまえ。」

「そりゃいかなるものにも「神」を見なかったことだ。僕は反対に十分「神」を見ている。」

大槻はすぐと吐き出すように言った。

「いや。そうじゃあるまい。」

宮城は自分が切り出したこうした問答が、病人をひどく興奮させやしないかということを恐れながら、つとめて平静に言葉をつづけた。

「僕はバザロフといえども「神」は見ていたと思っている。少なくとも「神」はいないというその強い独断、すべての権威を認めないと主張するその基本の権威、それは暗々裡《あんあんり》に認めなければならない一種の「神」じゃないか。そういう意味では「神」の概念からは誰しも逃れられないと僕は思う。僕はまたバザロフの破産は自分自身の力をたのみ過ぎたことと、同時に自分を石のように冷やかに眺めて、それを大自然中の一つの材料《マテリアル》としてのみ扱って、特別の愛着をもって護り立ててゆかない投げやりなところ。この二つが調和できずにけっきょく破綻《はたん》だけを残したのじゃあるまいかと考える。君の近頃の態度の中には、大きな目で君自身の可愛がりようが足りないところはないか。それから人間はすべてにおいて有限だ。君はその人間は有限だという命題《ザッツ》を忘れているんじゃないか。そうした自分をたのみ過ぎた生活と、自分を投げ捨ててしまった生活とには、きっと破綻がきやしないかと思って、僕はそれが心配でならないのだ。」

大槻は近視のために心もち飛び出た目をまん丸に見開いて、だまって宮城の落着いた、しかし澄んで鋭さをもった、深い愛そのもののごとき言葉を聞いていたが、やがて語り終わってじいっと彼の顔を同情の籠もった目で見て返事を待っていると、大槻は急に気分が晴れ渡ったように、からっと顔を輝かせて、

「まさかこれしきのことで死にやしまい。」

と、たったひとこと言いおわると、どうしたのか小娘のようにはにかんだ様子で、夜具の襟に顔を埋めてしまった。大槻は長いこと顔を出さなかった。顔を出した時には前よりはいっそう目と眼の縁とが赤くなっていた。大槻は夜着の中で泣いていたのであった。

午後医者が来た。大槻に向かっていろいろ元気な親切な話をもちかけている下から、恐ろしく入念な診察を始めた。宮城の観るところでは、言葉の明るいわりに、顔は少しも浮き立ってはいなかった。のみならず科学者の冷静な態度と言おうより、むしろ情熱に動かされ易い鋭敏な神経が刻々に翳《くも》らされてゆくのを観て取ることができた。若い医師は自分の情緒の高ぶるのを強いて押し隠そうとして、一方ではしきりと大槻に元気をつけるようなことを言っていた。その間うんうん黙っていかにも柔順に頷いていた大槻は、すべて診察させておいて、すっかり喋らしておいて、医者がいい加減に腰を引き立てながら、これからかえってさっそく調剤するからと暇《いとま》を告げかけると、そのときを待ち構えていたように医者を呼び止めた。

「ちょっと先生お待ちください。唯今は先生の話をだいぶん聴かして頂きましたから、今度は僕の話を少しばかり聞いて頂きたい。そうして最後にたった一口先生の断案を洩ら

して頂きたい。先生、僕は苦学生なのです。外《ほか》の学生と違って親からしこたま金をもらっている結構な身分ではないのです。だから僕は高価な身を削って呑むにも等しい投薬なんぞを、むやみに頂くわけにはゆきません。そんな境涯ですから、このさい本当にご同情くださいますなら、この場限りの一時のいい加減な言い逃れなんぞを言って頂くと全く困るのです。もし軽くてこうやってここに臥《ふ》せていても、日ならずして快癒するものなら、宮城の世話になってるもいいが、それがどうか分からないとか、あるいは、もっともっと症状が重大だということになれば、僕自身としてもなんとかせずばなるまいし、友人にたいしてもなんとかしなければなりません。お願いと言うのはそこです。つまり素直に僕の病状を聞かせてくださいませんか。良ければ良いなりに、悪ければ悪いなりに、なんとか方法を講じなければなりませんから。」

大槻は医者の胸を凝視しながら、一句々々力を籠めて、これだけのことを言った。言いおわるとさすがに少しは疲れたらしく、それにある興奮も手伝ったとみえて、はあはあ苦しそうに息をはずませていた。が、一方医者は思わぬ襲撃に勝手が違ったらしくややためらっていたが、そこは幇間《ほうかん》のような町医者と違って、未だ血気盛んな大学病院の助手を勤めているだけあって、病人の始終の言葉を今度は反対にうんうん頷きながら聞いていたが、だんだん大槻の言葉に釣り込まれて、自ら感動の色を隠すことができなくなった。大槻が語りおわった時には、若い医者の唇は小さく顫《ふる》えていた。彼はだまってというより、むしろ感動のために一語をも洩らすことができないで、病人の顔をしげしげ見下ろしていた。が、ややあって勇気を奮い起こしたものらしく、決然と若々しい興奮を面《みなぎ》に張らせながら語り出した。

「おざなりを言ってごまかすつもりは毛頭なかったが、このうえともに君の心気を昂進させたり、落胆させたりしてもと思って、じつはこのお友達に来て頂いて、とくとご相談する考えでいたのです。しかし今のお尤《もっとも》過ぎるほどお尤のお話を聞いてみると、僕の慣用手段が悪かったようです。君のような性格の方には、あけすけ目の前で言ってしまったほうが、言わないよりたしかにましでしょう。そうして……」

「そうです。言ってもらえなかったり、またはいい加減なことしか聞かせてもらえなかったりすれば、かえって際限なく疑心暗鬼を起こします。」

「そうでしょう。そうでしょう。これはたしかに僕が悪かった。みんな言ってそこで三人で隔意なくご相談いたしましょう。僕も及ばずながらこれをご縁と信じて、できるだけの尽力は致しますから。」

言葉のとおり医師の顔には、思いつめた真心が表われていた。大槻も宮城もそれを見て取ってなぜともなくほっと安心した。

「どうも有難う存じます。それで症状は?……」

「一言にして言えばはなはだ警戒を要します。非常に用心されないと、危険がこないとも限りません。医者として正直に希望をのべれば、あなたはすぐさま十分手当の届くところ、たとえば病院のようなところですな、そういうところで絶対安静に治療をうけられなければいけない。医者としての立場から言えばこれよりほかには途《みち》はありません。ところが今承れば……」

「僕は貧乏です。人と人並の入院なんぞはしておられません。が、第一になぜそんなに重症と診断されるんです。僕はこれまで病気と名のつくものを患《わずら》ったことがないのですが。」

若い医師は白いむしろ華奢《きやしや》な両方の親指と親指、中指と中指とをくっつけて、大槻の顔の上で手頃な、ハート形を作って見せた。そうしてその形をゆす振りゆす振り説明を始めた。

「あなたは心臓が弱い。たしかに脚気《かつけ》を起こしている。だから膝を叩いても腱《けん》反射が少しもない。ところがその高熱にはどうもチブスの疑いが十分ある。少なくとも普通の風邪とは思われない。仮に、いいですか仮にですよ、仮にチブスであって脚気を併発したものとしたらどうです。四十度以上の大熱にたいする抵抗力が、目下のその苦しい心臓の状態では堪《こら》えるだろうかどうだろう。人の身体は弱そうで案外強い。だからいざという、どたん場でどういう神変不可思議のことが起こらないとも限らん。が、また反対にじつに強そうでいて、そのじつは馬鹿に弱いものが人間でもありますからね。その断定は神ならぬ身の誰にもできるものではないが、とにかく医者として見ると、どう贔屓《ひいき》目に考えても、危険が目先にぶら下がっているとだけは断言していいかと思います。」

「それでこんなに胸が圧《お》しつぶされるように苦しいのですか。」

「そうです。だから興奮してはいけません。そういう病気の時は一体に心臓が非常に感じ易くなっていて、少しのことでもどきっときます。それだけつまり弱々しくなっているのですから、平静にというのはそこのことです。取り敢えず心臓の上に氷をおつけになったがいいです。ところでと……医者としての責任から言えば、どうしてもこのさい入院をおすすめしなければならないのですが、どうでしょう、もしあなたさえご承知ならば官費の施療をうけては、そうすれば十分とまではゆかなくとも、相応の治療はできるでしょう。」

「そんなことが容易《たやす》くできますか。」

「できます。僕が腸チブスという診断書を区役所へ出せば、伝染病なんだからすべて市の衛生課のものが来て、あなたを伝染病院に収容して隔離してくれます。いったん入院さえしてしまえばしめたものです。あすこならたとえチブスでなくても、全快するまで治療してくれます。そのうえ院長副院長とも僕の先生ではあるし、また同窓もたくさんあすこの医局にいますから、僕としては非常に安心です。こういう設備の不完全なところに臥せっていられるより、どれくらい手が届くか知れない。ただ困ることは施療となると一人一室というわけにはまいりません。それがお気の毒です。」

「そんな贅沢《ぜいたく》を言っていいものですか。僕なんざぁ追い込み相応のお客ですよ。じゃさっそくそうお願いします。きまったら一時でも早いがいい。今すぐ……」

「そう手取り《てつと》早くも運びません。僕の診断書が区役所へ出て、それによって病院の部屋割や迎えの馬車の都合やをきめて、それからでしょうから、どうしても晩になるでしょう。昼日中病院馬車にのせられるより、かえって夜のほうがいいじゃありませんか。」

「それもそうです。ではまだ大分間がありますね。いろいろ有難うございました。お蔭でやっと安心しました。なんだか一生の身の振り方がきまったようで、こう気もせいせいして落ち着いてきました。」

大槻は心から嬉しそうに、近頃になく華やかに笑った。彼は熱で上気している顔を、いっそうぽおっと嬉しそうに輝かしていた。が、また急に何やら思いついたものとみえて、いつものややいかつい生真面目の顔にかえった。そうしてまた医者の顔を厳粛なというより、むしろ悲調を帯びた眼差《まなざし》でじいっと見据えていたが、物思わしげに低い声で、

「先生」

と呼んで、目を伏せてしまった。医者も宮城も急に病人の態度が変わったので吃驚《びつくり》した。一緒に驚いて顔を出すと、大槻はまた目を見開いて、どうもしやしないと言ったように、むしろ冷やかに二人の顔を見比べながら、

「いや、どうもしやしない。が、先生。くだらないことばっかりお願いするようですが、今一つだけお願いがあるのです。」

こう言って大槻は医者の顔を見ないで、かえって宮城の目を穴のあくほど見詰めた。宮城はその鋭い深い病人の眼差から、どういう意味を読み取ったらいいのかてんで見当が附かなかった。

「じつは先生、先刻も申しましたとおり、僕は素寒貧《すかんぴん》の窮措大《きゅうそだい》で、国元にたった一人の、半分死にかけている老母が、僕の帰国を唯一の楽しみに辛《かろ》うじて生きているのですが、万一僕がこのまま永久に目をつぶるようなことがあっても、どうすることもできない破目にあるのです。で、お願いというのはそこなんです。僕に万一のことがあった場合、僕の死体を解剖して頂く代りに、骨にだけ焼いて、この宮城のところへ届けてもらうというような方法はないものでしょうか。僕は喜んで死体を寄附いたしますが……」

それを聞くと、今まで黙っていた宮城は堪《たま》りかねて口を出した。

「何もそんな心配まですることはない。君は病人として柔順に診察治療をうけていればいい。それ以上のことは僕がついてるじゃないか。だいいち死体の相談や葬式の相談はまだ早い。それに縁起でもない。よしたらよかろう。みんな僕にまかせておきたまえ。」

彼が恨《うら》めしそうに、叱るようにまたさとすように友の枕元につめよると、大槻は憐れむように彼を仰ぎながら、

「君の好意はよく分かっている。分かっているだけに僕はだまってただいい気になって、安閑《あんかん》とうけていられないのだ。いつも言うとおり最後まで僕は僕の暴君でありたい。僕が悪魔に魂でも売ったら、そりゃ君は抗議を持ち込むがいいさ。だけど肉体、しかも死んだ肉体の契約をして、人間として望み得べき最後の利得にかえたって、とやこう言われることはなかろうじゃないか。君のいうとおりお互に有限の人間だ。幸い今度死なくとも、この次には死ぬにきまった命だ。今死んじゃ少し早過ぎるとは僕も思う。しかしこれも大きなものの召喚なら是非もない。ともかく死んだら死んだまでのことだ。それまでは飽くまで自分は自分でありたい。僕は君が分かり過ぎているからできるだけ君の迷惑になりたくないんだ。と言ってみたところで、じつは九分九厘まで現に君の迷惑になってもいるし、また今後もなるにきまっているのだからな。宮城、僕の真意を悪く思わないでくれ。そうして万一の場合には、この先生と一緒に今の僕の言葉を遺言に、然《しか》るべくやってくれたまえ。それだけ頼んでおけば、僕は僕の最後までの身の振り方をきめたのだから、これからはすっかり手が明いたも同然だから、病人専門でいられるわけだ。」

大槻は言いおわると、微かな笑いの影を淋しそうに口の辺に漂わして、静かに二人の顔を代わる代わる見上げていたが、二人が黙々としてただ僅かに辛うじて頷いているのを見ると、そのままいかにも快さそうにすやすやと目をつぶってしまった。宮城は重ねて抗弁する勇気も理由もなかった。医者も大槻の徹底した、少しも故意《わざと》らしくない、きわめて真《しん》摯《し》な態度に打たれて、いまさらお座なりの空《から》お世辞を振り撒くほど鉄面皮《てつめんぴ》ではなかった。彼も宮城同様、あまりに明白な病人の言葉の真理にただ唖然《あぜん》としていたが、しかしその呆《ぼう》然《ぜん》として黙っているうちに、すべて大槻の懇《ねんご》ろな依頼を心の中では承知していた。

薄暮が迫ってきた頃、二台の馬車が下宿の下の石段のところに止まった。そうして黒の詰襟《つめえり》姿で、東京市の徽章《きしょう》のついた学生帽を被った人達が、五六人下りて来た。先頭に立った髭の生えた一人が、下宿の玄関で案内を乞うて、宮城を呼び出して大槻の族籍を手帳に書き止めているあいだ、手に手に担架や消毒器を携えている人達は、黒のマスクの下で何やらもごもご囁《ささや》き合っていたが、やがて先頭の男が合図をすると、いきなり中の三人ばかりが一度に玄関に入って来て靴をぬいだ。そうして宮城を促して、物をも言わず二階に上がった。下宿の婆さんは不意打を喰らって、ただぽかんとして玄関脇の柱に身を凭《もた》せかけながら、黒装束の人達を迂散臭《うさんくさ》そうに眺めておどおどしていた。

二階に上がった人達は、すぐさま、前後で声を掛け合いながら、梯子《はしご》段を下りて来た。大槻は担架の上に仰向いたまま、蒼白い手を毛布の上に束ねながら、目を大きく見開いて名残を惜しむかのように家の中を見廻していたが、いよいよ担架が靴のままで玄関に待っていた人達に渡されると、大槻はそれと知って、ようやく柱のところに突っ立っている下宿の婆さんを見つけ出して、

「小母《おば》さん、いろいろご厄介でした。思わぬ飛び入りで、ひどいご迷惑をかけました。

どうかまあ悪《あ》しからず……」

こう挨拶しているうちに、担架は入口の敷居を跨《また》ぐためにひと揺らぎ大きく揺らぐと、もう戸外に半分吊り出されていた。大槻は周章《あわ》てて頭を少しもたげた。そうして辛うじて玄関に突っ立っている宮城に最後の一瞥《いちべつ》を投げかけると、

「じゃ、ちょっと行って来るよ。」

と元気に別れの言葉を残して、そのまま蒼白い顔を夕闇の底に沈めてしまった。呆然と立ち尽くしていた宮城には、一瞬のあいだ仄《ほの》白い意味ありげな無表情の月影が、ふぅいと浮かんで、すぅいと消えたような気がした。彼の頭には別れの言葉も何も用意されていなかった。宮城は全く自分を失って喪心したもののごとく、黒い影に運ばれた担架の後を見送って佇《たたず》んでいた。

そのとき頭の上の二階で時ならぬ足音がするとともに、異様な湯気を吹くような微かな響が伝わってきた。と、そのときまでお互にそこにいたことを気づかなかった下宿の婆さんが、あっと一声鋭く叫んで二階に駆け上がった。その声で彼もわれにかえった。そうして同じく婆さんの後を追って二階に駆け上がった。二階ではさきほど担架をかつぎおろした三人の黒装束の男が、先刻まで大槻が敷いたり掛けたりしていた夜具はいうまでもなく、押入れから宮城の夜具や行李《こうり》を乱雑に取り出して、一面に霧吹きでびしょびしょに消毒していた。部屋は机の上と言わず、本箱と言わず、ことに畳の上などはびしょびしょに濡れ

そぼたれて、足を踏み入れる余地もなかった。それから襖にも壁にも障子にも床の間にも、ところかまわず霧を浴びせかけた。婆さんは呆気《あつけ》にとられて、一口も物をいうことができなかった。

するうちに黒装束の三人は階下に下りて、ここでまたざっと消毒をした上で、最後に各自に消毒し合いながら引き上げた。そこでようやく正気づいた婆さんはほとんど悲鳴を上げて、雑巾で畳の上を拭き始めた。彼もやっとわれに返った。と、すぐさま脳裡《のうり》にひらめいたのは、大槻の姿であった。そうだ、一言でもいいから別れの言葉を交わして見送って来てやろう。そう思うなりいきなり玄関を飛び出した。門の狭い潜り戸をあけて石段の上に出ると、その下では今しがた消毒器を無蓋《むがい》の馬車の蹴込みの下に押し込んで、手袋を脱ぎマスクを外した三つの黒い影が、さも快さそうにてんでに巻煙草に火をつけ合って、一人が馬を御《ぎょ》しながら馬車を動かそうとしているところであった。蓋のある病院馬車は影も形も見られなかった。これは失策《しくじ》った。そう思うなり宮城は無蓋の消毒馬車を追い越して、もしやという微かな希望で、一目散に大通りまで駆け出してみた。しかし馬車の行くべき方向にはそれらしい車もなく、折ふし遥か向うから滑《すべ》って来た自動車のヘッドライトの中に、街上の旋風がぱっと白く渦を巻いて行き過ぎたのを見たばかりであった。いかにも儚《はか》ない物足りない別れであった。宮城は一生の大失策をしたと呟きながら、どうしていいか分からないがっかりした、それでいて腹が立ってむかむかすると言った交錯した重い気持を抱いて、せかせか下宿へかえって来た。見ると畳を拭いている婆さんは、今にも泣き出しそうな脹《ふく》れ面《つら》をしていた。婆さんはそれでなくてさえ愚痴っぽい。日頃から目の中に涙をいっぱいためて、物を言う時に一言ずつ舌だるく切って、どことなく上ずった金属性の音を出すのであるが、今晩はことさらその特長が激しくしつこかった。宮城は耳障《みみざわ》りな婆さんの長い愚痴に僻易《へきえき》して、ようやく拝まんばかりに宥《なだ》めすかした。

次の日の夕方、大槻を病院に訪ねた。陰気な灰色に汚れた白ペンキ塗りの玄関を入って左に折れたり右に曲がったりして、草履のたくさん脱ぎ捨てられたところにぶつかると、中から白服の看護婦が出て来て案内に立ってくれた。そこで廊下の釘に引っかけてある床屋の小僧の着ているような白い上張《うわつぱ》りを羽織らされて、草履を穿きかえて、広い殺風景の長い長い廊下を、看護婦の頭にのっかった白い人形のような帽子を眺めながら、妙にしいんとした胸騒ぎを感じてついて行くと、広い廊下はいくつも赤い電燈にぶつかっては曲がった。長い長い洞窟の真中においてきぼりにされたかのように、あたりは押しつぶされたように妙に不安にしいんと静まって、二人の足音が広いわりに低い天井に鈍く谺《こだま》して、不思議に重苦しい気味の悪い感じをそそった。廊下の片側はおもに中庭で、片側は多く硝子《ガラス》戸をはめた病室らしかったが、ところによっては病室の中で急にいたいたしげな咳が爆発したり、あるいは仄暗いぼやっとした影がしきりと硝子戸の中で頭を振っていたりした。看護婦がある硝子戸の前で立ち止まった時には、ものの四五丁も歩いたという感じで宮城はほっとして立ち止まった。止まって廊下を改めて見渡すと、まだまだ同じような病室がずらり低い幅広の廊下の一方に並んでいた。が、すぐと宮城は息詰まるような不安を感じて、灰色の硝子戸の前に立ち竦《すく》んでしまった。中から得体の知れない叫び声が洩れてきたからであった。

戸の引手に手をかけた看護婦は、その喚《よ》び声を聞くとともに、ひょいと気取った格好で彼のほうを振りかえった。けれども白い大きなガーゼのマスクをかけているので、顔の半分は無残にも隠されて、ただ大きな黒目がちの目ばかりが、はっきり見開かれてあった。その目がほんの一瞬のあいだ宮城を素早く検査するように眺めていたが、やがてそれが憐れむような表情に変わると、マスクの下から、か細い円みのある声が、やや圧しつぶれたように洩れてきた。

「あの、大槻さんは今朝から少しお悪いんですよ。昨夜おいでになってからたいへん熱も下がったので、医局の先生方もこれならと喜んでいらっしゃいましたら、今朝院長の御廻診の頃から非常な高熱が出てきて、院長も浮かぬ顔をしてらっしゃいました。なにしろ悪い病気が重なりあっているので、ほんとうにお若いのにお気の毒でございますわ。」

彼はこの話を聞くと心臓を握り搾《しぼ》られたように立ち竦んでしまった。そうして面と向かって大槻の顔を見るのが恐ろしかった。

看護婦の後について、怖ろしい不安をはち切れるほどに詰め込んだ病室に入った時、宮城は一瞬間おやっと、思わず軽い、きわめて微かな失望に似た感じを感じた。見たところ病室が想像と違ってはなはだ平凡で、なんの奇もなくただ一様に灰色にぼかされていたからであった。しかし戸口に突っ立ったまま、瞳をこらして灰色の四角な部屋の底を探ると、そこには四台の不格好な寝台が白い夜着をまるで荷物のようにふくらましていた。そうして黄色な青白い顔が二つずつ向い合せに、夜着の襟からころがり出ていた。尤もいちばん奥まった右手の男の枕元には、白い寒冷紗《かんれいしゃ》を張ったスクリーンが立て廻《めぐら》されていた。

宮城は三つの顔を順次に眺めながら、どれが親しい友であるかを捜しもとめた。けれども大槻らしい顔の所有主はてんで見当らなかった。では特別にあのスクリーンで囲まれたのが大槻なのかしら。こう思いながら看護婦のほうを見ると、彼女はそのとき静かにゆったりゆったり両側の寝台のあいだに足を踏み入れていた。と、スクリーンの前の寝台の男が、やや四角な骨ばった顔を震わせながら、一声鋭くなにやら得体の知れない叫び声を上げた。看護婦は宮城を振りかえって、黒い目で曰《いわ》くありげに笑ったようであった。するとすぐ宮城の袖の下に、今叫んだ男と同じ側に寝ている、これはまた恐ろしく痩せこけた子供のような小男が、くすんだ萌黄《もえぎ》色の顔を淋しそうに歪めて笑った。おおかた隣りの男の叫び声が可笑しいのであろうが、その笑いがまことに不気味きわまったもので、彼は思わず全身がぞっとして顔をそむけた。と、その反対の側にはぼうぼうと伸び放題に伸びたむさくるしい毛髪を横様に見せて、懸命に吸い呑みから薬か水かを、チュウチュウ言わせて啜《すす》っている男があった。看護婦はいちばん奥の、たった今しがた大きな声で叫んでいた男の前へ来ると、ぴたりと立ち止まって顔を覗き込んでいたが、やがて行き止まりの硝子戸の下を寝台の向う側に身を挟んだ。宮城がスクリーンのところに突っ立っていると、彼女は手招きして寝台の真前《まんまえ》を指した。ここへ来いという合図である。彼はスクリーンを背にして寝台の前に立ちはだかった。

「大槻さん、大槻さん、お友達がお見舞にいらっしゃいましたよ。お分かりになりますか。」

看護婦は病人の耳元でこう呼びながら、もういちど顔をのぞき込んだ。大声を上げて怒鳴っていた男が当の大槻だったのである。

大槻は一晩のうちにまるで面変りがしていた。昨日までは病人とは言い条、頬には溌剌《はつらつ》とした若い血が潮《さ》して、目元や口元は彼の意志をそのままきりりと表示して、いかにも大槻らしいという感じを一目見ただけで抱かせていたのであるが、この変り方はなんという急変であろう。大槻は流れかけた上ずった目を止め度なくうろうろさして、見るでもなく見ないでもなくきょろきょろしていたが、別に宮城の現われたことを気にかけるでもないらしかった。そうして口はと言えば、だらしなく心もち歪んで、絶えず唾か泡かを嚙みながら、訳の分からないことをごとごと喋り散らしていた。額は額で顳顬《こめかみ》のところで急に落ち込んで、ぺちゃんこになったその顳顬《こめかみ》の上には、まるで白地図の河か何かのように、太い静脈が青黒くどきんどきんと脈を打っていた。鼻と言わず顴骨《ほおぼね》と言わずさては喉仏まで、全く昨日に変わる有様で、ただどことなくかつて大槻であったというきわめて僅かな俤《おもかげ》が、影のごとくに顔全体にちらついているばかりであった。大槻は骨ばった青筋のむくれ上がった手を出して、顔にかかった蜘蛛《くも》の糸か何かを払うような手つきで、ところかまわず顔中を掻き廻し撫で廻していた。宮城はことの意外に今は涙さえ出なかった。もちろんどうしていいか、なんと言っていいか全く分からなかった。ただじいっと手の届かない硝子戸越しに物を眺めるように、変わり果てた情けない友の動静を呆然と見詰めた。宮城は自分の血が徐々に凍りつきそうになったことを感じていた。

そのとき看護婦は宮城を顧みて、

「今朝から脳症をお起こしになったのかも知れません。どうも朦朧《もうろう》としてらっしゃいます。なにしろ四十度以上の大熱ですものね。それに心臓がお弱いんで全く危険でございますわ。昨夜は意識もたいへんはっきりしてらっしゃいましたが、今日はときどき正気づいては、またこんな風にうわ言ばかり言ってらっしゃいます。」

そう言いながらまた大槻の耳元に口をよせて、

「大槻さん、大槻さん。お友達がお見えになりましたよ。」

と前よりも鋭く呼んだ。するとその言葉が通じたものと見えて、大槻はきょとんとして宮城の顔を見上げていたが、看護婦が、

「お分かりになりますか。」

と念を押すのをきっかけに、宮城もようやく勇気を奮い起こして、

「おい大槻、僕だよ。宮城だよ。分かるかい？」

と顔を出すと、大槻は頷いて、

「うむ、よく分かる。」

と判然と答えた。そうして彼の顔をあかず見詰めていた。そのうちに大槻の今まで正気を失っていた顔の上に、不思議やある光に似たものがしきりと走り交《か》うと見る間に、もとの大槻の元気な俤《おもかげ》が徐々に浮かび出してきた。ちょうどシネマのフイルムを捲《ま》くかのように、彼は呆気にとられて、その微かではあるが敏捷《びんしょう》な生々とした影をあかず眺めた。あたかも陰雨が晴れ渡って、雲間から太陽が輝き出したような、ほっと安心した気持が、その喜ばしい変化と一緒に彼の上に帰ってきた。

「ようやくはっきりなさいましたね。」

気遣わしげに始終の様子を見ていた看護婦が、これもほっとしたらしく黒目を心もちにこつかせて言うと、大槻は、

「どうも頭の中が、思想で思想で煮えくりかえるように渦を巻いていてたまらん。じっさいやり切れん。いっぺんにこいつをぐゎっとぶちまけるような方法はないものかな。宮城、鉛筆と紙とを持って来てくれ。僕は安閑としちゃおられないんだ。思想がせき立てて

かなわん。」

病人の言葉はいつもの大槻の調子にかえっていた。宮城はこの分ならばというような欲目も手伝って、大丈夫この元気なら助かるだろうと、強いて自分を納得させた。そうしてようやく親友の前にいるというくつろいだ心安さを取りかえしてきた。

「馬鹿な、無闇と気の強いことを言っちゃいけないよ。大槻。君は病人なんだから、静かに大人しく療養していてくれなくちゃ困るな。書くことなんぞ治ってからゆっくりいくらも書けるんだから。だいいち、そんな風に興奮するのが非常にいけないんじゃないか。」

「興奮するなって、元々しているんだから仕方がない。君のような呑気なことが言っておれるかい。この頭の中の渦巻いている素晴らしい思想！　あああ、一時《いっとき》もじっとしてはいられない。宮城、紙と鉛筆を持って来てくれ。僕が口で言うから君筆記してくれたまえ。」

大槻は大きな声で叫びながら顔の前で手を振った。二の腕のところに小さい骰子《さい》の目形《め》の絆瘡膏が二つ三つ貼ってあった。カンフル注射の針口に違いない。看護婦は急いで病人の手を握って夜着の下に入れた。と、見る見る今の今までいつもの男らしい大槻をくっきり強く印象していた眼が、また元どおり夢見るような、遠くをあてもなく望んでまどろんでいる白い目に変わると、病人は夜着の中からうんと腕を差し伸べて、勢よく顔の前で滅茶苦茶に振り廻すとともに、しまりのなくなった口をもごもごさせる合間々々に、鋭い野獣のような喚《わめ》き声を、つづけざまに二声三声上げた。宮城と看護婦とが顔を見合わせる暇もなく、大槻はまた早口になにやら演説口調で、中声に語り出した。

「今朝からこんな風に発作が起こって、しきりとうわ言を仰るんですよ。ですけれど何を言ってらっしゃるんだか、わたしにはさっぱり分かりません。」

看護婦の言葉を聞き流しながら、宮城はじいっと全身の神経を耳に集注して、大槻の言葉の中から何かしら意味を汲み取るために聴き耳を聳《そばだ》てた。と、ごとごと独り語を言っているたあいもない言葉の中に、宮城は大槻がしきりと「……まず祖師に還れ。そうして祖師を超越せよ。還れとは祖師の精神に直参する意味である。超越せよとは祖師の旧い形式を脱せよとの意味である。ゆえに還れとは七百年の昔に還れとの謂《いい》ではない。祖師を七百年後の今日のわれわれわれの胸に甦らせよとの謂である。まず祖師にかえれ。しかして祖師を超越せよ。還れとは……」と、同じことを繰りかえし繰り返し、もとらぬながらも激越の口調で演説をしているのであった。宮城は驚くことも悲しむことも今は忘れてしまった。そうして正体が無くなっても、なお自分の思想を夢見ている親しい友の変り果てた姿を、ただ気も遠くなる思いでいつまでも呆然と眺めていた。

看護婦に促されて廊下に出ると、彼女のいうには、

「ごらんのとおりの危険な容態ですから、本当にお気の毒ですが、長いことはないだろうと思います。それでも二三日は未だ間もありましょうから、これからすぐと親御さんで

すとか近しい方々だとかに、危篤《きとく》の旨をお知らせになったがよろしゅうございましょう。でないと万一のことのあった場合、後から恨まれることがよくあるものでございますから。」

看護婦の親切な最後の宣告を、下唇を噛みしめながら聞いていた宮城は、またもと来た薄暗い不気味な廊下を、赤い電燈のシグナルにいちいちはっと驚いて、曲がり曲がって面会人の溜り部屋の前まで来た。そこで白い上張りをぬいで、それから洗面器の中に薄紫に湛《たた》えられた消毒水の中に手を突っ込んで、看護婦にお礼をいう言葉も力も失って、ほとんどよろけるようにして外へ出た。陰気な冷たい戸外では押しつぶされたような灰色の夕暮の中で、ちらほら電燈が瞬き出していた。ほっと人のいない薄暗がりの中に出たら、急に胸がいっぱいに込み上げてきて、彼は思わずわあっと大声あげて慟哭《どうこく》したくなった。が、これではならないと強いて自分を抑えようとすると、さらにいっそうひしひしとどうしてみようもない悲痛の情が迫ってきて、口惜しいとも悲しいとも切ないともつかぬ涙が、むんむんあとからあとからとこぼれてきた。そうして涙のために眼鏡がすっかり曇ってしまって、一歩も進むことができなかった。彼は前庭の木の幹に身を凭《もた》せかけて、止め度なくあふれ落ちる涙を拭おうともせず、全く身の振り方に迷って呆然として時を過ごした。

おおお、大槻が死ぬ。大槻が死ぬ。あの元気旺盛な、すべてを征服し尽くさなければやまない永久に若々しい肉体が死ぬ。そんなことがあっていいことであろうか。そんなことがあることであろうか。あのギリシャ人の血にゴール族の血を混じたような生々とした男々しい性格が亡びる。そうして崇高荘重な感に充ちた若いディオニソス式の精神が眠る。おおお、そんなことが現在目の前にあっていいことであろうか。なんとしても信じられない。どうあっても真実とは思われない。

しかし今見て来たあの変わり果てた姿、おそらく二度とふたたび立つことはできないであろう。おおお、大槻を救う道はないか。大槻をもういちど生かす途はないか。あああ、大槻が死ぬ。自分以上に貴い大切な親しい友が逝《ゆ》く。あの男々しく美しい精神が隠れる。あああ、どうしたらいいか。どうしたらいいか。宮城はおろおろ涙を流して地団駄を踏んだ。

そのとき宮城の耳に瀏喨《りゆうりよう》たる（さわやかで澄んだ）音楽を思わせる朗らな声が、どこからともなく天啓のように響いてきた。

――まず祖師に還って、祖師を超越せよ。帰るとは祖師の真精神に直参する意味である。超越とは祖師の旧套《きゆうとう》を脱するの意である。ゆえに還れとは七百年前の祖師に還れとの謂《いい》ではない。却って祖師を今日のわれらが胸に甦《よみがえ》らせよとの意である。――

宮城は涙に濡《ぬ》れた目をあげて、じいっと心の奥で囁《ささや》かれるこれらの言葉を一心に聴いた。言葉は幽悠《ゆうゆう》たる余韻を引いて、いつまでも彼の胸裡にある尾を引いていった。その快い感じは音の上からきたのか言葉からきたのか彼には分からなかった。しかし宮城は脳裡に響くこれらの言葉を、口に繰りかえし繰りかえし病院の門を出た。街上では暗闇の中から、下駄の音が凍《い》てつきそうに響いて湧き上がった。

宮城は街上へ出ると真直ぐに郵便局へ足を向けた。そうしてそこで詳しい電報を書いて、大槻の母の出京を促した。

下宿へ帰っても、大槻のことが目先にちらついていて、何も手につかない。寝具をのべて臥《ふ》せってみても、すぐと隣りには健やかな呼吸を規則正しく刻んで熟睡している、友の幻がたえず彼を悩ました。彼の頭は徹頭徹尾、大槻に占領されていた。

不安の一夜を寝覚めがちに送って、翌朝起き出るが早いか、大槻の実家から返電が届いた。それによると母もまた病床にいて、今は上京するどころの話ではない。なにぶん万事よろしく頼むという簡単のせいかどことなくよそよそしい返事であった。彼はそれを見ると、老母の悲嘆の惨状を目のあたり見ないでもすむし、一方では友と彼二人だけのあいだが、何ものからも乱されないということのために、かえって安心もし喜びもした。大槻は自分一人の大槻だ。こう思うことは今になってみればみるほど、宮城にある慰めを与えた。そうして満足を与えた。

気になって仕方がないので、午前中に病院を訪れてみたが、昨日よりは明るい光のもとに見たせいか、病室全体がやや晴々しく思われたが、しかし大槻は昨日に変わらぬ様子で、ごとごとうわ言を言っていた。正気にかえるのを待って、一言でも言葉を交わしたいと待ってみたが、いつまでたっても大槻の相好はだらんと崩れたままでいた。諦めてまた午後来ることに決めて病室を出ようとすると、ふと昨日まで大槻の真前の寝台の枕元に立てかけられていたスクリーンが、今日はその隣りの、昨日宮城が来た時、後ろ頭を見せて、吸い呑みをチュウチュウ吸っていた男の枕元に引き廻されているのに気がついた。そうして昨日の寝台には誰もいなかった。出口の小男はあいかわらず黄味を帯びた蒼白の顔を気味悪く歪めて笑っていた。

いったんかえって、昨日と同じ時刻にもういちど病院に来てみようと、俯向《うつむ》き加減にせっせと灰々と灰色に煙りかけた外通りに出た。途端に、やあっという元気な掛け声に驚かされて、宮城はつと直立した。と、彼の前には黒革の折鞄《おりかばん》をオーバーの脇にかかえ込んだ、一昨日診察に来てくれた若い医学士が突っ立っていた。彼が周章《あわ》てて挨拶をして、来診や便宜を計ってくれたお礼を言うと、医者は美しい眉を暗くして、思慮深そうに語り出した。

「どうも経過がよくないそうですね。昨日電話で聞いてみると、こっちで思ったより急にやってきたらしいが、じっさい困りましたね。尤もお若いから最後の土壇場へ行って、どういう奇蹟が起こらないものでもないが、その奇蹟って奴が滅多に起こらないものですからね。がそれはともかく、どういうものかあの人のことが気になって、ときどき思い出しては妙に陰鬱な気分にされてしまいますよ。これから病院ですか。ではよろしく言ってください。いずれまたお会いしましょう。」

医者と分かれてから、宮城はなぜともなく、妙に追われる気持で、小走りに病院さして急いだ。病室に駆け込むと、ここは仄暗いだけで、午前に来た時と少しも変わらなかった。なにぶん大槻の枕元に立ち尽くしても、昨日のように正気づきもしないで、たえず頸《くび》をあちこちに揺り動かして、何かしらあて度もないことをごとごと呟《つぶや》きつづけていた。看護婦に尋ねてみると、今朝から二度くらいは正気にかえったが、そのあいだがまことに僅かで、むしろ正気にかえるのが発作のように位置を転換してしまったということであった。容体はますます険悪に陥る一方であるらしかった。彼は容体急変の場合には、電話便をかけてくれるように看護婦に頼んで、今日もまたどうしても充たされることのない、癒やされることのない胸の深傷《ふかで》を抱いて、すごすごと病院の門を出た。

宮城には美しい光が失われてしまっていた。すべてのものがみんな素焼のように、情けないほど醜いじめじめした地肌を見せて彼に迫っていた。それから楽しい音響が全く消えてしまっていた。ただ耳の底に残っているものは、果てしもない暗い洞穴《ほらあな》から響いてくる響ならぬ響。音ならぬ音。そうして不気味な呪咀《じゆそ》の呻《うめ》き声。彼は気も狂うばかりにげっそり喪心してしまっていた。それから物を食べても味がなかった。味がないばかりでなく、どうしても咽喉《のど》へ通らない場合が多かった。宮城は全身で大槻のことを気使っていたのであった。彼の魂は始終彼を離れて友の病床に附き纒《まと》っていたのであった。彼は全く裳《も》脱《ぬ》けの殻《から》のような足取りで道を歩いていた。

翌《あく》る日も午前と午後と二回病院を訪れた。と、今度は真先に目についたものは、昨日まで立て廻されていたスクリーンが、今日は小男の枕元に引き廻されて、昨日の寝台は空であった。そうして昨日まで空虚であった大槻の前の寝台には、新しい頭のてっぺんの禿げかかった患者が後ろ向きに横たわっていた。宮城は寒冷紗のスクリーンの意味を直覚した。と、冷たい氷のようなショックが背筋を流れ落ちて、全身に伝わった。彼はぶるぶると震え上がった。そうして怖いもの見たさの好奇の心で、スクリーンの上に伸び上がって中を覗いてみた。と、案の定、昨日まで笑っていた小男の顔の上には、白い布がふんわりと中高に掛けられてあった。とたんに不思議に気味の悪い冷たい臭いが匂ってくるのを感じた。彼ははっとこのひた押しに寄せてくる臭気から身を引いた。

大槻はまだ永い夢から醒めてはいなかった。宮城は病人の耳元に口をよせて、幾度か懸命に呼んでみた。ちょうど遠いところから彼の魂を呼び寄せるように。すると幾度か呼んでいるうちに幾分か手答があった。大槻はふと生欠伸《なまあくび》まじりの寝呆けたような返事をするのであった。それからとろんこに流れかけた目を、それでもしばらくのあいだ宮城の顔にそそいでいた。宮城はじいっと友の目を見詰めていたが、もはや生々として物を言う眼ではなかった。彼は病人の顔の上に自分の顔をすりつけるように差し出して、

「おい、大槻。僕だよ、宮城だよ、分かるかい。」

と言っても、大槻はいい加減な生返事をして、僅かに頷くばかりであった。全く頼りの

ないあやふやな短い時間ではあったが、それでも彼の呼び声に応えて、少しの間でも正気にかえった友の顔を見返したことは、宮城にとってこのうえない慰めであった。このぶんなら。こういう希望を心の一角にしかと握りしめながら、彼はまた浮かぬ気持で、下宿を指して病院の門を出た。下宿へ帰ってみたところで何も手につかないことは、見え過ぎるほど分かっているのであるけれども、彼はまだまだ不幸は遠いことであると、強いて自分を安心させて宿に帰るのであった。そのくせ病室の寝台の脇にかけられた大槻の病状表は、目の前にぶら下がっていながら、死の宣告を書きつけられているようで、どうしても怖ろしくて手を触れようとさえしなかったのである。

不安は一刻ごとに募って、彼はただいらいら落ち着きなくあせってばかりいた。でない時はまるで痴呆病のように、自分の魂の在所《ありか》を失った人として、ただぽかんとしていた。そうして病院と下宿のあいだを往復するのが、一日の仕事の全部になっていた。

例年ならばそろそろ人の心をそそる各地の花信《はなだより》が新聞を飾りはじめて、市内がなんとなく春めいてざわつく頃なのに、今年はまだ寒中そのままの空っ風が、街上至るところに小さい砂埃《すなぼこり》の龍巻を上げていた。その暗い慌しい冷たい光景は、全く宮城の心の姿そのままであった。彼は翌朝起きて朝食をすませると、またさっそく病院に突っ走った。

朝の病院は患者や見舞客や附添やでごったかえしていた。下足番から足駄の札をもらうももどかしく、いつもの残酷に冷たい白ペンキの玄関を入って、案内知った溜り部屋の前まで来て、看護婦室に顔を出しかけると、ちょうど廊下の向うからすり足で駆けて来たなじみの大槻の部屋の受持看護婦が彼の姿を見るより早く、血相かえて早く早くと促した。彼はどきんと胸騒ぎがした。と、次の瞬間には総身の血が一時にひやっと凍えついたと思うと、身体の上半身だけが前へ前へと急いでいるのに、足はまるで廊下へ釘付けにされたように一歩も進むことができない。そこまで来て彼の姿を見るやまた元の道を引きかえした看護婦は、草履の尻をすっすっと忙《せわ》しなく叩きながら、やや黒ずんだ足袋の裏を黒白黒と交互にひらめかして彼を離れて行くが、宮城はだんだん小さくなって行く足袋の裏の汚れたのばかりを、妙に上ずった気持で気にして少しも進むことができなかった。十五六歩駆けて行った看護婦は、そのときふと後を振りかえった。そうして彼の異様な姿態に気がつくと、また短い叫び声を上げて戻って来た。そうして彼に白い上っ張りを羽織らして、手を引いて病室に引きずって行った。

病室では一人の看護婦が、前かがみになって大槻の脈を取っていた。今しがたカンフルの注射をしたところだということであった。部屋に駆け込むが早いか、いつもの看護婦は大槻の耳元に口をよせて、

「大槻さーん。大槻さーん。お友達がおいでになりましたよ。大槻さあん。」

と怒鳴ると、大槻はふと目を上げて、きょろきょろあたりを見廻してみたが、やがて宮城の顔を捉えると、とろんこの生気のない目をいつまでも動かさなかった。宮城はたまり

兼ねて、われを忘れてせき込みがちに、

「大槻、僕だ。宮城だ。分かるかい。分かるかい。」

と涙声で繰りかえすと、大槻は無表情な顔ながら、しきりと首をこくこくさせて頷いてみせた。が、やがて青白い骨ばかりの手を顔の前まで持って来ると、それをぶるぶる顫《ふる》わしながら、口をがくがくと燕の雛のようにあけて、なにやら言いたげな様子であった。宮城は急いで友の口の上に耳をもっていった。と、大槻は冷え切った手でようやく宮城の顔に触れると、細いけれどもあんがい確かな声で覚束《おぼつか》なげに囁くのであった。

「僕まだ書くものが残っていた。——あれをこのままみんな書かずにはいられない。——紙と書くものとを貸してくれ。——宮城、もって来てくれ。——」

宮城が狼狽《ろうばい》して自分の懐や袂をさぐるうち、気を利かした一人の看護婦が、赤青の看護鉛筆と寝台にかけられていた病状表を外して彼に手渡した。宮城はそれを病人の目の前に示すと、大槻はにっこり淋しい得心の笑みを洩らして鉛筆を握ろうとしたが、宮城が手を離すと、鉛筆はこぼれるようにぽろっと落ちた。二度三度同じことを試みたが、大槻の指にはもはや鉛筆を握る力が失せているようであった。で、宮城はせき込みがちに、口述したまえ、僕が書いてやるからと耳元で囁くと、大槻は一瞬間淋しい青白い笑みの影を顔の中に漂わしたが、やがてそのまま口を動かすでもなく、ただ細った骨ばかりの指を動かして一心になにやら宙に書いていた。宮城も二人の看護婦も黙ってその指先と病人の顔とを見比べていた。ものの十分もその余も精根つめて大槻は宙に何かを書いていたが、やがて疲れたものとみえ、ぐたり手をおろして、心もち窓のほうに寝返りを打つと、今度は敷布の上で同じようにしきりと指を動かしていた。がそれも五分十分とたつうちに、最初活潑に生々と動いていた指が、次第々々に運動を鈍らせて、傷ついた虫のようにたゆたいながら休んでは、また思い出したように辛うじてぴくぴくと動くくらいになった。と、大槻の青白かった頬がさらにいっそう神々《こうごう》しいまでに晒されたようにだんだん褪《あ》せてきて、そして淡い透きとおりそうな黄味を冷たく帯びてきた。息を殺して見ている三人は思わず深い溜息を洩らした。そのうちに大槻の手は全く動かなくなってしまった。とそのとき、病人の脈を取っていた看護婦が、あっと鋭く叫ぶとともに、もう一人の看護婦に目くばせをした。と、看護婦はやにわに病室を飛び出した。

すぐと医師が看護婦を二人つれてやって来た。そうしてカンフルの注射をした。それから脈を取って、しばらく冷静に何物の音かを一心に聴いていたが、やがて看護婦に食塩注射を試みさせた。しかし病人の血管の中には大きな硝子器になみなみと盛られた液体の半分も送り込むことができなかった。つづいて酸素吸入が始められた。しかし大槻の蠟色の皮膚はいよいよ透きとおるばかりで、魚のような喘《あえ》ぎ一つ、身じろぎ一つしなかった。看護婦が手渡してくれた水筆をとって、宮城はぶるぶる手を震わせながら、友の唇をしめらした。しかし唇は淡い紫がかった山繭のような色に変わってしまった。医員は聴診器をあ

てでじいっと病人の胸部を聴いていたが、やがて宮城のほうに改めて向きなおるとともに、

「まことにお気の毒でした。残念のことを致しました。」

と言って頭を下げた。そうして時計を出して見て、

「午前十時二十分。」

と誰にともなく宣告するように呟くとともに、スリッパの音を滑《すべ》らせながら病室を出た。注射器や酸素吸入器を片づけた看護婦連は、一隅に立てかけられてあった例の白い寒冷紗を張ったスクリーンを、手早く大槻の枕元に引き廻した。宮城はその場に釘付けにされて動くことができなかった。そうして涙さえなく、全くうつろの心で永久に眠った蠟のごとき友の顔を見詰めていた。

二十八

大槻は宮城に取って正しくこの世の一切の光の源であった。光を失った宮城の生活は勢い暗黒にならざるを得なかった。苦しみ苦しんで苦しみぬいたあげく、いったん破滅に近づいたとみえた生活が、思いがけなく訪れて来た光に抱き暖められて、ともかくも一時の小康を得たばかりでなく、今は希望の芽生えさえ芽ぐみかけていたのであったのに、その喜びも束の間で、以前にも増して宮城は暗いどん底目がけて陥《お》ちて行った。ようやくに陥

ちかかっていたのを支えた一本の力強い楔《くさび》がぬけてみると、彼は否応《いやおう》なしに転がり落ちるより仕方がなかった。大槻の命とともに希望の花も凋《しぼ》んでしまった。友の死と一緒に光明は儚《はかな》い夢と消えてしまった。偉大な黄昏《たそがれ》は遂に暮れた。そうして彼の手には、たった一つの「絶望」の闇が取り残されていった。

大槻が永久に眠った当座、彼の魂もほとんど半永久的に眠っていた。すべての気力活力が、手と言わず足と言わず頭脳と言わず、身体全体からぬけ出してしまって、彼自身は裳《も》脱《ぬ》けの殻のように全く人間の活動から見離されていた。宮城はぽかんとして、長いようでもありまた存外短いようでもある一日の時間を、蠟を嚙む思いでただ徒《いたず》らに食っていた。そうしてふらふらとあてもなく足の向くままにさ迷い歩いた。

その痴呆的の無気力の週期が過ぎ去ると、今度は全く自制力を失った。自分の身体が自分でないような時が見舞ってきた。彼は彼でありながら、もう彼ではなかった。彼の目の前にちらつく姿は、宮城の仮面を冠った悪魔であった。彼自身の魂を食う悪魔に外ならなかった。ときどき宮城はこれではならないと手綱を引きしめようとするけれども、今は彼の手もまた彼の手ではなかった。そうしてそう努力しようとする一方、こうなる上からはどうでもなるようにしかならないのだ。どうなりと勝手になるようにならしておけと囁くものがある。彼は全く自制の力も克己《こっき》の力も失っていた。そうして自分を省察する能力も失っていた。「どうにかなるようにしかならない。」「どうでも勝手になれ。」けっきょく彼の耳に力強く、時にはある喜びをもってさえ快く響くモットーはこの二つしかなかった。陥ちるところまで陥ちて行け。行きつく果てまで行ってみろ。こうして絶望の嵐は、自暴自棄の帆を上げた彼を、どんどんどんどん後前見ずに吹き捲《まく》った。吹かれ吹かれてどこに行くのか宮城はまるで知らなかった。しかし吹かれつつ、流されつつ、ただあるすさまじい力に身を任せているのが快かった。そうしてどうしようもないこの狂暴な力に弄《もてあそ》ばれていることが、僅かに彼を生き甲斐のあるものに思わせた。

気力はなくとも、自制はなくとも、宮城の比較的鋭敏な感覚は暗まされる由もなかった。日のたつにつれて、当座はただ茫然自失していたのが、身を食うような孤独の寂寞《せきばく》にせめられる身となった。大槻の遺言どおり解剖に附せられた死骸が、大学の手によって一壺の白骨となって送られて来てから、宮城は行住坐臥、言いようのない物足りなさと淋しさと、それから次にはきまって襲ってくるいても立ってもいられない一種の怖ろしさ――それは普通の恐怖ではないが、言わば心臓を握り搾《し》められそうな、いらいらした、隠れ場のない、どうしようもないこい怖ろしさであった――に、気も転倒するばかりであった。宮城はこの部屋を逃げ出すほかはなかった。

大槻が遺した机はじめ文房具、それから書籍、ははては原稿日記などを見つめていると、それにはいちいち友の懐かしい記憶の俤《おもかげ》が刻まれて、一つ一つから彼独特の懐かしい匂いが匂ってくることもあったが、あの元気な大槻のゆかしい姿は、どうあっても丸彫に浮かび上がってこなかった。ちょうど情熱の最盛に恋人の姿が全身的に現われてこないように。しかしそれらの遺品を眺めながら、ときどき込み上げてくる涙に胸を掻き乱されていると、卒然としてどこからともなく響いてくるのは、あの病院の灰色の一室で、呂律《ろれつ》も廻らぬ癖に悲痛の調べを帯びて囁いたあの声。あの言葉！——

——祖師に還って、祖師を超越せよ。還れとは祖師の精神に直参せよとの意である。超越せよとは七百年前の旧套すなわち旧い形式を超越せよとの意である。ゆえに還れとは七百年の昔にかえるの謂ではない。今日のわれわれの胸に聖親鸞を甦らすことである。——

宮城は耳を蔽《おお》うて、また外へ飛び出すのであった。今にして思えば大槻は宮城の光だけではなかった。むしろ宮城自身の精神でさえあった。そうして同時に肉体の絶えざる聖餐《せいさん》でさえもあった。すなわち大槻は宮城の生命であったのである。

絶望の暴風雨《あらし》に糧と油を給すために、宮城は永いあいだに買い溜めた秘蔵の書籍を売った。着物を売った。外套を売った。制服を売った。その他、めぼしい少しでも金に替えられそうなものは、何でも手当り次第に売り飛ばした。明日のことは彼の問題ではなかった。今日唯今《ただいま》の瞬間だけが確実な現在であり、従って生涯の全部でもあった。こうして彼は好んで物凄いつむじ風になぶられながら、舵《かじ》を失った小舟に身を任せて、渦を巻く沖へ沖へと流されて行った。流されながら、宮城はもういっそう彼をこっぴどく最後までなぶる力を待った。

わずか半月ばかりのあいだに、宮城の態度や性格なりが、まるで見違えるほどに変わり果てたのを第一に発見したのは、下宿の婆さんであった。それから同宿の人たちであった。つづいて高等学校以来の二三の友人であった。それからこれらの人の口から廻り廻って、彼の親戚に当たる保証人の耳にも入った。そこからまたすぐさま故郷の父母の耳にも入った。宿のものは彼が発狂するか自殺するか、いずれそうした凶事をもたらしやしまいかと、日夜それのみを案じていた。故郷からは頻々《ひんぴん》として父や母から手紙がきた。しかしそれらの一切の出来事は、現在の彼の関心事ではなかった。宮城は宿の者とは口も利かなかった。手紙にはもちろん返事も書かなかった。保証人が訪ねて来ても、彼は不浄処へ立つ振りをして、そのまま客を置いてけぼりにして外へ出てしまった。友人が訪ねて来ても顧みなかった。そうして宿へ帰るのが怖さに、まるで宿無し犬のように放浪して歩いて、淫蕩《いんとう》なむさくるしい家に身を投げ込んだりした。ひと月ばかりつづくうち、彼の体も心もそうして財政も、全く行きつくところまでいって、行きつまってしまった。しかし彼には明日は無かった。彼がこういう時に切に思うのは、大槻と自分とが代わっていたならという一事でしかなかった。

ある朝、都はもはや賑やかな花も散りつくして、葉桜に赤い名残の蕚《がく》をあしらった新緑の節に入って、むせかえりそうな若葉の匂いが、べっとりとした生温《なまぬる》い風に送られて、人の肌を撫でる頃であった。二三日どこを目あてともなくほっつき歩いた後で、ふと珍しく里恋しい心地を覚えて宿に帰って来てみると、机の上に一封の小包が置いてあった。筆蹟ですぐと父からの贈物であることが分かった。彼はいやな思いに悩まされるのがつらさに、むんと面をしかめて、しどけない姿で封を解いた。出てきたものは思いがけなく父母の写真であった。彼は思わず顔をそむけた。

それから宮城は恐る恐る写真の裏を引っくりかえしてみた。と、そこには父の拙《つたな》い文字で、「誤まれる過去の無残の生涯を振り捨てて、新たに恩寵の御手に生きんと発心せし記念として、わが子に贈る。時于《ときに》父四十六年。」と書かれてあった。その隣には母の手で、「嬉しさを昔は袖に包みけり、今宵は身にもあまりぬるかな。母四十三年。」と歓徳の古歌が認《したた》めてあった。

写真はキャビネ板を横にした中に、父と母とが上半身を並べて姿を現わしていた。黒紋付――しかもそれは綿服らしかった――にくすんだ色合の帯を半ば見せて、念珠をしっかと握った母の顔は、痛ましいほど面窶《おもやつ》れがしていた。これまでどことなく衰えたとは言い条みずみずしい味を湛えていた母の慈顔は、ついひと月半ばかり前に東京で見た時よりはずっと老けて、顔じゅう至るところ隈だらけである。醜く刻まれた額の皺。痛々しく飛び出た顴骨《ほおぼね》。ぐっと陰鬱に引っ込んだ眼。すかせば地肌の見えるようになった髪。ひきつって絶えず顫《ふる》えていそうな唇。咽喉元を滑る太いあらわな筋。どれもこれも彼がこれまで一度も気のつかなかったものばかりであった。宮城の目にはしらずしらず熱いものが滲《にじ》んできた。彼は変わり果てた母の俤《おもかげ》を正視するに忍びなかった。

父はと見れば、端正と言おうか、凛乎《りんこ》と言おうか、厳然と口を固く結んで、何物かを睨《にら》めつけていた。その瞳の底には、怒りに似たものが、気味悪くひらひらと動いていた。禿げ上がった前額に幾条かの横皺縦皺がありありと暗い蹤《あと》を引いて、小鼻のぐんと大きく写っているのは、どうしてもある興奮を示していた。父はやや反《そ》り身に麻かなにかの略衣《りゃくえ》の上に、垢じんだ輪袈裟をかけて、同じく大きな玉の念珠を固く握っていた。宮城は本能的にはっと思って背後を顧みた。もしや誰かが立ってこの父の法衣姿の写真を見てはしまいかと思ったからである。誰もいない。彼はまたしげしげと写真を見詰めた。見詰めているうちに父の姿から、不思議に鬼気というようなものが発散して迫ってくる。ひとりでに身震いが出る。何かこう冷やかな、たとえば剣の背に触れたように、総身が自然とちぢこまってくる。父もまた彼がこれまでに見たことのないいかめしい、とげとげした、どことなく怖ろしい感じのする、厳とした父であった。父の顔にはどきどき研ぎすまされた懐剣を思わせる鋭さがあった。

　よくよく見れば視るほど、父の顔には無残な戦いの跡が刻まれてあった。過去の生活は無残な恐れることを知らなかった、恵まれたことを知らなかった偽りの生活である。その報いとしてわが子の乱行が己れの罪として与えられた。子の生活の破綻は、取りもなおさず父の生活を痛々しいまでに蹂躙《じゅうりん》した。父は立ち止まって、深く己れを省みた。そうして一切をわがこととして悩み出した。そこには理想生活と現実生活との血の出るような相剋があった。その結果ややともすれば敗れがちの現実の生活が乱れれば乱れるほど、父は身を守ることますます厳に、信仰に伴う戒を行なうにいよいよ峻烈になってきて、生活を一も二もなく思い通りに規定しようとした。けれども理恵が高まり、戒行が峻《けわ》しくなり、そうして人の生活までをわがこととして包摂しようとすればするほど、一方では生活そのものはいよいよこんぐらかえってそこからはみ出すのであった。父はそのとき真実の信念の尊くて得難いことをつくづく感じた。そうして同時に以前の信仰の浅薄であったことを身に沁みて感じ出した。勢い一方では新しく信仰にたいする熱求が、やむにやまれぬ力で涌いてくる。反対に他方では生活が有無を言わせず乱れてくる。こういう収拾することのできない乱調子な生活にとっつかれて、父は日ごとに心身を荒《すさ》ませる一方であった。父の内心の相剋は写真の表にあらわに写し出されていた。ああ、この惨憺《さんたん》たる有様。なんでこの痛々しいさまをいつまでも視つめていられよう。宮城はあっと一声叫びながら、写真をずたずたに引きちぎるとともに、頭をかかえて仰向けに畳の上に倒れてしまった。

「お父さん、お母さん。どうぞお許しください。どうぞお許しください。ああ、私は罪の子でした。私ゆえに父上を苦しめ、母上を苦しめるかと思えば、私は罪の核でした。ああ、私は……私は……どうしたらいいのだろう。私はいったいどうしたらいいのだろう。あああ……。」

宮城は傍にあった座蒲団の中に顔を埋めて慟哭《どうこく》した。根かぎり力のかぎり思い切り慟哭した。そうして自分を全く投げ出して何ものかに訴えた。しかし応えるものは何もなかった。胸に囁く何ものもなかった。ただ父の苦悶《くもん》している姿が彷彿《ほうふつ》と目の前に浮かんできて、「お前も苦しんでいる。俺も苦しんでいる。」そう言って彼を慰めるかのようであった。痛々しい父の姿がここでは却って不思議な満足をもって彼を労《いた》わるかに見えた。宮城はなんとなく心丈夫であった。そうして同時になんとなしに嬉しくもあった。彼は明らかに苦悩の父を見ることによって快感を得たのであった。

ある日、宮城が外出しようと思って門口に立っていると、おりから郵便配達夫が一封の手紙を手渡して行った。見ると父の手蹟であるので、彼はいまいましげに舌打ちをしながら、封を切ろうと思って表を返してみると、これはまた意外にも下宿の婆さんに宛てた親展書であった。彼ははっとして立ち竦《すく》んだ。中には確かに宮城の素行やら日常やら、ことに近況やらを、宿の婆さんに頼んで知らせてもらおうために違いなかった。それと感づくと彼は封筒をそのまま何食わぬ顔で懐中して、どこかで捨ててしまおうかとも考えたが、また思いなおして、なに構うものかというやけ気味で、郵便受の中に入れておいた。

こういうことがあってからおよそ一週間もたった五月のある日、父と母とは手に手を取って、この死地に瀕《ひん》している息子を迎え取るためににわかに東上した。宮城は大槻の骨を抱いたまま、両親の厳しい監督のもとに、ついに都門を去った。故郷では滴《したた》るような悩ましい深緑の中に、淡紫の桐の花があちこちに咲き初めていた。

一緒に帰る汽車の中で、父は子に向かって、「おきよがあまりお前のことを苦に病んで、幾日となく夜昼泣きつづけて、どうかしてお前を助けたいと言うから、二人で連れに来たのだ。」と弁解とも説明とも宣告ともつかないことを言ったきり、それ以外には帰ってからも一言も物を言いかけない。もし言いたいことがあれば母を通じてのみその旨を伝えるのであった。そうして努めて子の顔を見ないように避けていた。父は寺務以外には、白衣のまま端然と机に向かったまま書見をしていた。そうして以前と違って全く人を威圧するまでに沈黙の人となっていた。固く口を噤《つぐ》んだまま、用事以外隻語《せきご》をも洩らさない。

宮城は宮城でこれまた二階の一室に閉じ籠もった切り、滅多に家人にさえ顔を見せない。たまさか人に行き合っても、彼は顔をそむけて通った。自然、家の中には笑い声一つ起こらないのであった。ときたま気軽な下婢や来客が陰気に笑っても、すぐと彼らはその笑ったことを悔いねばならぬほど薄気味の悪い沈黙が家中にひろがっていた。もしこの執拗な沈黙を破るものがあれば、それは荒々しい父の怒号であった。

帰った当座、母は日に幾度となく二階に上がって来た。そうして彼の顔をつくづく眺めていては、「よう帰って来ておくれだった。あんたが帰っておくれたので、本当にわたしも安心しました。あああ、わたしはね……」

と幾度も幾度もここまで言っては、あとは感極まって絶句した。そうして泣いた。彼はそのあとを聞こうともしなかった。ただ五月蠅《うるさ》かった。目の前に母の醜い姿を見るのがただ厭であった。時には癪にさえ障った。残酷とは知りながらも、宮城は聞こえよがしに舌打ちなどまでした。しばらく泣くと母は涙を拭った。そうしてつづけさまに大きく肩で息をした。母は五カ月くらいのお腹《なか》をしていたのであった。彼はその蟇《ひきがえる》のように脹《ふく》れ上がった醜いお腹を見るのがじつにつらかった。そして何がなしに冷汗が出るくらい恥ずかしかった。彼は汚らわしそうに眉を寄せて、攻めつけるように母を視ることがあった。と、母は思わず知らず衣紋を繕ったり、顔を赤らめたりした。宮城にはそのとき母が唯の世間並の女、あるいは他人の妻としてのみ映った。母という感じが少しも起こらないのであった。従って何かにつけて突慳貪《つっけんどん》の仕打をすることが多かった。それでも母は性懲《しょうこ》りもなく二階に上がって来た。そうしては彼の側にぺったり坐って、めそめそと泣いた。

　子の部屋で迎えられない母は、父の居間でしばしば叱られた。泣かされた。時には打擲《ちょうちゃく》さえされた。それはよく晩酌の後にきた。そうして真夜中にあった。そういう惨めな母にとっては、いかに虐遇されようと、五月蠅がられようと、まだまだ子のところが居よかったのであった。母から離れている彼も、母のために父を憎んだ。しかしなんのために打擲されたり泣かされたりするのか、宮城にはまるで分からなかった。ただその根本の原因の中に、彼の生活の破綻が大きく動いているのを否むことはできなかった。おそらく彼のために、父も母もおのおの生活の水準を狂わせたものに違いない。その結果は母は父においてのみ全人を見ることができなくなって、不満と不服とが頭を擡《もた》げてきたのであろう。父にはそれが不服であった。そうして自分の醜い影が子において見出されると同時に、母をとおして唆示されるのがたまらなかったのであろう。父も母もおのおの生活の豊かな味を奪われて、明らかに二人の親しい間柄には大きな深い亀裂が生じたのであった。こうして母を悩まし父を苦しめるいちいちの事柄は、すべてこの根本のことにからみついて起こるに違いない。宮城は自分の乱れ果てた生活が、いつの間にやら父母の生活を根こそぎ掻き乱したことに、言いようのない自責の念を感じた。しかしそれはそれだけでのことであった。今の彼にはどうすることもできなかった。

こうして久遠山光明寺の庫裡《くり》は、宮城一人のために、まるで洞窟のごとき観を呈していた。

六月のある日、おりから田植えもすんで短い農閑の節に入った時を見計らって、来迎寺住職のすぐの弟で、大舎の兄に当たる説教者が、光明寺を訪れて一夕《いっせき》の法筵《ほうえん》を開いた。喜びをもって父はそれを迎えた。次の日には終日父は客としめやかな法話を交わしたり、宗論の疑義を戦わしたりしていた。近頃の父の生活態度は以前とはまるで変わっていた。そうしてひたすら法義相続に志していた。議論の合間々々には、二人はよく高声に念仏を口《くち》誦《ずさ》んでいた。そのたびごとに母も多くは勝手元で、しきりと念仏を唱和していた。夜に入って酒が出た。酒の廻るにつれて、久し振りで笑い声が高らかに洩れた。宮城は父の人も無げな笑い声を、座敷とは遠く離れた自分の書斎で聴いていた。他人の幸福らしい様子が小癪に障ってたまらない。彼はなんとはなしにじりじりしてきた。

机に向かってももちろん何も手につかない。それでも強いて落ち着こうと努めながら、灯を慕って群がって来る羽虫を捉えては、机の上の洋銀のランプの火屋《ほや》の中に入れた。蚊《か》蛉《とんぼ》のかぼそい足が焼ける。小さい蛾の触角が焦げる。浮塵子《うんか》の薄い翅が燃える。それが妙にきなくさい匂いをふっと発して、小さい煙を上げる。それを余念なく見詰めている間に、気がだんだん静まってゆくのを覚えた。彼は飽かず小さい残忍な遊びに夢中になっていた。

そのときである。背後の唐紙をかたひしと開けて母が転がるように駆け込んで来た。そうして部屋に入ったと思うと、わあっとその場に泣き崩れてしまった。母のしどけない姿を見ると、宮城は不思議な満足を覚えた。そうして自ずと微笑したくなった。と、同時に一方ではまるで異なった別種の興奮を感じ出した。

「どうなすったんです。お母さん。なぜお泣きになるんです。」

母は容易に顔を上げようともしない。彼が問えば問うほど激しく泣いた。しまいには泣きじゃくりが強くて、言葉を出そうにもまるで出ない様子であった。それを焦《じ》れったがりながら、彼はだんだん興奮してきて、

「どうしたってんです。泣いてばかりいたって分からないじゃありませんか。えっ、お母さん。」

といらいらした声で、まるでどやしつけるように突慳貪《つっけんどん》に言った。彼は妊娠中の母にふれることを、何か非常な不潔な汚物に触れるかのような感じがして、泣き崩れている母を助け起こそうともしなかった。母は泣きじゃくりながら途切れ途切れに、

「お父さんもあんまりだ。お客さまの前でまであんなことを言わなくともよさそうなものだのに……。それはわたしが不束《ふつつか》だから、叱られるのは仕方もないが……。あんまりだ。あんまりだ。他人さまの前でまで……。」

「客の前で何をしたってんです。」

「あんまりだ。あんまりだ。」

彼はつと起《た》ち上がって、母を残したまま一散に座敷に駆け込んだ。そこでは酔の醒めかかったらしい来迎寺の次弟が、迷惑そうに父の盃をうけていた。父は宮城の血相かえた顔を見ると強いて落ち着きはらって、前にあった盃を取って一息に飲みほしてから、

「そこへ坐ったがよかろう。立ってるのはお客さまにご無礼じゃないか。」

と、まず三角の眼をして口を切った。彼は父を睨みつけて席についた。今まで熱していた顔の血が、今度は急に一時に冷えかえるのを覚えた。

「お父さん酔ってるんですか。」

「酒を飲んだら酔おうさ。おきよはどうした。」

「あっちで泣いておいでになります。」

「またお前のところへ行って訴えたな。あいつはお前贔屓《ひいき》だからな。お前と何かがあればそれでいいんだろう。おおかた俺なんざあどうなったっていいに違いない。」

「お父さんがおいじめになったんでしょう。何をなさったんです。」

「どうしたっていいじゃないか。俺はあれの亭主だ。あれは俺の嬶《かかあ》だ。どうしようと大きにお世話だ。」

「どうなったっていいことがあるものですか。僕の母です。さあ、どうなすったんです。はっきりしたところを伺いましょう。」

父は歪んで固まったような皮肉な笑みを強いて浮かべて、彼をわざと尻目にかけた。そうして客に盃をさして、自分でもうけた。父は宮城をすっぽかして前の客に話しかけた。

「ねえ君、先も話したように、あいつはまたいやにあの男に感心したものだよ。あの男がこのへんに説教に来たと聞いたが最後、何を放《ほっ》たらかしてもご聴聞と出かけるんだからね。そりゃご熱心のものさ。ところがあの男も頗《すこぶ》るいい気のもので、今度どこそこへ来たからご感話を交わしたいなんかんと、体《てい》のいい呼び出しを掛けてくるんだ。このあいだの婦人会の時なんかも、おきよがあの男を講師に頼もうというから来てもらったのさ。すると始終あの男の側に附き切りなんだ。で、その晩おきよにこの居間に用はないから座敷へ行けと言ったら、一晩中めそめそ泣いていやがった。女という奴は全く意気地のない始末におえない五月蠅いものさね。」

客は迷惑そうに煙草をふかした。宮城は全く自分を押さえることができなくなった。彼はまるで食ってかかるように父に怒鳴りかけた。

「お父さん。」

「なんだ。」

父は強いて取ってつけたような冷笑を浮かべるとともに、ひょいと彼をはぐらかそうとした。

「お前には何も話しかけてやしないよ。」

「なんだとはなんです。今のような毒舌をついたら、少しは恥ずかしいくらいに思ってもいいでしょう。まるで車夫馬丁の痴話喧嘩じゃありませんか。それを臆面もなくしゃあしゃあと人前で話すなんて、気でもふれたのですか。」

「そうさ。気が違いもしようさ。嬶と子供にいじめられるんだからな。」

「お父さん、その言い方はそりゃ何です。まるで駄々児の言分です。事件の真相は知りませんが、こうなるまでにはお母さんにも落度はあったでしょう。あったでしょうが、なぜまたお二人のあいだだけで穏便に解決なさらないのです。今もお父さんはご自分の妻だと仰ったじゃありませんか。」

「言ったよ。言ったがどうした。」

「言うまでもなく妻である夫であるという特別な関係は、一心同体だということじゃないんですか。妻にもし欠点があれば、取りもなおさず夫たるべきものの恥でありましょう。だから自分同様協力してそれを匡正《きようせい》すべきで、それが夫婦間の美しい道徳ではないのですか。だのに先刻からのあの態度はありゃいったい何というものです。母上の人格を認めなければ、ご自分の人格も認めない。そうして人前で母をいじめたり、子供を辱《はずかし》めたりして、やけ糞の快感を得ようとしているじゃありませんか。それは陋劣《ろうれつ》というものです。卑怯《ひきよう》というものです。非行というものです。それが懐胎している妻にたいする宗教家たる夫の仕打でしょうか。それが子にたいする父たるべき人の所行であっていいでしょうか。こうなる上からは、子だからと言って親の邪《よこしま》な仕儀をおめおめと黙って見てはしません。……」

彼はせき込んでなおも言葉をつごうとした。とその時、唐紙の外の次の間で、不意にわあっと母が泣き崩れた。宮城ははっとして席から飛び上がった。そうしていきなり母の手を取って、有無を言わせず二階に引き立てた。小間に入ると母は彼に縋《すが》りついて泣きつづけた。

「決して決してわたしを疑わずに。わたしは決して……」

母は同じことを涙につかえつかえ繰りかえした。そうして涙に光る眼をあげて、一心になって子を拝んだ。

彼はなおも縋りつく母の手を振りほどいて、また座敷に急いで下りて行った。今の父との論争の結末をつけようと思ったからである。しかし勢い込んで梯子《はしご》段をとんとんと下りて来る最中に、彼ははっとした思いで立ち止まった。たまたまこの問題は子として深入りすべきことではないこと、そうして問題の「あの男」の誰であるか、それと母との位置のいかんというようなことは、迂闊《うかつ》に真相を探ってはならないという惧《おそ》れを思い浮かべた。彼の足はひとりでに縮こまった。そこで忍び足で客間の襖に近づいて中を窺うと、中では主客がひと騒動あった後をうけて、割合に静かに、さして興奮の余波もなく物語っていた。

「御当院は何科ですね。」

「哲学だよ。」

「うむ。そうか。じっさい論法も鋭いし、頭脳もよほどしっかりしてられるようだね。」

父は生返事をしていた。しかし子にやり込められたいまいましさの中にも、子を褒められた喜びは限りなく感じられた。不思議な満足と落ち着きとが父の上に帰ってきた。父はさらに盃を上げた。けれども飲んでも酔わないらしく酒は深更に至ってようやく撤せられた。

宮城は二度と二階の小間に帰って、しどけない母を見たくはなかった。かと言ってもちろん酒席の近くにいたくもなかった。そこで試みに草履を突っ掛けて戸外に出てみた。夜は徒《いたず》らな一面の闇であって、星影一つ瞬きもしない。歩くこともできないので、また家へ入って外《ほか》の室《へや》で横になってみる。目が冴えて眠れそうにもない。先刻あったこと聴いたことが、いちいち大きな塊になって彼の胸を襲ってくる。動悸《どうき》が高くうつ。総身がぶるぶると顫えてくる。彼は気を鎮めるために暗がりの廊下を手さぐりに辿って真黒な本堂に入った。恐る恐る小刻みに案内知った方角に進んで、ようやくの思いで中央の円柱の後ろに倚《よ》りかかると合天井《ごうてんじょう》や仏具にしみ込んだ安線香の匂いがぷんと来る。それに上調子の残蠟の香が雑《ま》ざる。なんとなく冷たい濁った気がひたひたと膚《はだ》によせる。そのうちに思いなしか堂内の隅々で、太鼓や鉦《かね》や半鐘《はんしょう》が氷のはぜるような響を立てて、すさまじくみっしみっしと耳の底で鳴る。はっと驚いて気を取りなおす。何の音もない。しばらくするとまた本堂がどことなくきしきしときしんで、それが見るみるうちに大地震のように重く揺らいでくる。じいっと耳を澄ませばまた何事もない。彼は大きく目を瞠《みは》った。戸外の闇を圧搾《あっさく》した上で、十間四面の御堂の中に押し込めて凝結させたかのように、堂内の闇は真黒な塊になって、顔にぶつかって弾かれそうだ。この両界の闇の境に当たって、ときどき蔀《しとみ》の上の明り障子を、貝釦《ぼたん》ほどにぽっちり白くするものがある。旱《ひでり》に細った蛍であろう。その弱々しい儚《はかな》い光で、唐狭間《からさま》の金箔をおいた唐獅子が見えそうな気がする。さらに目を瞠《みは》ると内陣《ないじん》の厨子の中の本尊までが拝まれそうだ。——静けさで却って不安が嵩じてきた。そうして神経が鋭くなってきた。遠くで一時が打つ。頭が乱れている。二時が鳴る。胸が納まらない。三時が聞こえる。まだ目が冴えている。彼はここでもはや間もない天明を待ち明かすつもりでいた。

と、けたたましい闇と沈黙とを破って、庫裡から廊下を伝って本堂に近づく足音がする。

彼はひやりとした。思わず本能的に円柱の下に蹲《うずく》まって、近づく人の影をすかそうとした。忍び泣きが聞こえる。「母だっ！」と直覚的に思う間もなく、足音は階段をせわしく刻んで本堂の中に入って来た。そうして彼の傍をかけぬけて片隅に踞《うずく》まったらしい。彼は危うく声を立てて母を呼ぼうとした。とそのとき、また庫裡のほうから荒々しい足音が聞こえ出した。「父だっ！」彼は心の中に叫んだ。父は小さくはあるが疳《かん》高い怒りを含んだ声で、

「おきよ、おきよ。どこへ行った。なぜ逃げる。」

と、叫んだ。そうしてだんだんと本堂に近づいて来た。と、忽ち大きな物をいきなり引っくりかえしたような音がした。父が階段に躓《つまず》いたものらしい。父は起き上がるといっそう怒りを帯びた声で、

「おきよ、おきよ。」

と荒々しく怒鳴った。応えはない。父は勢い込んで本堂に駆け上がった。そうして更にひときわ高く母の名を呼んだ。高い合天井に反響して、暗い闇の塊がぐわんと答えた。父はしばらく入口に立って本堂内の気勢を読もうとした。まるで母の呼吸を聞きわけるかのように、母も子も別々に期せずして息を殺した。五分、十分、十五分、……断末魔の沈黙がつづく。と、いきなり父が歩き出した。すわ最後の時が来たと思った宮城は、もし父が母を探し出したら、父に飛びかかってやろうと本能的に身構えた。

しかし父は模索するらしい気勢もなく、母の隠れ場と全然別な内陣のほうへ歩いて行っ

た。そうして巻障子をぎいっぎいっと音をさせながら開きはじめた。おやと宮城が怪しむ間もなく、父は内陣に入って着座したらしい。そうしてまず小さい鋭い声でせき込みがちに念仏を唱え出した。だんだんその声が大きくなるとともに、声に平らな幅が出てきて静かな唱名に変わってきた。やがて梵磬《ぼんきん》の音がチィンと澄む。父は細い濁声《だみ》で誦経をはじめた。

父は専念に経を読む。そうしてときどき絶句しては啜《すす》り泣いた。母も片隅の方でひそひそと泣いていたが、やがてしまいには念仏ながらに彼の傍をさらさらと通って、本尊正面の結界真近に坐ったらしい。

父の読経《どきよう》は容易にやまない。鶏が啼く。つい明り障子が蒟蒻《こんにやく》色に染まった。仄かに見れば白衣の父は、鸖のごとく本尊正面の一段高い登高座《とうこうざ》の上に、白玉の撃磬《げきけい》の撥《ばち》を控えて端座して、衷心からの読経に余念がない。母は外陣《げじん》の段の下にある説教壇の下に踞《うずく》まって、これも合掌念仏に身も心も忘れている様子であった。解《ほど》けて乱れた灰色の髪が頸《くび》にかかっていた。彼は涙さえなく干からびた心で、その場の光景をただあんと眺めていた。

やがて鐘楼《しようろう》から晨朝《じんじよう》の鐘が撞き出された。それをしおに父は軽く磬《きん》を二三度拍《う》って高座を下がった。そうして目を俯せたなりすごすごと本堂を去った。しばらくしてから母も片手で顳顬《こめかみ》を抑えながら、俯向きがちにとぼとぼと出て行った。自分に気づかない二人の始終を見届けてから彼は急に涙がほとばしり出るのを覚えた。悲しいとも口惜しいともつかない涙である。宮城はただわけもなく声を上げて号泣したくなった。涙に濡れた睫毛《まつげ》を上げて四辺を見れば、灰色の朝の光が徐々に闇を追いこくっていた。深夜小さい哀れな光を明滅さしていた蛍は、はっきりそれと見わけがつかないほどの汚染《しみ》となって明り障子の外側にへばりついていた。そうして唐狭間の浮彫の中に、唐獅子の狂う大輪の牡丹が、ぱっと朱の花びらをいっせいに開きはじめた。

二十九

このことがあって以来、宮城はいわゆる「神聖なもの」の奥の院を見届けたような気がした。なあんだ厳《いか》めしいものの正体はあれか。こういう気がするとともに、父を見るのがいやであった。母を見るのもいやであった。ことに父と母とを一緒に見ることは全くたまらなかった。「親」というものにたいする消え残りの畏怖の情や尊敬の念が跡方もなく消えて、目の前にちらつく男女二つの醜い姿は、父と言い母と言う尊い名を僭《せん》している一対の穢らわしいものに過ぎなかった。世間並のどこにも転がっている人間でしかなかった。特別に高いくらいに崇めらるべき尊い存在でも何でもなかった。むしろ反対に冷たい目で背を向けるに値するくらいな感じがした。宮城はまず第一の偶像を確かに破壊したと思った。

ところが不思議なことには、父母という偶像をかなぐり捨てて、改めて丸腰の一対の男女にたいして眺めた時、侮辱は侮辱として、まるで今までとは違った一種の同情の念が湧いてきた。そうしてそれをはなはだ平易に、彼と彼らとを対等の同じ人間という平面の上にならべてくれた。その平面の上にならべてくれた同じ平面の上で眺めると、そこには自《おのずか》ら別種の親しい憐み深い情念が萌《きざ》すのであった。が、いったん親と子に分かれたが最後、もう手と手を握り合い、心と心とを解き合うことは絶対にできなかった。宮城はこういう位置にいて、こういう角度で父と母とを眺めていた。けれどもどこかに真正な父母がいて、いつかは滴るばかりの慈光を恵んでくれるであろうことを、彼は心ひそかに待っていた。

そこへ現実の醜い母がまた二階に上がって来た。そして彼の顔を見るなり、いつものとおり泣き崩れた。あるいは泣かない時には、きまって宮城に嫁を貰ってはどうか。今すぐとは言わないけれども、いつか近いうちには一度は貰わなければならない。貰わなければならんときまったものなら、今のうちにいい候補者をより取りしておいたほうがいい。女というものは年頃になるとすぐと片づき易いものだから。こう言って四五の候補者を挙げるのが常であった。宮城は母の小さい貧弱な策略――それは疑いもなく彼をこの土地に、この家に、そうしていつまでも親達の手に引き止めるための策略――にとやかく答えることさえしなかった。現在の彼の気分から言えば、そんなことはどうでもいい考える余地のないほどのいわば閑葛藤《かんかっとう》でしかなかった。そうして彼は哀れな醜いものとして母の姿を眺め下ろすのであった。

父は父でいよいよ怒りっぽくなって、ところかまわず猛り狂った。母はいうまでもなく、小さい妹や婢僕《ひぼく》や、はては寺内の法幢まで、猛烈な槍玉に上らないものはなかった、が、その中で僅かに宮城一人だけは父も敢えて近づこうとはしなかった。宮城もまた触れ合うところには決して出て行かなかった。二人はおのおの固く自分を守り合った。それは颱風《たいふう》の眼の静けさであった。そうして重苦しいすさまじい低気圧も、この不気味に静かな中心の周囲をぐるぐる廻っているのみで、今にも爆発しそうないらいらした気勢を、じいっと満を持して撓《たわ》めているかにみえた。父が一歩踏み込むなり、宮城が一歩踏み出すなりすれば、そこには修羅の巷《ちまた》が現出しなければならなかった。父は深い怒りに燃えた眼をもって、無言のままその颱風の眼を睨《ね》めた。宮城も同じく執拗に黙りこくったまま、その颱風の眼の中心に位置して身構えていた。こうして息づまりそうな、無言の、冷たく血をたぎらせる争いがつづいた。父も子も極度に神経を昂ぶらせていた。こうして不安な物騒な日が日について、一日々々とますます親子の感情を昂ぶらせながら過ぎていった。

きっかけを待っていた親子衝突の幕は、とうとう法幢を口火として切って落とされた。

ある日の午後、それはもう夕暮近い時であった。他村の檀中で法事を勤め上げて帰って来た父は、居間に入るが早いかいきなり、法幢を呼べ、法幢を呼べと声高に怒鳴り立てた。

御堂で片付物をしていた法幢が父の前に畏まって、何の御用ですかと伺いを立てる暇もなく、父は威勢高になってどやしつけた。

「法幢、きさまなぜ俺に断りなしに檀中の重立ちを廻って、法衣を作るんだからと言って奉加《ほうが》をして歩いた。さあ、なんの理由があって、誰が許したから、そういう勝手な真似をしやがる。甘い顔を見せておくとつけ上がって、させておけばこの不始末だ。さあ、今日という今日こそとっちめるところまでとっちめてやらなけりゃ。さあ、弁解があらばさっさと言え。」

宮城はちょうどそのときお風呂が沸いたという案内をうけて、手拭片手に梯子段を降りようとしていたところであったが、父の足音を聞くとともに、いったん踏み下ろした足を引き上げて、二階の入口の梯子段の上に突っ立ったまま下の様子を覗《うかが》っている時であった。父は口ぎたなく、今にもぶんなぐりそうな見幕で法幢を叱っていた。法幢はいつものとおり手答がなく、いつまでも「はあ、はあ」言ってもじもじしている気勢であった。と、父はいよいよ感情を高ぶらせて、前よりもいっそう猛烈に食ってかかった。

「きさま俺をなんと思っている。かりにも本坊の住職だぞっ。はばかりながらきさまのような寺内坊主とは生れからしてが違っている。俺はきさまの絶対な主人だぞっ。やい、法幢、なんとか返事をしないか。俺に断りなしでなぜやった。」

父は拳か何かでとんと畳を叩いた様子であったが、法幢は「へえっ」とへつくばっているばかりであった。それを二階で聞いていると、蛙か何かが地の底から無闇と畏まって挨拶しているような気がしてならなかった。父の怒号悪罵はいよいよ勢いを増してきた。

「法幢、なぜ黙ってるというのだ。弁解ができなけりゃ謝罪《あや》まるがいい。きさまはあれほど固く誓って、俺に断りなしには檀中にお頼みはしないと言って証文まで入れておきながら、なぜこういう俺を踏みつけたことをする。さあ、今日という今日はもう勘忍ならん。今日からは寺内としてきさまを使ってやらないから、勝手にどうなりと独立でやるがいい。檀中一般に布令を出して、本坊寺内の縁を切ってしまうから、さよう心得ろ。この馬鹿坊主奴《め》。今日という今日は勘忍袋の緒が切れた。さあ、なんとか言わぬかっ。」

父が猛り狂っても法幢の答は一言もなかった。宮城は父の怒号で全く興奮させられていた。そうしてこの人を人とも思わない傲慢な狂気のような常規を逸したさまを見ると、彼の全身には父にたいする狂暴な反逆の衝動がむらむらと湧いてきた。「よおし」こう心の中で叫ぶと、宮城はもうやむにやまれぬ力に引きずられて、前後の考えもなく、とんとんとんとんと勢い込んで梯子段を踏み鳴らしながら、父の居間に飛び込んだ。父は蛇のようにいきなり立って、青褪《あおざ》めてへつくばっている蛙のような法幢を睨めつけていた。彼は法幢を尻目にかけて、父の前にぐんと膝を突き出して坐った。

そのとき猛りに猛った父は、いまいましそうに強いて喧嘩を買いに来たらしいわが子の出しゃばったさまを一時、三角の目で眺めていたが、すぐと法幢に向かってもういちど怒鳴りつけた。

「きさま、なぜ黙ってる。俺の言葉が聞こえないのか。さあ、なんとか言え。なんとか言え。」

するとと宮城が現われたので力を得たのか、法幢はそのとき恐る恐る顔をあげて、ぽかんした顔でいくらかおどおどしながら、父と子を代わる代わる見比べていたが、もういちど深く畏まって馬鹿丁寧なお辞儀をするとともに、太い息を吸い込んで言った。

「へえっ、御院住様《ごいんじゅ》の仰ることは今日はお声が大きいので、よく聞こえました。へえ。ようく分かりました。あの何か私に言えと仰いますけれども、今ちょっとそのいい考えも浮かびませんから、家へかえってゆっくり考えてみてからお返事申し上げたいもので、へえっ。」

こう言って、大きな咽喉仏をごくりと呑んで頭を下げた。と、父が障子にびいんと響くような大声で真向からどやしつけた。

「馬鹿っ。たわけものめっ。」

宮城は堪《たま》り兼ねてわがことのように父に食ってかかった。

「お父さん。何をそんなにいきり立っていらっしゃるんです。法幢が何をしたか知りませんけれども、おおよそのところを聞いていれば、大したことでもないようじゃありませんか。そんなに大人げない見幕でどやしつけなくとも、もっと穏便に言ったらどんなものです。そばで聞いていると奴隷か何かを追いこくるようで、黙って聞いてはいられません。」

「何をっ。小癪な。利《き》いたふうのことをいうな。お前の知ったことじゃないから黙っていろ。」

「いや黙ってはいません。法幢は寺内でこそあれ、耳これ遠けれ、同じく人間は人間です。それを何です、今の態度は、まるで犬猫以下の取扱いとしか見えません。誰が見たって人権蹂躙《じゅうりん》です。僕は人道の上から飽くまでもお父さんの態度を非難します。その傲慢な根性に向かって反抗します。」

父はそれを聞くと、急に法幢を突っ放して彼のほうへ向きなおった。そうしてさあっと顔の色を蒼白に変じるとともに、口の辺りをぞんざいに歪めて冷笑を浮かべた。

「うむ。感心な心掛けだ。さぞ立派な人道家というもんだろう。親達にはいくら心配をかけたってかまわない。そうして他人には飽くまでも同情して、その肩をもつためには親を敵に廻しても苦しくない。なんという素晴らしい正義のため、また人道のための道徳だろう。お前はこのみすぼらしい阿呆な親父と違って、じつに立派なえらい人間だよ。」

「お父さん。」

宮城の癇高い鋭い悲痛な叫び声などにはてんで頓着なく、父はいっそう皮肉な悪態を、さも憎々しげに子に向かって吐きかけた。

「お前はえらいよ。学校も無学な俺とは違って大学まで覗《のぞ》いてはいるし、新しい文明の恩沢には浴し放題浴して、そこで充分育てられて鍛えられてもいるし、それに一人前以上の己惚《うぬぼ》れもあるようだし、親達を完全に踏み台にする度胸もあるし、まずまず申分のない偉大な青年とでもいうものだろうよ。俺にはよくは分からんが。そういうえらい人の言うことには間違いはよもやあるまい。俺もお前のような立派な青年を子にもって、このうえなく名誉に思うよ。」

「お父さん。」

宮城は上ずった涙声で父を呼んだ。

「なんだ。何か用か。」

父はいかつい声で、場合によっては子を近づけないくらいの、むっとした堅い手がかりのない態度で、宮城を睨めつけた。宮城は興奮で全身がぶるぶる顫《ふる》えるのを強いて押し鎮めて、父のすさまじく冷たいそうして怖い形相をきっと睨めかえしながら、一言々々父の胸を刺し通すような鋭い調子をもたせて口を切った。

「お父さん。お父さんは先刻法幢に、もう今日から出入りを差し止めるから、どうなりと勝手にしろ。今日から本坊寺内の縁を切ったと仰いましたね。あれは本心ですか。」

「そうだ。俺の命令に叛《そむ》く寺内は使うことは相成らん。だから主従の関係は今日限り、今日以後決して出入りは相成らんと言ったのだ。それがどうした。」

「本心とあらばしごく結構と思います。その代り寺内は寺内で今日から独立の生計のできるだけのことはしてやらなければなりません。それさえできたら寺内も永いあいだの奴隷生活から開放され、お父上も傲慢な本坊気質から一歩踏み出して、もっとしんから寺と在家に親しみのある生活ができましょう。少なくとも現状の一進転だと僕は思います。早く寺内を安全に開放しておやりなさい。無残な寺院生活の、そのまた滓《かす》をしゃぶっている、泥《ど》溝《ぶ》鼠のようなのが寺内生活です。これは大坊の寺院生活の前に、まずなんとか処分しなければならない先決問題と思います。」

「なんだ。無残な寺院生活だ。まだあいかわらずそんなことをいい気になって大びらにほざいているのか。お前の生活のざまぁそりゃ何だ。無残じゃないのか。人に迷惑をかけていないのか。自分を偽わっていないのか。人のことをとやこういうのはまだ早い。早く自分の額の蠅を逐《お》ったがいい。寺がどうの、寺内がどうのと、あんまり利いた風なことを言うもんじゃない。退いて再思三考、須《すべか》らく己を省るがいい。無残なのは寺の生活でなくて、お前の生活だ。」

ある間隔をおいて自分を固く守っていた父も、だんだん先の冷たい態度を崩して、正面から乗り出してきた。そうして宮城に向かって挑戦しはじめた。父は一気に子を説服《せっぷく》して敗かそうという意気込みであった。そのとき始終のさまをおろおろして眺めていた法幢は、ここらが潮時と見たものか、挨拶もそこそこに息を吸い込み吸い込み、何やらごとごと呟きながら座を外した。法幢は起《た》ちかけてから姿を隠すまで、父の顔を見上げ、その鼻息を窺うのはいうまでもなく、とくに宮城のほうを幾度も幾度も見やっていた。父は新たに現われた敵のために、もう法幢を追窮しなかった。じっさい父の無意識的に望んでいた敵は、母でもなく、下婢奴僕でもなく、法幢でもなく、じつに彼宮城であったのである。父は血に餓えた吸血鬼のように、今は誰彼の見境いなく子に飛びかかって来たのである。宮城は父の上からのしかかって来そうな威勢高の態度を見たら、がっぷりどこかにかぶりついてやりたいくらいの憎々しさを感じた。これも誰彼の見境いなくというより、むしろ親であるがためにいっそうきつく、真直ぐに父の胸に飛び込んだ。彼はもはや自分のことばかりを見詰めてくよくよしている性格をすっかり忘れていた。

「なるほど、僕の今日々々は仰せどおり無残な生活です。自分でもなんとかしなければならんと思いながら、今以って何ものかに引きずられて処決し兼ねています。が、遠からず言われるまでもなくなんとかするつもりです。ところでその僕は僕の生活が無に陥ったことを、半ば自分の弱い性格に帰するが、半ばは家が「寺」であるということに帰します。お父上が「僧」であるということに帰します。この二つさえなかったら僕の生活はこうまで呪われることもなく、こうまで無残に陥ることもなかったでしょう。僕は僕の呪われた生活のゆえに、飽くまでも「寺」の、そうして「僧」の無残な生活を呪います。」

「よく言った。どこが「寺」と「僧」との無残なところか、一々列挙して教えてもらおう。」

「そんなことはこれまで再々言いました。いまさら周知のことをこと新しく列挙するまでもありません。このうえはただ僕の永いあいだ迷った不審の一点について、明確な端的なご返答が頂きたい。」

「何だっ。」

「ほかでもありません。去年あの御遠忌《ごえんき》の後で僕が「寺」と「僧」との不合理を摘発した時に、最後にお父上の言われたあの分からぬながらもゆかしい謎のような言葉――仏の中に生活の調和を見出してくると、響の矛盾が矛盾ではなくなる――と言われたあの言葉。僕にその調法な有難い信仰ということを、現在のお父さんの生活に即して、納得のゆくように説明して頂きたい。」

宮城はこの「生活に即して」というところを、ことさら意地悪く強調して父に迫った。案の定、父は言葉につまった。それを見るより早く、はやりにはやっている宮城は、まるで凱歌《がいか》をあげるつもりでその上におっかぶせた。

「それごらんなさい。お父さん。すべてのものには消長のあるのが自然の数《すう》ですから、いかに金剛不壊《ふえ》の信心にも、時あっては隙の入ることもありましょう。ただそれを教えたり説いたりする境涯でなければ、そこに今のお父上のような無理もなく、従っておそらく矛盾も少なく、責任は自分一個にしかかかってきますまい。であるのに悲しいかな、身は教役者《きょうえきしゃ》の僧であって、伝導の場所たる寺の中に押し籠められている以上、苦しみは二倍であり、矛盾は二重であり、時あっては自分一個のみでなく、他人にさえ害毒を伝染する惧《おそ》れがあり易い。その根本のよってくるところは何かと言えば、寺に無理があり、僧に無理があるからだと僕は断言します。尤も大勢の人の中には、僧であって寺にいて、それでなんらの矛盾をわれ人ともに感じさせない人もあるかも知れません。しかし僕は大体として特別な「寺」と「僧」との無用を絶叫するものです。」

「「寺」と「僧」との無用だ?」

「そうです。無用です。僧は還俗《げんぞく》させて正業《せいぎょう》につかせ、寺は打ち壊すか、そのまま他に転用するかするんです。二つとも無用です。」

「なんだって、無用だっ。」

父は今にも飛びかからんばかりに、目をむいてつめよせた。宮城は強情に頑張って、今にも無用の理由を説明しようとした時に、頭の中にふとあの大槻の言葉が神来《しんらい》のように閃めいた。――祖師に還って、しかして祖師を超越せよ。還れとは祖師の精神に直参せよの意である。超越せよとは祖師の旧套、すなわち古い形式を超脱せよの意である。ゆえに還れとは七百年前の祖師に還れの謂ではない。じつに今日七百年後のわれわれの胸の中に祖師を甦らせよの謂である。――そうだ。宮城は勇み立って父に向かって突進して行った。

「無用です。確かに今のままでは無用です。いったい「僧」は現在においては、特別の法衣を着衣して、特別な「寺」にいる人の謂である。普通通常の衣服のほかに、特別な法衣の必要がどこにある。もしかりに「信」なき人と区別するためというなら、一摘《つか》みの十字架、一個の指輪、または一連の念珠そのほか徽章《きしょう》輪袈裟、何でもよろしい。敢えて人をいろいろな方面から誤り易い法衣による必要はない。いったい世間の平服と法衣との二枚の衣服の中に、場合々々で手を通すのがいけない。分に応じた世間の平服こそ正しい僧衣であらねばならない。ここに釈尊や祖師の原始教団の先例をもってきて律するのはいけない。僕たちはその「衣」の意義を現代に生かして使えばいいのである。要するに僧とは飽くまでもその精神においてである以上、僧俗二枚の服の使い分けは絶対に廃すべきものだ。それから特別の「寺」という代物も、「僧」と同じく現代において昔日の意義をもっているものではない。「寺」あるがために却ってややともすれば「法」は曇らされ、「信」は安価に売買される代りには、得て容易に忘れられ易く、粗略にされがちである。僧がまことの人に還元されるのが至当であるごとく、法衣が通常の衣服によって代わられるのが当然であるごとく、寺もまたすべての俗家の、真に家庭らしい家庭であることに還らねばならない。伽藍の聳《そび》えたっている以上、必ずそこに罪悪が胚胎《はいたい》する。伽藍を打ち潰せ。寺を叩き壊せ。そうしたらその墟から真の宗教が芽生えてこよう。」

「なんだっ。伽藍をつぶせの、僧や法衣を廃せのと言っても、どれもこれもみんな空理空論だ。お前の議論はもともと根無し蔓《かずら》で、てんで相手にならん。」

「いや根柢があります。非常に切実な深い根があります。ごらんなさい。「僧」と「寺」とのために、父上や母上や僕の幸福が型なしになってるではありませんか。これが分かりませんか。」

「それはみんなお前の罪だ。俺達の生活の幸福を根こそぎ破壊し去ったものは、みんなお前だ。俺達の子のお前だ。」

「一歩深く考えれば、僕をかくまで呪われたものにしたその原動力は、たしかに「寺」です。「僧」です。「寺」と「僧」とは無用だ。否《いな》有害だ。まず寺をぶっ壊せ。」

「なんだっ。お前は気でも違ったか。逆上でもしたのか。寺を壊してなんとしよう。上は本山にたいし下は信徒にたいしして、飽くまでも住職として護って出なけりゃならん。これは俺の第一の責務だ。」

「本山が何です。信徒が何です。怖れなければならないものはもっとほかに手近にある。お父上が大事に抱いていられる寺は、ありゃ空の財布だ。早く捨ててしまいなさい。」

「方々で寺を擲《なげう》ち、信徒を捨て、僧をやめるものが出て来たら、本山が亡びる。教団が崩れる。」

「教団は崩れても、もっともっと確《しっか》りしたものがたしかに立つ。本山の亡びるのはことに喜ぶべきだ。亡びるべき運命にあるものは亡びるがいい。いったい本山自身が異安心《いあんじん》なんだから。」

「何をっ。御本山が異安心だっ。滅相もない、勿体ないことをぬかす。さあ、その言葉を取り消せ。」

「いや取り消しません。たしかに異安心だ。いろいろの意味で異安心だ。あんなものはぶっ潰してしまわなければ、百害あって一利もあるかないだ。」

「取り消さないと、よろしい。そこ動くな。」

血相変えた父はやにわにその座に飛び上がると、仄暗い廊下に駆け出して、何やら動物的な呻き声もろとも、柱や障子にがたひちとぶつかりながら、いっさんに茶の間に駆け込んだ。そうして「六勿銘《ろっこつめい》」の額の下の長押《なげし》にかかっていた千段巻の槍を取るより早く、また居間にどさどさと崩れるように駆け込んで来た。そうして入口の敷居の上に息をはずませて突っ立ったまま、蒼白なまるで血の気のなくなった顔の中に、三角に尖った無表情な目を死んだように据えて、じいっと宮城を見詰めた。それを見るより宮城は残酷なまでに落ち着いてきた。そうして憎々しいほど泰然と構えて、父の手の中の槍を睨めつけた。そのとき父は極度の興奮で、言葉がとぎれとぎれに咽喉に引っからまった。父はいよいよいらだった。

「もう一度御本山にたいする不敬の言葉と、途方もない無鉄砲の計画とを言ってみろ。俺はなんの因果でこうまでしんから不信心な悪党を子にもったのだろう。ああ、先祖にたいしても、御本山にたいしても、また信徒にたいしても、親としてまことに申訳がない。

こうなる上は仕方がない。今日この場においてお前を刺し殺して、すべての方面に申訳を立てよう。これが親としてのせめてもの最後のご奉仕だ。さあ、もう一度言ってみろ。」

「言えと仰れば何度でも言います。が、僕はお父上の子ではあるが、お父上に生殺与奪の権までは与えていません。またお父上とて何ものからもそんなものは与えられてない筈です。親である子であるという関係は、私の小さい関係ではありません。僕らより高い何ものかに命じられた宿命《さだめ》で、みだりに軽々に親だからと言って、子の絶対権を奪われてはたまりません、僕は僕のものです。少なくともお父上のものではありません。」

「うむ、その言葉を聞く上からは、なおなお俺の手でその悪魔を退治してやらなければならん。よろしい。もう一度言いたいだけ言ってみろ。」

「父上が僕を殺すというなら、よろしい僕は殺されましょう。その代り僕も伽藍に火を放って、思いのままに呪いの凱歌をあげましょう。そうして……」

と、後を淀ませながら言葉の後があると見せかけておいて、宮城は父の油断を見すますと、鞠《まり》のごとく内懐に飛び込んで父の両腕を握ってしまった。興奮に力の萎《な》えている父の手からは、わけなく槍をもぎとることができた。槍はまだ鞘《さや》さえ払われていなかった。母が取組《とっく》み合いの物凄い物音に驚いて初めて遠くの台所口から駆け込んで来た。そうして涙を流して、身をもって中に入った。宮城は狂いに狂って武者振りつく父を振りはなして、そのまま二階に駆け上がった。母は父をなだめるのに一所懸命であった。

その晩、宮城は二階の小間に床をのべて、内側からしっかと廊下のところの襖の戸締りをした。そうして雨戸を一枚あけておいて、もし父が来たらそこから杉の木を伝って、地面へ逃げ下りる計画を立てておいた。そうして両方の梯子段の降り口には、もし父が上がって来たら躓《つまず》いて転ぶか、または容易に上がれないように、いろいろながらくたをところ狭きまでにいっぱいに並べておいた。そうして神経を耳に集めて、たえず下の父の動静を窺っていた。この晩宮城はほとんど眠ることができなかった。

二階でこうした備えをしていると、階下でも同じく彼が万一自殺でもしやしまいか、あるいは本堂に放火でもしやしまいかと案じた末、まず刃物という刃物、細引という細引を、みんな彼の分かりそうにない一所に集めた上で、そのうえ両方の梯子段の上り口に人を寝せておいた。父も母も宮城と同じくその晩ほとんど一睡もしなかった様子であった。父の側にはそれとなしに母が監視についていたのであった。

三十

幾時頃であったか、二階の段々を小間に近づいて上がって来る足音に驚ろかされて、宮城は床の上に飛び上がった。そうして野獣のように研ぎすまされた神経でもって、足音の主を聞きわけようとした。足音の表情は、弱く微かであって、おそらく気遣わしさと重い心とをのせて来たものに違いない。母だ。こう思いながら宮城はすぐさま着更《きが》えをした。そして雨戸を繰りはじめた。降りみ降らずみの五月雨《さみだれ》どきの空が重苦しく陰鬱に垂れ下がっているので、時刻の見当がまるでつかなかった。しかし窓から外をのぞいたところによると、すべての光景があっけらかんと納まりかえって、おそらく一日の半分以上の仕事がすまされてでもいるかのようであった。母の足音は襖の前に止まった。そうして今の雨戸を繰る音を聞きつけて初めてやや安心したものらしく、襖の引き手に手をかけながら、

「当院、お目ざめかい。」

と、力のない声で言葉をかけた。しかし内から戸締りがしてあるので、襖はくつつと音を立てるばかりで開かなかった。宮城ははっとした。そうして初めていまさらのごとく昨夜の光景をまざまざと思い浮かべた。彼は興奮の極に達して、夜明頃からいつしか昏々《こんこん》として深い泥のような睡《ねむ》りに陥っていたのであった。彼がはっと面映《おもはゆ》い気持で気がついたのは、襖の厳重な戸締りと、つづいて廊下の障害物とであった。気がつくと宮城はいきなり蒲団を蹴って襖を開けた。そうしてそこにしょんぼり佇んでいる母には目もくれず、すぐまま廊下に飛び出した。しかし廊下には、昨夜の彼の防備がまるで夢であったかのように、綺麗に片付けられて塵一つ浮かべていない。彼は不審な面持《おももち》で初めて母を眺めた。

改めて母と面と向かい合った時に、宮城は愕《おどろ》きのあまり思わず後ずさりをした。母は一晩のうちに全く面変《おもがわ》りがしていた。目のふちがまるで大きな痣《あざ》のように青黒く落ち込んで、

佇んでいる喪心したその姿は、全くこの世のものではなかった。彼は驚愕のあまり一語も発することができなかった。母の足音の力のなかったも道理であった。宮城は物をも言わずぼんやり母を眺めていた。

そのとき母は同じく痛々しい面もちで宮城を仰ぎながら、やがて思いつめたように口を切った。

「当院少しは眠られましたか。今朝から幾度かここまで来てみたけれども、襖が開かないので案じていました。当院、あんた昨夜のことを覚えていますか。」

「覚えています。」

「では正気でおやりだったのか、あんな怖ろしいこと。わたしはあまりの怖ろしさに身の毛もよだって、いまだに思い出すとぞっと総身が寒くなって身動きができなくなります。ほんとうに当院、あんた正気でしたの。」

「そうです。僕は今と同じように正気でした。お父さんが逆上されたのです。僕は危険だからお父さんの刃物いじりをやめさせただけのことでした。何も好んで組打ちをしたのではないのです。」

「それはまたそれですが、本堂に火をつけるの、寺を壊すの、御本山そのものが異安心だのと言ったのは、そりゃみんな正気で言ったのですか。」

「そうです、家庭の平和のため、われわれの幸福のため、そうしてわれわれが本当に生きるためには、是非ともそんなものはみんな打ち壊さなければなりません。これは僕の持論です。まず手始めに場合によっては本堂に火を放たないものでもありません。」

「おお、本当にそれが本心なのかい。正気な沙汰なのかい。おお。当院、あんたは鬼に魅せられたのかい。悪魔が乗り移ったのかい。わたしは……あああ、わたしは自分の耳が……あああ、自分の頭が……。」

「なんと仰っても「寺」や「僧」や「本山」は僕の生まれながらの敵《かたき》です。いつか一度はきっと恨みを晴らさずにはおきません。僕はもう一度お父上と最後の談判を試みます。そうして僕に従って決然たる処置を採って頂くか、あるいは話の模様によっては僕が決然たる処置を採ります。もうこの間には妥協を許しません。」

「お父上に？　それはよしてください。このうえお心持を昂ぶらせたらどうなりましょう。もう少し待って、ゆっくり折を見て穏便に……」

「それはいけません。そんな姑息なことは事件にきまっていい解決をもたらしはしません。一か八かきっぱりこの際きめてしまいましょう。こうなるからは後へは絶対に退けないのですから。」

母は死んだような顔でううむと呻ったきり、一語も発することができなかった。けれどもその痛々しい眼だけは、憐みを乞うかのようにおどおどと彼の顔を見上げていた。

その日の夕方まで宮城は乱れる頭を整理して、乱れる胸を強いて抑えて、親子共存のもとにおける真の幸福な生活がどこにあるかを考えた。そうして手近なところでは、父母の望みどおり彼がいわゆる僧となってこの寺に止まるか、でなければ反対に、父が彼の望みどおり還俗して寺を退転してくれるか、まずこの二途しかないだろうという結論に達した。僧と寺との価値を、現在の僧と寺とに置いてない彼が、いまさら改めて一切の理想を捨て、悪魔に身を売ることはできない相談であった。いかに父母の望みとは言え、これはあまりに自明の理であった。彼は父に向かってこれを切願し慫慂《しょうよう》しようと決心した。父が僧職を退いて、寺を退転することとであった。然らば残るのは父の還俗と、従って寺を退転することとであった。寺院生活を棄てることによって、その無残な罪な生活から足をぬいて、必ず生活らしい生活の中に真の法悦《ほうえつ》を見出して甦生するに違いない。これこそ生活の真諦《しんたい》に真裸で触れるものであって、そこに初めて心の中の浄い僧が育ち、心の上の美しい精舎《しょうじゃ》が建立《こんりゅう》されよう。かくしてはじめて「僧」と「寺」とに本当の意義が生まれてくるであろう。まず父を還俗させることは、父のためにも宮城のためにも、また母のためにも、このうえない必要のことである。父が還俗さえしてくれたら、一家の生活の破綻の捻《ねじ》れが戻るかも知れない。彼の望みは全部父の上につながっていた。

そこで父が皆のものの真の幸福のために承知するとしたら、残るは第二の問題、すなわち親のエゴイズムと子のエゴイズムとの衝突である。たとえ父が彼の言いなり放題に第一の牙城を捨てたとしても、親が親のために子を、子が子のために親を利用するようでは、最後の破綻の種子は必ずそこに一つだけは用意されているわけである。この問題はどうする。真の融合一致の契点を見出すまでは、互に独立分離して、自力自給の生活を送るよりほかはない。よろしい。それに違いない。宮城は予め思慮の筋道をこれだけたてておいて、あとは玉砕するつもりで、最後の決心をもって階下に降りて行った。父は母にかしずかれて、白衣のまま味気なさそうに座敷に坐り込んでいた。しっかり口を結んだいかつい顔に、たしかにある衰えの影の漂っているのを宮城は見逃さなかった。彼はもう父をただわけもなく怖れてはいなかった。つかつかと座敷に入ると、父の正面にぺったり坐った。父の顔にももはや些細な感情のひらめきなどは見られなかった。ただ大きな悲劇をまず主人公のように見ていて息のつまりそうな蒼白い表情があるばかりであった。

「お父さん。最後のただ一つの僕の願いを聞いて頂けますか。もう僕もほかのことは何も申しませんから。」

「何だっ。言ってみるがいい。」

「お父さん、還俗してください。そうしてみんなで楽しく働きましょう。もう僕はこれ以上何も申しません。これ以外に一家の生活の破綻を収拾する途はないと思います。そうして腐敗した教界から足を洗い、罪悪の酵母たる寺を退き、内外《ないげ》ともに虚偽で埋まった僧衣をかなぐり捨てて、自由にのびやかに大気の中で呼吸するのは、お父上の生命のためにも喜ばなければなりません。どうか大勇猛心《ゆみょうしん》を奮い起こして、還俗してください。寺を出てください。」

「だめだっ。それがそんなに口でいうほど簡単にできると思うか。今すぐできるくらいなら、もっともっととうの昔にやっている。教界もあるいは腐ってるかも知れん。が、お前は教界の醜悪の方面しか見ないから、なんでもかんでも腐っているように見えるんだけれども、今の世に腐ってないところがどこにある。まだまだ一般世間にくらべれば教界のほうが少しはましだ。そんなことは絶対にできない。」

「お父さんの目が心が腐っているから、教界の腐敗が見えないんだ。ここは真実の生命に生きようとするものの永くいるところではない。一家の真実の幸福のために、一時も早くここを捨ててください。」

「できないっ。何度頼んでも無駄だっ。僧をやめ、寺を捨てて、別の幸福が恵まれようとは俺には考えられない。悲しいかな下根《げこん》の凡夫で浄楽をひらいて頂くことが遅いけれども、いつかは頼むわれらに与えられないことはない筈だ。俺はそれまでここにいて気永に待とう。お前と違って俺は浅はかながらも寺と僧との本来の意義を知ってるつもりだ。寺と僧とを離れて、俺は幸福のあることを夢想だにしない。今生における浄縁《じようえん》浅くして、父子のあいだでありながら、お前と道を一つにすることができない。はなはだ遺憾ではあるが是非もない。俺は飽くまでも「僧」として「寺」を護ってゆく。」

「どうあってもできませんか。僕には「僧」が「法」の人であり、「寺」が「法」の場であるということが、どうしても合点がゆきません。「僧」と「寺」とをかなぐり捨てたら、それだけ早く「法」の啓示があると思いますが、しかしお父上のご決心を聞く上からは、今は何をか申しましょう。親と呼び子と呼ばれる仲でありながら、まるで世界の両極に住んで睨み合っているようで、全くあかの他人よりも遠い仲と知りました。是非もありません。このうえは僕は僕の道を自分で切り開いて進むためにお暇《いとま》をするほかはありません。そうして運よく僕の生命を飽くまでも伸ばし切って、現在のままの父上をも母上をも抱き切ることができるようになったら、あるいは帰って来るかも知れません。それまでは永のお別れをいたします。」

と言いおわるかおわらぬに、わあっと母がその場に泣き崩れた。そうして遮二無二《しやにむに》にじり寄って宮城に縋《すが》りつくと、身も世もなく慟哭しながら、途切れ途切れに訴えた。

「どこへ行くのです。わたしらを捨ててどこへ行くのです。あんたがいなくなったら……わたしらの幸福は……わたしらはいったいどうなるんです……」

宮城は泣き崩れて縋りついている母を、心無き人のごとく冷やかに眺め下ろした。そうしてたった一言、氷のような冷たい言葉を放り出した。

「家庭の幸福？　そんなものは今は泡のような幻です。」

父は蒼白の顔をそむけてそのまま黙り込んでしまった。薄暗がりの座敷の中で、しどけなく取り乱した母の肩ばかりが、忙《せわ》しいやるせない息遣いで、せかせかと大きく揺らいでいるばかりであった。宮城は全身の血が凍って、そのまま自分が凍えつくのじゃないかという感じさえした。彼も黙ってそれきり俯向いていた。ふと気がついてみると父の口の中では、微かな泡のような念仏が勢いなくぶつぶつ呟かれていた。

翌日、未明に誰にも知らせず立ち退こうと考えた宮城は、ふと故郷でのたった一つのいい思い出である地蔵の谷へ、別れを告げるために行って来ようと思った。そうしてこっそり家を脱け出て暗い戸外に出た。暗いことは暗かったがそれでも境内を下る頃には目が馴れて来て、その上あるかないかの汚染《しみ》のような月が、鼠色の雲の後ろにこびりついていたので、歩くにつれてあんがい外は明るみを増してきた。ちょうど山門を降って寺内の家の前に来ると、杉の生垣のあたりで何やらかさこそ音をさせていたものが、急に黒い影となって彼の前に立ちはだかった。はっと思って夜目にすかして見ると、それは寺内の法幢であった。

法幢は彼を認めると、前へ来てへこへことお辞儀をした。そうして、しきりと昨日彼から助けてもらったお礼を言った。

「御当院様がおいでならんと、おらどっけな目にあったか知れませんでしたて。なんせ片方が御本坊の御院主様で見たところが、どっけなことを言われたって口答《くちごたえ》もできないし、たとえぶん殴られようと手出しもできないし、まあどうなることかと怖る怖る畏まっていると、そこへ御当院様がおいでになって、御院主様を負かしてくださって、こっげな有難いことあない。ところで全くそっけなこと言っちゃ悪いが、おらへえ御院主様が穏居でもなすって、御当院様の代になってくれるといいと、そればっかし思っています。早くまあ学問をおやして帰って来てください。お願いでござんすから。」

法幢に何か言ってもはじまらないとは思ったが、彼の頭の中にはまだ自分の問題の余燼《よじん》がぷすぷす燻《くすぶ》っていた。

「法幢、お前がそう言って僕を待っててくれる志は有難いが、僕はもう二度とふたたびここへ帰っては来ないよ。ただし御堂が焼けるか何かしなければ。」

「へえっ。そりゃ本当ですか。」

「本当だ。光明寺をぶっつぶして、その後をお前がやってでるというようなことになれば、僕の望みどおりなんだ。が、なかなか望みはかなえられそうにないから、僕は当分、容易に帰らない。」

そう言い残すなり、法幢がまだ何か言いたげにもじもじするのを後に残して、彼は村の道をこそこそと、人目を避けて峡谷の中に入って行った。月の明るい晩と違って、細い川を挟んで両方にそそり立っている山の峡谷は暗かった。宮城は足許《あしもと》に起こる波の音に気をとめながら、崖を踏み外さないようにして奥へ奥へと進んだ。物のあやめも分からずただ一様に暗い中には、風致も趣も何もなかった。ただ森の中に入れば、暗さがいっそう暗くなるばかりで、幽陰な長い洞の感じが、どこまでもつづくばかりであった。虫も啼いていなければ、夜の鳥も鳴いていない。生きものという生き物が、みんなある怖ろしさに胸をつぶして、息を殺してひっそりかんと最後の悲劇を待つかのようであった。そこへぼそぼそちょろちょろと水がたった一つの声を立てて石の瀬に囁いていると、一方ではこれもたった一つの光である蛍蛆《つちぼたる》が、川の岸や道端の草の中で、南京玉のようにちらほら瞬いていた。

宮城はこの黒い峡谷を溯《さかのぼ》りながら、廻想に耽《ふけ》った。少年の頃、牛の角突きを奥山の村まで観に行ってはどっぷり日が暮れてから牛の尻にくっついてここをすたすたと帰って来た時。父や母と連れ立って青白い月影を踏みながら父の微吟《びぎん》に声を合わせて、地蔵の茶屋まで散歩に来た時。想えばその頃は父母の手の中の唯一つの宝石として、限りない恩愛の中に溺れていたのであった。それからそれと宮城の回想はことごとく夢のような少年の頃をさ迷っていた。そのうちに彼はふと去年の夏のことを思い出した。大槻と二人この峡谷を心ゆくばかり語り歩いたあの月夜のこと。宮城はこれだけ考えただけで、いろいろな感じが一度にぐっと胸に迫ってきて、思わず知らず熱い涙を流した。

地蔵の龕《がん》にはいつものように小さい灯がともっていた。そうして茶屋の中には仄暗い石油ランプの下で、歯のない口でもごもご時間を食っているような婆さんが、手拭を冠《かむ》った頭を膝のほうに落として、腰を二つに折っていた。彼はようやくほっと救われた感じで婆さんに声をかけた。すると婆さんは永い遠い夢から呼びさまされて、まだ寝呆け眼《まなこ》と言ったしょぼしょぼ眼で彼を見上げていたが、ようやく思いがけなくも彼であるということを見極めて堪能した。曲がった腰のなりでその場に飛び立つように、

「おおお、まあまあこれはこれはお珍しい。御当院様でござらっしゃるのう。おお、よう忘れずに婆がところへ来てくださんした。ちょうど一年お目にかかりませんが。お前様お変りもござらっしゃらないかのう。」

「ああ、有難う。そう、息災というんだろう。けっきょくまあこうしておる。が、お婆さんは？」

「おらも地蔵さまとあなた様のお恵みで、こうしていますいのう。ああ有難い、有難い。これからまた雨でも降らん時は、毎晩来てくらっしゃい。」

「お婆さん、今晩は暇乞《いとまご》いに来たんだよ。」

「えっ、お前様。御当院様、冗談にもほどがあるちゅうもんですぜ。今来さっしたばっかしだのに、暇乞いなんて滅相な。」

婆さんの大業な驚きようを静かに眺めながら、宮城は教えるように、当分事情があって家を離れることを簡単に説明した。婆さんは解し兼ねる面もちでなかなか聴き分けてくれなかった。それでも最後には仕様がないと諦めたものか、温順に彼の言葉に従った。そうしてまたそのうちに帰って来ることもあろうから、それまで待っていてというと、婆さんは頭を振って、

「おらわあ年寄りだから、そっけに生きたいとも思わんがのし。みんなあなた様にお任せしてあるから、いいようにしてくらっしゃるだろう。しかし今度来てくらっしても婆が死んでいるかも分からんが、そうしたらお地蔵さまにお燈明でも上げてくらっしゃい。おら死んでもあそこへお地蔵と一緒に置いてもらうから。」

宮城は婆さんの言葉に、久し振りでようやくしめやかな人間の心を取りかえして、そうしてまた暗い峡谷を後戻りした。彼には婆さんに暇乞いを告げて来たことが、なんとなく一つの重い責務を果たして来たような爽快な気分を与えた。

宮城は家にかえってもほとんど一睡もせず、いろいろな物思いに沈みながら夜の灰色に白むのを待った。そうして大槻の白骨の一部――残りの部分は大槻の母の元へ送り届けるように置手紙をしておいた。――を抱いて、梯子段の降口で父や母の寝息を窺った上で、雨戸を明けて、木の幹を伝って下に降りた。そうして玄関に廻って履物を穿いた。誰も知った気勢がない。彼はひそかに山門のところまで足音を盗んでやって来た。そうしてそこで思い切って後を振りかえった。と、彼を永年育みながら苦しめた御堂や庫裡《くり》が、まだ明け切らない天地の薄明の中で、矗々《ちくちく》と聳《そそ》り立っている黒い幾本かの大木に護られながら、どっしり淡墨色にぼかされていた。彼はなんの感じもなくそれを眺めると、急いで身を翻《ひるがえ》して石段を駆け下りた。一番の汽車に間に合うように。知った顔に合わないように。宮城はこれだけしか考えていなかった。そうしてひたすら道を急いだ。

幸い上り列車に間に合って、車内に乗り込んだ彼は、ようやくほっとして窓にもたれかかった。そうして山の裾を封じている乳色の靄の中から、徐々に明けてゆく故山の風色を、いまさらのようになつかしんだ。あの山、その河、この野、いつの日かまた見ることがあろう。宮城は車窓に背伸びをして、あの明け行く峡谷のあたり、ひときわ高い甍《いらか》をつつんだ森を見出そうとした。と、そのとき膝においた手が袂のあたりで何やら固い板ようのものに触れた。おや、何かしらと思って手を触れて取り出してみると、それは思いがけなく母のお守護の小型の名号《みょうごう》であった。ふと気がつくと、いつの間にやら彼は真新しい着物に着更えているのであった。と、彼の眼に熱いものが浮かんだ。宮城は地を這《は》う靄の中からわずかに頭を擡《もた》げた山峡の黒い森に向かって、涙に光る睫毛をあげて、名号を掌と掌とのあいだに挟んで、何もののためにともなく、何ものにか祈った。

とそのとき、宮城の心頭に同時に二つの言葉が閃光《せんこう》のように囁かれた。一つの声が「汝《なんじ》の生活はこれからだ」と叫ぶと、他の声が、「汝の生活はこれ切りだ」と叫んだ。そのときふとなんということなしに月島の古河親方の顔が、ひょいと彼の目の前に浮かんだ。

（中巻につづく）

解説　『法城を護る人々』復刊に寄せて

野尻はるひ

「どこの宗教でもその宗祖ほど淫奔《いんぽん》なものはあるまい。彼らは全くの浮気女だ。幾度でも相手かまわず結婚しては、こと不利とみるといつも有耶無耶《うやむや》の中に夫婦別れをする。……朝《あした》に金襴垂帳のかげに資本主義と喃々《のうのう》たる睦言《むつごと》を交わしているかとみれば、夕《ゆうべ》にはやぶれ布団の上で社会主義と添寝をする。マキャベリズムの政権に秋波《しゅうは》を送るのはまだいいとして、物騒千万な軍国主義にまでヴェールを外す。……」（下巻十、一四〇―一四一頁）

　これを百年前に書いたのが、私の祖父松岡譲である。

　夏目漱石は知っていても女婿の松岡譲の名前を知る人は今では極めて少ないだろう。松岡譲は漱石の長女筆子と大正七（一九一八）年に結婚して、二男四女（明子《めいこ》、則子《のりこ》、聖一《しょういち》、陽子《ようこ》、新児《しんじ》、末利子《まりこ》）を儲けた。長男聖一が私の父である。生家は新潟県長岡市の真宗大谷派（東本願寺）の末寺、松岡山本覚寺《しょうこうざんほんがくじ》である。譲は幼い頃から俊秀で将来の院主として嘱望されていたが寺院生活を嫌って小説家になってしまった。代表作が本書『法城を護る人々』である。

松岡譲は漱石最晩年の弟子の一人で、芥川龍之介、久米正雄、成瀬正一、菊池寛等は東京帝国大学系の文芸同人誌第四次『新思潮』の同人仲間である。

新進作家として順調なスタートを切ったかに見えた譲だったが、夏目筆子との結婚を巡り、大正文壇史に残るいわゆる「破船事件」に巻き込まれてしまう。この事件は、筆子に思いを寄せていた同人仲間で親友でもあった久米正雄が、自身の失恋体験をモチーフに『破船』に代表される一連の失恋物小説を発表したことに端を発する。それらの作品群の中で、夏目筆子と思しき娘は移り気であざとい女に、松岡譲と思われる男も総じて陰気で抜け目がなく、決して良くは描かれていない。久米はこの時期夏目筆子に関する私小説を量産した。

敗者に同情する世人を味方につけて、久米は大いに名をあげ、一躍流行作家となっていく。片や松岡は「親友の恋人を奪った卑劣漢」といった風評にその後長く悩まされることとなる。漱石最晩年の弟子に過ぎない若輩が漱石の女婿となり、漱石山房に留まった妬み、そねみもあったのかもしれない。敵しないまでも与するものは少なかったようだ。世間や文壇から孤立した彼が選んだ道は、自ら筆を折り、ひたすら黙することだった。

祖父松岡譲が自身の結婚に関して、この時期何の言い訳も反駁もしなかったのは、まずは彼が寺院の子であるという出自からくる為人《ひととなり》によるところが大きかったように私には思える。恋愛・結婚と言う個人のプライバシーを切り売りするなど耐え難かったであろうし、かつては親友であった久米への複雑な胸中も察するにあまりある。また、何よりも久米の執拗な失恋物小説に対抗しての泥仕合などはたまらなく嫌だったに違いない。

松岡はこの時期数年に渡り、頑ななまでに沈黙を守るが、三十歳で創作活動に復帰し、二年後に満を持して上梓しベストセラーとなったのが『法城を護る人々』である。

大正期宗教文学のベストセラー

松岡譲は明治二十四（一八九一）年九月二十八日生まれ、元々の名は善譲だが、坊主臭い名前を嫌って二十五歳の時に「譲」一文字に改名した。因みに幼名は不二丸である。

譲は真宗大谷派の寺院の長男として生まれ、幼時より将来の院主「当院」として大切に育てられたが、次第に自分の生活の柱となっている寺院生活に疑問を抱くようになる。悩みは深く、一時はひどい神経衰弱を患うほどであった。松岡譲の『法城を護る人々』は彼の長年の懊悩煩悶の発露とも捉えることができるだろう。彼がそれを書くに至ったのは決して偶然ではない。元々は大正六（一九一七）年に『文章世界』十一月号に同名の短編小説（六十枚）として掲載された（後に『護法の家』に改題）のだが、作者としては書き足りない思いがよほど強かったとみえ、六年後に同じ素材で四千五百枚の長編に開花させた。意題名にある「法城」とは大無量寿経上巻の「厳護法城、開闡法門」を典拠としている。

味は仏法が諸悪から護ってくれることを城に例えていう語で、宗派、寺院の意もあるという（三省堂『大辞林』）。

『法城を護る人々』はよく松岡譲の自伝的長編小説と言われるが、中巻、下巻になるに従いその色合いは薄まっていく。簡単に梗概を記す。

主人公の宮城円泰は雪国の真宗大谷派の末寺光明寺の長男として出生するが、長ずるにつれて、やれ信仰だ、教義だ、伝道だと勿体をつけている寺院の生活が、結局は拝金主義の経済活動の類に過ぎないとの考えに至り、寺を継ぐことを断固拒絶する。畢竟、旧来の寺院生活を頑迷固陋《がんめいころう》に護る父との間に凄絶な対立が生じる。

中巻では様々な宗教人、伝道者が登場して法座（仏法を語り合う座。信仰を語り合う会合）や座談会を通じて様々な法論（仏教に関する議論）が戦わされ主人公が揺れ動く。しかし、宮城を心から満足させるような人物は現れない。

下巻は京都における五十年に一度の宗祖の大御遠忌のルポルタージュといった体で始まり、真宗寺院とそれに付随する一切が徹底的に批判される。大法要の喧噪の後は過去に登場した宗教家たちの行く末や上巻から続く父子の対立のその後が描かれていく。

作者は主人公にこう言わせている。

「――僕はなぜ僧侶の子だということを恥じるのか……なぜ恥ずかしいか。その理由をいうならば、みずから二つに分かつことができよう。まずパンの問題である。次には霊の問題である。奪うに等しい奸手段をもって、人にパンを与えさせておいて、それによって布施に向かって、不潔な手を差し出すことがいけない。第一に奪うということがいけない。第二に不純な布施に向かって、不潔な手を差し出すことがいけない。第三に額に汗せずしてパンを握ることがいけない。つまり生活の権利だけを主張しておいて、生活に附随する義務の背負い方が足りない。かくのごとき生活方法は卑怯な陋劣《ろうれつ》な恥ずべきものでなくして何であろう。のみならず彼が豊かに生活することは人の不幸を預件《よけん》としなければならない。かくのごとき生活は僧職ほんらいの意義に照らして許さるべきものではない。現代の僧業はかくして絶対に恥ずべきものという結論に導かれる。……心にもない、体験の裏打ちのしてない信仰談を振り廻して、仏を売り、人を売り、また己を売って、日暮らしをする教信者の生活、これが恥でないとしたら、世上にまたと恥はあるまい。……僧となるとは心の問題であって、外形の問題ではない。外観だけの僧と寺との必要は全くないものと僕は結論する──」(上巻十一、一五〇─一五三頁)

さらに、主人公は父親との激しい、救いのない対立の過程で「法衣を廃せ」「……伽藍を打ち潰せ。寺を叩き壊せ」と叫ぶのである(上巻二十九)。

この小説が書かれたのは大正十一(一九二二)年から昭和元(一九二六)年にかけてだが、戦前に真宗教団の本来のあり方を模索し、文学を通して仏教を考えていたことは特筆に値すると思う。

現在、仏教界ではすでに寺院の消滅時期に入っているという。社会構造の変化（地方から都市への人口流出、住職の高齢化と後継者不足、檀家の高齢化等）が主な要因で、仏教界の努力不足のせいばかりではないらしい。しかし、その一方で、「寄付は檀家の義務だ」とか「多めの寄付を出せば、いい法名（戒名）を付けてやる」といった下世話な話も聞く。あくまでも私感だが、松岡譲が嘗て寺や既成宗教に対して提起した問題に伝統仏教界がもう少し真摯にむきあっていたならば今の状況も多少は違ったのではあるまいか。

物語としての興趣

ほぼ忘れられた作家と言われる松岡譲だが、少ないながら熱狂的なファンが存在する。私の若い友人もその一人で、彼女は、『法城を護る人々』の主人公は「大正の尾崎豊」だといって憚らない。「……盗んだバイクで走り出す　行き先も解らぬまま　暗い夜の帳りの中へ……」（作詞、作曲　尾崎豊『15の夜』）。

この物語の主人公宮城円泰はこの歌詞そのままにひたすら突っ走る。彼の行く手を阻むものは権威だろうが、伝統だろうが、親だろうが容赦なく轢過していく。自分の内の御しがたい怒りの赴くままにどこまでも爆走する。だが、行く手に道は見えないし、目的地がどこかもわからない。まさに大正版『15の夜』だ。主人公は愚直なまでに真剣だが、常に空回りしている。

これまでも『法城を護る人々』をとりわけ「宗教」や「父子のエゴイズムの対立」といった観点から論評した文献は散見されるが、この小説の若々しく青臭い側面を注視する人はあまりいなかったように思う。

『法城を護る人々』を初めて読んだ時、私はヘルマン・ヘッセの小説群を思い起こした。主人公達の青春の焦燥、情熱、孤独、挫折といったものは時空を超えて共通なのだと感じたのである。

『法城を護る人々』を是非とも「百年前の青春小説」としても味わってほしいと思うのである。

松岡譲はなかなか博学広才であったので、たびたび「学者になればよかったのに」と言われたと聞くが、その都度「自分はあくまでも小説家だ」と答えたという。

ストーリーの合間合間に挿入される自然描写や情景描写はまことに見事で、学識が高いだけで書けるとはとても思えない。

「彼は月のいい晩にはきまって夕食をすませると散歩に出た。村の中央を流れる川の岸をおよそ五六丁も溯ると、急に両岸が狭まって、涸《か》れ細った谷川の瀬が銀色にせせらいでいる。河鹿が至るところで金鈴の喉を振り絞って鳴いている。ゆくほどに谷が狭まったり開いたりするたびに、道が暗くなったり明るくなったりした。黒い杉の森がゴシック建築のように、無数の尖塔を聳《そそ》り立たせて押し黙っている。暗いひんやりしたそのなかを突き進むと、禿げた懸崖《けんがい》が屛風のように見上げられた。少年の頃ここの中腹によく鷹が舞っていたのを想い出した。その右手の屛風岩の一角に、月が真白の顔をすりつけて、彼を見つめていた」（上巻十八、二六七頁）。

まだ開発の手の入っていない地方の谷あいの森の夜のにおいまで伝わってきそうだ。

また、以下は五十年に一度の京都における御遠忌法要の様子で、極彩色に彩られた古都の大法要に熱狂する群衆の中でもみくちゃにされているような臨場感を覚える。

「見渡す限りの人の波。下は七条から上は五条のもっと上まで、烏丸《からすま》の大通りは、どこまでもどこまでも人々々。それが本山の大門目がけて東西南北から押され押されて渦のようにに少しずつ動く。そのほんの幾分かが、辛《かろ》うじて門をくぐって境内に目白押しに入り込む。門外にあふれた人々はせめて庭儀の大行列を垣間《かいま》見んとて押し合いへし合って、渦巻きの中心へと押し寄せる。その数限りない頭の流れの両岸には、金銀の短冊をひらめかす造花や松飾《まつかざり》、はては白地に富貴花《ふうきか》の紋を赤く染めぬいた小旗などが、ずらりと直線的な人工の花盛りを見せて連なっていると、ところどころ両岸に跨って藤や牡丹の花で彩った緑の橋がかかっていた。それから紅白だんだらの幕や、紫色の大旗や白地に赤い紋の旗、はては五色の吹貫《ふきぬ》きや六金色の大旗などが幾帳も幾旒《りゅう》もこの両岸のあいだにさまざまな色彩を弄んで翻《ひるがえ》っていた。……」（下巻二、二一頁）。

この後、全国津々浦々から参集した夥しい数の剃頭の僧侶の群れがそれぞれ眩い金襴の法服七条の盛装を凝らして、大観衆があげる地鳴りのような念仏の中を本山の大門までお練りをする場面が続く。その様子はまさに異観で迫力満点なのだが、見ようによってはどこかユーモラスでもある。

漢語が多用されており今の時代の人が読むには相当骨が折れるため、ややもすると難解な小説に思えるかもしれないが、時に抱腹絶倒の場面《シーン》に出くわす。是非とも先入観を持たずに、仏教用語や難読語に屈せずに、物語を楽しんでほしい。

終わりに

松岡譲には本書の他、漱石の長女筆子との結婚縁起を扱った『憂鬱な愛人』や戦前に静かなる敦煌ブームを巻き起こすこととなった『敦煌物語』などの話題作がある。また、生涯にわたり敬慕してやまなかった岳父漱石に関する著作も数多い。

祖父は戦争末期に郷里の新潟県長岡市に疎開してからは中央出版界との距離が更に遠くなったこともあり、徐々に世間から忘れられていった。

松岡譲はこれまで、とかく、「破船事件」とセットで語られることが多かった。終生誠実に著作と向き合った祖父にとって「破船事件」のみで文学史に記憶されることは、さぞかし不本意であったろうと思う。祖父は不遇なうちに昭和四十四（一九六九）年、長岡市御山町の自宅で永眠した。

昨今、オンラインゲーム『文豪とアルケミスト』（DMM GAMES DMM.com）の人気と共に、歴史の中に埋もれていた作家たちの名前が若い世代にも認知されるようになり、松岡譲の名前も久々に日の目を見ることとなった。

『法城を護る人々』の今回の復刊を機に是非とも、より多くの人に譲の作品に親しんでほしい。特に、若い世代の松岡譲ファンが増えてくれることを私は密かに期待している。

松岡　譲（まつおか　ゆずる）

本名，善譲。1891年（明治24），新潟県古志郡石坂村（現・長岡市）生まれ。東京帝国大学文科大学東洋哲学専修卒業。在学中に夏目漱石の門下生となり，芥川龍之介，久米正雄，菊池寛，成瀬正一らと親交を深め，第四次『新思潮』に参加。代表作に，『法城を護る人々』『憂鬱な愛人』『敦煌物語』などがある。他に，『漱石の思い出』（夏目鏡子述），『漱石先生』『漱石の漢詩』などの漱石に関する著作もある。妻は漱石の長女筆子。1969年（昭和44），逝去。

法城《ほうじょう》を護《まも》る人々《ひとびと》　上

二〇二四年一一月一五日　初版第一刷発行

著　者　松岡　譲
発行者　西村明高
発行所　株式会社　法藏館
京都市下京区正面通烏丸東入
郵便番号　六〇〇-八一五三
電話　〇七五-三四三-〇〇三〇（編集）
〇七五-三四三-五六五六（営業）

装幀者　熊谷博人
印刷・製本　中村印刷株式会社

ISBN 978-4-8318-2681-7　C0193